Wer auf Rache aus ist, der grabe zwei Gräber.
(Konfuzius)

Der Kriminalroman spielt in der Region Hannover.
Personen und Handlung sind frei erfunden, eventuelle Ähnlichkeiten mit realen Personen oder Geschehnissen wären rein zufällig.

Im Verlag CW Niemeyer sind bereits folgende Bücher des Autors erschienen:

Toter Lehrer, guter Lehrer
Die Tote und der Psychiater
Schöne Frau, tote Frau
Hannover sehen und sterben
Atemlos in Hannover

Bibliografische Information der Deutschen Nationalbibliothek
Die Deutsche Nationalbibliothek verzeichnet diese Publikation in der Deutschen Nationalbibliografie; detaillierte bibliografische Daten sind im Internet abrufbar über https://www.dnb.de

www.niemeyer-buch.de

Umschlaggestaltung: C. Riethmüller
Der Umschlag verwendet Motiv(e) von 123rf.com
Druck und Bindung: Nørhaven, Viborg
Printed in Denmark
ISBN 978-3-8271-9333-9

Thorsten Sueße

Ein Mord ist nicht genug

Kriminalroman

CW Niemeyer

1

Wie ich es mache, steht fest. Die Details habe ich genau vor Augen.

Er beschäftigte sich mit dem Grund seines Vorhabens.

Nicht jeder wird mich verstehen, wahrscheinlich sogar die wenigsten. Aber ein Zurück gibt es für mich nicht. Ich ziehe es durch, mit aller Konsequenz.

Er versuchte sich vorzustellen, wie sie aussah, nachdem er sie getötet hatte. Eine tiefe innere Befriedigung erfasste ihn, die ihn gleichzeitig massiv erschreckte.

An diesem Wochenende könnte es so weit sein. Ich bin jedenfalls bereit.

2

Rums … rums … rums.

Dieses Wochenende verlief tatsächlich in vielerlei Hinsicht anders, als Kriminaloberkommissar Raffael Störtebecker es geplant hatte.

Da war am Samstagmorgen dieser Traum, den er gerne noch einige Zeit ausgekostet hätte. Aber nein, das fürchterliche Geräusch aus der Wohnung über ihm, das sich in kurzen Abständen mehrfach wiederholte, machte alles kaputt.

Rums … rums … rums.

Oh, Mann, das darf doch nicht wahr sein!

Raffael hielt bewusst die Augen geschlossen, als könnte er damit erreichen, seinen angenehmen Traum zu verlängern.

Rums … rums-rums … rumms-rumms.

Die Erschütterungen über ihm hörten nicht auf, veränderten jedoch ihre Lautstärke und ihren Rhythmus. Raffael versuchte die letzten Bilder von eben zurückzuholen, aber sie zerbröselten langsam vor seinem geistigen Auge.

Ach Mensch!

Die konkreten Erinnerungen an den Traum verblassten.

Emil, du kleiner Mistkerl! Irgendwann dreh ich dir den Hals um.

Raffael blieb nur ein einziges Bild, das sich in sein Gedächtnis einbrannte. Das aufgeräumte Wohnzimmer, ohne irgendwelche Kartons, Kisten oder sonstige Verpackungen auf dem Fußboden. So etwas hatte er sich in den letzten Monaten – nach seinem Umzug von Hamburg nach Hannover – immer gewünscht: eine aufgeräumte Wohnung, in der er zu jeder Zeit Besuch empfangen konnte, ohne schamrot anzulaufen.

Der Traum war endgültig passé. Raffael schlug die Augen auf und starrte zur Schlafzimmerdecke.

Über das Chaos in meiner Wohnung hat noch nie jemand gemeckert. Na gut – ich habe ja bisher auch niemanden reingelassen.

Oben herrschte für einen Moment Stille. Raffael überlegte, ob er versuchen sollte, noch einmal einzuschlafen. Die Entscheidung wurde ihm in der nächsten Sekunde abgenommen.

Emil setzte erneut sein frühmorgendliches Hüpfen gnadenlos fort.

Raffael richtete sich mit einem Ruck im Bett auf. Der aufkommende Ärger wirkte wie ein Energydrink.

„Emil, Ruhe! Hör auf damit!", rief Raffael. Er stand inzwischen mit beiden Füßen auf der Matratze seines Bettes und klopfte mit der rechten Hand an die Decke.

Das wiederkehrende Rumsen endete erst, nachdem Raffael ein zweites Mal an die Decke geklopft und um Ruhe gebrüllt hatte.

Stattdessen wurde jetzt von oben auf den Fußboden geschlagen, in einer Weise, die Raffaels Klopfrhythmus nachahmte.

„Emil, jetzt reicht's!“, blökte Raffael, ohne erneut an die Decke zu schlagen.

Und auf einmal endete das Spektakel. Kein Klopfen, kein Rumsen von oben. Raffael meinte, oben eine weibliche Stimme gehört zu haben.

Ist Frau Gerold aufgewacht? Bringt sie ihr Früchtchen jetzt endlich zur Räson?

Diese Ruhestörung am Samstagmorgen war leider kein Einzelfall. Bereits vor einer Woche hatte sich Emil am Samstag und Sonntag in ähnlicher Weise ausgetobt, wobei Raffael schon vor vierzehn Tagen zum ersten Mal den Krach aus der Wohnung über sich gehört hatte. Damals noch zögerlich und verhalten, aber seit letzter Woche hatte Emil sämtliche Zurückhaltung aufgegeben.

Und irgendwie bin ich sogar selbst schuld, dass mich dieses kleine Ungeheuer an den Wochenenden malträtiert. Ich hab beim Smalltalk mit Andrea nicht an die Konsequenzen gedacht und den Gedanken einfach so rausgehauen. Das Ergebnis ist jetzt leider unüberhörbar.

Seine Kollegin, Kriminaloberkommissarin Andrea Renner, hatte vor zwei Monaten erwähnt, dass ihre Schwester Katja kurzfristig eine neue Wohnung sucht. Über Raffael war tatsächlich gerade eine Wohnung frei geworden. Die bisherige Mieterin, eine ältere alleinstehende Frau, war plötzlich verstorben. Davon hatte Raffael seiner Kollegin erzählt, ohne zu ahnen, welche Folgen daraus für ihn erwachsen würden.

Katja Gerold war vor einem Monat mit ihrem Sohn Emil in das Mehrfamilienhaus eingezogen – in den zweiten Stock direkt über Raffael.

Letzten Sonntag hatte er bei Katja geklingelt und sie gebeten dafür zu sorgen, dass sich ihr Sohn zukünftig leiser verhält. Sie hatte geäußert, dass sie davon gar nichts mitbekommen hätte, sich aber kümmern würde.

Alles leere Worte!, fluchte Raffael innerlich. *Die Dame hat heute wieder fernab des Geschehens in ihrem Schlafzimmer gepennt, während ihr Sohn im Kinderzimmer tobt. Das hört sich an, als wenn er vom Bett springt und auf dem Boden herumhopst. Sein Zimmer liegt auch noch direkt über meinem Schlafzimmer und ich höre alles viel lauter als die liebe Frau Nachbarin.*

Auch wenn jetzt Ruhe herrschte, an Wiedereinschlafen war nicht zu denken.

Raffael verließ langsam das Schlafzimmer, schlich auf dem Flur an einigen Kartons vorbei ins Badezimmer. Der Blick in den Spiegel zeigte einen Mann Mitte dreißig mit verstrubbelten lockigen schwarzen Haaren und einem mürrischen Gesichtsausdruck.

He, Raffael. Heute ist Wochenende. Du hast zwei Tage hintereinander frei und triffst dich abends mit deiner Kollegin Andrea, die sich wirklich bemüht, freundlich zu sein. Lass dir nicht die Stimmung durch ein hyperaktives Balg vermiesen.

Der Gang unter die Dusche wirkte Wunder. Erfrischt und deutlich besser gelaunt zog er sich an und schaute in der Küche nach Essbarem fürs Frühstück. Toast, Marmelade, etwas Käse, dazu einen Becher Kaffee. Er hatte es gestern nicht mehr geschafft einzukaufen. Das würde er heute Vormittag nachholen. Auf der Ablage türmte sich das benutzte Geschirr, das nicht mehr in die Spülmaschine gepasst hatte.

Ich muss das Ding mal anstellen. Aber wo sind die Geschirrspültabs?

Auch die beiden Pizzateller auf dem Tisch im Wohnzimmer hatten leider keinen Platz mehr im Geschirrspüler gefunden.

Es gab Tage, da hatte er sich an die Umzugskartons, die überall verteilt in der Wohnung ihren Platz gefunden hatten, gewöhnt. Einige von ihnen waren fast leer, andere wiederum noch vom Umzug original verpackt. Die nicht aufgehängten Bilder hatte er in gleichmäßigem Abstand im langen Flur aufgereiht.

Vor vier Monaten hatte er sich von Hamburg nach Hannover zur dortigen Polizeidirektion versetzen lassen. Weil er von der niedersächsischen Landeshauptstadt so angetan wäre, hatte er den hannoverschen Kollegen weismachen wollen. Innerlich war er hier noch immer nicht angekommen. Ihm fehlte der Schwung, die Kartons vollständig auszupacken und seine vier Wände endlich in eine gemütliche, vorzeigbare Wohnung zu verwandeln. Andrea hatte schon öfters durchblicken lassen, dass sie gerne einmal seine Wohnung sehen möchte.

Zum Glück ist mir immer eine plausible Erklärung eingefallen, warum es gerade nicht passt. Aber es fällt mir zunehmend schwerer, mich rauszureden. Sollte sie meine Wohnung im jetzigen Zustand sehen, rutsche ich in ihrer Achtung gleich ins Kellergeschoss.

Er verzog den Mund zu einem Grinsen.

Vielleicht sollte ich einfach mal auspacken und gründlich aufräumen.

Auf dem Weg zum Wohnzimmer kickte er mit dem Fuß einen Karton zur Seite.

Muss ja nicht dieses Wochenende sein.

Er ließ sich auf die Couch fallen und betrachtete die Sammlung seiner mehr oder minder ungelesenen Zeitungen und Musikzeitschriften in einer Ecke des Wohnzimmers. Während er begann, den Lennon-Song *Cleanup Time* anzustimmen, plante er sein weiteres Vorgehen.

Erst einkaufen und dann Frau Gerold und Emil die Meinung geigen oder umgekehrt?

Er entschied sich dafür, noch eine halbe Stunde abzuwarten und sich danach als Erstes die Nachbarin vorzuknöpfen. Mit Ärger im Bauch konnte er sich schlecht auf den Einkauf konzentrieren.

Fünfunddreißig Minuten später stand er vor der Wohnungstür mit dem Namensschild „Gerold“ und klingelte.

Als nichts passierte, drückte er erneut – und diesmal etwas energischer – auf den Klingelknopf. Es dauerte eine Weile, bis die Tür endlich geöffnet wurde. Vor

Raffael stand ein acht- oder neunjähriger Junge, braune Haare (vorne kurz, hinten lang), bekleidet mit halblanger Jeans und einem T-Shirt, auf dem die Film-Piratenfigur Jack Sparrow zu sehen war.

Emil hatte seine braunen Augen weit aufgerissen, legte den Kopf zur Seite und musterte Raffael, der schlecht einschätzen konnte, ob er die Geste des Jungen als verlegen oder dreist interpretieren sollte.

„Guten Morgen, Emil …“, setzte Raffael an. Er wunderte sich, dass Katja Gerold nicht auf das Klingeln reagiert hatte.

„Hallo, Käpt'n Blaubär“, antwortete sein Gegenüber in einem Tonfall, als wäre diese Titulierung eines Erwachsenen die selbstverständlichste Sache der Welt.

Respektloser Bengel!

„Sag mal, wie kommst du dazu, mich ‚Käpt'n Blaubär‘ zu nennen?!“

„Meine Mama nennt dich so. Hat ihr Tante Andrea erzählt.“

Raffael zuckte innerlich zusammen.

„Was hat Tante Andrea gesagt?“, fragte er nach. Es interessierte ihn schon sehr, was seine Kollegin Andrea Renner ihrer Schwester über ihn erzählt hatte.

„Bei der Polizei heißt du ‚Käpt'n Blaubär‘. Weil du genauso redest.“

Offenbar eine Anspielung auf Raffaels hanseatischen Akzent, bei dem er „s-t“ und „s-p“ getrennt sprach anstelle des sonst üblichen „Sch-t“ oder „Sch-p“ – wie der menschenähnliche Bär aus dem Kinderfernsehen. So wurde er also hinter seinem Rücken genannt. Das war ihm gar nicht bewusst gewesen.

„Ist deine Mutter nicht da?", wunderte sich Raffael.

„Nein. Die ist eben auf den Dachboden gegangen und hängt Wäsche auf."

„Egal. Es geht sowieso um dich. Ich bin heute Morgen von dem Krach aufgewacht, den du veranstaltet hast. Das geht so nicht! Ich möchte dich bitten, dass du mit dem Springen und Hopsen in deinem Zimmer aufhörst, besonders morgens am Wochenende, wenn ich mal ausschlafen möchte."

Und als Emil nichts erwiderte, schob Raffael hinterher: „Was genau machst du da eigentlich in deinem Zimmer?"

„Ich springe von meinem Schiff aufs andere und kämpfe gegen die Piraten. Und dann habe ich die Piraten mit dem Beiboot bis zum Strand der Insel verfolgt."

Der Junge scheint's mit Piraten zu haben.

„Hier in Hannover gibt's kein Meer", brummte Raffael. Der Umgang mit Kindern im Grundschulalter war nicht so sein Ding. „Schlaf doch morgens ein bisschen länger oder geh rüber zu deiner Mutter und lass dir was vorlesen, okay?"

„Mama hat gesagt, ich soll sie morgens am Wochenende nicht vor acht Uhr aufwecken und für mich allein im Kinderzimmer spielen."

Ach nee.

Emil musterte den Mann vor der Wohnungstür und meinte: „Ist dein Ur-Opa ein Pirat?"

„Mit dem Piraten Störtebeker bin ich nicht verwandt."

„Ich dachte, du bist ein geheimer Pirat und gibst von unten Klopfzeichen."

„Mein Klopfen bedeutet, dass ich meine Ruhe haben will. Merk dir das bitte für die Zukunft!"

„Schade ...", murmelte Emil. Auf einmal wirkte sein Gesichtsausdruck traurig.

Raffael überlegte einen Moment, dann fragte er den Jungen: „Was ist die Lieblingsspeise von Piraten?"

„Weiß nicht ..."

„Kapern."

Emil schaute den Mann verständnislos an. Die kleinen essbaren Knospen des Kapernstrauches schien er nicht zu kennen. Insofern konnte er mit Raffaels Antwort überhaupt nichts anfangen.

Raffael verabschiedete sich mit dem Hinweis, dass er irgendwann später mit Emils Mutter sprechen würde. Dann drehte er sich um und ging die Treppen nach unten. Als er die erste Etage erreichte, öffnete sich die Tür der Nachbarin von gegenüber. Die Frau in den Sechzigern guckte ihm ins Gesicht und sagte: „Haben Sie heute Morgen laut in Ihrer Wohnung herumgeschrien und geklopft?"

Raffael stoppte, blickte die Frau verdutzt an.

„Ja, aber ich habe auf den Krach des Jungen über mir reagiert, der mich mit seinem lauten Spielen geweckt hat", verteidigte er sich.

„Das ist doch ein Kind, das spielen möchte", äußerte die Frau. „Sie sind schließlich Polizeibeamter. Wenn

Sie ebenfalls Krach machen, sind Sie kein gutes Vorbild. Ich möchte Sie höflich bitten, das zu unterlassen."

„Verzeihen Sie, wenn ich Sie gestört habe", maulte Raffael und verzog sich in seine Wohnung.

Na toll, jetzt bin ich noch der Buhmann.

Über Katja Gerold wusste er nur wenig. Andrea hatte vor längerem etwas über sie erzählt, aber er hatte nicht genau zugehört. Probleme anderer Familien interessierten ihn momentan nicht. Andrea und ihre Schwester hatten offenbar auch keine enge Beziehung zueinander. Raffael war noch in Erinnerung, dass Katja nicht mehr mit ihrem Mann zusammenlebte und sich allein um die Erziehung ihres Sohnes kümmerte, der wohl zuletzt Schwierigkeiten in der Schule gehabt haben soll. Katja Gerold hatte sich und Emil vor einem Monat bei ihm kurz mit Namen vorgestellt. Beim Einzug in dieses Haus und die Wochen danach war immer wieder ein Typ in den Dreißigern hier aufgetaucht, der sie besuchte.

Wenn das ihr neuer Freund ist, kann der sich ja mal als gutes männliches Vorbild an der Erziehung ihres Sohnes beteiligen.

3

Andrea Renner stand direkt vor dem italienischen Restaurant „Amici Miei“, das in der Nähe des hannoverschen Hauptbahnhofes in der Einkaufsstraße Lister Meile lag. Die schlanke, sportliche Frau Ende dreißig war hier um neunzehn Uhr mit ihrem Kollegen Raffael verabredet. Die Sitzplätze draußen waren alle belegt. Und auch drinnen im Restaurant war am Samstag um diese Zeit nur dann ein Tisch zu bekommen, wenn man rechtzeitig vorher reserviert hatte. Darum hatte sich Raffael gekümmert – hoffte sie jedenfalls.

An diesem ersten September-Wochenende war es sommerlich warm in Hannover. Andrea trug eine helle kurzärmelige Bluse zu einer engen Bluejeans, dazu ausnahmsweise Sandalen mit Stöckelabsatz. Dienstlich war sie sonst anders gekleidet, insbesondere was ihr Schuhwerk anging.

Seit vielen Jahren arbeitete sie als Kriminaloberkommissarin in der Polizeidirektion Hannover für das 1. Kommissariat der Kriminalfachinspektion 1, *Straftaten gegen das Leben*. Seit vier Monaten teilte sie sich ein Büro mit Raffael Störtebecker, an den sie sich zunächst nur schwer gewöhnen konnte. Sein spezieller Humor, sein hanseatischer Akzent und seine Heimlichtuerei hatten es ihr nicht gerade einfach gemacht. Inzwischen empfand sie die Zusammenarbeit mit ihm als weitgehend angenehm.

Ich denke, hinter seiner direkten nüchternen Art versteckt sich ein warmherziger, zuverlässiger Typ. Apropos zuverlässig. Wie spät ist es eigentlich?

Sie warf einen Blick auf ihre Armbanduhr: 19:07 Uhr.

Ein pünktlicher Pedant ist er jedenfalls nicht. Ich hoffe, dass er unsere Verabredung nicht vergessen hat.

In diesem Moment sah sie ihn auf dem Gehweg kommen. Zwar noch in einiger Entfernung, aber eindeutig mit schnellen Schritten, wie sie mit Genugtuung registrierte. Ihm war offenbar bewusst, dass er leicht verspätet war. Aber über diese sieben Minuten würde sie großzügig hinwegsehen. Direkt nach Dienstschluss waren sie schon mal zusammen in den Biergarten gegangen. Aber es war das erste Mal, dass sie sich privat in einem Restaurant zum Essen trafen.

Das ist natürlich kein Date, aus dem sich eine Liebesgeschichte entwickelt, hatte sie sich gleich nach der Vereinbarung dieses Treffens gesagt. *Es geht lediglich darum, das tägliche Arbeitsklima noch ein wenig zu erwärmen.*

Schon von Weitem winkte er ihr zu.

Ich bin gespannt, wie der heutige Abend verläuft. Über welche Themen reden wir?

Andrea wusste mittlerweile, dass Raffael mit seiner bisherigen Heimatstadt schmerzhafte Erinnerungen verband. Seine Ursprungsfamilie war in Hamburg auseinandergebrochen. Raffaels Frau war dort Anfang dieses Jahres an einer Krebserkrankung verstorben. Er hatte Andrea zu verstehen gegeben, dass sein Familienleben in Hamburg kein Gesprächsthema zwischen ihnen wäre. Andrea hatte das akzeptiert, obwohl sie der Überzeugung war, dass Raffael Gespräche über seine Hamburger Vergangenheit langfristig helfen würden, den Schmerz zu überwinden. Seine Versetzung nach Hannover interpretierte sie als Fluchtverhalten.

„Hallo Andrea", begrüßte er sie. Beide standen voreinander und lächelten sich an. „Da bin ich."

Er wirkte etwas verlegen, fast wie an dem Tag, als sie sich zum ersten Mal in ihrem Büro in der Polizeidirektion Hannover begegnet waren.

Das hellblaue kurzärmelige Leinenhemd mit dem V-Ausschnitt und die weiße Jeans stehen ihm gut, ging ihr durch den Kopf.

„Ja, schön, dass es mit unserer Verabredung endlich geklappt hat", sagte Andrea, die sich sofort darüber ärgerte, dass ihr das Wörtchen *endlich* herausgerutscht war.

Im „Amici Miei" saßen sie sich in gemütlicher Atmosphäre an einem hölzernen Zweiertisch im Seitenbereich gegenüber. Das Stimmengewirr der zahlreichen Gäste und die typischen verlockenden Gerüche der italienischen Küche umgaben sie.

Plötzlich fing am Nachbartisch eine junge Frau laut an zu husten und schnappte nach Luft. Sie hatte sich offensichtlich an ihrer Suppe verschluckt.

Für einen kurzen Moment spürte Andrea Panik in sich aufsteigen. Ein schrecklicher Gedanke erfasste sie: *Es ist wie ein Zeichen, dass tatsächlich ein Mensch in unmittelbarer Todesgefahr ist.*

Als das Husten verebbte und die Frau neben ihr wieder normal durchatmete, beruhigte sich Andrea.

Was war mit mir los? Ist doch alles Quatsch!

Sie konzentrierte sich wieder auf die Speisekarte und bestellte schließlich als Hauptgericht Saltimbocca alla Romana. Raffael entschied sich für Lachs in Karotten-Ingwer-Soße.

Während sie auf das Essen warteten, kamen sie schnell ins Gespräch über unverfängliche Themen. Erstaunt nahm sie zur Kenntnis, dass Raffael Gitarre spielte, offenbar gut singen konnte und sogar eigene Songs komponiert hatte. Als junger Erwachsener war er vorübergehend an Wochenenden mit einer Band in Hamburg aufgetreten.

„Jetzt singe ich nur noch manchmal leise in meiner Wohnung zur Gitarre."

„Das klingt spannend. Das würde ich mir gerne mal anhören."

„Geht leider momentan nicht. Meine Gitarre ist defekt."

„Eilt ja nicht."

„Stimmt, vielleicht später. … Hast du Zeit für Hobbys?"

Andrea erzählte ihm von ihren privaten Aktivitäten in den letzten Jahren, die sich hauptsächlich im sportlichen Bereich abspielten: Joggen, Schwimmen, Klettern, Bogenschießen.

„Bist du schon Katja und Emil im Haus begegnet?", spielte Andrea den Ball zurück.

„Oh ja. Mit deiner Schwester habe ich gerade eben gesprochen. Und vorher mit Emil."

„Ach, prima. Worüber sprecht ihr denn so?"

„Über ‚Käpt'n Blaubär' zum Beispiel."

Andrea zuckte zusammen.

Ich hab meiner Schwester erzählt, dass ich ihn gegenüber den Kollegen so nenne. Hat die kleine Plaudertasche das etwa nicht für sich behalten?!

Raffael erklärte, was er morgens von Emil gehört hatte.

„Tut mir leid", sagte Andrea kleinlaut. „Aber das ist wirklich ein nett gemeinter Spitzname."

„Klar. Der blaue Bär mit seinen Lügengeschichten ist ein echter Sympathieträger." Raffael lächelte sie an. „Das meine ich ernst und ich bin nicht beleidigt. Aber überrascht war ich schon."

Andrea atmete erleichtert auf.

Das war knapp. Ich sollte mir überlegen, was ich Katja zukünftig anvertraue.

Sie kamen ins Plaudern, genossen das köstliche Essen und den Chardonnay. Raffael zeigte sich als Kavalier und bezahlte für beide die Rechnung. Gegen zweiundzwanzig Uhr verließen sie das Restaurant.

Andrea wusste, dass Raffael vom „Amici Miei" nur fünfhundert Meter entfernt in der Oststadt wohnte, in der Nähe der Apostelkirche.

„Ein wirklich gelungener Abend", freute sich Andrea. „Und Danke für die Einladung. Dafür begleite ich dich noch und sorge dafür, dass du heil in deiner Wohnung ankommst."

Beim Wort „Wohnung" hatte Raffaels Mimik eine besorgte Note bekommen.

Er wird doch nicht denken, dass ich in seiner Wohnung mehr von ihm möchte?

„Ich kann unmöglich zulassen, dass du den Weg von mir zur U-Bahn allein im Dunkeln gehen musst", verkündete er. „Außerdem sieht es nach Gewitter aus. Ich begleite dich stattdessen zur U-Bahn."

Der Abgang zur U-Bahn war nur wenige Meter vom italienischen Restaurant entfernt.

„Nicht, dass du eben dachtest …", murmelte Andrea. Auf einmal empfand sie Peinlichkeit.

Raffael überlegte einen Moment, dann äußerte er lächelnd: „Dazu fällt mir gerade etwas ein. Spätabends nimmt ein Mann einen Anhalter mit und fragt ihn: ‚Haben Sie gar keine Angst, dass ich ein Serienmörder sein könnte?' – ‚Aber nein', lacht der Anhalter: ‚Es ist äußerst unwahrscheinlich, dass in einem Auto zur selben Zeit gleich zwei Serienmörder sitzen'."

Andrea runzelte die Stirn, sagte dann mit einem Kopfnicken: „Du hast recht. Gehen wir gemeinsam zur U-Bahn. Von dort aus komme ich gut allein nach Hause."

4

Die Sonne war kurz nach zwanzig Uhr untergegangen. Es wurde jetzt zunehmend dunkel. Er wusste, dass die Frau mit großer Wahrscheinlichkeit allein zuhause war. Das Wetter lud dazu ein, sich noch auf die Terrasse zu setzen.

Das angekündigte Gewitter lässt hoffentlich noch auf sich warten. Heute könnte es klappen!

Jasmin Wegner wohnte bei ihrem Freund in einem freistehenden Einfamilienhaus mit Garten. Es handelte sich dabei um ein Eckgrundstück, das an den Seiten von einem hohen Lattenzaun umgeben war.

Jetzt war er am Zielort eingetroffen. Der Zaun schützte den Garten und das Erdgeschoss des Hauses weitgehend vor neugierigen Blicken. Allerdings nicht vollständig. Vor ein paar Tagen hatte er bemerkt, dass sich zwischen einigen Längslatten des Zauns kleine Spalten befanden, durch die er den Garten beobachten konnte. Momentan brannte in der ersten Etage kein Licht. Er war auf dem Gehweg neben dem Zaun stehen geblieben, wobei er durchgängig auf dem Schirm hatte, sich nicht auffällig zu verhalten.

Vom Grundstück nebenan waren zahlreiche Stimmen und Musik in moderater Lautstärke zu hören.

Dort fand eine Grillparty statt, zu der Jasmin aber nicht eingeladen war. Der Lattenzaun grenzte beide Grundstücke voneinander ab. Das war ein wichtiger Aspekt, damit er im Zweifelsfall nicht von den Nachbarn gesehen wurde.

Durch einen Spalt im Zaun erkannte er, dass sich Jasmin von der hell erleuchteten Terrasse in den Garten bewegte, in dem seitlich einzelne Solarlampen die Pflanzen auf den Beeten in ein dezentes Licht rückten. Jasmin war mit Shorts und einem T-Shirt bekleidet, um ihr linkes Sprunggelenk trug sie eine Bandage. Sie ging auf dem Rasen hin und her, während sie mit ihrem Smartphone telefonierte. Was sie sagte, konnte er nicht verstehen.

Alles was er brauchte, hatte er in einer unscheinbaren Umhängetasche dabei. Für einen Moment erstarrte er komplett und ging noch einmal in sich.

Will ich es wirklich tun? Ist mein Handeln richtig … oder verrückt?

Er traf die endgültige Entscheidung. Dann kam Bewegung in ihn.

Auf der linken Vorderseite des Grundstücks befand sich eine gepflasterte Auffahrt, die zu einem hölzernen Carport führte, das sich über die komplette Länge der Giebelseite des Hauses erstreckte.

Gerade keine unerwünschten Zeugen auf der Straße.

Beim Betreten der Auffahrt ging vorne ein Bewegungsmelder an, was Jasmin jedoch vom hinteren Teil des Grundstückes nicht sehen konnte. Zwischen Haus und Hinterwand des Carports war ein schmaler offener Durchgang zum Garten. Im Carport selbst parkte ein dunkelblauer SUV der Marke BMW. Der Mann blieb neben dem Wagen stehen und wartete, bis das Licht im Vorgarten wieder ausging. Später im Garten würde er darauf achten, nicht auf Erde zu treten und keine Schuhabdrücke zu hinterlassen. Er zog sich die Latexhandschuhe an und streifte sich anschließend eine Sturmmaske übers Gesicht.

Sicher ist sicher. Ich darf nicht erkannt werden.

Er holte den schwarzen Schal, bereits zu einer Schlinge gebunden, aus der Umhängetasche, die er auf dem Boden abgestellt hatte. Das Carport war ein gutes Versteck, um nicht vorzeitig von Jasmin entdeckt zu werden. Von dort spähte er in den Garten.

Sie beendete gerade ihr Telefonat und blieb auf dem Rasen stehen – mit dem Rücken zu ihm, das Gesicht Richtung Nachbargrundstück zum beleuchteten Blumenbeet gerichtet. Vermutlich lauschte sie den Stimmen von nebenan.

Jetzt ist es günstig!

Den schwarzen Schal in beiden Händen rannte er von hinten geduckt auf sie zu. Die Partygeräusche verhinderten, dass sie ihn hörte. Blitzschnell warf er die Schlinge des Schals um ihren Hals und zog mit maximaler Kraft an beiden Schalenden. Jasmin war total überrascht, unfähig zu einer effektiven Gegenwehr. Ihre Hände bewegten sich reflektorisch Richtung Hals, um die todbringende Schlinge zu lockern.

Es soll schnell zu Ende gehen.

Die Frau verlor das Bewusstsein und sackte in sich zusammen. Der Mann ließ erst von ihr ab, nachdem er sicher war, dass sie nicht mehr lebte.

Unruhig blickte er in alle Richtungen.

Da hat niemand etwas bemerkt.

Als nächstes lockerte er den Schal um ihren Hals, holte die darunter eingeklemmten mittellangen blonden Haare wieder hervor und drehte Jasmin auf den Rücken. Er schnappte sich seine Umhängetasche, entnahm ihr eine Stirnlampe, eine runde metallene Keksdose sowie einen akkubetriebenen Langhaarschneider, bei dem er den Aufsatz entfernt hatte.

Der Mann streifte sich die eingeschaltete Stirnlampe über die Maske. Dann kniete er sich neben den Kopf der toten Frau, stellte die Dose auf den Rasen und machte den Deckel ab. Fasziniert starrte er auf Jasmins blonde Haare. Zielsicher setzte er den Haarschneider an ihrer Stirn an und begann, ihr in einer Bahn von vorne zur Schädelmitte entgegen der Wuchsrichtung die Haare abzurasieren. Eine Bahn folgte der nächsten und verbreiterte kontinuierlich die Schneise durch die blonde Haarpracht. Dabei blieb die Kopfhaut der Frau unverletzt. Die Haare fielen büschelweise auf den Rasen. Konzentriert drehte er im Licht der Stirnlampe den Kopf seines Opfers hin und her oder hob ihn an, um die langen Haare vom ganzen Schädel zu entfernen.

Nach ungefähr zehn Minuten, in denen er die Geräusche vom Nachbargrundstück komplett ausgeblendet hatte, vollendete er sein Werk. Die Kopfhaare der Frau waren bis auf einen gleichmäßigen Flaum entfernt.

Langsam sammelte er die auf dem Rasen und vereinzelt auf dem Schal befindlichen abrasierten Haarbüschel ein und stopfte sie in die Keksdose. Ihm war klar, dass er nur einen Teil der Haare mitnehmen konnte.

Jetzt ist es genug.

Er drückte den Deckel auf die Keksdose, verstaute sie anschließend zusammen mit dem Langhaarschneider und der Stirnlampe in der Umhängetasche. Erst jetzt nahm er wieder die Stimmen der Partygäste und die Musik wahr.

Der schwarze Schal um deinen Hals steht dir.

Er wollte den Schal gerade entfernen, als er in unmittelbarer Nähe das Bellen eines Hundes hörte.

Der ist auf dem Fußweg neben dem Lattenzaun, hat mich gewittert.

„He, was ist los, Charly?!", rief eine männliche Stimme. Dem Bellen zu urteilen handelte es sich bei Charly um einen größeren Hund.

Der Mann mit der Umhängetasche lief ins Carport, wo er neben dem SUV verharrte.

Verdammt, das hat mir gerade noch gefehlt, wenn der Mistköter hier reingerannt kommt und mich auf dem Grundstück entdeckt. Ich hoffe, dass der Besitzer des Köters nicht auch durch eine der Spalten im Zaun geguckt hat. Nicht, dass der Typ Jasmin auf dem Rasen liegen sieht.

Der Hund bellte unaufhörlich weiter. Seinem Herrchen gelang es nicht, ihn zu beruhigen.

„He, Wauwau, jetzt reicht's!", ertönte es schließlich vom Nachbargrundstück. Vermutlich einer der Partygäste, den das Gebelle nervte.

Ich darf nichts Unüberlegtes tun! Muss unentdeckt vom Grundstück kommen!

In Charlys Gebell stimmte plötzlich ein zweiter Hund ein.

Jetzt bellen die beiden Köter noch um die Wette.

Offenbar war ein weiterer Spaziergänger mit seinem Hund vor dem Lattenzaun eingetroffen. Die Hunde schienen sich untereinander zu begrüßen, auch ihre Herrchen kamen ins Gespräch.

„Im Garten hinter dem Zaun ist bestimmt eine Katze oder ein Igel", vermutete einer der beiden.

Die fangen an, miteinander zu quatschen. Das ist der richtige Moment, dass ich schnellstmöglich von hier verschwinde.

Er schob sich am SUV vorbei und verließ über die Auffahrt das Grundstück. Die Hundehalter waren nicht zu sehen, sie standen noch auf dem Gehweg der Querstraße um die Ecke und unterhielten sich. Der Mann mit der Umhängetasche zog sich die Maske vom Gesicht und verschwand in entgegengesetzter Richtung in die Dunkelheit.

Ich hab in der Aufregung vergessen, den Schal mitzunehmen, ging ihm durch den Kopf.

5

Raffael Störtebecker konnte nicht gleich einschlafen. Seine Gedanken kreisten um den heutigen Abend mit Andrea.

Wollte sie mich tatsächlich bis zu meiner Wohnungstür begleiten? Hat sie gemerkt, dass ich das auf keinen Fall wollte? Am Ende war die Stimmungskurve leicht abgeflacht. Oder bilde ich mir das ein?

Dann hörte er das erste Donnern. Gewitter und starker Regen setzten ein. Aber das störte ihn nicht.

Hoffentlich lässt Emil morgen sein Gehopse, war Raffaels letzter Gedanke. Dann fiel er in einen tiefen Schlaf.

Die Nacht war leider nur kurz. Wobei weder Emil noch ein fälschlich zu früh eingestellter Wecker daran Schuld hatten. Es war Raffaels Smartphone auf dem Nachttisch, das ihn erbarmungslos aus dem Schlaf riss.

Schon der Name des Anrufers auf dem Display ließ keinen Zweifel über den Grund dieser unerwünschten Ruhestörung aufkommen.

„Ja …?“, stöhnte Raffael, als er den Anruf annahm.

„Hallo Raffael, tut mir leid, dass ich dich am Sonntagmorgen stören muss“, nahm er schlaftrunken die Stimme von Kriminaloberkommissar Jan Schuster wahr. „Aber wir brauchen unbedingt deine Unterstützung. Eine erdrosselte junge Frau, einundzwanzig Jahre alt, ist heute in den frühen Morgenstunden gefunden worden. Da ist einiges zu tun. Alles Weitere bei uns im Büro. Andrea ist auch schon informiert."

„Alles klar, ich komme", murmelte Raffael.

Freier Sonntag ade. Aber der Samstag war immerhin ganz nett – teilweise zumindest.

*

Die Räumlichkeiten der Kriminalfachinspektion 1 befanden sich in der vierten Etage eines weißen fünfstöckigen Gebäudes an der Waterloostraße 9, im zentral gelegenen hannoverschen Stadtteil Calenberger Neustadt.

Im großen Besprechungsraum wurden Raffael Störtebecker, Andrea Renner und eine Gruppe ebenfalls aus dem Frei geholter Kolleginnen und Kollegen von Jan Schuster auf den aktuellen Stand der Ermittlungen im Fall der getöteten Jasmin Wegner gebracht.

Kriminalhauptkommissar Thomas Stelter, ein korpulenter Mann Mitte fünfzig mit schütteren grauen Haaren, mit dem sich Andrea jahrelang ein Büro geteilt hatte, saß ebenfalls mit im Raum.

Der Freund der Toten, Hendrik Raschke, hatte den Leichnam der Frau gegen zwei Uhr morgens im Garten seines Hauses entdeckt, nachdem er von einer Feier mit dem Taxi nach Hause gekommen war. Der Ort des Geschehens lag in Groß-Buchholz, einem Stadtteil im Nordosten der Landeshauptstadt.

Jan Schuster, Mitte dreißig, ein sehniger athletischer Typ, hatte an diesem Wochenende zusammen mit einer Kollegin vom Kommissariat 3 „Mordbereitschaft", war damit momentan in der Kriminalfachinspektion 1 erster Ansprechpartner bei neu gemeldeten Tötungsdelikten. Der Kriminaldauerdienst kümmerte sich am Fundort der Leiche um die Spurensicherung, ließ in den abgesperrten Bereich vor Abschluss der kriminaltechnischen Untersuchung niemanden herein. Vermutlich waren in diesem Fall Fundort und Tatort identisch. Jan und dem sonstigen Ermittlerteam mussten zunächst die vom Fundort angefertigten Fotos und Videos der Spurensicherung ausreichen.

„Hendrik Raschke konnte bisher nur sehr eingeschränkt befragt werden", erläuterte Jan. „Er war wohl bereits angetrunken, als ihn das Taxi zu Hause absetzte. Der Fund seiner toten Freundin hat ihn ziemlich aufgewühlt. Um den Hals hatte sie noch einen schwarzen Schal, mit dem sie höchstwahrscheinlich erdrosselt worden ist."

Den Anwesenden fiel auf den aufgehängten Fotos außerdem der kahlrasierte Schädel der Frau sowie ihre vom Regen durchnässte Kleidung auf.

„Bisher kein Hinweis auf eine Vergewaltigung", fuhr Jan fort. „Im Haus scheint nichts beschädigt oder gestohlen worden zu sein."

Hendrik Raschke war wohl beim Betreten des Hauses aufgefallen, dass die Lampen auf der Terrasse noch brannten. Deshalb wäre er auf die Terrasse gegangen und hätte dabei den grausigen Fund im Garten gemacht. Die Terrassentür wäre nur angelehnt gewesen.

Nach eigenen Angaben hatte er umgehend die Polizei angerufen.

„Als die Kollegen vor Ort kamen, war er neben der Spur, hat herumgeschrien, zwischenzeitlich geheult. Wir haben kurz einen Arzt draufschauen lassen. Zu seiner eigenen Sicherheit haben wir ihn mit ins Kommissariat genommen. Damit war er einverstanden. Sollte es seine Verfassung zulassen, müssen wir ihn hier noch mal befragen."

Sie würden sein Alibi überprüfen und mit dem von der Rechtsmedizin ermittelten Todeszeitpunkt abgleichen.

„Über Hendrik Raschke wissen wir, dass er ein Bekleidungsgeschäft in Hannover-List betreibt – mit Klamotten, die gerne von der rechtsextremen Szene gekauft werden." Jans Mimik spiegelte Abneigung wider. „Da geht es beispielsweise um bedruckte T-Shirts und Jacken mit Figuren aus der germanischen Mythologie und die bei Neonazis beliebten Runenzeichen."

Mord an einer Neonazi-Braut. Na, das hat uns gerade noch gefehlt.

„Zur rechtsextremen Szene passt ja exzellent die Skinhead-Frisur des Opfers", warf Raffael ein.

„Die Kahlrasur des Schädels geht offenbar auf das Konto des Täters", belehrte ihn Jan. „Wir haben einige der abgeschnittenen Haare am Tatort gefunden."

„Was ist uns über Jasmin Wegner bekannt?", meldete sich Thomas Stelter.

„Sie hat Farbtechnik und Raumgestaltung an der Leibniz Universität in Hannover studiert", antwortete Jan. „In Groß-Buchholz ist sie erst seit einem Monat gemeldet."

Raffael runzelte die Stirn: *Ein überraschend kurzer Zeitraum.*

*

Der einundvierzigjährige Mann, der Raffael Störtebecker gegenübersaß, trug eine schwarze Jacke und darunter ein ebenfalls schwarzes T-Shirt mit einem aufgedruckten Wikingerkopf. Hendrik Raschke hatte kurze braune Haare, in der Mitte gescheitelt, dazu einen Vollbart. Er rutschte auf dem Stuhl hin und her, strich sich mehrfach über den Bart oder stützte sich mit den Händen an der Tischkante ab. Inzwischen war er vollständig nüchtern.

„Meine Kleine war eine tolle Frau, wirklich außergewöhnlich", beschrieb er die getötete Jasmin. „Wir waren total heiß aufeinander und haben so viel Zeit wie möglich zusammen verbracht."

„Aber gestern Abend ja anscheinend nicht“, bekundete der Oberkommissar. „Warum haben Sie Ihre Freundin nicht mit zu der Feier genommen, auf der Sie waren?“

Zwischen den beiden Männern stand ein Tisch mit Aufzeichnungsgerät und Mikrofon.

„Das ging nicht!“ Raschke verzog das Gesicht. „Das war ein Männerabend. Lauter Kunden und gute Bekannte von mir.“

„Machen Sie so was öfters?“

„Ja, alle paar Monate.“

„Und warum ohne Frauen?“

„Was für ‘ne Frage, Mensch?!“ Raschke machte einen genervten Eindruck. „Man ist unter sich, nur Männerthemen, ungezwungene Atmosphäre, geiles Wir-Gefühl. Jeder trägt hier seine Szeneklamotten.“

„Und wie viele Männer waren da?“

„So fünfunddreißig bis vierzig.“

Raffael notierte sich die Adresse der Gaststätte, in der die Feier stattgefunden hatte. Raschke war offenbar einer der Mitorganisatoren des Männerabends, wobei die Gäste Getränke und Essen selbst bezahlten.

„Welcher Personenkreis – außer den Gästen – wusste von der Feier?“, erkundigte sich Raffael.

„Keine Ahnung. Ich hab die Feier auf meiner Website und verschiedenen Social-Media-Plattformen angekündigt. In meinem Geschäft war ein Aushang, der sich aber nur an männliche Stammkunden richtete.“

„Die Szene, die in Ihrem Laden einkauft, ist ja nicht überall gern gesehen …“, setzte Raffael Störtebecker an, wurde jedoch abrupt von seinem Gegenüber unterbrochen.

„Wir lassen uns nicht ins kriminelle Abseits schieben! Ich verkaufe lediglich hochwertige Kleidung einer speziellen Stilrichtung und treffe mich gerne mit Menschen, denen bestimmte Werte in diesem Land immer noch etwas bedeuten. Trotzdem bin ich Opfer von Intoleranz geworden!“ Er schlug mit der rechten Faust auf den Tisch. „Zweimal wurde mein Laden mit linken Parolen beschmiert, einige meiner Nachbarn in Groß-Buchholz halten sich auf Distanz und zerreißen sich das Maul über mich. Aber ich habe genug Freunde und Bekannte, dass ich damit klarkomme.“

Raffael hatte keine Lust, sich mit Raschke auf einen Disput über dessen politische Anschauung einzulassen.

Ich verabscheue diese ganze Neonazi-Szene. Aber jetzt will ich einfach nur Informationen, um in diesem Mordfall weiterzukommen.

„Ich möchte noch einmal auf Ihre Beziehung zu Jasmin Wegner zurückkommen.“ Der Oberkommissar wechselte den Fokus. „Wie lange kennen Sie die junge Frau?“

„Seit zwei Monaten.“

„Wie haben Sie sich kennengelernt?“

„Sie war Kundin in meinem Geschäft. Es hat gleich gefunkt zwischen uns. Wir haben uns mehrfach privat verabredet und vor einem Monat ist sie bei mir eingezogen.“

„Sie sind echt von der schnellen Truppe." Raffael stieß einen Pfiff aus, bei dem Raschke den Mund verzog. „Wo hat sie denn vorher gewohnt?"

„In einem Studentenwohnheim."

„Von wem ging die Initiative aus, dass Sie zusammenziehen?"

„Von uns beiden gleichzeitig."

„Wie schön, dass Sie sich da einig waren und gleiche Interessen haben", meinte Raffael leise. „Immerhin liegt zwischen Ihnen ein Altersunterschied von genau zwanzig Jahren. Was hat Sie miteinander verbunden?"

„Alter ist kein Hinderungsgrund, wenn sich zwei Menschen zueinander hingezogen fühlen", verkündete Raschke mit nüchternem Tonfall, als würde er einen auswendig gelernten Satz wiedergeben. „Außerdem harmonierten wir körperlich perfekt miteinander."

„Sie hatten also zufriedenstellenden Sex mit ihr?"

„Oh ja, das kann man wohl sagen. Fast jeden Tag, zumindest die ersten Wochen, eine Erfüllung ..." Raschke machte den Eindruck, als schaue sich gerade sein geistiges Auge einige einschlägige Szenen an.

„Eine Erfüllung? Für wen?", hakte Raffael nach.

„Für uns beide natürlich."

„Was hat Jasmin als sehr junge Frau an Ihnen als deutlich älterem Mann geschätzt?" Diese Frage interessierte Raffael brennend.

Raschke musste nicht lange überlegen: „Meinen Körper, meine Ausstrahlung, meine Lebenserfahrung."

„Und zu wem hatte sie sonst noch Kontakt?"

„Die Abende hat sie fast ausschließlich mit mir verbracht. Da kam keine Langeweile auf. Gelegentlich ist sie mit einer Kommilitonin unterwegs gewesen … Kiara."

Plötzlich wischte sich Raschke aufkommende Tränen aus dem Gesicht.

„Was ist mit der Kommilitonin?", erkundigte sich Raffael.

„Kiara wollte gestern Abend mit Jasmin in die Disco, aber Jasmin hatte keine Lust, weil sie vor ein paar Tagen mit dem linken Fuß umgeknickt war und eine Bandage tragen musste." Raschke stockte einen Moment. „Wären die beiden gemeinsam losgezogen, würde meine Kleine jetzt noch leben …"

„Wäre das denn für Sie okay gewesen, wenn Ihre Freundin abends in die Disco geht?"

„Wieso nicht?! Meine Kleine hätte nie was Ernsthaftes mit 'nem anderen Typen angefangen. Sie wusste genau, was sie an mir hat."

An mangelndem Selbstwertgefühl leidet er nicht, stellte Raffael fest.

Auf Nachfrage berichtete Raschke, dass er die Familie seiner Freundin nie kennengelernt hätte: „Jasmin hat wenig über ihre Eltern und ihre Schwester erzählt, sie auch nicht besucht. Ihr Vater ist Chirurg in Hannover."

„Haben Sie einen Verdacht, wer Ihre Freundin getötet haben könnte?"

„Das muss doch ein Psychopath gewesen sein!" Raschkes Gesicht verzog sich zu einer Fratze. „Wer sonst würde einer toten Frau die Haare abrasieren und die Haare mitnehmen?!"

„Könnte der Skinhead eine Botschaft des Täters sein?"

„Was denn für eine Botschaft? Ich kann darin keine Botschaft entdecken!"

„Na ja, vielleicht wollte der Täter damit seine Abneigung gegen Ihre politische Auffassung ausdrücken …"

„Politische Auffassung?! Was wissen Sie schon von meiner politischen Auffassung?" Wütend starrte Raschke den Oberkommissar an. „Ich bin keiner Ihrer Neonazis, sondern ein rechtschaffener Bürger!"

„Hatte Jasmin Streit mit anderen Personen?", fragte Raffael, ohne weiter auf Raschkes Einwurf einzugehen. „Ist sie mal von jemandem bedroht worden?"

„Da kann ich einiges zu sagen! Sie hat mir erzählt, dass ein Ex-Freund sie noch Wochen nach der Trennung bedrängt und beschimpft hat. Enno, ein Kommilitone von ihr. Das muss vor ein paar Monaten passiert sein. Ich kenn den Typen nicht!"

„Und sonst?"

„Meine Kleine sah gut aus, da gab es genug Kerle, die was von ihr wollten. Einmal hatte sie Stress mit 'nem Nafri, der sie auf der Straße angemacht hat. Dem ist sie später noch mal in der Nähe unseres Hauses begegnet."

„Nafris gibt es hier nicht", brummte Raffael. Die Bezeichnung ‚Nafri' war ein von der Polizei Nordrhein-Westfalen verwendetes diskriminierendes Kürzel für junge Nordafrikaner, die als kriminell eingestuft wurden.

„Sie wissen schon, was ich meine", entgegnete Raschke ärgerlich. „So ein alleinstehender Typ aus Marokko, Libanon oder Syrien, der scharf auf blonde Frauen ist und glaubt, sich hier einfach bedienen zu können."

„Was genau ist wann passiert?"

„Jasmin hat mir vor drei Wochen erzählt, dass sie von so einem afrikanischen Typen angequatscht wurde. Ob sie Lust hätte, mit ihm was zu unternehmen. Na, was wollte der wohl?! War anscheinend richtig hartnäckig. Eine Woche später hat sich das Ganze noch mal wiederholt. Sie hat ihm jedes Mal eine Abfuhr erteilt."

„Hat er sie bedroht oder angefasst?"

„Nein, offenbar nicht. Aber ich war nicht dabei." Raschke war anzusehen, dass er überlegte. „Und dann war da noch so ein Spinner, der sie nach einem Treffen mit Kiara in der Nähe des Studentenwohnheims angelabert hat. Das muss auch vor zwei Wochen gewesen sein, als sie mir davon berichtet hat."

„Wieso Spinner …?"

„Jasmin meinte, der Typ habe behauptet, er sei angeblich Privatdetektiv und hätte einen Auftrag, sie zu beobachten. Er könne zwischenmenschliche Schwingungen wahrnehmen und spüren, dass sie ein guter Mensch wäre, oder so was Ähnliches. Ihm würde ihr Wohlergehen sehr am Herzen liegen."

„Ein Privatdetektiv? In wessen Auftrag soll er Jasmin observiert haben?"

„Ich glaube, das war gelogen und einfach eine dämliche Anmache. Der wollte sich interessant machen, um an sie ranzukommen. Er hat auch seinen vermeintlichen Auftraggeber nicht genannt."

„Hat Jasmin ihn näher beschrieben?"

„In den Dreißigern, betont norddeutscher Akzent." Der Befragte hielt inne. „Wohl so ähnlich wie Sie. Und abstehende Ohren."

„Hat Ihre Freundin sich von dem Mann bedroht gefühlt?"

„Bedroht nicht, aber die verquere Anmache und das esoterische Gequatsche haben sie genervt."

Ist die Frau vielleicht wirklich von einem Privatdetektiv im Auftrag einer unbekannten dritten Person überwacht worden?

„Kann es sein, dass jemand damit Probleme hatte, dass Sie eine schöne junge Freundin haben, die bei Ihnen eingezogen ist?", wollte der Oberkommissar wissen.

„Sie meinen, eine eifersüchtige Ex? Ich hab fast zehn Jahre mit einer Frau zusammengewohnt, dann hat mich das Luder betrogen und ist ausgezogen. Der wird's egal gewesen sein, dass ich Jasmin kennengelernt hab und sie bei mir eingezogen ist. Meine Ex ist nicht die Mörderin meiner Kleinen! Aber wenn ich den Scheißkerl in die Finger kriege, der das getan hat, kann ich für nichts garantieren …"

6

Sabine Wegner war auf einmal eine gebrochene Frau. Sie saß weinend auf dem Sofa im Wohnzimmer, den Oberkörper nach vorne gebeugt, den Kopf in beide Hände vergraben. Die unerwartete Nachricht vom Tod ihrer Tochter Jasmin hatte sie schwer getroffen.

Neben ihr saß die junge Kriminaloberkommissarin Emma Falkenberg, die der Frau tröstend eine Hand auf die Schulter legte. Begleitet wurde Emma von Kriminaloberkommissar Arif Kimil, der im Sessel gegenüber Platz genommen hatte.

Emma und Arif gehörten wie Andrea und Raffael zum 1. Kommissariat der hannoverschen Kriminalfachinspektion 1. An diesem Sonntag hatten sie Sabine Wegner in deren Haus aufgesucht. Die Endvierzigerin wohnte in einem kleinen Reihenhaus mit Garten in Arnum, einem Stadtteil von Hemmingen im südlichen Umland der Region Hannover.

„Wer ist zu so einer grausamen Tat fähig?!", brachte Jasmins Mutter stockend hervor. „Brutal ermordet …" Sie drehte ihren Kopf zur Seite und schaute die junge Polizistin an.

Emma waren sofort die ähnlichen Gesichtszüge von Jasmin und Sabine Wegner aufgefallen.

Eine schöne Frau, ebenfalls blond, ging Emma durch den Kopf. *Aber schon bevor sie die schlimme Nachricht erfuhr, wirkte sie abgekämpft.*

„Hat meine Tochter dort, wo sie gefunden worden ist, gewohnt?“, fragte Sabine.

Emma nickte. So wie es aussah, war Sabine Wegner nicht auf dem neuesten Stand, was die Lebensumstände ihrer Tochter anging.

Sabine brauchte einige Zeit, um wieder durchgängig reden zu können: „Ich wohne seit fünf Jahren in Arnum, seit der Trennung von meinem Mann. Wir sind inzwischen auch geschieden. Unsere beiden Töchter, Jasmin und Linda, sind mit mir hierhergezogen.“

„Und ihr Mann?“, fragte Arif dazwischen.

„Der wohnt weiterhin im selben Haus in Hannover. Mittlerweile ist er wieder verheiratet.“

„Sie wollten nicht mit Ihren Töchtern in Hannover bleiben …?“, hakte der Oberkommissar nach.

„Nein, mir war ein Tapetenwechsel wichtig. Ich habe auch wieder angefangen als Krankenschwester zu arbeiten. Im Agnes-Karll-Krankenhaus in Laatzen.“

Emma übernahm die Gesprächsführung: „Wie war Ihr Verhältnis zu Jasmin? Offenbar haben Sie einige Zeit nichts voneinander gehört.“

„Wir hatten ein liebevolles Verhältnis. Sie ist wie ihre Schwester von hier aus zur KGS Hemmingen gegangen und hat dort Abitur gemacht. Kurz danach ist sie ausgezogen und hat in Hannover studiert. Wir haben nicht mehr so viel Kontakt. Vor einigen Wochen hat sie mich zuletzt angerufen."

„Ach, das klingt so … distanziert. Waren Sie sauer aufeinander?"

„Nein, wir waren nicht zerstritten. Sie wollte selbstständig sein und hat das bewusst gelebt. Ich konnte das gut akzeptieren. Manchmal hat sie mich auch besucht."

„Hat Ihre Tochter mal davon gesprochen, dass sie bedroht oder belästigt wird?"

„Nein."

„Hatte Jasmin noch Kontakt zu ihrer Schwester?"

„Auch nicht mehr als zu mir. Linda lebt noch bei mir im Haus." Sabine Wegner schüttelte den Kopf. „Die beiden sind zwar eineiige Zwillinge, aber vom Wesen her erstaunlich unterschiedlich. Jasmin war die trotzige Rebellin mit durchwachsenen Schulnoten, Linda die strebsame Musterschülerin, die immer einen engeren Kontakt zu mir hatte."

Sabine Wegner berichtete, dass Linda Zahnmedizin an der Medizinischen Hochschule Hannover studiert. Von Arnum aus wäre Linda über die Schnellwege schnell in der MHH. Zudem würde sie hier noch beim SV Hemmingen mit einer ehemaligen Schulfreundin regelmäßig Badminton spielen.

„Und wo ist Ihre Tochter Linda jetzt?"

„Sie ist an diesem Wochenende mit einer Freundin in Süddeutschland."

„Und wie ist aktuell das Verhältnis zu Ihrem Ex-Mann?", erkundigte sich Arif.

„Ich habe seit unserer Scheidung fast gar keinen Kontakt zu ihm. Wir gehen unsere eigenen Wege." Sabine Wegner machte eine kurze Pause, dann fuhr sie fort: „Linda besucht ihren Vater gelegentlich. Könnte sein, dass sich auch Jasmin bei ihm ab und zu gemeldet hat."

7

Es war wieder warm geworden an diesem Sonntag. Nach dem nächtlichen starken Gewitter hatte sich das Wetter in Hannover beruhigt und inzwischen war der Himmel nahezu wolkenlos.

Mit ihrem Dienstwagen, einem grauen VW Passat, brauchten Raffael Störtebecker und Andrea Renner von ihrem Dienstort nur ungefähr eine viertel Stunde, um ihr Ziel im Nordwesten der Landeshauptstadt zu erreichen. Im Stadtteil Herrenhausen, der einen der bedeutendsten Barockgärten Europas und Teile der Universität beherbergt, wohnte der Vater des getöteten Opfers.

Bevor sie losgefahren waren, hatten sie im Internet recherchiert. Dr. Burkhard Wegner war der Inhaber einer am hannoverschen Stadtwald Eilenriede gelegenen Privatklinik für Plastische und Ästhetische Chirurgie, die er auch ärztlich leitete.

Sie parkten den Passat direkt vor einer zweistöckigen Villa, deren großzügiger Garten von einem halbhohen Metallzaun mit gemauerten Pfosten umgeben war. Die Rasenflächen, die Blumenbeete und der Baumbestand sowie das Haus und die Doppelgarage wirkten, soweit einsehbar, äußerst gepflegt.

„Das sieht schon von außen nach mächtig Kohle aus“, äußerte Raffael beim Verlassen des Fahrzeugs. „Der Mann hat keine finanziellen Sorgen.“

Durch die Pforte neben dem Gartentor gelangten Raffael und Andrea, nachdem sie sich an der Gegensprechanlage zu erkennen gegeben hatten, auf das Grundstück. Sofort fiel ihnen am Haus die Videokamera im Eingangsbereich auf.

„Hier wird auf Sicherheit gesetzt“, murmelte Andrea.

*

Die Innenausstattung der Villa stand der Außenanlage in nichts nach.

Burkhard Wegner hatte Raffael und Andrea in sein geräumiges Wohnzimmer gebeten. Der Blick des Oberkommissars schweifte über die modernen Sitzmöbel, die Ölgemälde an den Wänden, den gemauerten Kamin und die breite Fensterfront zum hinteren Teil des Gartens, in dem Raffael einen Swimmingpool und eine Außensauna entdeckte. Unter der Couch sah er eine schwarze Perserkatze.

Wegner war eine stattliche Gestalt, um die fünfzig, ohne erkennbaren Bauchansatz, durchtrainiert, gebräunte Haut, mit vollen dunkelblonden Haaren. Er war mit einem beigefarbenen modischen Golf-Polohemd und einer dunkelblauen Jeans bekleidet.

Solariumbräune, schoss Raffael etwas unpassend durch den Kopf. *Und die Haare sind bestimmt gefärbt.*

An seiner Seite hatte Wegner eine junge gutaussehende Frau mit langen blonden Haaren, deren Alter Raffael auf Anfang dreißig schätzte. Das ärmellose rote Kleid, das bis zu den Knien reichte, unterstrich ihre schlanke Figur. Wegner hatte sie als seine Ehefrau Maria vorgestellt.

Ein sehr schönes Gesicht. Die ist mir sympathisch, auf merkwürdige Weise vertraut.

Raffael hatte die Bombe vom Tod Jasmins platzen lassen. Das Ehepaar Wegner wirkte überrascht und betroffen, wobei beide die Nachricht erstaunlich tapfer wegsteckten. Sie alle hatten im Wohnzimmer Platz genommen. Maria saß neben ihrem Mann auf der Couch und hielt seine Hand.

Wegner zeigte wenig Mimik, schaute Raffael und Andrea bewegungslos an. Auf Raffaels Frage, ob er das folgende Gespräch mitschneiden dürfe, antwortete er knapp: „Natürlich. Kein Problem."

„Wie schrecklich", sagte Maria mit leiser Stimme. Sie streichelte die Hand ihres Mannes und blickte ihn besorgt an. „Es tut mir so leid um deine Tochter."

Auf einmal kam Leben in Wegners Gesicht. Mit fester Stimme fragte er: „Wissen Sie, wer Jasmin getötet hat? Oder haben Sie zumindest einen Verdacht?"

„Nein", bekundete Andrea. „Noch stehen wir am Anfang unserer Ermittlungen."

„Wo genau ist es passiert?"

Raffael benannte den Fundort der Leiche und erklärte, dass Jasmin dort seit einem Monat gewohnt hätte – im Haus von Hendrik Raschke. Auf Wegners Nachfrage, wer genau dieser Mann wäre, erwähnte der Oberkommissar das Bekleidungsgeschäft, welches sich großer Beliebtheit in der rechtsextremen Szene erfreute.

„Ich finde es ganz entsetzlich, dass sich Jasmin mit Neonazis abgegeben hat!", platzte es aus Wegner heraus. „So habe ich sie nicht erzogen!"

„War Ihre Tochter überhaupt an politischen Themen interessiert?", griff Raffael das Thema auf. „Hat sie sich für bestimmte Ziele engagiert, wobei sie angeeckt sein könnte?"

„In der Vergangenheit ist sie mal für den Klimaschutz auf die Straße gegangen. Sonst wüsste ich nicht."

„Hat Sie Ihnen über Ärger und Konflikte mit Menschen aus ihrem Umfeld erzählt?"

Wegner lachte bitter, dann meinte er: „Bei ihrer selbstbewussten Art kann ich mir gut vorstellen, dass sie mit anderen Menschen aneinandergeraten ist. Aber Konkretes weiß ich dazu nicht."

„Wann haben Sie denn Jasmin zuletzt gesehen oder gesprochen?", erkundigte sich Raffael.

„Vorletzte Woche haben wir uns kurz in der Nähe der Uni getroffen. Und vor vier Monaten habe ich sie abends im Studentenwohnheim besucht. Insgesamt haben wir uns die letzten Jahre nur selten gesehen. Sie war mal hier, um ihre neue Stiefmutter kennenzulernen." Wegner verzog flüchtig das Gesicht, dann fuhr er fort:

„Wir haben gelegentlich miteinander telefoniert. Zuletzt …? Vielleicht vor einem Monat."

„Da hat sie Ihnen aber nichts davon erzählt, dass sie aus dem Studentenwohnheim auszieht?"

„Nein. Aber sie hat mir gelegentlich Fotos von sich aufs Handy geschickt. Da hab ich mitbekommen, dass sie sich vor zwei oder drei Monaten die Haare völlig bunt gefärbt hatte. Dann war sie wieder blond."

„Haben Sie Jasmin von sich aus öfters angerufen oder war es umgekehrt?"

„Ach, Jasmin anzurufen war nicht einfach. Sie ist oft nicht ans Handy gegangen, weil es ihr in diesem Moment nicht passte. Damit wollte sie zeigen, dass sie selbstständig ist."

„Wie war Ihr Verhältnis?", hakte Raffael nach.

„Gut. Eine normale Vater-Tochter-Beziehung." Wegner schaute kurz seine Frau an, dann ergänzte er: „Ich wollte immer nur das Beste für meine Töchter. Dass sie einen guten Weg durchs Leben finden und ihre Ressourcen nutzen."

Raffael sprach daraufhin Maria an: „Hatte Ihre Stieftochter Jasmin zu Ihnen Kontakt? Persönlich oder telefonisch, so von Frau zu Frau …?"

„Wir hatten nicht viel miteinander zu tun", antwortete Maria nach einem Zögern. „Über ihren schrecklichen Tod bin ich sehr bestürzt. Sie war eine energiegeladene junge Frau." Maria überlegte, äußerte dann: „Mein Mann und ich sind seit einem Jahr verheiratet. Meine Stieftochter war nicht oft hier, insofern war unsere Beziehung nur oberflächlich, aber gut. Telefoniert haben wir praktisch nie miteinander, uns auch nicht gemailt."

Nebenbei erfuhren Raffael und Andrea von Wegner, dass er seit der „einvernehmlichen Trennung" von seiner Frau diese „nur selten" sehe, ihn jedoch seine Tochter Linda „bisweilen besuchen" würde.

Routinemäßig erkundigte sich Raffael, wo sich Burkhard und Maria Wegner am gestrigen Abend aufgehalten hätten.

Ohne sich auch nur im Ansatz zu echauffieren, bekundete der Schönheitschirurg: „Am Samstag war ich den ganzen Tag auf einer ärztlichen Fortbildung in Hildesheim, wo ich anschließend wegen des guten Wetters abends noch durch die Stadt gebummelt bin. Vor dem Gewitter war ich zum Glück wieder zu Hause."

„Ich habe hier auf ihn gewartet", ergänzte Maria. „Schon vorher hatte mein Mann angedeutet, dass es später werden könnte. So habe ich mir keine Sorgen gemacht. Ich habe an dem Abend längere Zeit mit meiner Mutter telefoniert."

„Wie ich vermute, ist Ihre Villa ein sicherer Ort, der gut vor ungebetenen Besuchern geschützt ist ...?"

„Da haben Sie recht", stimmte Wegner dem Oberkommissar zu. „Man kommt vielleicht noch in den Garten, aber das ganze Gebäude ist mit einer Alarmanlage abgesichert. Eindringlinge werden sofort durch akustische Signale abgeschreckt. Jeder versuchte Einbruch wird umgehend an einen externen Sicherheitsdienst gemeldet."

„Ein angemessener Schutz", pflichtete Andrea anerkennend bei.

Wegner blickte die Oberkommissarin an und sagte leise zu ihr: „Vielleicht sehen Sie es mir nicht an, weil ich mich zusammenreiße. Aber ich bin in tiefer Trauer." Nach einer Pause fügte er hinzu: „Ich würde meine Tochter gerne so schnell wie möglich sehen. Ich gehe davon aus, dass sie in die Rechtsmedizin der MHH gebracht worden ist …?"

„Ja, natürlich." Andrea nickte kurz.

Da fiel Raffael ein: „Da ist noch was. Angeblich soll Jasmin von einem Privatdetektiv überwacht worden sein. Haben Sie eine Idee, wer so etwas in Auftrag gegeben haben könnte? Hat sie dazu mal was erzählt?"

„Einen Privatdetektiv hat sie nie erwähnt", erwiderte Wegner und zuckte mit den Schultern. „Keine Ahnung."

8

„Die Paare in der Familie Wegner schätzen den Altersunterschied", meinte Raffael Störtebecker trocken, als er wieder mit Andrea Renner zusammen in ihrem Fahrzeug vor der Villa des Schönheitschirurgen saß. „Der Doktor heiratet 'ne zwanzig Jahre Jüngere, und seine Tochter macht es ihm in umgekehrter Richtung nach, indem sie mit einem zwanzig Jahre älteren Geschäftsmann zusammenzieht."

„Und was schließt du daraus?"

„Psychologische Schlüsse sind eher was für unseren Lieblingspsychiater Dr. Seifert", äußerte Raffael mit ironischem Unterton. „Aber ich kann mir nicht vorstellen, dass solche Beziehungen, was die Liebe angeht, wirklich von langer Dauer sind."

„Hält doch bei vielen Gleichaltrigen auch nicht lange. Und denk an Johannes Heesters, der war mit einer sechsundvierzig Jahre jüngeren Frau verheiratet – und das fast zwanzig Jahre lang."

„Klingt so, als würden potenzielle Partner für dich ab sechzig interessant." Raffael grinste. „Oder suchst du eher was um die zwanzig?"

„Ich suche momentan überhaupt keinen Partner", sagte Andrea betont energisch, was Raffael dazu bewegte, das Thema zu beenden.

Stattdessen verkündete er mit leuchtenden Augen: „Ich habe eine Idee, wer der geheimnisvolle Privatdetektiv ist, der Jasmin Wegner überwacht haben soll."

Andrea, die auf der Fahrerseite saß, schaute ihren Kollegen erstaunt an: „Wie kommst du jetzt darauf?"

„Je länger ich darüber nachgedacht habe, desto sicherer bin ich mir. Es ist Torben Hansen, mein Cousin."

„Wie bitte?!" Andrea schien unsicher, ob Raffael es wirklich ernst meinte. „Etwa der Cousin, der dich hier schon öfters abends zu Hause besucht hat …?"

„Genau der", stimmte ihr Raffael mit einem Kopfnicken zu. „Er ist vor vielen Jahren von Hamburg in die Region Hannover gezogen, wohnt jetzt nicht weit von hier in der Nordstadt, wo er als Privatdetektiv arbeitet."

Während Andrea ungläubig guckte, zog Raffael sein Smartphone aus der Tasche und wählte zielsicher eine Nummer. Der Angerufene nahm das Gespräch postwendend an.

„Moin, Raffi."

„Moin, Torben. Bist du zu Hause?"

„Jo."

„Ich komm in ein paar Minuten mit meiner Kollegin bei dir vorbei. Ist sehr wichtig. Okay?"

„Jo."

„Prima, tschüss."

Das Telefonat war beendet.

Raffael schnallte sich auf dem Beifahrersitz an und nannte Andrea die Adresse seines Cousins in der

Nordstadt, einem Stadtteil, der direkt an Herrenhausen grenzte.

„Du kannst durchstarten. Die Unterhaltung mit Torben bringt uns auf jeden Fall ein Stück weiter", behauptete Raffael enthusiastisch.

„Für welche Detektei arbeitet er denn? Heutzutage sind Privatdetektive doch alle irgendwo angestellt."

„Torben ist ... wie soll ich sagen ... außergewöhnlich. Er arbeitet grundsätzlich immer nur allein. Schon als Jugendlicher hatte er regelmäßig Kontakt zu Aliens – glaubte er wenigstens. Er hat eben ... na ja ... besondere ‚Fähigkeiten'. Ich glaube, er könnte wichtige Informationen für uns haben."

„Na, hoffentlich ist er gesprächiger als am Telefon", meinte Andrea und fuhr los.

Fünf Minuten später hatten sie ihr Ziel in der Nordstadt erreicht. Ein Wohngebiet mit vierstöckigen Reihenhäusern zu beiden Seiten der Straße, wobei sich anstelle der Vorgärten ein schmaler Grünstreifen zwischen Gehweg und Hauswand erstreckte.

„Haus Nummer sechs, wo gerade der Mann reingegangen ist", erklärte Raffael. „Da wohnt und arbeitet Torben."

Andrea erwischte einen Parkplatz am Straßenrand zwei Hausnummern weiter. Als sie ausstiegen, ging gerade eine ältere Frau an ihnen vorbei. Die beiden folgten ihr bis zum ebenerdigen Hauseingang Nummer sechs, vor dem die Frau ebenfalls stehenblieb und sich zu ihnen umdrehte.

Torben Hansen wohnte im Erdgeschoss unten links. Seit seinem Umzug nach Hannover hatte Raffael seinen Cousin Torben dort zweimal besucht.

„Wollen Sie auch ins Haus?“, fragte die Frau, die einen Schlüssel aus ihrer Handtasche nahm.

„Ja, zu Hansen“, meinte Raffael Störtebecker mit einem Nicken.

Sofort, als die Frau die Haustür aufgeschlossen und geöffnet hatte, erkannten Raffael und Andrea die bedrohliche Situation.

„Hansen, du hast mein Leben zerstört!“, brüllte ein leicht übergewichtiger Mann Mitte vierzig, der sich mit geballten Fäusten vor Torben Hansen aufbaute, der im Rahmen seiner Wohnungstür stand.

„Nur die Ruhe, Herr Ziegler“, entgegnete Torben völlig unaufgeregt und sachlich.

„Du elender Dreckskerl!“, war Zieglers Antwort.

Ach du meine Güte, gleich geht's zur Sache, ging Raffael durch den Kopf.

Ehe der Oberkommissar eingreifen konnte, holte Ziegler kraftvoll mit der rechten Faust aus. Zeitgleich duckte sich Torben mit einer blitzschnellen Bewegung zur Seite. Zieglers Faust schoss in einem Bogen über Torben hinweg und krachte gegen die Wohnungstür.

Ziegler schrie vor Schmerzen und presste die linke Hand gegen die lädierte Faust.

„Polizei! Sofort aufhören!“, rief Raffael, wobei Ziegler offenbar eh nicht vorhatte, den Angriff auf Torben fortzusetzen.

Raffael und Andrea gingen auf den Mann zu, dessen Gesichtsausdruck zwischen Wut, Schmerz und Fassungslosigkeit schwankte.

Als Raffael und Andrea Ziegler nach seinen Personendaten fragten, winkte Torben lässig ab: „Die bekommt ihr von mir.“ Er zählte Name, Geburtstag, Geburtsort und Adresse auf. „Von einer Anzeige wegen versuchter Körperverletzung sehe ich allerdings ab.“

Raffael hatte einen Blick auf die blutigen Knöchel von Zieglers Faust geworfen und riet ihm: „Lassen Sie das am besten in einer unfallchirurgischen Ambulanz überprüfen.“

Die ältere Frau huschte zur Treppe und ging auf einmal betont langsam nach oben.

Scheint neugierig zu sein, grinste Raffael in sich hinein. *Hofft wohl, hier noch was aufzuschnappen.*

„Sollten wir uns erneut über den Weg laufen, Herr Ziegler, wird das genauso enden“, verkündete Torben gelassen. Seine Stimme hatten einen typisch norddeutschen Tonfall. „Also ersparen Sie uns eine weitere Begegnung.“

Raffael und Andrea ließen Ziegler abziehen, der schnell die Haustür öffnete und nach draußen verschwand.

Torben Hansen war ein schlanker Mann mit hellbraunen Haaren Mitte dreißig, bekleidet mit einem geblümten kurzärmeligen Hemd über einer langen Blue Jeans, wobei seine sockenlosen Füße in braunen Sneakers steckten. Sein Gesicht zeichnete sich durch eine rosige Hautfarbe, hohe Wangenknochen und weit auseinanderstehende braune Augen aus. Die beiden Ohrmuscheln standen dabei etwas mehr von seinem rundlichen Kopf ab als allgemein üblich.

„Das ist meine Kollegin Andrea Renner", stellte Raffael die Oberkommissarin an seiner Seite vor.

„Moin", äußerte Torben und begrüßte Andrea und Raffael mit Handschlag. „Kommt doch rein."

Er ging voraus in einen längeren Flur, von dem zu beiden Seiten mehrere Türen abgingen. Andrea und Raffael folgten ihm, wobei der Oberkommissar die Wohnungstür hinter sich zuzog.

Torben bog nach links in einen Raum ab, der mit einem Schreibtisch, mehreren Stühlen und einem großen Schrank ausgestattet war. Auf der Schreibtischplatte befanden sich ein Flachbildschirm, eine geschwungene Tastatur und diverse bekritzelte Zettel und Schreibutensilien. An der Wand hingen zwei Poster. Das eine war ein Schwarz-Weiß-Bild, das Humphrey Bogart mit Trenchcoat und Hut zeigte. Auf dem anderen war eine im Meer untergehende Sonne zu sehen, die mit ihren Strahlen die Umgebung in eine orangerote Farbe eintauchte. Das Fenster ging zur Straßenseite.

„Das ist das Büro der Detektei Hansen", verkündete Torben lächelnd mit Blick auf Andrea.

Bei Raffaels erstem Besuch hatte ihm sein Cousin erklärt, was es mit den klischeebehafteten Postern auf sich hatte. Obwohl sie stilistisch überhaupt nicht zusammenpassten, würden sie perfekt ausdrücken, was er zu bieten habe. Über die Bilder komme er manchmal mit seinen Klienten gut ins Gespräch.

Torben setzte sich hinter seinen Schreibtisch, Raffael und Andrea nahmen auf den Stühlen davor Platz.

„Wie hast du das geschafft?“ Raffael musterte seinen Cousin ungläubig. „Deine Ausweichbewegung und Zieglers Ansetzen zum Faustschlag liefen völlig synchron.“

„Ich habe seine Schwingungen empfangen und es einfach vorausgesehen.“ Er zwinkerte und tippte mit den Fingerspitzen gegen seine beiden Ohrmuscheln. „Mit meinen kleinen Satellitenschüsseln fange ich selbst die minimalsten menschlichen Vibes auf.“

Andrea schaute trotz Raffaels Vorankündigung verwundert.

„Was hast du überhaupt mit diesem Ziegler zu tun?“, wollte der Oberkommissar wissen.

„Ziegler ist der Noch-Ehemann einer Klientin, den ich beim Outdoor-Sex mit der Freundin seiner Frau fotografiert habe. Eigentlich ein harmloser Ehebrecher Marke Spießbürger. Der kommt hier nicht noch mal vorbei.“

„Das sagen dir deine ‚Schwingungen‘?“

„Meine Menschenkenntnis.“

Torben musterte Andrea: „Muss ich mich noch weiter vorstellen? Oder hat Raffael Sie schon über mich ins Bild gesetzt?“

„Ich weiß Bescheid“, sagte Andrea. „Sie sind sein Cousin, der ihn öfters besucht.“

„Nee, nee. Seit Raffi hier in Hannover wohnt, hab ich ihn noch nie besucht. Hat bei ihm nie gepasst."

Raffael verzog verlegen die Mundwinkel und wechselte mit einem Einwurf das Thema: „Von wem ist der Ausspruch ‚London ist immer einen Abstecher wert'?"

Und als nicht gleich eine Antwort erfolgte, schob er schnell hinterher: „Jack the Ripper."

Andrea verdrehte die Augen und schüttelte den Kopf.

Es war Torben, der die peinliche Sequenz beendete, indem er fragte: „Raffi, kannst du mich darüber aufklären, warum ich am Sonntag von zwei Angehörigen der Polizei Hannover unerwarteten Besuch bekomme?"

Raffael zog ein kleines Aufnahmegerät mit Mikrofon aus der Tasche und klärte Torben ganz offiziell über die Spielregeln der Zeugenvernehmung auf.

„Okay, dann schieß mal los", meinte Torben. Gegen das Mitschneiden des folgenden Gespräches hatte er nichts einzuwenden.

„Hast du vor Kurzem Jasmin Wegner beschattet?", begann Raffael die Befragung. Und als sein Cousin einen unwissenden Blick auflegte, ergänzte er: „Tu nicht so, als wenn du nicht wüsstest, worüber ich rede! Andrea und ich ermitteln in einem Mordfall. Jasmin Wegner ist vor ein paar Stunden getötet worden."

Torben wirkte erschrocken: „Also ist tatsächlich ein Mensch zu Tode gekommen. Ich hatte schon so etwas geahnt. Gestern Abend habe ich hier am PC gesessen und Fotos aus einem meiner anderen Fälle ausgewertet. So gegen 20:30 Uhr hatte ich plötzlich ein Beklemmungsgefühl und starke Herzschmerzen. Das hat bestimmt mehrere Minuten angedauert. Und dann war es mit einem Schlag vorbei."

„Und was hat das mit Jasmin Wegner zu tun?" Raffael schaute seinen Cousin fragend an.

„Es war ein Zeichen, das etwas Schwerwiegendes passiert. Wo es um Leben und Tod geht. Aber gestern war mir nicht klar, welche Person es betrifft."

„Hast du wegen dieser Symptome mal einen Arzt konsultiert?"

„Raffi, das können nur Schwingungen des Opfers gewesen sein, die ich gespürt habe. Ansonsten bin ich körperlich gesund."

Der Oberkommissar informierte Torben über den Leichenfund in Groß-Buchholz, wobei er diejenigen Details erwähnte, die demnächst über die Presse an die Öffentlichkeit gehen würden.

„Ja, ich habe im Auftrag eines Klienten überprüft, wo sich Jasmin Wegner mit wem so rumtreibt", gestand Torben ein. „Den Auftrag habe ich vor ungefähr vier Wochen erhalten und nach vierzehn Tagen endgültig abgeschlossen."

„Na also", stöhnte Raffael erleichtert auf. „Für wen hast du gearbeitet?"

„Das ist ein Betriebsgeheimnis."

Raffael beugte sich vor, schaute Torben grimmig an und äußerte mit scharfem Tonfall: „Es geht hier um die Aufklärung eines Mordfalls und nicht um die verletzten Befindlichkeiten irgendeines betrogenen Ehepartners!"

„Jasmin Wegner war eine Frau, die auf mich einen lebenslustigen und sympathischen Eindruck machte", schweifte Torben vom Thema ab. „Eine Frau, die sich zuletzt leider in falsche Kreise begeben hat."

„Wenn dir die Frau sympathisch war, solltest du ein Interesse daran haben, dass wir ihren Mörder finden!" Raffaels Augenpaar fixierte das seines Gegenübers unerbittlich. „Komm schon, raus mit der Sprache! Wer war dein Auftraggeber?"

Torben senkte den Blick und murmelte: „Na gut … es war ihr Vater."

„Was?!" Raffael klang überrascht. „Warum sollte ein Mann wie dieser reiche Schönheitschirurg ausgerechnet dich beauftragen?"

„Vor drei Monaten sind wir mit unseren Autos auf einer Straßenkreuzung kollidiert, weil er die Vorfahrt missachtet hat." Torben zuckte mit den Schultern. „Wir haben unsere Visitenkarten ausgetauscht. Wochen später hat er Kontakt zu mir aufgenommen. Er wollte den Kreis derjenigen, die wissen, dass er seine Tochter beobachten lässt, möglichst klein halten. Darum hat er sich wohl nicht an eine große Detektei gewandt."

„Na gut." Raffael akzeptierte Torbens Erklärung. „Aber wieso wollte ihr Vater, dass du ihr nachspionierst?"

„Er hat sich große Sorgen um sie gemacht. Sie hatte weitgehend den Kontakt zu ihm abgebrochen, wollte von ihm weder angerufen noch besucht werden. In ihrem Zimmer im Studentenwohnheim war sie nicht mehr anzutreffen, aber sie hatte ihrem Vater in gewissen Abständen Lebenszeichen zukommen lassen."

„Was denn für Lebenszeichen?"

„Beispielsweise Fotos, also Selfies. Darauf war sie mit bunt gefärbten Haaren in punkigen Klamotten abgebildet. Auch die Örtlichkeiten, in denen die Selfies gemacht wurden, hatten ihren Vater sehr beunruhigt – sowie die Menschen, die auf einigen Fotos im Hintergrund zu sehen waren."

„Örtlichkeiten? Menschen im Hintergrund? Wo hat sich Jasmin Wegner denn aufgehalten?"

„In der linksautonomen Szene. Sie muss dort vorübergehend in einer WG gelebt haben. Bis vor ungefähr zwei Monaten."

„Das passt doch nicht zusammen", brummte Raffael. „Erst wohnt sie bei einer linksextremen Gruppe, dann bei einem rechten Typen. So schnell ändert niemand seine Meinung und seinen Lebensstil."

„War aber so!", entgegnete der Privatdetektiv trotzig. „Als Jasmin Wegner ihrem Vater die Fotos mit ihren bunten Haaren zugeschickt hat, muss sie den Kontakt zu den Linksautonomen bereits beendet und erste Kontakte zu Hendrik Raschke geknüpft haben."

„Dann wurdest du erst von Wegner beauftragt, als seine Tochter schon nichts mehr mit den Linksautonomen zu tun hatte?!", wunderte sich der Oberkommissar. „Woher weißt du dann die Details aus der WG?"

„Tja, ich habe einige sehr interessante Kontakte zur linksautonomen Szene. Im Moment unterstütze ich das aktuelle Hausbesetzungsprojekt mit ein paar kleinen Spenden."

„Hoffentlich nicht mit Drogen", zischte Raffael.

„So etwas mache ich nicht mehr", sagte Torben gänzlich unaufgeregt. „Auf den Fotos von Jasmin, die mir ihr Vater gezeigt hat, habe ich einige Personen aus der Szene wiedererkannt. Die habe ich einfach befragt. Zum Beispiel Helge Urban, mit dem Jasmin in der WG eine kurze Affäre hatte."

„Das klingt spannend", ging der Oberkommissar dazwischen. „Wie hat denn dieser Helge Urban darauf reagiert, dass sich seine Ex plötzlich einen Freund ganz rechts außen sucht?!"

„Ich vermute, der wusste gar nicht, dass Jasmin bei Hendrik Raschke eingezogen ist."

„Mit wem hatte Jasmin sonst noch zu tun? Hast du mitbekommen, ob sie oder ihr rechter Freund Stress mit irgendwelchen Personen hatten?"

Torben berichtete, was er bei seiner vierzehntägigen Überwachung von Jasmin herausgefunden hatte. Obwohl Semesterferien waren, hätte die junge Frau öfters eine Kommilitonin im Studentenwohnheim besucht, mit der sie sich draußen ins Café gesetzt hätte. Torben wäre Jasmin über Tage unauffällig auf der Straße gefolgt. Im Uni-Viertel wäre sie mehrfach von jüngeren Männern angesprochen worden, einige davon möglicherweise Studenten. Wobei einer der Männer eine dunklere Hautfarbe gehabt hätte. Gerade mit dem habe Jasmin nichts zu tun haben wollen.

„Ich habe sie alle heimlich fotografiert", bekundete der Privatdetektiv stolz. „Die Fotos kann ich euch gleich heraussuchen."

„Und wo hat Jasmin die Abende verbracht?"

„Vorwiegend im Haus von Hendrik Raschke."

„Dessen Beziehungen zur Neonazi-Szene waren dir bekannt?"

„Selbstverständlich." Torbens Stimme klang ein wenig beleidigt. „Ich bin Privatdetektiv."

„Hast du mit Jasmin persönlich gesprochen?"

„Ja, einmal. Denn gegen Ende meiner Observation bin ich leider aufgeflogen." Aus Torbens Mimik schloss Raffael, dass seinem Cousin die Antwort unangenehm war. „Ich muss mich auffällig benommen haben. Dass sie verfolgt wird, hat sie geängstigt … und sie hat mich zur Rede gestellt. Ich war völlig überrascht und hab zugegeben, dass ich Privatdetektiv bin und darauf achten würde, dass sie nicht in schlechte Gesellschaft gerät."

„Und dann …?"

„Sie wollte meinen Auftraggeber wissen, aber den hab ich nicht genannt. Vermutlich hat sie geahnt, dass ihr Vater dahintersteckt." Torben kratzte sich verlegen an der Schläfe. „Sie meinte, ich solle sie in Ruhe lassen, ist verärgert weggegangen und hat mich einfach stehen gelassen.

„Wie hat denn wiederum dein Auftraggeber reagiert, als du ihm davon berichtet hast, dass seine Tochter bei einem Geschäftsmann mit Kontakt zur rechten Szene wohnt?"

„Er war sehr betroffen. Es hat ihm nicht gefallen."

Raffael sah seine Kollegin Andrea an: „Ich denke, wir werden gleich noch einmal mit Dr. Wegner sprechen müssen. Der hat nicht mit offenen Karten gespielt. Außerdem sollten wir Helge Urban besuchen. Möglicherweise wusste er von Jasmins Beziehung zu Raschke und hätte damit ein Mordmotiv."

„Ich kenne Helge schon länger. Der begeht keinen Mord!", protestierte Torben. „Außerdem werdet ihr euch schwertun, mit ihm sprechen zu können. Er gehört zu den Hausbesetzern in der Nordstadt – und die lassen keine Polizisten ins Haus."

„Du meinst, wir müssen erst das Haus gewaltsam räumen, um Helge und seine Truppe zu vernehmen?!", äußerte Raffael angesäuert.

„Wenn ihr die Aktivisten aus dem Haus holt, provoziert ihr Gewalt, die keiner will!" Jetzt kam Torben doch langsam in Wallung. „Ich finde es ganz in Ordnung, was Helge da macht! Gebt mir Zeit bis morgen. Vielleicht kann ich ein Treffen im Haus zwischen Helge und dir als meinem Cousin organisieren, um eine Eskalation zu vermeiden."

„Raffael geht ganz bestimmt nicht allein in dieses besetzte Haus!", mischte sich Andrea ein. „Ich wäre auf jeden Fall dabei."

„Jo, ich werde mein Bestes versuchen", versprach Torben.

*

Auf der Fahrt von Torbens Wohnung nach Herrenhausen schnitt Andrea ein Thema an, das Raffael unangenehm war: „In den letzten Monaten hast du mehrfach Einladungen zu Treffen mit mir oder den Kollegen abgesagt, weil du an dem Tag angeblich deinen Cousin zu Besuch hattest. Der hat aber offenbar deine Wohnung nie betreten."

„Vielleicht hab ich mich missverständlich ausgedrückt …", bot Raffael kleinlaut an.

„Nein, du warst ganz klar in deinen Formulierungen."

„Du hast doch nichts gegen Beamte, oder?"

Andrea stöhnte auf. „Ich weiß, die tun ja nichts. Aber komm jetzt bitte nicht mit deinen Ablenkungsmanövern."

„Ich gebe zu, dass ich manchmal Ausreden gesucht habe, weil mir nicht nach fröhlichen Feierabendtreffen zumute war."

„Hast du dich zu unserem gestrigen Abend … gezwungen gefühlt?" Andrea klang leicht verschnupft.

„Nein, auf keinen Fall", versuchte Raffael ihre Bedenken zu zerstreuen. „Da habe ich mich wirklich drauf gefreut. Und es war ja auch ein schöner Abend."

„Sag mir bitte, wenn ich dir auf den Wecker falle."

„Ja."

„Was ‚ja'?"

Also nein. Du fällst mir nicht auf den Wecker. Aber ich würde es sagen. Versprochen."

„Weil wir gerade bei gestern Abend sind …", setzte Andrea zu einer Einleitung an. „Dein Cousin hat erzählt, dass er in seinem Büro Beklemmungsgefühle und Herzschmerzen verspürt habe, möglicherweise zu der Zeit, als Jasmin Wegner erdrosselt wurde."

„Na ja, manche seiner esoterischen Äußerungen halte ich für bloße Wichtigtuerei."

„Wobei …" Andrea stockte und schien zu überlegen, ob sie weiterreden sollte. „Erinnerst du dich an die Frau am Nachbartisch im ‚Amici Miei', die plötzlich hustend nach Luft schnappte?"

„Klar, die hatte sich verschluckt."

„Ich hab das damals ebenfalls für Sekunden als ein Zeichen empfunden, dass ein Mensch in Lebensgefahr ist."

„Langsam werdet ihr mir unheimlich", brummte Raffael.

9

„Herr Hansen hat es offenbar nicht so mit der Vertraulichkeit“, gab Dr. Burkhard Wegner ärgerlich von sich, nachdem ihn Raffael Störtebecker und Andrea Renner damit konfrontiert hatten, dass er es war, der einen Privatdetektiv auf Jasmin angesetzt und bei der vorherigen polizeilichen Befragung so getan hatte, als wäre er über den Umgang und den Aufenthaltsort seiner Tochter nicht informiert gewesen.

Raffael und Andrea saßen dem Schönheitschirurgen erneut im Wohnzimmer seiner Villa gegenüber.

„Wir mussten Herrn Hansen ziemlich unter Druck setzen, bis er uns seinen Auftraggeber genannt hat“, nahm Raffael seinen Cousin in Schutz, wobei er für sich behielt, dass Torben mit ihm verwandt war. „Angesichts der Schwere des Verbrechens erscheint mir unser Vorgehen jedoch berechtigt. Es sollte schließlich auch in Ihrem Interesse sein, dass wir sämtliche Informationen bekommen, um den Mord an Ihrer Tochter aufzuklären.“

„Natürlich, Sie haben recht. Entschuldigen Sie bitte.“ Wegner fuhr einen Gang zurück. „Herr Hansen hat mit seiner Auskunft an Sie natürlich ganz in meinem Sinne gehandelt. Seine Recherche als Privatdetektiv war tadellos.“

„Insofern können wir gar nicht verstehen, warum Sie uns gegenüber mit diesen Informationen hinter dem Berg gehalten haben“, schaltete sich Andrea ein.

„Es war und ist mir äußerst unangenehm, dass ich meine Tochter von einem Privatdetektiv habe überwachen lassen, weil sie in problematische Kreise geraten ist“, antwortete Wegner zerknirscht. „Das wirft ein schlechtes Bild auf meine Familie.“

„Und wie stand Ihre Frau dazu, dass Sie einen Privatdetektiv engagieren?“, fragte die Oberkommissarin weiter.

„Der habe ich das überhaupt nicht erzählt.“

„Warum?“

„Um sie nicht zu belasten.“ Wegner überlegte kurz, dann ergänzte er: „Na ja, um ehrlich zu sein … meine Frau hätte die Sache mit dem Detektiv weder verstanden noch für gut befunden. Deshalb weiß sie bis heute nichts davon. Wenn möglich, sagen Sie ihr bitte nichts. Es wäre mir peinlich.“

„Wie sind Sie mit den Informationen von Herrn Hansen umgegangen?“, kam Andrea auf den Punkt.

„Am Mittwoch vor einer Woche bin ich nach Groß-Buchholz gefahren und hab längere Zeit in der Nähe des Hauses von diesem Raschke gestanden. Ich war unschlüssig, wie ich mich verhalten soll. Plötzlich sah ich sie kommen und hab sie auf der Straße angesprochen.“ Er wischte sich kurz mit beiden Händen über die geschlossenen Augenlider. „Da habe ich sie zum letzten Mal lebend gesehen.“

„Wie lief das Gespräch ab?“, fragte Andrea, um einen einfühlsamen Tonfall bemüht.

„Ich habe ihr meine Sorgen mitgeteilt. Sie gebeten, dass sie sich von diesem Mann trennt.“

„Und wie hat Ihre Tochter reagiert?“

„Sie meinte, sie wäre erwachsen und könne selbst über ihr Leben entscheiden. Ich solle mich nicht einmischen. Sie wollte nicht mit mir über Raschke reden und hat mich gebeten, dass ich auf keinen Fall erneut bei ihr in Groß-Buchholz aufkreuze.“

„Dem Wunsch Ihrer Tochter sind Sie nachgekommen?“

„Was hätte ich anderes tun sollen?!“ In Wegners Stimme mischte sich Verzweiflung. „Ich hab mich damit getröstet, dass die Beziehung zu diesem rechten Geschäftsmann genauso von kurzer Dauer ist wie die zu dem linken Chaoten.“

„Und das war tatsächlich Ihre letzte persönliche Begegnung?“, fragte Raffael hartnäckig nach.

„Hab ich doch gesagt!“, entgegnete Wegner forsch. „Aber im Nachhinein mache ich mir Vorwürfe, dass ich Jasmin da nicht rausgeholt habe. Denn irgend so ein Typ aus diesen suspekten Kreisen wird sie ja vermutlich ermordet haben.“

„Das werden wir herausfinden“, bekräftigte Raffael.

*

Das war jetzt mein Wochenende, resümierte Raffael Störtebecker, als er abends allein vor dem dreistöckigen Mietshaus stand, im dem er seit vier Monaten wohnte. *Über Leerlauf konnte ich nicht klagen.*

Ein Aufgang mit sieben Stufen, zu beiden Seiten mit einem Geländer abgesichert, führte zum Podest mit der Eingangstür, die sich in diesem Moment öffnete. Den Mann Mitte dreißig, der aus dem Haus kam und zügig die Stufen nach unten ging, kannte er bereits.

Der besucht immer Katja Gerold. War also am Sonntag auch wieder da.

Der Mann bedachte Raffael im Vorbeigehen mit einem „Hallo" und machte sich zur nächsten Querstraße Richtung Lister Meile auf den Weg.

Wird tatsächlich ihr Freund sein. Ob Emil den mag? Ist so ein häufiges lautes Herumhopsen bei Kindern eigentlich normal?

10

Am Montagmorgen saß Raffael Störtebecker in der Frühbesprechung der neu gebildeten Mordkommission Jasmin, die momentan aus ungefähr dreißig Mitgliedern bestand. Direkt neben ihm hatten Andrea Renner und Emma Falkenberg Platz genommen. Ermittlungsführer war Kriminalhauptkommissar Thomas Stelter. Die bisherigen Ergebnisse wurden zusammengetragen.

Die rechtsmedizinischen Untersuchungen hatten ergeben, dass Jasmin Wegner zwischen zwanzig und dreiundzwanzig Uhr verstorben war. Die Eingrenzung des Todeszeitraums war dadurch erleichtert worden, dass nachweislich um dreiundzwanzig Uhr am Tatort ein heftiger Regen eingesetzt hatte und der Boden unter dem Leichnam trocken geblieben war. Zudem hatten sich die Totenflecke noch vollständig umlagern lassen.

Da Kiara Wellmann, eine befreundete Kommilitonin, bis 20:33 Uhr mit dem späteren Opfer auf dem Handy telefoniert hatte, ließ sich die Todeszeit noch weiter präzisieren. Bis dahin hatte Jasmin Wegner auf jeden Fall noch gelebt.

Der Tod war durch einen fremdverschuldeten Atemstillstand eingetreten. Der schmale fransenlose schwarze Unisex-Schal, der noch um den Hals des Opfers gelegen hatte, war eindeutig das Tatwerkzeug.

Die Kopfhaare waren nahezu komplett bis auf eine Schnittlänge von 0,5 mm entfernt worden, vermutlich mit einem der gängigen Haarschneider, deren kürzeste Schnittlänge in der Regel bei 0,5 mm lag.

Die Rechtsmediziner hatten endgültig bestätigt, dass Jasmin Wegner nicht vergewaltigt wurde.

„Der schwarze Schal wird noch auf DNA-Spuren untersucht", erläuterte Thomas. „Vielleicht der erste sichere Hinweis auf den Täter. Es handelt sich bei dem Tatwerkzeug um ein in China hergestelltes Produkt, das im Einzelhandel oder über das Internet gekauft werden kann."

Die Wortwahl während der Besprechung verdeutlichte, dass das Ermittlerteam intuitiv einen Mann als Täter favorisierte, obwohl eine Frau nicht auszuschließen war. Momentan existierte weder eine Täterbeschreibung noch waren verräterische Fußspuren entdeckt worden.

Hat der Täter den Schal bewusst zurückgelassen?, überlegte Raffael. *Oder ist er gestört worden und musste überstürzt flüchten?*

„Vieles weist darauf hin, dass sich der Täter sein Opfer gezielt ausgesucht hat", führte Thomas weiter aus. „Er ist in den hinteren Teil des Gartens eingedrungen, hat das Haus offenbar nicht betreten. Die Tatzeit war äußerst günstig gewählt. Der Freund des Opfers war gerade an diesem Abend nicht zu Hause. Der Täter wird das sicherlich im Voraus gewusst haben. Durch die Ankündigung des Männerabends im Internet oder über den Aushang im Bekleidungsgeschäft."

„Ich frage mich, warum der Täter dem Opfer die Haare abrasiert hat", warf Jan Schuster ein.

„Das hab ich mich natürlich auch gefragt", entgegnete Thomas, „und heute Morgen kurz mit Dr. Seifert telefoniert."

Es war allgemein bekannt, dass sich Thomas in solchen Fällen gerne die fachliche Einschätzung des Psychiaters Dr. Mark Seifert einholte.

„Ihm sind auf die Schnelle zwei Gründe durch den Kopf gegangen", fasste Thomas die Ergebnisse seines Telefonats mit dem Psychiater zusammen. „Der Täter könnte ein Haarfetischist sein. Oder er will sich von dem Opfer symbolisch das nehmen, was es ihm zuvor verweigert hat. Spricht alles dafür, dass sich der Täter schon einige Zeit zuvor mit seinem Opfer beschäftigt hat."

„Ein abgewiesener Verehrer? Davon könnte es ein paar geben", spann Arif Kimil den Faden weiter.

„Der Skinhead kann auch ein Hinweis darauf sein, dass jemand die junge Frau für ihre Beziehung zu einem Mann aus der rechten Szene brandmarken beziehungsweise bestrafen wollte", brachte Raffael seine momentane Lieblingshypothese ins Spiel. „Zwei Monate vorher hat sie immerhin noch mit Menschen einer komplett konträren Gesinnung zusammengelebt."

Raffael zog in Erwägung, dass sogar Hendrik Raschke in Gefahr sein könnte und die Tötung seiner Freundin der erste Schritt gewesen wäre, um den Geschäftsmann zu quälen.

„Wir haben alles im Blick", gab sich Thomas bemüht optimistisch.

Er hatte dafür plädiert, die Presse aus ermittlungstaktischen Gründen bis auf Weiteres nicht über den kahlrasierten Schädel des Opfers zu informieren, um dadurch mögliche „Trittbrettfahrer" zu erkennen, denen dieses Täterwissen fehlte.

11

Raffael Störtebecker und Andrea Renner standen zusammen mit Torben Hansen vor dem vierstöckigen Altbau, an dessen bröckelnder Fassade in Höhe der zweiten und dritten Etage mehrere weiße Transparente mit Forderungen wie „Wohnraum für alle“ oder „Wir wollen nicht um Wohnraum betteln“ angebracht waren. Eine Gruppe linksautonomer Aktivisten hatte das Haus, das sich in einem Wohnviertel in der Nordstadt befand, vor anderthalb Wochen besetzt – mit dem Anspruch, Wohnraum für bedürftige Familien durch „Instandbesetzung“ zu schaffen.

„Und ihr seid wirklich unbewaffnet und habt kein Smartphone dabei?“, vergewisserte sich Torben. „Das war Helges Bedingung für das Treffen, sonst lässt er uns nicht rein. Er will vermeiden, dass ihr drinnen heimlich Fotos macht.“

Torben hatte Raffael vor einer Stunde angerufen und ihm mitgeteilt, unter welchen Auflagen Helge Urban zu einem Gespräch mit Raffael und Andrea bereit war.

„Unsere Dienstwaffen und Smartphones haben wir bei zwei Kollegen deponiert, die mit ihrem Streifenwagen um die Ecke parken“, erklärte Raffael. „Ich vertraue dir mal, dass uns dein Aktivisten-Kumpel nicht als Geisel nehmen will."

„Natürlich nicht!" Torben klang empört. „Ich bringe doch kein Familienmitglied in Gefahr!"

„Und dessen Kollegin hoffentlich ebenfalls nicht", brachte Andrea mit einem etwas gequälten Lächeln hervor.

„Ihr habt mein Wort, euch passiert nichts. Das kann ich spüren."

„Wie hast du diesen Helge dazu gebracht, dass er Polizei ins besetzte Haus lässt?", erkundigte sich Raffael vorsichtshalber.

„Ich konnte ihn davon überzeugen, dass du einer von den guten Bullen bist." Torben lächelte verschmitzt. „Und dass zumindest deine Abteilung sofort ihr Interesse an den Aktivisten im besetzten Haus verliert, wenn er in dem Gespräch verdeutlichen kann, dass keiner der Kumpels etwas mit der Ermordung von Jasmin Wegner zu tun hat."

„Wie kommen wir ins Haus?"

„Über den Hinterhof. Die Eingangstür vorne ist von innen komplett verbarrikadiert. Helge rechnet jeden Tag mit einer Zwangsräumung durch die Polizei."

Raffael wusste, dass das bis vor Kurzem leerstehende Haus von einem süddeutschen Investor gekauft worden war, der es angeblich komplett umbauen und daraus „höherwertige" Eigentumswohnungen machen wollte. Die Anordnung zur Zwangsräumung ließ erstaunlich lange auf sich warten. Der Oberkommissar führte das darauf zurück, dass die Hausbesetzung einige Sympathisanten unter den Lokalpolitikern hatte. Das besetzte Gebäude wurde bisher von der Polizei nicht permanent beobachtet, lediglich ein Streifenwagen fuhr gelegentlich vorbei.

„Dann mal los", meinte Torben und betrat den Hausdurchgang, gefolgt von Raffael und Andrea. Am Ende des Durchgangs wartete ein Mann auf sie, der einen schwarzen Hoodie mit einer weit über den Kopf gezogenen Kapuze trug. Zusätzlich hatte er sich ein buntes Halstuch vors Gesicht gebunden.

Sieht aus wie 'nen Bankräuber im Western, war Raffaels Assoziation. *Scheint zum Empfangskomitee der Hausbesetzer zu gehören.*

„Hi Torben", begrüßte der Mann den Privatdetektiv. „Sind die beiden sauber?"

Torben, Raffael und Andrea blieben in gebührendem Abstand vor dem Maskierten stehen.

„Jo. Keine Waffen, keine Smartphones."

Hinter dem Mann tauchte eine Frau mit einer schwarzen Basecap auf, die ebenfalls ihr Gesicht hinter einem hochgezogenen Halstuch verbarg.

„Davon überzeugen wir uns selbst", äußerte der Mann. „Wenn wir beim Abtasten nichts finden, könnt ihr rein."

„Wir kommen, um ein Gespräch zu führen – und nicht um das Haus zu stürmen." Raffael klang ärgerlich. „Sollen wir uns vielleicht noch bis auf die Unterwäsche ausziehen?"

„Die kannste anbehalten", brummte der Maskierte. „Einfach nur die Arme anheben und stehen bleiben. Tut auch nicht weh, wenn ihr nichts zu verbergen habt."

Widerwillig ließen sich Raffael und Andrea auf die Bedingungen ein. Gleich als Erstes entdeckte der Mann ein kleines Aufnahmegerät mit Mikrofon in Raffaels Jackentasche.

„He, was soll das denn?!", fragte der Maskierte empört.

„Wichtige Zeugenbefragungen zeichne ich immer auf. Deswegen kommen wir doch", meinte der Oberkommissar.

„Mitgeschnitten wird hier nichts", bestimmte der Hausbesetzer. „Das Teil bleibt draußen. Schreib später ein Gedächtnisprotokoll und schick es Helge zur Unterschrift."

Während der Mann seine Untersuchung fortsetzte und Raffael von oben nach unten abtastete, führte die Frau die Prozedur bei der Oberkommissarin durch. Zuletzt wurde sogar Torben von dem Mann nach unerwünschten Gegenständen abgesucht.

„Okay. Jetzt seid ihr stubenrein", verkündete der Maskierte und bewegte sich in den Innenhof, der von einer baufälligen Mauer umgrenzt wurde. Das besetzte Haus verfügte über keine Balkone. Hinten im ersten Stockwerk befand sich ein geöffnetes Fenster, gegen dessen Sims eine weit ausgezogene Klappleiter angelehnt war. Im Fensterrahmen erschien ein Mann, der zu Raffaels Erstaunen weder eine Kapuze trug noch maskiert war. Er hatte seine längeren rotblonden Haare hinten zu einem Zopf zusammengebunden. Auf den ersten Blick schätzte Raffael den Mann auf Anfang dreißig.

„Moin, Helge", begrüßte ihn Torben. „Das sind Raffael und Andrea. Alles wie besprochen, oder?"

„Klar. Ich halte meine Versprechen."

„Momentan kommt man nur über die Leiter ins Haus. Die Eingänge im Erdgeschoss vorne und hinten sind verrammelt", erklärte Torben die Gegebenheiten. „Es gibt mehrere Wachposten, die das Umfeld im Blick haben. Wenn Polizei oder rechte Typen anrücken, wird die Leiter eingezogen."

Raffael hatte heute Morgen die Information eines Kollegen aufgeschnappt, dass zwischenzeitlich immer einzelne Personen das Haus verließen und andere dafür wieder reinkletterten. Außerdem wurden die Hausbesetzer offenbar von Teilen der Anwohnerschaft mit Nahrungsmitteln, Getränken und Gebrauchsgegenständen versorgt.

Die maskierte Frau stieg als Erste die Sprossen der Klappleiter nach oben, dann folgten Torben, Raffael und Andrea. Der Kapuzenmann, der Raffaels Aufnahmegerät an sich genommen hatte, blieb unten im Hof stehen.

Über das geöffnete Fenster gelangten sie in einen ungefähr zwanzig Quadratmeter großen Raum, der mit einem fleckigen hellgrauen Teppichboden ausgelegt war. Dem Fenster gegenüber hatte jemand in roter Schrift „Checkpoint Paradise" an die ehemals weiße

Raufasertapete gesprüht. Auf dem Boden lagen mehrere ausgebreitete Decken, Schlafsäcke und zwei Taschenlampen. Neben einem Holzstuhl, bei dem eine Lehne abgebrochen war, stand eine mit Bierflaschen und Softdrinks gefüllte Cola-Kiste. Der Boden wurde zusätzlich verziert durch eine Ansammlung von Einmachgläsern mit Kerzen, die vermutlich abends zum Einsatz kamen.

Der Raum mit Blick in den Hinterhof könnte früher als Schlafzimmer gedient haben, überlegte sich Raffael. *Jetzt scheint hier der Empfang zu sitzen.*

Neben Helge Urban, der ein schwarzes Sweatshirt und eine schon länger eingetragene hellblaue Jeans trug, standen zwei weitere Männer, ähnlich gekleidet, aber maskiert mit einem Halstuch. Zu ihnen gesellte sich die Frau, die vor Raffael über die Leiter ins Haus gelangt war.

„Setzt euch!", sagte Helge und deutete mit der rechten Hand auf die Decken.

Nachdem sich Helge im Schneidersitz auf einem geöffneten Schlafsack niedergelassen hatte, hockten sich Raffael, Andrea und Torben auf Decken ihm gegenüber.

Die anderen maskierten Personen verteilten sich im Raum, blieben jedoch stehen.

Wir sitzen hier wie im Winnetou-Film. Und der Häuptling der Roten verzichtet auf jegliche Maskierung, weil wir ihn eh enttarnt haben.

„Also, was wollt ihr?", eröffnete Helge Urban das Gespräch.

„Zunächst einmal wissen, mit wem alles wir im Raum zu tun haben.“ Raffael Störtebecker machte eine ausladende Handbewegung in Richtung der Maskierten.

„Ich bin Helge Urban, das weißt du. Die anderen gehen Bullen nichts an!“

„Und warum stehen sie dann hier?“

„Weil ich euch nicht traue! Wir gehen auf Nummer sicher. Falls ihr mich verarscht, hab ich ein paar starke Arme an meiner Seite.“

„Gibt keine Probleme“, murmelte Torben.

„Nächste Woche Donnerstag feiere ich meinen zweiunddreißigsten Geburtstag. Das hier ist meine neue Wohnadresse.“

Als Raffael ansetzte, unter dem Augenrollen von Andrea die rechtlichen Spielregeln der Zeugenvernehmung zu erläutern, wurde er barsch von Helge unterbrochen: „Den Scheiß kannst du dir schenken. Mein Anwalt hat sowieso gerade keine Zeit.“

„Ihre Freundin Jasmin Wegner ist vorgestern getötet worden …“, schaltete sich Andrea ein.

„Das ist nichts Neues für uns“, verkündete Helge und machte eine wegwerfende Handbewegung.

„Wie haben Sie sich kennengelernt?“, setzte die Oberkommissarin nach.

„Was interessiert dich das?!“

„Ich versuche zu verstehen, wie Jasmin Wegner so drauf war, um dadurch mögliche Motive für ihre Tötung zu finden.“

„Okay, wenn's euch hilft." Der rotblonde Hausbesetzer machte ein genervtes Gesicht. „Irgendwann ist sie 'nem Kumpel von mir über'n Weg gelaufen, der hat sie mit in die WG gebracht."

„Wann war das?"

„Vor drei Monaten oder so. Sie hat uns weisgemacht, dass sie uns unterstützt."

Andrea ließ nicht locker: „Warum wollte sie Sie unterstützen? Und wobei?"

„‚Das bürgerliche Leben kotzt mich an', hat sie gesagt. ‚Ich will nicht so sein wie meine Eltern.' Sie hat behauptet, dass sie ihr Studium abbricht und sich mit uns für eine alternative und gerechte Lebensform einsetzt."

„Wissen Sie denn, wer Ihre Eltern sind?"

„Der Vater ist Arzt, die Mutter Krankenschwester."

„Wie war Ihre Beziehung zu der Frau?"

„Wir haben gefickt."

„Haben Sie sie geliebt?"

„Anfangs hab ich gedacht, dass da was zwischen uns ist, dass sie tatsächlich ihr bisheriges Spießerleben satt hat und die Seiten wechselt."

Raffael wurde aus dem Verhalten der jungen Frau nicht schlau und hakte nach: „Was hat Jasmin Wegner denn bis dahin an ihrem Leben nicht gefallen?"

„Die Lieblosigkeit in der Welt ... es geht immer nur um finanzielle Interessen und Ausbeutung. Zumindest dachte ich, dass so ihre Sicht auf die kapitalistische Gesellschaft ist." Helge spuckte angewidert auf den Teppichboden. „Aber dann hat sie ihre verwöhnten Seiten rausgelassen. Alles in der WG war ihr nicht mehr gut genug … und plötzlich war Schluss!“

„Haben Sie sie aus der WG geworfen?“

„Nee, vor zwei Monaten hat sie gesagt: ‚Das war's …‘ und ist einfach gegangen.“

„Gab es vorher oder hinterher Streit?“

„Ach was, da war ich froh, dass sie endlich abhaut.“

Raffael legte skeptisch den Kopf zur Seite: „Wollten Sie sie nicht zurückholen?“

„Verdammt noch mal – nein!“ Helge ballte ungehalten die Faust. „Ich sag doch, ich war fertig mit ihr! Willst du mich provozieren?!“

Die Beschwichtigungsgeste von Torben brachte Raffael dazu, sich seine nächste Äußerung zu verkneifen.

Stattdessen stellte Andrea die Frage: „Wissen Sie, wo sich Jasmin Wegner anschließend aufgehalten hat?“

„Das hat mir Torben gestern erzählt. Dass sie bei 'nem Faschisten untergekommen ist.“

„Und vorher wussten Sie das nicht?“, wunderte sich Andrea.

„Als sie abgehauen ist, war die Sache für uns erledigt.“

„Die Frau hat quasi von heute auf morgen die Seiten gewechselt.“ Andrea bemühte sich um einen sachlichen Tonfall. „Wie erklären Sie sich das?“

„Sie hat uns verarscht, von Anfang an nur Scheiße erzählt! Keine Ahnung, warum sie das gemacht hat.“ Helge schüttelte den Kopf. „Wirkliche Ideale hatte die nie.“

„Falls Sie schon vor zwei Monaten erfahren hätten, dass Jasmin Wegner Kontakt zur rechten Szene aufnimmt, wie hätten Sie reagiert?"

„Fangfrage …", entgegnete Helge mit einem Lachen, das bösartig klang. Er atmete hörbar durch die Nase ein und aus, bevor er bekundete: „Zugegeben, ich wäre sauer gewesen. Aber deswegen bring ich sie nicht um. So was machen wir nicht! Keiner von uns!"

Andrea erkundigte sich, inwieweit die Aktivisten damals Jasmin in die Planungen für die Hausbesetzung eingeweiht hatten.

„Da waren die Pläne in einem frühen Stadium, alles noch nicht konkret", äußerte Helge bereitwillig. „Ich hab mich mit Infos ihr gegenüber immer zurückgehalten, weil ich ihr wahrscheinlich unbewusst nie getraut hab. … Es gab also nichts Wesentliches, was sie den Faschisten hätte verraten können."

Raffael fehlte jegliches Bild von den anderen WG-Mitgliedern, mit denen Jasmin bis vor zwei Monaten zusammengelebt hatte. Seine Frage versuchte Licht ins Dunkel zu bringen: „Hatte Jasmin damals noch Sex mit anderen aus der WG?"

„Nee, nur wir beide."

„Das verhindert Beziehungsstress", brummte Raffael vor sich hin und sagte dann laut: „Hat irgendjemand von Ihnen Kontakt zu Hendrik Raschke?"

„Noch haben wir uns den Arsch nicht vorgeknöpft. Ist eigentlich auch bei den Faschos nur ein kleines Licht."

„Das mit dem Vorknöpfen sollten Sie weiterhin unterlassen“, bekräftigte der Oberkommissar. „Wo waren Sie übrigens vorgestern zwischen 20:30 und 23:00 Uhr?“

„Natürlich hier im Haus.“

„Hat denn jemand anderes das Haus vorgestern verlassen?“

„Nee, wir waren alle hier. Müsste euch Bullen doch aufgefallen sein. Schließlich überwacht ihr uns heimlich.“ Unvermittelt erhob sich Helge aus dem Schneidersitz und klatschte dreimal kurz in die Hände. „So – und jetzt ist die Bullensprechstunde vorbei!“

12

Der letzte Eintrag in der Anrufliste des Opfers lautete auf „Kiara“. Bereits gestern hatte das Ermittlerteam kurz Kiara Wellmann angerufen, um zu überprüfen, dass sie tatsächlich am Samstagabend gegen 20:30 Uhr persönlich mit Jasmin Wegner telefoniert hatte.

Kriminaloberkommissarin Emma Falkenberg hatte sich für diesen Montagmorgen mit der 21-jährigen Kiara in deren Zimmer im Studentenwohnheim verabredet.

Wie die Polizistin erfuhr, hatten Jasmin und Kiara im selben Semester Farbtechnik und Raumgestaltung, aber unterschiedliche Zweitfächer studiert, wobei Kiara offenbar eine der wenigen war, zu der Jasmin regelmäßig Kontakt hatte. Die beiden verband, dass sie – zumindest früher – während der Semesterferien nicht nach Hause fuhren, sondern weiterhin ihr Zimmer im Studentenwohnheim nutzten. Bei Kiara lag das daran, dass ihr Freund ebenfalls in Hannover studierte.

„Jasmin konnte nett und charmant sein“, berichtete die Studentin. „Aber sie war auch aggressiv und selbstzerstörerisch. Studium ja, Studium nein. Manchmal ist sie nur sporadisch in der Uni aufgekreuzt oder sogar wochenlang weggeblieben. Sie wusste nicht, was sie wollte, sondern nur, was sie nicht wollte: Konformität."

Emma hörte gespannt zu. Was Kiara erzählte, passte zu dem bisher bekannten unsteten Verhalten der getöteten jungen Frau. Im Juni dieses Jahres war der Kontakt zwischen Kiara und Jasmin fast einen Monat abgebrochen. In dieser Zeit hatte sich Jasmin in der WG in der Nordstadt aufgehalten. Nur einmal wären sich die beiden Frauen an einer Stadtbahnhaltestelle begegnet: Jasmin hätte gelb-grün-lila Haare gehabt und dazu „gewollt abgerissene Klamotten" getragen.

„Dann erschien sie plötzlich wieder auf der Bildfläche, mit blonden Haaren, aufwendig geschminkt und gestylt wie früher", führte Kiara weiter aus. „Bei den bunten Haaren hatte es sich wohl nur um eine Tönung gehandelt. Nach einem Monat ist sie aus dem Studentenwohnheim ausgezogen."

„Haben Sie eine Erklärung für Jasmins Verhalten, ihre Vorliebe für extreme Gegensätze …?"

„Ich glaube, sie hat das gemacht, um gegen ihre Familie aufzubegehren … in erster Linie wohl gegen ihren Vater. Er ist mal vor Wochen hier gewesen und hat besorgt nach ihr gefragt."

„Wie haben Sie den Vater erlebt?"

„Ich denke, er meinte es gut mit ihr. Aber gut meinen ist ja bekanntlich das Gegenteil von gut."

Die Oberkommissarin erkundigte sich nach weiteren Bekanntschaften der getöteten Frau.

„Zeitweise hat es Jasmin gereizt, Kommilitonen zu provozieren. Mit einigen ist sie ins Bett gegangen … meistens nur One-Night-Stands. Andere hat sie angemacht, aber nicht rangelassen. Wenn wir abends mit meinem Freund zu dritt losgezogen sind, hat sie schnell Anschluss zu anderen Typen bekommen, zumindest oberflächlich. Von meinem Freund hat sie jedoch immer die Finger gelassen."

„Kennen Sie einen Enno?"

„Mit dem war Jasmin vor Monaten kurz zusammen. Der hat wochenlang Stress gemacht, nachdem sie das Interesse an ihm verloren und einfach Schluss gemacht hatte. Zuletzt hat mir Jasmin aber nichts mehr von seinen Nervereien erzählt."

13

Für Kriminaloberkommissar Arif Kimil, einen dunkelhaarigen Mann um die vierzig mit türkischen Wurzeln, hatten Familie und Privatleben tatsächlich einen großen Stellenwert. Gestern bei der Befragung von Sabine Wegner war ihm der sichtbare Schmerz der Mutter über die getötete Tochter sehr nahegegangen. Heute sprach er mit der Zwillingsschwester des Opfers, Linda Wegner.

Gerade Zwillinge muss so ein Verlust besonders hart treffen, war seine Vermutung vor dem Gespräch.

Linda Wegner hatte sich nach ihrer Rückkehr aus Süddeutschland gleich bereit erklärt, zu einer Befragung durch die Mordkommission in das Dienstgebäude der Kriminalfachinspektion 1 zu kommen.

Als sie in seinem Büro voreinander saßen und ins Gespräch kamen, spürte Arif Kimil sofort Angespanntheit und Wut, die von der jungen Frau ausgingen. Der Oberkommissar kannte inzwischen mehrere Fotos der getöteten Zwillingsschwester, auf denen die Frau noch gelebt hatte. Linda Wegner hatte exakt das gleiche ovalförmige Gesicht und die gleiche schlanke Figur wie ihre Schwester, wobei sie sich in ihrer Frisur unterschieden. Jasmin hatte ihre Haare zuletzt mit einem

Seitenscheitel mittellang getragen, während sich Linda aktuell für lange blonde Haare und einen Mittelscheitel entschieden hatte. Gekleidet war die Zahnmedizinstudentin mit einer weißen Bluse zur olivfarbenen Chinohose.

„Ich hab befürchtet, dass Jasmin mit ihrem verrückten Lebensstil irgendwann auf einen Kerl trifft, der mit ihrer Art nicht umgehen kann und ihr etwas antut." Linda berichtete, dass sich die beiden Schwestern nach dem Abitur an der KGS Hemmingen „etwas aus den Augen verloren" hätten. „Wir haben uns in völlig unterschiedlichen Kreisen aufgehalten und nur selten miteinander telefoniert. Zusammenkünfte gab es zu Weihnachten und manchmal an Geburtstagen. Mir haben ihre irren Eskapaden einfach nicht gefallen, obwohl ich schon kapiert habe, warum sie das macht."

Der Oberkommissar horchte auf: „Ach, warum denn?"

„Reines spätpubertäres Protestverhalten", warf Linda ohne Anzeichen von Zweifel in den Raum. „Hauptsächlich gegen unseren Vater. … Aber auch gegen unsere Mutter, deren weiche und nachgiebige Art Jasmin missfiel."

„Wem gegenüber hat sich ihre Mutter denn weich und nachgiebig verhalten?"

„Das ist halt allgemein ihre Art. Die gutmütige Krankenschwester. Aber im Zusammenleben mit unserem Vater ist es besonders aufgefallen. Er hat ihr jahrelang vorgeschrieben, was sie zu tun und zu lassen hat."

„Im Gespräch gestern mit Ihrer Mutter habe ich keine Kritik an Ihrem Vater herausgehört."

„Genau das ist es ja!", meinte Linda ärgerlich. „In unserer Familie geht es immer darum, den Schein aufrechtzuerhalten. Der Außenwelt spielen wir, trotz räumlicher Distanz, die harmonische Familie vor. Das betrifft meine Eltern ... und mich. Ich kann mich da gar nicht ausnehmen. Selbst meine neue Stiefmutter hat sich den familiären Gepflogenheiten schnell angepasst."

Arif vermutete, dass Linda Wegner mit ihrer forschen aufgebrachten Art die Trauer über den Tod ihrer Zwillingsschwester überspielte.

„Ist Ihr Vater auch Ihnen und Ihrer Schwester gegenüber bestimmend aufgetreten?", fragte der Oberkommissar vorsichtig nach.

„Natürlich. Das war schon immer so. Er hat sich als Familienoberhaupt gesehen, das in jeder Beziehung weiß, was für seine Frau und seine Töchter gut ist." Linda holte tief Luft. „Er hat uns gesagt, wie wir uns gesund ernähren, welche Kleidung angemessen ist und mit wem wir uns treffen sollen und mit wem nicht. Diese Bevormundung war einfach nicht auszuhalten. Deswegen sind wir alle auf Distanz zu ihm gegangen. In den letzten zwei Jahren habe ich ihn noch am häufigsten besucht ..." Sie hielt kurz inne und ergänzte: „Um ihm zwischendurch mal gehörig die Meinung zu sagen."

„Wann hatten Sie zuletzt Kontakt zu Ihrer Schwester?"

„Vor vier, fünf Wochen. Da haben wir telefoniert. Gesehen haben wir uns zuletzt vor einem halben Jahr."

„Hat Ihre Schwester Ihnen gegenüber erwähnt, dass sie bedroht wird?"

„Irgendwelche Konflikte mit irgendwelchen Leuten hatte sie permanent. Aber von einer wirklichen Bedrohung hat sie nie etwas erzählt. Ich hab zum Schluss auch nicht mehr hingehört, weil mir ihr Gerede auf den Wecker gefallen ist."

„War Ihnen bekannt, wo genau sich Ihre Schwester die letzten Monate aufgehalten hat?"

„Nur indirekt. Ich hab die bescheuerten Fotos von ihr mit den bunten Haaren gesehen. Die hat sie meinen Eltern zugeschickt. Die Fotos müssen meinen Vater total schockiert haben. Gestern hab ich dann erfahren, dass sie bei so 'nem rechten Typen gewohnt hat, auf dessen Grundstück sie ermordet worden ist."

„Es tut mir leid, dass Sie Ihre Schwester auf diese tragische Weise verloren haben", meinte Arif mitfühlend.

Für einen Moment hatte er den Eindruck, als würde die junge Frau gegen ihre Tränen ankämpfen. Aber stattdessen sagte sie nüchtern: „Wer sich in gefährliche Kreise begibt, kommt darin um."

14

Dr. Burkhard Wegner hatte zuletzt vor vielen Jahren mit der Forensischen Pathologie zu tun gehabt. Sein Fachgebiet, die Plastische und Ästhetische Chirurgie, empfand er als absoluten Gegenpol. Ihm ging es darum, Menschen durch Optimierung ihres Aussehens in ihrem Selbstbewusstsein zu stärken und sie dadurch für die Zukunft erfolgreicher zu machen. In der Forensischen Pathologie hingegen lagen leblose und häufig gewaltsam verunstaltete Körper von Menschen, deren Lebenslicht für alle Zeiten erloschen war.

Früh morgens rief Burkhard das Sekretariat des Institutsleiters für Rechtsmedizin an der MHH an, um einen Termin zu vereinbaren, an dem er schnellstmöglich den Leichnam seiner ermordeten Tochter sehen konnte.

Als er hörte, dass der Leichnam in einen extra dafür hergerichteten Abschiedsraum gebracht würde, hielt er dagegen: „Diese Gefühlsduseleien für Laien benötige ich als Arzt nicht. Ich möchte meine Tochter im selben Zustand betrachten wie meine rechtsmedizinischen Kollegen."

Ohne weitere Diskussion wurde seinem Wunsch entsprochen.

Jetzt stand er in einem Raum der Forensischen Pathologie, in dem sich an zwei Wandseiten die Kühlfächer für die verwahrten Leichen befanden. Dr. Ulrich Lindhoff, ein langjährig erfahrener Oberarzt am Institut für Rechtsmedizin, hatte den Schönheitschirurgen in den Raum geführt. Er hatte Burkhard erzählt, dass er, zusammen mit einem Kollegen, Jasmins Leiche obduziert hatte.

Burkhard nahm den aufdringlichen Geruch der Desinfektionsmittel ganz bewusst wahr. Als Chirurg waren ihm vergleichbare Räumlichkeiten bestens vertraut. Aber in diesem Moment war ihm der Geruch, den er mit seiner Tochter in Zusammenhang brachte, äußerst unangenehm. Dennoch wollte er mit eigenen Augen und ungeschminkt bei vollem Licht sehen, was die Tat vom vergangenen Samstag mit dem Körper von Jasmin gemacht hatte.

Burkhard schaute den Rechtsmediziner an und meinte: „Ich bin bereit."

Lindhoff zog eine der Metallschubladen auf, in der sich die nackte Leiche von Jasmin befand.

Burkhard atmete tief durch. Dann sagte er: „Herr Kollege, würden Sie mich bitte allein lassen ...?"

Lindhoff nickte kurz und verließ anschließend den Raum.

Burkhards Blick verfing sich an dem zugenähten großen Schnitt, der zur Entnahme der inneren Organe gedient hatte, von beiden Schultern über das Brustbein zum Schambereich.

Dann betrachtete er Jasmins Gesicht, welches immer noch ein wenig kindlich wirkte durch die hohe und gewölbte Stirn sowie das kleine Kinn und die kleine Nase.

Ein wunderschönes Gesicht. Wie früher das deiner Mutter. Ich habe es geliebt.

Dann betrachtete er ihren kahlrasierten Schädel.

Du hast in den letzten Jahren so viel destruktiven Mist verzapft, um gegen mich zu kämpfen. In deinen Haaren steckt diese verkorkste Vergangenheit – jetzt ist sie abgeschnitten worden.

Er zog sein Smartphone aus der Tasche, tippte auf die Kamera-App und beugte sich über Jasmin.

Jetzt habe ich noch einmal die Chance, sie zu verewigen.

Wie im Rausch fotografierte er ihren Schädel, ihr Gesicht, ihre Brüste, ihren Unterkörper, ihre Extremitäten …

Schönheit ist die universelle Währung, die Menschen auf der ganzen Welt Vorteile verschafft, schoss ihm sein Leitbild durch den Kopf. *Der Alterungsprozess oder gewaltsame Verunstaltungen machen Schönheit vergänglich, aber umso mehr muss ich sie jeden Tag wertschätzen und nutzen, solange sie mir zur Verfügung steht.*

Als er sich vom Leichnam seiner Tochter abwandte, begann er zu weinen.

15

Maria Wegner legte Wert darauf, sich ein Gefühl von Unabhängigkeit zu bewahren. Nach der Hochzeit mit Burkhard hätte sie problemlos ihre Arbeitsstelle kündigen und sich stattdessen nur noch um ihr Privatleben und ihre Hobbys kümmern können. Burkhard wäre damit einverstanden gewesen. Aber Maria wollte sich keineswegs nur als hübsches Anhängsel ihres wohlhabenden Mannes verstehen. Sie arbeitete seit über zehn Jahren als gelernte Buchbinderin in der hannoverschen Stadtbibliothek am Aegi – und das wollte sie auch in ihrer Ehe nicht aufgeben. Ihren Handwerksberuf hatte sie immer geliebt, auch wenn es sich bei den Büchern, die sie zu reparieren hatte, schon lange nicht mehr um die schönen alten Exemplare mit Ledereinband handelte.

Wie früher, fuhr sie weiterhin mit der Stadtbahn zur Arbeit. Selbst an diesem Montag, nachdem sie gestern vom gewaltsamen Tod ihrer Stieftochter erfahren hatte, änderte sich daran nichts. Sie hasste es, sich mit dem Auto durch den Berufsverkehr zu kämpfen, empfand selbst die Fahrt in einer überfüllten Bahn als merklich stressfreier. Zudem genoss sie in der Bahn durchaus die bewundernden Blicke, die ihrer Schönheit galten. Wobei sie wusste, dass ihr Aussehen der vorrangige Grund war, weshalb Burkhard sie geheiratet hatte. Heute hatte sie als Outfit eine unauffällige beigefarbene Sommerjacke und eine weiße Bluse zur Jeans mit flachen Pumps gewählt – und keine spezielle Trauerkleidung.

An der U-Bahn-Station Aegidientorplatz, die sich über mehrere Ebenen erstreckte, musste sie aussteigen. Von dort aus waren es nur wenige Gehminuten an der sechsspurigen Hildesheimer Straße entlang zum denkmalgeschützten mehrstöckigen Gebäude der zentralen Stadtbibliothek.

Zur Buchbinderei in der ersten Etage gelangte sie durch den öffentlichen Bereich neben dem Haupteingang über die Treppe nach oben. Als Maria die Werkstatt betrat, in der sich neben den Maschinen zum Zuschneiden und Leimen mehrere Tische mit Stapeln von Büchern, Folienrollen und Barcode-Aufklebern befanden, waren dort die anderen bereits damit beschäftigt, neue Bücher ausleihfertig zu machen sowie alte auseinandergefallene Exemplare wieder zusammenzuleimen.

Zu ihrer kleinen Kollegschaft gehörten der dreiundfünfzigjährige Norbert Brunner, die sechzigjährige Elke Köster und die vierundzwanzigjährige Auszubildende Leonie Schreiber.

„Guten Morgen, hab mich leider ein paar Minuten verspätet“, sagte Maria zur Begrüßung. „Aber gestern war die Polizei bei uns. Es ist etwas Schreckliches passiert. Eine meiner Stieftöchter ist ermordet worden.“

„Ich bin völlig geschockt!“, meinte Elke, die auf Maria zuging und sie spontan in den Arm nahm. „Du hättest dich doch krankmelden können. Musst du dich nicht um deinen Mann und zig organisatorische Angelegenheiten kümmern …?“

„Burkhard kümmert sich um alles. Heute Nachmittag haben wir einen Termin im Bestattungsinstitut. Ich hab mit ihm vereinbart, dass ich möglichst viel Normalität in meinen Alltag bringe, um die schlimmen Gedanken zu verdrängen.“

Leonie war ebenfalls auf Maria zugekommen und legte einen Arm um ihre Schultern: „Wenn du Hilfe brauchst, sag es einfach.“

„Mein herzliches Beileid“, äußerte Norbert und drückte Marias Hand. „Jetzt hat auch dein Mann eine leibliche Tochter verloren. Ich kann sehr gut nachfühlen, was das bedeutet.“

Maria hatte die Unterstützungsbekundungen von Elke, Leonie und Norbert vorausgesehen. Sie taten ihr gut.

*

Der sportlich wirkende Mann Mitte dreißig mit dem kantigen Gesicht und den vollen braunen Haaren trug eine anthrazitfarbene Jacke zur blauen Arbeitshose. Als er die Treppe der Stadtbibliothek nach oben ging, war ihm auf Anhieb seine Tätigkeit als Hausmeister im Neuen Rathaus Hannover nicht anzusehen. Vom

Rathaus hierher waren es zu Fuß nur sieben bis acht Minuten. In der ersten Etage ging er wortlos am Informationsschalter vorbei, ohne dabei groß aufzufallen. Die ausgestellten Hörbücher interessierten ihn nicht. Er durchquerte den Bereich für Kriminalliteratur, bog rechts ab und steuerte zielstrebig auf die „Junge Bibliothek" zu, in der sich um diese Zeit keine Kinder und Jugendlichen aufhielten. Vor einer verschlossenen weißen Tür mit einem Knauf blieb er stehen. Er blickte sich um, überprüfte die eingegangenen Nachrichten auf seinem Smartphone und wartete geduldig.

*

Es gab in der ersten Etage der Stadtbibliothek einen abgeschlossen Raum, der als Abstellkammer genutzt wurde.

Maria Wegner machte aufgrund ihrer Teilzeitstelle gegen dreizehn Uhr Feierabend und verließ die Werkstatt. Über der rechten Schulter eine Umhängetasche, in der linken Hand ihre Sommerjacke, begab sie sich anschließend in die „Junge Bibliothek", wo sich ein Mann mit einer blauen Arbeitshose aufhielt, der gleich auf sie zukam.

„Guten Tag, Frau Wegner", begrüßte er sie. „Sie hatten mich angerufen, um mir etwas in Ihrem Abstellraum zu zeigen."

„Guten Tag, Herr Fuhrmann", meinte Maria freundlich. „Ich habe jetzt Dienstschluss. Aber kein Problem. Ich zeige Ihnen den Raum."

Sie ging zu der weißen Tür mit dem Knauf und schloss sie auf. Von den anderen Bibliotheksangestellten war niemand in der Nähe.

„Bitte folgen Sie mir", meinte Maria.

Nachdem der Mann ebenfalls den Raum betreten hatte, zog Maria die Tür hinter sich zu.

In dem Raum befanden sich zahlreiche Stapel mit aufeinandergestellten Stühlen, Tische, leere Regale, Buchständer, gerahmte Bilder und ein großes ausrangiertes grünes Sofa aus dem Kinderbereich mit einigen Kissen darauf. Die Gardinen vor den Fenstern verhinderten den Einblick von außen.

Der Mann musterte das grüne Sofa und brummte: „Dann will ich mich mal an die Arbeit machen."

„Der Abstellraum wird selten betreten", erklärte Maria, „aber ich möchte verhindern, dass eine Kollegin zufällig die Tür öffnet."

Sie nahm ihren Schlüssel und steckte ihn von innen ins Schloss. Danach ging sie langsam auf den Mann zu, deutete mit der rechten Hand auf das Sofa: „Ist alles so, wie Sie es erwartet haben?"

„Ja, so gefällt es mir", murmelte er.

„Dann fangen Sie endlich an", ermunterte ihn Maria.

Plötzlich sprang der Mann auf sie zu. Maria ließ sofort die Jacke fallen, hob leicht die Arme, wie vor Schreck erstarrt. Er riss ihr die Umhängetasche von der

Schulter, während sie keinen Ton von sich gab. Seine Arme umschlangen den Oberkörper der Frau, die er mit einem Ruck an sich zog. Sie legte den Kopf in den Nacken und sah ihn erwartungsvoll an.

„Du kleines Luder", stieß er hervor und küsste sie auf den Mund, was die Frau leidenschaftlich erwiderte. Sie genoss es, als sich dabei ihre Zungen berührten.

„Guter Auftakt", hauchte sie. Die Frau streifte sich gekonnt die Pumps ab. Dann ließen sie sich auf das grüne Sofa fallen.

Ermuntert schickte der Mann seine Hände zärtlich auf Entdeckungsreise, wobei er Maria zielstrebig Bluse und Jeans auszog. Minuten später lagen beide nackt auf dem Sofa, das damit nicht nur für Kinder zum Höhepunkt wurde.

*

Sie wollten sich gerade wieder anziehen, als Marias Smartphone vibrierte. Es war ihr Mann, der sie sprechen wollte, und sie nahm das Gespräch an. Während Nick Fuhrmann erneut zärtlich ihre Brustwarzen streichelte, hörte sie sich geduldig Burkhards langatmige Bitte an, noch einen Einkauf in einem Spezialitätengeschäft zu erledigen und gleichzeitig rechtzeitig wegen ihres gemeinsamen Termins wieder zu Hause zu sein.

„Mach ich alles, kein Problem. Du kannst dich auf mich verlassen. Bis nachher …", sagte Maria freundlich und beendete das Telefonat, wobei sie, mehr an sich selbst gerichtet, murmelte: „Erstaunlich, dass ihm die Ereignisse nicht den Appetit verderben."

Nachdem Maria das Smartphone aus der Hand gelegt hatte, zogen sie sich wieder vollständig an. Ihre Jacke verhüllte perfekt den Zustand ihrer Bluse. Maria holte einen Spiegel aus der Umhängetasche, überprüfte ihr Make-up und die Beschaffenheit ihrer Frisur.

„Ein gut gewählter Ort", meinte der Mann anerkennend.

Maria hauchte ihm einen Kuss zu.

„Nick, Schatz, du weißt, dass ungewöhnliche Orte meine Lust gewaltig steigern", gurrte sie. „Der Reiz, jederzeit entdeckt zu werden … und die Notwendigkeit, sich dabei möglichst leise verhalten zu müssen, bringen mich erst richtig auf Touren."

„Ich hoffe, uns hat keiner gehört …"

„Ach was, darin sind wir inzwischen Meister." Sie lächelte. „Keiner hat draußen auf dem Schirm, dass wir in diesem Abstellraum sind. Ich habe Feierabend und werde von den Kolleginnen nicht vermisst."

„Und ich habe mich im Rathaus vorübergehend für einen Arztbesuch ausgeloggt." Nick Fuhrmann grinste. „Was liegt bei dir heute noch an?"

„Wie du aus der Zeitung weißt, ist meine Stieftochter Jasmin vorgestern ermordet worden." Maria verfiel in einen sachlichen Ton. „Ich muss noch für Burkhard einkaufen. Wir treffen uns zu Hause und fahren von dort gemeinsam zu einem Bestattungsinstitut."

Nick sah Maria unschlüssig an.

„Und trotzdem hast du unsere geplante Verabredung heute nicht abgesagt", meinte er verwundert. „Wie kommst du mit Jasmins Tod klar?"

„Ich hab gemerkt, dass ich nicht wirklich um sie trauere", gestand Maria ein. „Ist schon schlimm. Aber die Kleine war ein Biest. Die paar Mal, wo wir persönlich miteinander zu tun hatten, hat sie mich runtergeputzt. Das hab ich vergeblich mit Dr. Riedel in der Psychotherapie besprochen. Burkhard hat meine Verletzungen nicht mitgekriegt ... oder nicht mitkriegen wollen. Ich konnte nie eine positive Beziehung zu Jasmin aufbauen. Eigentlich war ich total froh, dass sie nur selten bei uns aufgekreuzt ist."

„Wie geht es deinem Mann?"

„Burkhard versucht, seine Betroffenheit nicht offen zu zeigen. Nach außen gibt er sich kühl und beherrscht. Aber in ihm brodelt es."

„Er hat seine Tochter geliebt?"

„Ja ... sehr, auf seine Art." Maria überlegte kurz. „Burkhard hat seine Eltern früh verloren, ist Einzelkind. Seine Töchter sind die einzigen leiblichen Familienmitglieder, die er momentan hat."

„Vielleicht hätte er sich mehr um dich kümmern sollen ..."

„Dann wäre unsere Beziehung längst zu Ende." Sie kicherte leise. „Obwohl er an deine animalische Ader niemals heranreichen würde. ... Na komm, ich muss einkaufen und gleich noch ins Bestattungsinstitut."

16

Maria Wegner saß auf einem Sessel im Wohnzimmer und kraulte mit einer Hand ihre Perserkatze, die es sich auf dem Schoß der Frau gemütlich gemacht hatte. Mit der anderen Hand bediente Maria ihr Smartphone. Auf Instagram, wo sie sich liebend gern mit ihren zahlreichen Followern über Katzen, Urlaubsreisen und Comics austauschte, sah sie sich gerade ein originelles Katzenvideo an.

Burkhard funktioniert wie eh und je, als wäre überhaupt nichts passiert, ging es Maria durch den Kopf. *Er war in der MHH, hat bereits Sabine und Linda telefonisch mitgeteilt, für wann er voraussichtlich Jasmins Beerdigung plant. Dann unser gemeinsamer Termin im Bestattungsinstitut, wo er mir eine dekorative Rolle zugewiesen hat. Alle Entscheidungen über Sarg, Blumenschmuck und Trauermusik hat er allein getroffen. Sabine wird das hinnehmen, Linda das Mitbestimmungsrecht ihrer Mutter einfordern. Aber Linda begleicht nicht die Rechnung und Burkhard lässt sich von ihr nichts sagen.*

Maria legte das Smartphone beiseite, nahm die Katze in beide Hände und ließ sie auf den Boden gleiten.

Früher hat sich mein Leben in ganz anderen … kleineren … Dimensionen abgespielt. Wovon ich damals ge-

träumt habe, ein Haus mit jeder Menge Platz und einem Swimmingpool, ist jetzt Wirklichkeit. Putzfrau, Gärtner, Handwerker für jeden Kleinkram, zusätzlich tolle Urlaubsreisen, die ich mir vorher nie leisten konnte. Ich hab mich schnell daran gewöhnt und will diese Annehmlichkeiten nicht mehr missen.

Mit einer imaginären Kamera hielt sie in diesem Moment ganz bewusst das kleine Paradies fest, in dem sie seit ungefähr einem Jahr mit ihrem Mann leben durfte.

Was macht Burkhard jetzt eigentlich?

Sie betrat den Flur, ging die breiten Stufen der Treppe hinauf zur Galerie, von der aus man zu sämtlichen Zimmern auf dieser Ebene gelangte. Früher waren zwei der Räume die Kinderzimmer von Jasmin und Linda gewesen.

Die Tür zu Burkhards Arbeitszimmer war geschlossen. Sie wusste, dass er darauf Wert legte, dass sie anklopfte, bevor sie ins Zimmer kam.

Ich tu dir den Gefallen, weil es zur Entspannung der Atmosphäre beiträgt.

Die Reaktion auf ihr Klopfen war ein kurzes „Komm rein!“.

Maria öffnete die Tür und sah, dass ihr Mann am Schreibtisch auf den riesigen Flachbildschirm vor ihm starrte.

Er drehte sich zu ihr um, während sie hinter ihn trat und innerlich zusammenzuckte, als sie registrierte, was er gerade am Bildschirm betrachtete. Das Foto zeigte das ausdruckslose Gesicht von Jasmin, ihren kahlrasierten Schädel und eine sehr dezente Strangmarke am Hals.

„Wo hast du dieses Bild her?“, fragte sie. Ihren Körper erfasste ein kalter innerer Schauer.

„Das hab ich heute in der Rechtsmedizin gemacht.“ So wie er es sagte, klang es belanglos und selbstverständlich.

„Warum?! Willst du Jasmin so in letzter Erinnerung behalten?! Mit der Glatze und dem schrecklichen Mal am Hals?!“

„Ich hab sie auch noch kurz nach der Geburt als verschrumpeltes kleines Wesen vor Augen. In jeder Phase ihrer Entwicklung ist sie mein Fleisch und Blut. In guten wie in schlechten Tagen. Zu einem vollständigen Bild gehören Anfang und Ende.“

Was geht da in deinem Gehirn ab?, war Marias Gedanke, den sie für sich behielt.

Burkhard schüttelte den Kopf und meinte: „Das verstehst du nicht.“ Diesen Satz hatte sie schon öfters von ihm gehört, wenn es um seine Auffassung von Kunst ging. Sie hasste diesen Satz, weil sie eine Überheblichkeit darin spürte. Aber sie vermied es, ihrem Mann zu widersprechen.

„Hat der Täter ihr die Haare abrasiert?“

„Ja. Den kompletten Schädel. Ich hab mit dem ärztlichen Kollegen von der Rechtsmedizin darüber gesprochen. Der meinte, dass der Täter wohl einen handelsüblichen Haarschneider benutzt hat, den es in jedem x-beliebigen Haushalt gibt.“

„Warum stand davon nichts in der Zeitung? Der kahlrasierte Schädel ist mit keinem Wort erwähnt worden. Aber der Schal, mit dem Jasmin getötet wurde, war darin abgebildet."

„Die Polizei hält manchmal Informationen zurück, um Nachahmungstäter vom tatsächlichen Täter unterscheiden zu können."

„Meinst du, dass jemand sie getötet hat, den sie persönlich kannte?"

„Kann gut sein."

17

„Immerhin wissen wir jetzt von einigen, dass sie's nicht waren." Mit diesem Satz versuchte Raffael Störtebecker den Ermittlungsergebnissen der letzten Woche einen optimistischen Anstrich zu verpassen. Er saß Andrea Renner am Doppelschreibtisch ihres gemeinsamen Büros gegenüber und trank den Rest seines Bechers Kaffee.

Enno, der Ex-Freund von Jasmin, der die Trennung von ihr schlecht verkraftet hatte, war zur Tatzeit nachweislich in Bayern gewesen. Mithilfe eines der Bilder von Torben war der junge Mann aus Libyen, den Hendrik Raschke abfällig als „Nafri" bezeichnet hatte, ausfindig gemacht worden. In dem Zeitraum, in dem Jasmin in Groß-Buchholz erdrosselt wurde, war er von einem Auto angefahren und anschließend stationär in der Unfallklinik behandelt worden.

„Und vom Schal hätte ich mir auch mehr erhofft", gab Andrea mit ähnlicher Begeisterung zurück.

An dem Schal, der als Tatwerkzeug gedient hatte, waren DNA-Spuren gesichert worden. Wobei die DNA einer nicht bekannten Frau zugeordnet werden konnte – entweder der Täterin oder, was durchaus wahrscheinlich war, einer Frau, die den Schal vor dem Verkauf verpackt hatte.

Weder in Niedersachsen noch in den anderen Bundesländern gab es momentan einen vergleichbaren Fall.

Die Mordkommission Jasmin hatte zahlreiche Befragungen durchgeführt: in der Nachbarschaft von Hendrik Raschke und seinem rechtslastigen Bekanntenkreis, in Jasmins studentischem Umfeld sowie in der linksautonomen Szene um Helge Urban, nachdem das besetzte Haus in der Nordstadt vor ein paar Tagen von der Polizei gewaltsam geräumt worden war. Dabei war herausgekommen, dass Jasmin vorübergehend mit Damian Welsch, einem weiteren Mitglied von Helges WG, das Bett geteilt hatte. Damian wiederum hatte nach Jasmins WG-Auszug mitbekommen, dass die junge Frau mit Raschke zusammen war. Er hatte kein Alibi – aber sein Wissen vermutlich schon vor Wochen an die anderen WG-Mitglieder weitergegeben. Auf dem Maschseefest im August hatte Damian Jasmin und Raschke, jeweils bekleidet mit einem Wikinger-Shirt, zufällig gesehen und seine Beobachtung kurz darauf Torben Hansen erzählt, der damals gerade auf der Suche nach der Frau war. Weitere Hinweise, dass einer der Linksaktivisten Jasmin aus Eifersucht oder wegen „Verrats an der Sache“ getötet haben könnte, lagen derzeit nicht vor.

„Ich vermute den Täter immer noch in Raschkes Umfeld“, bekundete Raffael. „Oder in dem von Helge Urban. Der Skinhead des Opfers deutet für mich in diese Richtung. Auf jeden Fall werde ich Torben noch mal wegen Damian Welsch ausquetschen.“

Torben hatte zugesagt, deswegen an diesem Nachmittag zu Raffael ins Büro zu kommen.

Wenig später klopfte Torben an die Bürotür und trat ein.

„Moin Raffi, moin Andrea."

Der Oberkommissar erwiderte den Gruß und bat seinem Cousin einen Stuhl an.

Torben strahlte: „Ich freue mich riesig, dass ich euch bei der Aufklärung des Falles helfen kann." Er schaute den Oberkommissar erwartungsvoll an. „Raffi, dann fass doch bitte die wichtigsten Ermittlungsergebnisse zusammen."

„In Ermittlingsinterna kann ich dich nicht einweihen", machte Raffael deutlich. „Ich hab dich als Zeuge eingeladen, nicht als Chefermittler."

Torben wirkte enttäuscht. Bevor er antworten konnte, klingelte Raffaels Smartphone. Der Oberkommissar warf einen prüfenden Blick aufs Display und nahm das Gespräch entgegen.

Wie auch für Andrea und Torben zu verstehen war, rief Dr. Burkhard Wegner an.

Raffael hatte ihn um diesen Rückruf gebeten. Der Oberkommissar erkundigte sich danach, ob der Schönheitschirurg noch über irgendwelche Nachrichten oder Bilder von Jasmin verfügen würde, aus denen auf weitere konfliktträchtige Beziehungen zu anderen Personen geschlossen werden könnte. Wegner sagte zu, die Chat-Verläufe seiner Messenger-Dienste noch einmal komplett zu durchforsten.

„Gibt es sonst noch aktuelle Vorkommnisse?“, erkundigte sich Raffael.

Wegner teilte kurz mit, dass am kommenden Freitagnachmittag die Beisetzung seiner Tochter auf dem Herrenhäuser Friedhof wäre.

Würde mich interessieren, wer von Jasmins Umfeld da aufkreuzt, schoss es Raffael durch den Kopf und er hakte nach: „Haben Sie die Beisetzung öffentlich bekannt gemacht?“

„Nein, die Beerdigung findet nur im engsten Familienkreis statt. Ich möchte nicht, dass durch die Anwesenheit irgendwelcher zweifelhafter Ex-Bekanntschaften meiner Tochter unsere familiäre Trauerfeier gestört wird.“

„Versteh schon“, murmelte der Oberkommissar.

Nachdem Raffael das Telefonat beendet hatte, sagte er zu Andrea und Torben: „Bei der Trauerfeier würde ich gerne Mäuschen spielen.“

„Warum?“, wollte Torben wissen.

„Um zu einer Einschätzung zu kommen, wie die einzelnen Mitglieder der Familie miteinander umgehen, wenn sie mit sich und dem Pastor allein sind. Die bestimmende Art des Vaters hat Jasmin ja offenbar zu ihrem extremen Verhalten ermuntert.“

„Die eigene Familie kann manchmal echt zur Belastung werden“, meinte Torben und guckte Raffael herausfordernd an. „Oder?“

Raffael machte eine wegwerfende Handbewegung: „Erzähl mir lieber, was du über deine Aktivistenbekanntschaft Damian weißt …“

18

Maria Wegner hatte es sich auf dem Liegestuhl am Swimmingpool gemütlich gemacht. Ein sonniger Spätsommertag wie dieser verlangte geradezu danach, ihn draußen in der Wärme zu genießen.

Vor ihrer Hochzeit hatte Maria ganztags in der Buchbinderei gearbeitet, jetzt gestand sie es sich zu, nur noch den Vormittag in der Stadtbibliothek zu verbringen, wobei sie ihren flexiblen Arbeitsbeginn nach hinten verlegt hatte. Vor 8:30 Uhr bekamen Norbert, Elke und Leonie sie nicht mehr in der Werkstatt zu sehen. Die Nachmittage standen ihr praktisch zur freien Verfügung. In der Villa wartete nur ihre Perserkatze auf sie. Erst gegen Abend kam Burkhard aus der Klinik zurück. Und der hatte an mehreren Abenden ein festes Programm: Tennis, Joggen, Sauna.

Den heutigen Nachmittag am Pool nutzte Maria, um eines ihrer Comic-Taschenbücher zu lesen, die sie seit ihrer Jugend mit großer Begeisterung sammelte. Auch eine Leidenschaft, die sie nicht mit Burkhard teilte – dafür aber mit Nick Fuhrmann.

Das Smartphone, das auf dem Tischchen neben ihr lag, klingelte. Der angezeigte Name auf dem Display überraschte sie. Den Anrufer hatte sie eigentlich schon aus ihrer Kontaktliste löschen wollen. Dr. Jürgen Riedel war bis vor acht Monaten ihr behandelnder Psychotherapeut gewesen, wobei Maria die Behandlung von ihrer Seite beendet hatte. Riedel war damals in Bezug auf ihren Therapiefortschritt durchaus anderer Meinung gewesen.

„Wegner", meldete sich Maria mit fragendem Unterton.

Der Psychiater und Psychotherapeut nannte ebenfalls seinen Namen und fragte: „Sind Sie allein und können sprechen?"

Nach Marias „Ja" kam er gleich zur Sache: „Ich fühle mich immer noch für ihr psychisches Wohlbefinden verantwortlich. Deshalb wollte ich mich erkundigen, wie Sie mit dem Mord an Ihrer Stieftochter klarkommen? … Ich hab's in der Zeitung gelesen."

„Ich trauere um sie … zusammen mit meinem Mann. Was sonst?"

„Sie haben mir damals anvertraut, wie sehr das ablehnende Verhalten von Jasmin Sie verletzt und wütend macht. Kann es sein, dass sich wieder Schuldgefühle melden … und Sie momentan mit Trauer und Erleichterung gleichzeitig zu kämpfen haben?"

Maria fühlte sich ertappt: *Eigentlich mehr mit Erleichterung.*

Dennoch sagte sie: „Ich stehe zu Burkhard und teile seine Empfindungen. Er leidet sehr, selbst wenn er sich äußerlich zusammenreißt."

Und Ihre Psychotherapie-Patientin, deren Privatleben Sie beeinflussen, bin ich auch nicht mehr, wollte sie ergänzen, verkniff es sich aber.

„Wenn Ihnen meine Anwesenheit hilft, bin ich bei der Trauerfeier, natürlich ganz im Hintergrund, dabei", bot Riedel an. „Wann findet die denn statt?"

Das ist übergriffig und distanzlos, ging ihr durch den Kopf – und im gleichen Moment: *Er ist der Fachmann für die Psyche und weiß, was angemessen und richtig ist. Er meint es gut, selbst wenn ich es nicht will.*

„Jasmins Beerdigung ist am kommenden Freitagnachmittag. Aber nur im engsten Familienkreis."

„Dann steht die Familie mit ihrem Schmerz ganz allein am Grab, vom Pastor abgesehen." Er hielt kurz inne. „Ist die Beerdigung auf dem Herrenhäuser Friedhof, wo sich das pompöse Grabmal von Burkhards Eltern befindet?"

„Oh, Sie wissen noch, dass ich Ihnen davon erzählt habe …?", wunderte sich Maria. „Ja, dort auf dem Friedhof. Auf dem bedeutende Persönlichkeiten begraben sind."

Maria bemühte sich, das Telefonat mit Riedel kurz zu halten. Der Psychotherapeut verabschiedete sich mit den Worten: „Ich wünsche Ihnen viel Kraft bei dem, was in nächster Zeit auf Sie zukommen wird."

Nach dem Gespräch war Maria unsicher, wie sie Riedels Anruf bewerten sollte.

Schon ungewöhnlich, aber auch fürsorglich, dass er mich acht Monate nach Therapieende anruft, um sich zu erkundigen, wie es mir mit Jasmins Tod geht. Und dass ihn die Beerdigung interessiert. Sofort kamen lebhafte Erinnerungen an die einjährige Psychotherapie bei

Dr. Riedel in ihr hoch. *In den letzten Monaten der Therapie habe ich seine Ablehnung gegen Burkhard gespürt. Mit allen möglichen Andeutungen hat er mich vor der Ehe mit ihm gewarnt … und vor Burkhards Familie. Zuletzt ist mir Riedel mit seiner Art zu nahe gekommen und ich hab die Therapie abrupt beendet. … Vor welchen Problemen wollte er mich heute eigentlich warnen?*

19

Nick Fuhrmann sah den gemeinsamen Wochenenden mit seiner zehnjährigen Tochter Emily immer mit einer Mischung aus Freude und Angespanntheit entgegen. Seit der Trennung von Thea, der ein Jahr später die einvernehmliche Scheidung gefolgt war, verbrachte Emily nur noch jeden zweiten Samstag und Sonntag bei ihrem Vater.

Emily war in verschiedener Hinsicht ein außergewöhnliches Mädchen. Sie liebte es, wenn ihr Tag so ablief wie geplant. Dabei zeigte sie wiederkehrende eingefahrene Verhaltensmuster, bei denen sie bestimmten Gegenständen stets denselben Platz zuwies und Handlungen in einer festgelegten Reihenfolge durchführte, wobei sie körperliche Nähe vermied. Besonders die Pausen in der Schule verunsicherten Emily, da sie mit den ungeordneten Kontaktaufnahmen anderer Kinder nichts anzufangen wusste. Emilys Einfühlungsvermögen in Menschen ihrer Umgebung war schwach ausgeprägt, das hatte sich die Jahre über nicht verändert.

Inzwischen kannte Nick den Grund der Kontakt- und Kommunikationsstörung seiner Tochter. Eine Ärztin hatte bei Emily das Asperger-Syndrom diagnostiziert, das zu den autistischen Störungen zählte. Nick hatte danach im Internet viel über diese Störung gelesen, trotzdem fiel es ihm manchmal schwer, Verständnis für Emilys auffälliges Verhalten aufzubringen.

An den beiden Tagen, die Emily bei ihm zu Besuch war, bemühte sich Nick um die Einhaltung ihres gemeinsamen „Stundenplans". Ein fester Bestandteil dieses Plans war am Sonntag der ritualisierte Ausflug in den hannoverschen Tiergarten, einer großen kostenfrei zugänglichen Parkanlage mit Wildtieren.

Jetzt standen Nick und Emily vor dem eingezäunten Bereich mit den Wildschweinen.

Wie vor vierzehn Tagen zur gleichen Zeit, stellte Nick resigniert fest. *Erst zählt sie alle Wildschweine, dann geht es zur Zählaktion mit dem Rotwild. Sie liebt Tiere, das steht fest. Vielleicht klappt es mit der Delfintherapie.*

Emily hatte für ihr Alter ein erstaunliches Fachwissen über Wildschweine und Hirsche, das sie auf entsprechende Nachfrage ausführlich und emotionslos wiedergeben konnte.

Und dann traf Nick auf dem Weg zum Rotwild innerlich der Schlag!

Er erkundigte sich, ob „denn Mamas Geschirrspüler schon repariert" wäre.

„Mirko Hübner ist am Donnerstag um 18:04 Uhr zu uns gekommen", antwortet Emily. „Er hat im Geschirrspüler das Filtersieb ausgebaut, gereinigt und eingebaut. Der Geschirrspüler ist repariert. Mirko Hübner kommt für die Belohnung gerne wieder. Mama hat ihn um 19:26 Uhr verabschiedet."

„Welche Belohnung hat Mirko von Mama erhalten?"

„Mama hat die Arme um ihn gelegt und ihm einen Kuss auf den Mund gegeben."

Was läuft da zwischen Mirko und Thea? Wenn sie sich schon küssen, wird er wohl bald nicht nur am Geschirrspüler rumfummeln.

„Hat euch Mirko Hübner davor schon besucht?"

„Ja."

Nick erkundigte sich danach, wie oft Emily Mirko bereits bei sich zu Hause gesehen hätte. Emily hatte ein ausgezeichnetes Gedächtnis und konnte sogar das Datum und die Uhrzeit der beiden vorangegangenen Besuche nennen. Nach Mitteilung von Emily hatten sich Mirko und Thea beim vorletzten Besuch zum ersten Mal geküsst.

Möglicherweise treffen sich Thea und Nick zusätzlich an den Wochenenden, an denen Emily bei mir ist. Grundsätzlich sollte es mir ja egal sein, mit wem sich meine Ex rumtreibt. Aber ich habe die Hoffnung nie ganz aufgegeben, dass wir irgendwann wieder zusammenkommen. Das mein ehemaliger Kumpel Mirko plötzlich meine Frau anbaggert, missfällt mir …

Emily hatte Nick nie etwas von Mirko erzählt.

Aber ich hab sie auch nicht danach gefragt.

Nick und Mirko kannten sich von ihrer Arbeit im hannoverschen Rathaus, wo Mirko als Elektriker angestellt war. Öfters hatten die beiden gemeinsame Touren mit dem Rennrad zurückgelegt. Als Thea und Nick noch zusammenwohnten, war Mirko gelegentlich bei ihnen zu Hause gewesen. Über Mirkos Schwester Dörte hatte Nick letztes Jahr deren beste Freundin Maria kennengelernt, als diese noch nicht mit Burkhard Wegner verheiratet war. Maria und er hatten gemeinsame Vorlieben: Comic-Taschenbücher von Walt Disney und Rollenspiele mit Sex an ungewöhnlichen Orten. Vor Marias Hochzeit hatten sie nur einmal miteinander geschlafen. Aber seit ungefähr fünf Monaten trafen sie sich in immer kürzer werdenden Abständen zu heimlichen leidenschaftlichen Begegnungen.

Nick und Emily erreichten das Rotwildgehege. Während seine Tochter die Tiere zu zählen begann, kreisten Nicks Gedanken weiterhin um Mirko.

Ich gönne mir lustvolle Stündchen mit einer verheirateten Frau, aber bei meiner Ex werd ich ärgerlich, wenn sie ausgerechnet Mirko küsst. Zwischen ihm und mir herrscht nach unserem Streit vor ein paar Monaten absolute Funkstille. Hat er sich in der Zeit mit Thea beschäftigt?

Nick riss sich zusammen. Zunächst musste er das heutige Programm mit Emily zu Ende bringen.

Um Punkt achtzehn Uhr stand er mit seiner Tochter vor Theas Wohnungstür in der Südstadt. Seine vierunddreißigjährige Ex-Frau wirkte erschöpft, obwohl sie ein freies Wochenende hinter sich hatte. Sie strich sich mit der Hand über ihre kurzen braunen Haare und sah Nick und Emily fragend an: „Na, ist euer Wochenendprogramm nach Plan abgelaufen? Du guckst so skeptisch, Nick?“

„Mit Emily hat alles geklappt“, bestätigte Nick. „Aber könnte ich kurz reinkommen und mit dir etwas besprechen? Es ist mir sehr wichtig.“

„Ja, okay“, sagte Thea, die ihre Tochter bat, die Tasche mit der gebrauchten Kleidung auszupacken und im Kinderzimmer so lange zu warten, bis ihre Eltern ihre Angelegenheiten zu Ende besprochen hatten. Emily waren derartige Anweisungen vertraut.

Nick und Thea verzogen sich ins Wohnzimmer. Kaum hatte Thea die Tür geschlossen, kam Nick zur Sache: „Bist du jetzt mit Mirko zusammen? Emily hat erzählt, dass er dich mindestens dreimal zu Hause besucht hat.“

„Er hat hier einiges repariert, zuletzt den Geschirrspüler wieder in Gang gebracht. Du weißt doch, dass er handwerklich geschickt ist.“

„Belohnst du Handwerker seit neuestem mit einem Kuss?“

„Was soll das jetzt, Nick?!“, reagierte Thea gereizt. „Wir sind geschieden und mein Privatleben geht dich nichts mehr an!“

„Aber mich interessiert, welchen Umgang Emily hat! Es hat schon einen Grund, warum ich mich mit Mirko verkracht habe. Zuletzt hat er nur an seinen eigenen Vorteil gedacht und mich ausgenutzt. Mirko ist nicht der Richtige für dich und Emily!“

Über Wochen hatte Mirko kein Auto und hat sich deswegen nach Feierabend von mir überall herumkutschieren lassen. Kaum war der neue Wagen da, hatte er auf einmal keine Zeit mehr für mich. Der Typ soll die Finger von Thea und Emily lassen!

„Vielleicht hättest du mal genauer nachfragen sollen, warum sich Mirko zuletzt zurückgezogen hat", warf Thea ihrem Ex-Mann vor. „Ich habe jetzt keine Lust, mich dafür zu rechtfertigen, wer meine Wohnung betritt."

Nick merkte, dass er in puncto Mirko momentan nicht weiterkam. Er wechselte das Thema: „Ich möchte noch einmal über die Delfintherapie für Emily mit dir reden. Das ist wirklich eine einmalige Möglichkeit, dass Emily ihre Behinderung überwindet und endlich Gefühle und soziale Fähigkeiten entwickelt. Dass sie neue Wege findet, um sich vernünftig wie andere Menschen auszudrücken."

Von diesen therapeutischen Zielen im Zusammenhang mit dem Asperger-Syndrom hatte er im Internet gelesen. Solche Therapien gab es in unterschiedlichen Ländern, aber die in den USA hielt er für am vielversprechendsten.

„In den USA werden verschiedene Delfintherapien angeboten, für eine Woche, vierzehn Tage oder sogar vier Wochen." Nick versuchte Thea mit seiner Begeisterung anzustecken. „Ich glaube, je länger, desto besser für Emily."

„Ich halte von dieser Delfintherapie überhaupt nichts! Zum einen ist das Tierquälerei und zum anderen für Emily ein fürchterlicher Stress, sich an einem fremden Ort auf neue Menschen und unbekannte Tiere einzustellen. Das kostet sehr viel Geld – und die Krankenkasse übernimmt nichts davon."

„Am Geld soll es nicht scheitern! Dann müssen wir eben darauf sparen oder einen Kredit aufnehmen. Die Delfine erleiden keine Schäden. Und es ist die Chance, dass sich Emily dem normalen Verhalten der anderen Kinder annähert!"

„Emily hat eine besondere Art, mit ihrer Umwelt umzugehen. Aber ich sehe das inzwischen nicht mehr als Behinderung an." Thea blickte ihrem Ex-Mann offen ins Gesicht. „Du selbst hast die Behinderung, weil du nicht in der Lage bist, unsere Tochter so zu akzeptieren, wie sie ist. Vielleicht solltest du endlich deine Einstellung verändern!"

„Jetzt bin ich also der Kranke, der falsche Vorstellungen hat, oder was?!!", äußerte Nick wütend. „So kommen wir heute nicht weiter. Tschüss, ich hau jetzt ab!"

Nick beendete das Gespräch und verabschiedete sich noch von Emily, bevor er ging und die Wohnungstür krachend hinter sich zuzog.

Er fuhr mit dem Auto von der Südstadt nach Vahrenheide, einem Stadtteil im Norden von Hannover. Dort wohnte er in der zwölften Etage eines Hochhauses. Auf eine Garage in dem angrenzenden Parkhaus hatte er verzichtet.

Beim Betreten des Hauses, als er im Flur auf den Fahrstuhl zusteuerte, wurde er erneut von Gedanken überflutet.

Mirko macht sich bei Thea und Emily breit. Ich will nicht, dass der Kerl irgendwann eine Art Ersatzvater für Emily wird. Aber ich kann das behinderte Verhalten meiner Tochter immer schlechter ertragen. Das muss sich ändern. Sie muss unbedingt diese Delfintherapie machen. Theas Widerstand zerstört meine ganze Hoffnung!

In seiner Gedankenwelt blendete Nick den Mann, der gerade aus dem Fahrstuhl trat, komplett aus. Insofern stießen die beiden auf dem Flur mit den Oberkörpern gegeneinander.

„Mach doch beim Gehen die Augen auf, statt mich anzurempeln!“, stieß der Mitte zwanzigjährige Mann mit Stoppelhaarschnitt verärgert hervor.

„Geh mir gefälligst aus dem Weg, dann passiert dir nichts!“, hielt Nick mit scharfem Tonfall dagegen.

„Schon mal was von Entschuldigen gehört, Alter?“

Nick spürte, wie die Wut in seinem Innern explodierte.

Seine aufgestellten Handflächen schnellten unvermittelt nach vorn gegen den Brustkorb seines Widersachers, der durch das kraftvolle Schubsen nach hinten taumelte. Der Mann wurde von Nicks Angriff völlig überrascht. Ehe er in Verteidigungsstellung gehen konnte, erhielt er von Nick erneut einen kräftigen beidhändigen Stoß gegen die Brust, der ihn endgültig zu Fall brachte.

„Bist du bekloppt, Alter?!“, schrie der Mann auf dem Boden.

„Komm mir nie wieder in die Quere!“, drohte Nick. „Sonst erlebst du die schmerzhaftesten Minuten deines Lebens!“

Nick stieg in den Fahrstuhl und fuhr in die zwölfte Etage.

Er schloss die Wohnungstür auf, trat hastig ein und knallte die Tür hinter sich zu.

Sein erster Weg führte ihn in die Küche. Aus dem Kühlschrank holte er eine Dose Bier, die er fast in einem Zug leerte.

Ich bin so wütend, ich muss zur Ruhe kommen!, dachte er sich. *Momentan ist mir auch scheißegal, ob mich der Kerl anzeigt.*

Er öffnete das Küchenfenster, kletterte über den Stuhl auf die Fensterbank, wo er sich hinsetzte, den Rücken gegen den seitlichen Mauerteil der Fensteröffnung gelehnt, die Beine angewinkelt.

Er liebte es, dort im Küchenfenster zu sitzen und vom zwölften Stock über Hannover zu gucken. Sofort erfasste ihn ein Gefühl von Freiheit.

An dieser Stelle auf der Fensterbank bestimme nur ich den Fortgang meines Lebens. Ich kann mich seitlich in den Tod stürzen, in die Weite des Himmels gucken oder mit neuer Kraft in meine Wohnung zurückkehren.

Zehn Minuten später, die ihm wie eine Ewigkeit vorkamen, hatte er sich beruhigt. Er sprang von der Fensterbank auf die Küchenfliesen und schloss das Fenster.

Wenn ich meine Ziele erreichen will, muss ich einen kühlen Kopf behalten.

20

Raffael Störtebecker hatte sich für dieses Wochenende fest vorgenommen, mit den längst fälligen Aufräumarbeiten in seiner Wohnung zu beginnen. Irgendwann würde Andrea erneut im Haus aufkreuzen, um ihre Schwester Katja Gerold zu besuchen und möglicherweise an seiner Wohnungstür zu klingeln. So eine Situation hatte es bereits kurz nach Katjas Einzug gegeben. Damals hatte sich Raffael ganz ruhig verhalten und so getan, als wäre er nicht zu Hause. An dem Tag musste Andrea wohl Katja und Emil von „Käpt'n Blaubär" erzählt haben. Zum Glück war das Verhältnis der beiden Schwestern nicht besonders eng, sodass Andrea offenbar wenig Neigung verspürte, hier öfters zu erscheinen.

Der Satz „Unverhofft kommt oft" bewahrheitete sich für Raffael auch an diesem Wochenende. Am Ende sah seine Wohnung am Sonntagabend nicht anders aus als am Freitag, sodass er den Starttermin für das Projekt „Schöner Wohnen" erneut nach hinten verlagerte. Was war passiert?

Am Samstagmorgen schlug Raffael schon gegen sechs Uhr morgens die Augen auf. Seine Versuche, noch einmal einzuschlafen, scheiterten kläglich. Da waren die Gedanken, dass irgendwann Emil aufwacht und in seinem Kinderzimmer herumhopst. Aber erstaunlicherweise blieb alles ruhig. Es war die angespannte Erwartungshaltung, die ihn am Schlafen hinderte.

Schließlich kapitulierte er und ging unter die Dusche. Bereits während seines kargen Frühstücks in der Küche klingelte sein Smartphone.

„Moin Raffi", meldete sich Torben. „Ich habe spannende Neuigkeiten für dich. Vielleicht solltest du mich doch als Chefermittler in deine Mordkommission aufnehmen."

„Was gibt's denn so Wichtiges?" Raffael wollte zumindest in seiner Freizeit vom Dienst abschalten.

„Ich war gestern auf dem Herrenhäuser Friedhof. Du hast dir doch gewünscht, dass ein Mäusedetektiv die Beerdigung von Jasmin Wegner auskundschaftet." Torbens Stimme klang selbstbewusst. „Für mich war es ein Kinderspiel, zur richtigen Zeit dort zu sein, weil ich wusste, dass die Beerdigung Freitagnachmittag stattfindet. Freitags wird auf hannoverschen Friedhöfen nur bis vierzehn Uhr beerdigt."

„Hast du tatsächlich die familiäre Trauerfeier der Wegners gestört?!"

„Natürlich habe ich die Privatsphäre der Familie Wegner nicht gestört", behauptete Torben. „Ich bin ein erfahrener Privatdetektiv! Ich hab mich geschickt versteckt, sodass mich die Trauergäste nicht bemerkt haben."

„Aha", war Raffaels Kommentar, dem sich nicht erschloss, worauf das Ganze hinauslief.

„Ich hab die Familie Wegner heimlich vor der Kapelle und am Grab fotografiert. Klar zu erkennen sind zwei abgegrenzte Lager. Auf der einen Seite die Mutter, die Schwester und die Großeltern mütterlicherseits, auf der anderen Seite der Vater und die Stiefmutter. So wie sich die beiden Parteien gegeben haben, mögen die sich nicht mehr."

„Was nur bestätigt, was ich vermutet habe." So sensationell war Torbens Mitteilung nicht, dass er Raffael deswegen beim morgendlichen Frühstück am Samstag stören musste. „Ich finde es unangemessen, dass du da fotografierst und den Intimbereich der Familie verletzt hast. Das ist zudem auf Friedhöfen ohne Erlaubnis untersagt."

„Privatpersonen in sehr intimen Situationen zu fotografieren, ist mein täglich Brot", meinte Torben trocken. „Wenn ich da Hemmungen hätte, müsste ich den Beruf wechseln."

Raffael wollte gerade in seiner ablehnenden Haltung nachlegen, als Torben enthusiastisch weiterredete: „Jetzt kommt ja erst der Clou. Da war auf dem Friedhof noch eine weitere Person, die die Beerdigung heimlich beobachtet hat."

„Das kann doch irgendein Besucher gewesen sein, der sich zufällig dafür interessiert hat", hielt Raffael wenig begeistert dagegen.

„Der hat sich auffällig unauffällig benommen. Wie jemand, dem es unangenehm wäre, wenn die Wegners bemerken, dass er sie bewusst betrachtet."

„Hhm." Raffael war nicht überzeugt.

„Er stand seitlich von mir, genau wie ich hinter Büschen, in einiger Entfernung. Ich habe seine negativen Schwingungen gespürt. Meiner Meinung nach hat der sich an dem Schmerz der Familie Wegner ergötzt. Als er bemerkt hat, dass ich ihn beobachte, ist er verschwunden."

„Bist du ihm nach?"

„Ja, aber er war so schnell weg, dass er mir entwischt ist."

„Kannst du den Mann beschreiben?"

„Muss ich nicht. Lange bevor er abgehauen ist, hab ich ihn in aller Ruhe fotografiert. Er war nämlich so auf die Beerdigung fixiert, dass er mich erst nach einer Weile bemerkt hat."

„Weißt du inzwischen, wer der vermeintliche Voyeur ist?"

„Nein. Irgendwas musst du schließlich auch tun."

„Ja, danke. Schick uns die Bilder und wir werden sehen, was wir damit anfangen können."

„Jo, mach ich!", versprach Torben. „Ein bisschen mehr Begeisterung hätte ich schon erwartet. Aber vielleicht kommt das noch, wenn du die Fotos siehst."

„Ja, ja."

Kurze Zeit später kamen Torbens Fotos auf Raffaels Smartphone an. Also kam Raffael nicht umhin, sie sich anzusehen.

Die Aufstellung der Familie Wegner vor der Friedhofskapelle und am Grab war schon bezeichnend. Aber die Fotos von dem unbekannten Beobachter zogen sofort Raffaels Aufmerksamkeit magisch an. Ein Mann um die fünfzig, braune ausgedünnte Haare, mit Grau durchsetzt, weder dick noch dünn.

Ich kenne diesen Mann. Aber ich weiß nicht woher. Es muss schon einige Zeit her sein, dass mir das Bild dieses Mannes über den Weg gelaufen ist.

Augenblicklich drehten sich sämtliche Gedanken nur noch um diesen Mann. Emil oder das Aufräumen seiner Wohnung verloren jegliche Bedeutung.

Merkwürdigerweise verorte ich den Mann in meiner privaten Vergangenheit, aber ich lebe doch erst gut fünf Monate in Hannover.

Er ging in seiner Wohnung zwischen den Umzugskartons auf und ab.

Meistens hilft mir Bewegung dabei, meinen Denkprozess anzukurbeln.

Also traf er die Entscheidung, zunächst einmal einkaufen zu gehen. Dass die geplante Aufräumaktion damit erneut verschoben wurde, nahm er billigend in Kauf.

Schließlich verbrachte er den Samstag allein in der Innenstadt … in diversen Kaufhäusern, einem Bistro und einem Fachgeschäft für Musikinstrumente … ohne etwas zu kaufen.

Wenn ich die Stiefmutter unseres Mordopfers vor Augen habe, denke ich automatisch an Clara. Irgendetwas an dieser Maria Wegner erinnert mich an meine Frau.

Den Mann vom Herrenhäuser Friedhof konnte er weiterhin nicht zuordnen.

Auf dem Rückweg nach Hause huschte er in einen kleinen Supermarkt und besorgte sich eine Tiefkühlpizza und einige Ciabatta-Brötchen zum Aufbacken.

Ist das Vermeidungsverhalten?, fragte er sich abends in der Wohnung.

Der gedankliche Durchbruch stellte sich am Sonntagmorgen ein. Raffael schlug im Bett die Augen auf und es rumste zweimal über ihm.

Emil! ... Und wieder keine Mutter, die dem Bengel sagt, wo's langgeht.

Und plötzlich war dem Oberkommissar klar, was der besagte Mann mit Raffaels Privatleben zu tun hatte.

Die Abwesenheit meiner Mutter!

Anita Störtebecker hatte sich in Hamburg von Raffaels Vater getrennt und war vor einigen Jahren in die Schweiz gezogen, um dort als Mitglied der sektenähnlichen Apfelbaum-Gemeinschaft zu leben. Der Gründer der Gemeinschaft, Jeremia Weidner, ein Schweizer Psychiater, propagierte eine obskure alternative Psychotherapie mit Tantra-Elementen, in der die körperliche Nähe zwischen Therapeut und Patient und der Einsatz psychedelischer Drogen zur Bewusstseinserweiterung eine zentrale Rolle spielten. Dazu bot Weidner, der mutmaßlich mit mehreren seiner Patientinnen Sex gehabt hatte, in der Schweiz Seminare an, die auch von Psychiatern aus Deutschland besucht wurden.

Mit dem Eintritt in die Apfelbaum-Gemeinschaft hatte Anita Störtebecker fast jeglichen Kontakt zu ihrer Familie abgebrochen. Raffael hatte sich in der Vergangenheit ausgiebig im Internet über Weidner und seine Heilslehre informiert. Dabei war er mehrfach auf ein Foto gestoßen, auf dem Weidner als Dozent vor einer Gruppe von Psychiatern und Psychotherapeuten aus Deutschland und der Schweiz ein Seminar abhielt. In der ersten Reihe hatte der Mann vom Herrenhäuser Friedhof gesessen. Er war gut erkennbar und Raffael hatte ihn oft unbewusst angeschaut.

Der Kerl ist demnach Facharzt für Psychiatrie oder ein Psychologe.

Raffael sprang aus dem Bett. Er hatte den Ehrgeiz, die Identität des Mannes möglichst schnell herauszufinden. Die Umzugskartons mussten warten!

Duschen, Frühstück und ran an das Notebook. Im Internet suchte er nach den Websites hannoverscher Praxen für Psychotherapie und Psychiatrie. Natürlich war es möglich, dass der Mann auch in einer Klinik angestellt war. Auf etlichen Seiten waren die Behandler und ihre Praxisteams mit Foto abgebildet. Ein sympathisches Aussehen war ein wesentlicher Werbefaktor.

Endlich wurde Raffael fündig. Dr. Jürgen Riedel hatte Praxisräume in Hannover-Linden. Er war Facharzt für Psychiatrie und Psychotherapie, bot schwerpunktmäßig tiefenpsychologisch fundierte Psychotherapie für Einzelpersonen und Gruppen an.

Hinweise, dass Riedel in seine Behandlungen die Heilslehre von Weidner einfließen lässt, gibt es auf der Website nicht. Aber derartige Andeutungen waren kaum zu erwarten. Vergabe von Drogen und Sex mit Patientinnen sind strafbare Handlungen.

Torben war damit in Raffaels Achtung gestiegen. Das war wirklich ein Hinweis, den es sich lohnte weiterzuverfolgen. Raffael besaß die Telefonnummern von Dr. Wegner und rief ihn kurzentschlossen an.

Da es um die Aufklärung des Mordes an seiner Tochter geht, wird es für ihn okay sein, wenn ich ihn am Sonntag kontaktiere.

An Wegners Tonfall bemerkte Raffael, dass der Anruf den Chirurgen überraschte.

„Kennen Sie Dr. Jürgen Riedel?", fragte Raffael.

„Ja."

„Sind Sie mit ihm befreundet?"

„Befreundet ... nein. Ich habe mit ihm im selben Semester Medizin an der MHH studiert. Wir haben uns gelegentlich unterhalten, aber nicht viele Kurse gemeinsam gehabt ... das normale Miteinander zwischen Kommilitonen, nichts Besonderes.

„Hat er Ihre Tochter Jasmin behandelt?"

„Nein. Auch wenn sich meine Tochter manchmal mit absonderlichen Leuten abgegeben hat. Verrückt war sie nicht!" Wegner hörte sich beleidigt an.

„Haben Sie eine Erklärung dafür, warum er sich ausgerechnet zum Zeitpunkt der Beerdigung Ihrer Tochter in unmittelbarer Nähe zu Ihnen auf dem Herrenhäuser Friedhof aufgehalten hat? Er hat sich offenbar für Ihre Trauerfeier interessiert."

„Keine Ahnung. Ich hab schon seit Jahren nichts mehr mit ihm zu tun." Wegner lachte abfällig. „Und er hat sicherlich keinen Grund, meine Tochter zu ermorden, falls Sie das meinen …"

Nach Ende des Telefonats war Raffael umso mehr davon überzeugt, dass die Parallelität von Riedels Friedhofsbesuch und Jasmins Beerdigung kein Zufall sein konnte.

Ich werde Riedel morgen einen Besuch abstatten. Der Typ interessiert mich allein schon wegen meiner Mutter.

Raffael schaute aus dem Wohnzimmerfenster auf die Straße, wo er in diesem Moment den Mann Mitte dreißig erkannte, der schon öfters Katja Gerold besucht hatte. Der Mann ging zielstrebig auf den Eingang des Wohnhauses zu.

Die liebe Frau Gerold sollte sich statt um ihren Lover lieber um ihr Kind kümmern.

21

Dr. Burkhard Wegner merkte während des Telefonats mit Kriminaloberkommissar Störtebecker, dass sich seine Armmuskulatur zunehmend verkrampfte und eine Welle von Wut seinen Körper erfasste. Nur mit großer Mühe gelang es ihm, im Gespräch weitgehend gelassen zu wirken. Der Chirurg kauerte am Schreibtisch in seinem Arbeitszimmer und starrte dabei aus dem Fenster.

Als das Telefonat beendet war, schlug er mit der rechten Faust auf die Schreibtischplatte und schrie: „Was war das denn?!!"

Jürgen Riedel ist heimlicher Zuschauer von Jasmins Beerdigung! Woher wusste er Datum und Ort? Das stand nirgendwo in der Zeitung. Sabine und die Kinder haben nie was mit ihm zu tun gehabt. Die Einzige, die ihm davon erzählt haben kann, ist Maria!

„Verdammt!"

Er stand auf und ging bis zur geschlossenen Zimmertür, an der er noch einmal innehielt.

Jürgen war im Studium einer der kläglichsten Typen, die ich kenne. Hat sich für Alternativmedizin und solchen Schnickschnack interessiert. Kein Wunder, dass der ausgerechnet Psychiater wird!

Sofort hatte Burkhard den ersten heftigen Streit mit Maria vor Augen.

Logisch, dass ich wütend war, als ich erfahren hab, dass sie ausgerechnet bei diesem Kerl in Behandlung ist und der Einblick in meine Familie bekommt. Und sie hat zugesagt, den Kontakt zu Jürgen zu beenden.

Er riss die Tür auf und rief: „Maria, kommst du bitte her!"

Seine Frau hielt sich in der unteren Etage auf, aber sein Rufen konnte sie nicht überhört haben.

Sein rechter Fuß tippte dreimal auf den Boden.

„Hast du mich verstanden?!", setzte er ungeduldig nach.

Unten im Flur erschien seine Frau und schaute zu ihm herauf.

„Was ist denn, Burkhard?", fragte sie mit leiser Stimme.

Aus ihrem Gesichtsausdruck las er eine Mischung aus Verständnislosigkeit und Angst.

„Ich möchte, dass du zu mir kommst, weil ich dringend etwas mit dir besprechen muss! Also komm bitte rauf!" Die energische Betonung des Wortes „bitte" machte aus dem Satz unmissverständlich einen Befehl.

Zögerlich stieg Maria die Stufen nach oben und blieb, den Kopf leicht gesenkt, wie ein ertapptes Kind vor ihrem Mann stehen.

„Dieser Oberkommissar Störtebecker hat angerufen und mich informiert, dass uns Jürgen Riedel am Freitag bei der Beerdigung zugeschaut hat. Offenbar aus einem Versteck, denn ich hab ihn nicht gesehen. Die Information, wann und wo, kann er nur von dir haben, oder?"

Maria war sichtlich erschrocken und brachte kein Wort heraus.

„Die Information kam von dir, stimmt's?!", wiederholte Burkhard energisch.

Maria nickte stumm.

Ohne Ankündigung schlug Burkhard ihr mit der flachen rechten Hand ins Gesicht.

„Bist du verrückt geworden?!" Er packte Maria an den Schultern und schüttelte sie mehrfach. „Was hast du dir dabei gedacht?! Einer der intimsten Momente, wo ich keine ungebetenen Besucher haben will. Ich habe am Grab um Fassung gerungen, war schwach. Und schon allein, wie wir da alle gestanden haben, hat verraten, welche Spannungen es in unserer Familie gibt. Für Jürgen sicherlich ein gefundenes Fressen, mich und meine Familie in dieser Verfassung am Boden zu sehen."

Tränen liefen Maria über die Wangen.

„Das ist doch Quatsch, dass sich dein Studienkollege am Leid unserer Familie erfreut."

„Es ist meine Familie! Warum hast du dafür gesorgt, dass Jürgen uns beobachtet? Ist das gegen mich gerichtet?!"

„Er hat angerufen und sich nach der Beerdigung erkundigt. Ich hab spontan geantwortet, ohne darüber nachzudenken, aber klar gesagt, dass die Trauerfeier nur für den engsten Familienkreis ist."

Burkhard schüttelte Maria erneut energisch: „Zu dem er aber eindeutig nicht gehört! So dumm wie du kann man doch nicht sein! Hat er was mit dir angefangen, um dir diese Infos zu entlocken?"

„Nein, natürlich nicht. Er hat einmal vor ein paar Tagen kurz angerufen. Davor haben wir uns acht Monate nicht gesehen." Sie sah Burkhard ins Gesicht. „Bitte lass mich los, du tust mir weh."

Er nahm die Hände von ihren Schultern, wobei ihn seine innere Anspannung weiterhin im Griff hatte.

„Burkhard, das war am Telefon mit Jürgen eine unbedachte Äußerung von mir", verteidigte sich Maria weinend. „Ich wollte dir und unserer Familie nicht schaden. Dass er auf den Friedhof kommt, hätte ich mir nie träumen lassen. Wenn er noch mal anrufen sollte, leg ich sofort auf."

„Tut mir leid, dass ich dich geschlagen habe", sagte Burkhard leise und streichelte ihr sanft mit der Hand über die linke gerötete Wange. „Ich war auf einmal so wütend und hatte mich nicht mehr unter Kontrolle. Sei mir bitte nicht böse, ja?"

„Ist schon okay", murmelte sie. „Ich hab Mist gebaut und dich damit sehr aufgeregt."

„Warum hast du mir nicht gleich von Jürgens Anruf erzählt?", fragte Burkhard verwundert.

„Ich hatte Angst, dass dich das aufregt."

Als Maria ihn fragte, ob sie jetzt ins Badezimmer gehen und sich „frisch machen" dürfe, nickte er und meinte lächelnd: „Aber natürlich, mein Schatz."

Abends saßen sie zusammen im Wohnzimmer, jeder auf seinem eigenen Sessel. Gegen 21:15 Uhr verabschiedete sie sich nach oben, und als er eine halbe Stunde später das gemeinsame Schlafzimmer betrat, war sie offenbar schon eingeschlafen.

Erneut kämpfte Burkhard gegen die aufkommende Unzufriedenheit an. Im zweiten Stockwerk hatte er sich einen „Künstlerraum" eingerichtet, in dem er mit Ölfarben malte oder auch mit Blei-, Kohle- oder Graphitstiften Zeichnungen anfertigte. Wenn er sich mies fühlte, ging er hierher, um Anspannungen in künstlerische Kreativität umzusetzen. Auf dem Tisch in der Mitte lag eine Zeichnung, die er gestern angefangen hatte. Die ungefähr zwölfjährige Jasmin, fröhlich lachend mit vollem langem Haar.

Das Ölbild an der Wand, die abstrakte Darstellung eines Paares, hatte er kurz vor seiner Hochzeit mit Maria angefertigt. Das Zusammenspiel der Farben verband er mit Wärme und Harmonie. Er liebte dieses Bild, weil es für ihn eine positive Ausstrahlung hatte.

Ganz bewusst ließ er seinen Blick über das Bild schweifen, genoss dabei die kleinen raffinierten Feinheiten. Er zog das Smartphone aus der Tasche und machte einige Fotos davon. Dann packte er das Bild am Rahmen, um es vorsichtig abzuhängen.

Im nächsten Moment schlug er das Bild mehrfach mit aller Kraft gegen die Stuhllehne - bis der Rahmen zersplitterte und die Leinwand zerfetzt war.

22

In der Nacht kreisten Raffael Störtebeckers Gedanken um Clara, Maria, seine Mutter und Dr. Riedel.

Am Montagmorgen kam er daher später als sonst aus dem Bett. Als er nach einem Minimal-Frühstück gedankenverloren die Wohnungstür öffnete, bemerkte er zu spät, dass in diesem Moment gerade Emil mit einem Schulranzen auf dem Rücken im Treppenhaus auftauchte und neugierig in Raffaels Wohnungsflur guckte.

„Bei dir ist es aber unordentlich", meinte der Junge und ging anschließend die Stufen weiter nach unten.

Toller Tagesbeginn. Das fehlt mir noch, dass Emil das seiner Mutter und die es Andrea weitererzählt.

In der Frühbesprechung der Mordkommission Jasmin hatte Raffael von Dr. Riedel und der Beerdigung berichtet. Von Thomas Stelter als Ermittlungsführer hatte er sich das Okay geholt, diese Spur weiter zu verfolgen.

Kaum zurück in seinem Büro, rief er in Riedels Praxis an und erklärte einer Sprechstundenhilfe, dass er als Polizist den Arzt als Zeugen in einer Ermittlungssache befragen wolle. Die Frau verwies darauf, dass ihr Chef „komplett mit Terminen voll" wäre und „gleich eine Therapiesitzung" hätte.

„Ich möchte ihn gerne heute in der Mittagspause oder nach Feierabend in einer sehr wichtigen Angelegenheit sprechen", sagte Raffael klar und deutlich. „Sagen Sie ihm bitte, es geht um die Begegnung letzten Freitag mit seinem ehemaligen Studienkollegen Dr. Wegner in Herrenhausen."

Die Sprechstundenhilfe nahm kurz Rücksprache und verkündete dann: „Herr Dr. Riedel nimmt sich nach seiner letzten Therapiesitzung gern für Sie Zeit. Kommen Sie bitte um 17:30 Uhr in die Praxis."

Raffael bedankte sich und legte zufrieden auf.

„Du weißt bedeutend mehr über die Apfelbaum-Gemeinschaft, als du in der Besprechung gesagt hast ...", stellte Andrea Renner fest, die ihren Kollegen von der anderen Seite des Doppelschreibtisches musterte. „Ist das die Psycho-Sekte, von der du mal angedeutet hast, dass deine Mutter dorthin abgetaucht ist?"

„Richtig."

„Was hat sich deine Mutter davon versprochen?"

„Sie ist – neben Torben und meiner verstorbenen Großtante – das dritte Exemplar in unserer Familie, das ziemlich abgedreht ist. Sie glaubt in dieser Sekte ihr neues Seelenheil zu finden, in der sexuelle Liebesbeziehungen zu mehreren Personen gleichzeitig als normal gelten."

„Wieso heißt die Sekte ‚Apfelbaum'?"

„Das ist eine Anspielung auf den biblischen Apfelbaum im Paradies." Raffael hatte die Erklärung zigmal im Internet gelesen. „Weidner sieht den Apfel als Symbol der Verheißung auf Erlösung, die durch seine Therapieform herbeigeführt werden kann."

„Und in der Schweiz ist es erlaubt, Drogen bei psychotherapeutischen Behandlungen einzusetzen?", wunderte sich Andrea.

„Ja, in der sogenannten Psycholyse wird LSD legal zur Unterstützung psychotherapeutischer Prozesse zur Behandlung von Depressionen verabreicht. In der Schweiz versucht allerdings der Ärzteverband für Psychiatrie und Psychotherapie, die Psycholyse verbieten zu lassen oder sie zunächst einmal von der Krankenkassenfinanzierung abzuschneiden."

„In Deutschland treiben die Weidner-Anhänger ebenfalls ihr Unwesen?"

„Allerdings. Natürlich nur im Verborgenen. In Berlin sind bereits zwei Patienten während einer Psycholyse-Sitzung an einer Überdosis verabreichter Drogen ums Leben gekommen."

„Hast du deine Mutter in der Schweiz besucht?"

„Einmal. In dem Dorf, in dem die Apfelbaum-Gemeinschaft haust." Seine Stimme klang verbittert. „Sie wirkte komplett unzugänglich, wie jemand, der unter einer wahnhaften Psychose leidet. Ich hab keinen Zugang mehr zu ihr gefunden."

„Wäre schon der Hammer, wenn Riedel Jasmin Wegner behandelt hätte", äußerte Andrea, die anschließend in einen überzogenen Tonfall wechselte: „Der hannoversche Weidner-Jünger, der eine sexuelle Beziehung mit seiner Patientin eingeht. Und als diese ihn wegen eines rechten Geschäftsmannes links liegen lässt, bringt er sie aus Eifersucht um. Allerdings hat die Hypothese einen Haken. Jasmins Vater sagt, seine Tochter wäre nie bei Riedel in Behandlung gewesen. Aber warum befragt niemand die Mutter des Opfers …?“

Raffael zuckte mit den Schultern: „Weil du das jetzt tust.“

*

Andrea Renners erster Versuch, Sabine Wegner telefonisch zu erreichen, war gleich erfolgreich. Jasmins Mutter hatte heute im Krankenhaus Spätschicht und war daher vormittags noch zu Hause.

„Kennen Sie den Psychiater und Psychotherapeuten Dr. Jürgen Riedel? Und wissen Sie, ob Jasmin bei ihm in Behandlung gewesen ist oder ihn auf andere Weise kannte?“

„Der Name Dr. Riedel sagt mir nichts. Wenn meine Tochter in Psychotherapie gewesen wäre, hätte ich das bestimmt mitbekommen – bei aller Distanz. … Allerdings war Burkhards neue Frau in psychotherapeutischer Behandlung, angeblich bei einem von Burkhards ehemaligen Kommilitonen, wenn ich auch nicht weiß, bei wem. Linda hat mal zufällig einen Streit … oder eine Unterhaltung …“ – schwächte Sabine Wegner ab – „… zwischen Burkhard und Maria mitbekommen, wo es darum ging.“

*

„Offenbar war es dem Herrn Schönheitschirurgen wieder mal peinlich, dass seine Frau einen Seelenklempner besucht", brummte Raffael, „weshalb er es im Telefonat mit mir dezent untern Tisch fallen lässt – nach dem Motto ‚Sie haben ja nicht ausdrücklich danach gefragt'. Denn was er von psychischen Erkrankungen hält, hat er ja durchblicken lassen, als er auf meine Frage nach einer psychotherapeutischen Behandlung seiner Tochter richtig beleidigt reagiert hat."

„Dann sollten wir als Nächstes Kontakt zu Maria Wegner aufnehmen", verkündete Andrea schwungvoll. „Sie wird uns möglicherweise erklären können, warum sich ihr Psychotherapeut die Beerdigung des Mordopfers im engsten Familienkreis anschaut. Ein derart brisantes Thema sollten wir mit ihr persönlich und nicht in Anwesenheit ihres Mannes besprechen."

23

Er verfolgte die Berichterstattung über Jasmins Tötung in der Zeitung.

Offenbar habe ich keine verräterischen Spuren hinterlassen. An dem schwarzen Schal kann sich eigentlich keine DNA von mir befunden haben. Sonst hätten sie mich schon dingfest gemacht.

Er hatte den Unisex-Schal über eBay direkt bei einem Händler aus China bestellt. Der in einem Paket gelieferte Schal war zusätzlich in einem transparenten Plastikbeutel verpackt gewesen.

Ich hab den Schal erst kurz vor der Tat mit Handschuhen aus dem Beutel genommen.

Die Tötung von Jasmin Wegner war für ihn ein fundamentales Erlebnis. Er hatte damit den ersten Schritt in eine Richtung getan, in der es für ihn schwierig wurde, den Rückweg anzutreten.

Der Akt des Tötens selbst hat für mich nichts Lustvolles. Es sind die Folgen ihres Todes, die mich zufriedenstellen. Ich habe die richtige Entscheidung getroffen. Es ist über mich gekommen, und dann lief alles wie von selbst. Ich lass mich treiben und höre auf meine Gefühle. Ist es nur eine Frage der Zeit, bis ich es wieder tue?

Er traf die Entscheidung, sich einen neuen Schal zu besorgen.

Sollte auf jeden Fall wieder in Plastik verpackt sein.

24

Am Nachmittag rief Andrea Renner auf dem Festnetz der Wegners an. Die Oberkommissarin wusste inzwischen, dass Maria Wegner halbtags am Vormittag arbeitete und nachmittags die Chance bestand, sie allein zuhause zu erreichen. Tatsächlich gelang es der Oberkommissarin, mit Maria Wegner gleich einen Termin für fünfzehn Uhr in Herrenhausen zu vereinbaren.

Pünktlich saßen Raffael und Andrea der Frau – die heute ein mittellanges figurbetontes Pulloverkleid in Beige mit rundem Kragen trug – in dem ihnen bereits gut vertrauten geräumigen Wohnzimmer der Wegnerschen Villa gegenüber. Marias Mann befand sich erwartungsgemäß zu diesem Zeitpunkt in seiner Klinik.

Wie üblich, schnitt Raffael die Befragung mit, was die Gastgeberin zögerlich zugelassen hatte.

Ohne Umschweife gestand sie allerdings ein, Dr. Riedels Psychotherapie-Patientin gewesen zu sein.

„Ich war schon bei ihm in Behandlung, da kannte ich meinen Mann noch gar nicht", erläuterte sie. „Die Therapie hat sich ungefähr über ein Jahr erstreckt, konnte im Januar dieses Jahres beendet werden."

„Gestern am Telefon tat Ihr Mann so, als hätte er jahrelang mit seinem Studienkollegen nichts zu tun gehabt …“, meinte Raffael gedehnt und sah dabei Maria fragend an. „Dabei waren Sie als seine Ehefrau noch dieses Jahr bei dem Psychiater in Behandlung.“

Maria legte die Handflächen aneinander und presste sie an ihre Nasenspitze.

„Das ist ein unangenehmes Thema für mich“, verkündete sie langsam. „Ich habe meinem Mann vor der Hochzeit verschwiegen, dass ich psychotherapeutisch behandelt werde. Auch die ersten Monate in unserer Ehe habe ich ihm nichts davon erzählt. Das klappte, weil die Therapiesitzungen tagsüber stattfanden, wenn mein Mann in der Klinik arbeitet.“

„Sie dachten, dass es für Ihren Mann ein Problem gewesen wäre, wenn er von Ihrer Psychotherapie gewusst hätte …?“, vermutete Andrea.

Maria nickte stumm.

Wie kann sie einen Mann heiraten, von dem sie befürchtet, dass er sie nicht so akzeptiert, wie sie ist?!, dachte Raffael fassungslos. *Dabei wirkt sie bisher sehr sympathisch und vertrauensvoll auf mich. In dieser Familie wird offenbar viel gelogen und beschönigt.*

„Seit wann wussten Sie denn, dass sich Jürgen Riedel und Ihr Mann kannten?“, fragte die Oberkommissarin weiter.

„Erst gegen Ende der Therapie habe ich von Dr. Riedel erfahren, dass er mit meinem Mann zusammen in Hannover Medizin studiert hat.“

„Und wie hat Ihr Mann reagiert, als Sie ihm von der Psychotherapie erzählt haben?“

„Er war schon etwas sauer, dass ich ihm das verschwiegen hatte." Sie wirkte bedrückt, als belaste sie die Erinnerung an die Szene. „Auch die Information, bei wem ich die Psychotherapie mache, hat ihm nicht gefallen. Es war meinem Mann unangenehm, dass ein ehemaliger Bekannter Einblick in sein Privatleben bekommt."

„Wäre mir an seiner Stelle genauso gegangen", bestätigte Raffael, den es ebenfalls gruseln würde, wenn seine Kollegen wüssten, wie es bei ihm zu Hause aussieht.

„Nach der Aussprache mit meinem Mann habe ich kurze Zeit später die Therapie beendet. Das war fünf Monate nach unserer Hochzeit." Maria versuchte zu lächeln. „Aber meine anfängliche Schwindelei hat unserer Ehe nicht geschadet. Wir sind glücklich miteinander – und mein Mann ist froh, dass mir die Therapie gut geholfen hat. Seit dem Ende der Therapie habe ich Dr. Riedel nicht mehr gesehen."

Dem Oberkommissar war daran gelegen, noch mehr über den Psychotherapeuten zu erfahren. Insofern wollte Raffael wissen: „Haben Sie mit Dr. Riedel darüber gesprochen, dass Sie Ihrem Mann über längere Zeit die Psychotherapie verheimlicht haben?"

„Irgendwann schon, ja."

„Und was hat Riedel dazu gesagt?"

„Er war immer sehr verständnisvoll. Er meinte, dass er nicht für mich entscheiden könne, wann der richtige Zeitpunkt wäre, mich Burkhard anzuvertrauen. Ich solle abwägen, wie sich Schweigen oder Reden in der Situation anfühlt. Wichtig sei, sich keine Zwänge aufzuerlegen. Von dem traditionellen Richtig-Falsch halte er nicht viel."

Na toll, mit diesem unkonkreten Psycho-Blah-Blah hat sich Riedel um jegliche Haltung gedrückt.

„Hat sich Dr. Riedel Ihnen gegenüber ungewöhnlich verhalten?", fragte der Oberkommissar und sah dabei Maria Wegner erwartungsvoll an.

Die zuckte mit den Schultern.

„Ich habe da keinen Vergleich", meinte sie unsicher. „Ich hab vorher noch nie eine Psychotherapie gemacht."

Raffael gestikulierte unwillkürlich mit den Händen: „Ist er Ihnen sehr nahe gekommen und hat sie angefasst?"

„Er hat mir am Anfang und am Ende der Therapiesitzung die Hand geschüttelt."

„Das meinte ich nicht …"

„Sondern?"

Was ist los mit mir, so kenn ich mich gar nicht, wunderte sich Raffael. *Warum komm ich nicht wie sonst auf den Punkt und formuliere klar und deutlich, was ich wissen will? Ich fühle mich auf einmal unsicher wie beim ersten Date.*

„Na so, wie Mann und Frau, wenn sie sich körperlich mögen", äußerte er spontan und ärgerte sich im gleichen Moment über seine lächerliche Formulierung. „Sie wissen schon, was ich meine …"

Maria signalisierte mit ihrer Mimik, dass sie verstanden hatte – und stellte eine Gegenfrage: „Warum fragen Sie danach? Weil es verboten ist?"

„Ja. Ein Therapeut macht sich strafbar, wenn es zu sexuellen Handlungen mit seiner Patientin kommt." Raffael hatte sich bei seiner Recherche über Jeremia Weidner gleich mit den gesetzlichen Bestimmungen in Deutschland vertraut gemacht. „Auch ein Kuss wäre eine unerlaubte Handlung. … Also?"

„Nein, nein, natürlich nicht." Ihr Blick hatte etwas Trotziges. „Herr Dr. Riedel hat nichts Unerlaubtes getan."

Oder hat er doch??, fragte sich Raffael.

Andrea kam auf die aktuellen Geschehnisse zu sprechen: „Wie kommt es, dass Ihr Psychotherapeut am Freitag in unmittelbarer Nähe der Beerdigung Ihrer Stieftochter aufgetaucht ist?. Er konnte doch gar nicht wissen, wann sie stattfindet."

„Er hat sich Sorgen gemacht, dass ich Jasmins Tod schlecht verkrafte, und mich deshalb einige Tage zuvor angerufen. Er hatte erwogen, als eine Art seelischer Beistand im Hintergrund dabei zu sein. In dem Telefonat hab ich ihm erzählt, wann die Beerdigung ist … aber gleichzeitig geäußert, dass er nicht zu kommen brauche."

„Haben Sie ihn am Freitag gesehen?"

„Nein."

„Und dennoch war er da. Aber warum?"

„Ich glaube, er wollte mich damit unterstützen, einfach durch seine geistige Nähe. Er hatte manchmal so spirituelle Vorstellungen."

Der gleiche Quatsch, den meine Mutter zuletzt von sich gegeben hat …

Nach der Befragung begleitete Maria Wegner Raffael und Andrea zur Haustür. Während Andrea mit forschen Schritten das Grundstück verließ, blieb Raffael auf einmal stehen und drehte sich zu Maria um, wobei er sofort Bilder aus Hamburg vor Augen hatte.

„Warum sehen Sie mich so … intensiv … an?", wunderte sich Maria. „Das ist mir schon die ganze Zeit aufgefallen."

Soll ich es sagen? Es gehört eigentlich nicht hierher. Aber in ihrer Gegenwart fühle ich mich vertraut.

„Ich muss es einfach mal aussprechen", äußerte er und räusperte sich verlegen. „Sie erinnern mich an meine Frau."

Es ist dieses frische kindliche Aussehen, dass ich so an Clara geliebt habe.

Maria wirkte überrascht, grinste anschließend: „Dann machen Sie Ihre Frau mal nicht eifersüchtig …"

„Das Problem habe ich nicht."

„Führen Sie eine tolerante Ehe?" Maria schien das kleine private Geplänkel zu gefallen.

„Nein, meine Frau ist tot."

„Oh, das tut mir leid. … Ein Unfall?"

„Krebs. Ist noch nicht lange her."

„Dann wissen Sie ja, wie es sich anfühlt, einen geliebten Menschen zu verlieren."

25

Die Psychotherapie-Praxis von Dr. Jürgen Riedel befand sich in einer kleinen zugeparkten Straße mit Reihen vierstöckiger Wohnhäuser zu beiden Seiten, mitten im hannoverschen Multikulti-Stadtteil Linden. Raffael Störtebecker und Andrea Renner standen vor einem rot geklinkerten Gebäude, an dem ein weißes Schild mit schwarzer Schrift auf die Praxisräume im Erdgeschoss hinwies.

Es war 17:25 Uhr. Raffael drückte auf den Klingelknopf der Praxis, gleich darauf ertönte ein Summen. Das Treppenhaus wirkte hell und freundlich, dennoch roch es ein wenig muffig. Der Geruch löste eine leichte Übelkeit bei ihm aus.

Mein Geschmack ist das hier nicht, dachte sich Raffael. *Aber Psychotherapie-Plätze sind knapp, da nimmt man als Patient vermutlich einiges in Kauf.*

Im Hausflur wurde auf der linken Seite bereits die Tür zur Praxis geöffnet. Raffael erkannte den Psychiater auf Anhieb. Ein Mann um die fünfzig, dünne Haare, markante Nase, gebräunter Teint. Er war mit einer dunklen Stoffhose und einem hellblauen langärmeligen Hemd bekleidet.

Der Apfelbaum-Heiler persönlich. Hat uns offenbar schon sehnsüchtig erwartet.

Raffael und Andrea begrüßten Riedel und stellten sich kurz vor. Der Psychiater bat sie herein.

„Ich gehe mal voran. Meine Sprechstundenhilfe hat bereits Feierabend gemacht."

An den Wänden im Flur, in dem sich der unbesetzte Empfangstresen befand, hingen gerahmte Poster, die unterschiedliche Landschaften zeigten: Sandstrände mit Dünen, ein schneebedeckter Gebirgsgletscher oder ein ausbrechender Vulkan mit Lavaströmen.

Auf den ersten Blick keine Yin-und-Yang-Abbildungen oder Räucherstäbchen, aber gute Tarnung ist bekanntlich alles.

Riedel führte Raffael und Andrea in seinen Behandlungsraum. Sie setzten sich, jeweils in bequeme Sessel, um einen kleinen runden Tisch.

Raffael sah sich im Raum um.

Ein Schreibtisch mit PC und Monitor, das obligatorische Wandregal mit Fachbüchern, zwei Kübel im Raum mit Kentia-Palmen. Er zuckte innerlich mit den Schultern. *Was hatte ich erwartet? Fotos mit kopulierenden Paaren in Ekstase? Ich muss mich zwingen, bei der folgenden Befragung sachlich zu bleiben.*

Raffael teilte dem Arzt mit, dass sie im Mordfall Jasmin Wegner ermittelten. Anschließend erklärte er die Spielregeln der Vernehmung, wies auf die Aufzeichnung des Gespräches hin.

Dr. Jürgen Riedel gab unumwunden zu, vergangenen Freitag auf dem Herrenhäuser Friedhof gewesen zu sein.

Er tut so, als wäre das die selbstverständlichste Sache der Welt. Aber vielleicht tritt er damit nur die Flucht nach vorn an.

„Um diese Zeit dort zu sein, war kein Problem", erläuterte der Arzt. „Ich mache freitags in meiner Praxis immer früher Schluss, zudem hatte eine Patientin abgesagt."

„Dass Maria Wegner bei Ihnen in Behandlung war, hat sie uns heute erzählt. Kannten Sie denn Ihre Stieftochter Jasmin persönlich?", erkundigte sich der Oberkommissar.

„Nein. Nur aus kurzen Erzählungen. Details unterliegen selbstverständlich der Schweigepflicht."

„Warum sind Sie zur Beerdigung einer Frau gefahren, der Sie nie begegnet sind?"

„Ich war davon ausgegangen, dass meine Anwesenheit der Familie Kraft gibt." Der Psychotherapeut schaute erst Raffael, dann Andrea an. „Natürlich wollte ich nicht aufdringlich erscheinen, deshalb hab ich die Zeremonie zunächst aus der Ferne verfolgt. Erst nach der Beisetzung hatte ich vor, zu der Familie zu stoßen."

„Aber vorher sind Sie fluchtartig vom Friedhof entschwunden", stellte Raffael nüchtern fest. „Womit sich Ihr Part mit dem seelischen Beistand erledigt hatte."

„Ich hab plötzlich einen Mann gesehen, der mich beobachtet. Das hat mich völlig aus dem Konzept gebracht. ‚Was mach ich hier eigentlich?', ist mir spontan durch den Kopf gegangen – und dann bin ich einfach gegangen. Im Nachhinein hatte ich Zweifel, ob mein Erscheinen auf dem Friedhof richtig war."

„Können Sie mir erklären, womit Sie Frau Wegner und Ihre Familie unterstützen, wenn die Ihre Anwesenheit gar nicht bemerken?"

„Ich bin überzeugt, dass die Wegners meine wohlmeinende Nähe als positive Energie gespürt haben." Riedel bemerkte offenbar Raffaels zweifelnden Gesichtsausdruck und erläuterte nachsichtig: „Der Effekt ist vergleichbar mit homöopathischen Arzneimitteln. In den Kügelchen befinden sich Wirkstoffe in nicht nachweisbarer Konzentration, die nur durch ihre reine Energie heilsam wirken, wobei die Schulmedizin dieser sanften Medizin den therapeutischen Nutzen abspricht."

„Heißt das, Sie haben den Wegners auf dem Friedhof als eine Art homöopathische Kugel gedient?", vergewisserte sich Raffael, den Psychotherapeuten richtig verstanden zu haben.

Riedel lächelte milde und äußerte: „Gratuliere, Herr Kommissar. Ihre Formulierung ist ungewöhnlich, aber sie trifft grundsätzlich den Kern des Phänomens."

Der verarscht uns doch, ärgerte sich Raffael und setzte nach: „Spielen denn weitere Interventionen außerhalb der Schulmedizin in Ihren Behandlungen eine Rolle? Uns ist bekannt, dass Sie sich in der Schweiz für die Therapiemethoden von Jeremia Weidner interessiert haben. Das Foto auf einer Internetseite der Apfelbaum-Gemeinschaft von Weidner und Ihnen deutet auf eine enge Verbindung hin."

Jetzt ist er sichtlich überrascht, dass ich so gut über seine Vergangenheit informiert bin.

Das besagte Foto von Riedel hatte Raffael erst nach diversen Klicks auf einer der Unterseiten der Apfelbaum-Website gefunden.

Relativ schnell kehrte das selbstsichere Lächeln auf das Gesicht des Psychotherapeuten zurück.

„Nein, Herr Kommissar, ich verabreiche meinen Patientinnen weder Drogen noch schlafe ich mit ihnen, falls Sie das meinten …"

Riedel bekundete, dass er vor Jahren ein einziges Seminar von Weidner in der Schweiz besucht hätte. Er hätte gar nicht gewusst, dass ein Foto mit ihm von dieser Veranstaltung, auf der zahlreiche Teilnehmer aus dem deutschsprachigen Raum gewesen wären, im Internet existiere.

Er tut so, als wäre er mit seiner Präsenz auf der Schweizer Website dieser Sekte nicht einverstanden. Außer mir hat dieses Foto vermutlich in Deutschland bisher niemanden wirklich interessiert.

„Dr. Weidners Augenmerk gilt sicherlich vorrangig dem menschlichen Wohlbefinden und weniger irgendwelchen Datenschutzbestimmungen", versuchte Riedel sein angeblich fehlendes Einverständnis zu erklären. „Ich werde dafür sorgen, dass das Foto von der Website verschwindet, um zukünftigen Missverständnissen vorzubeugen."

„Welche therapeutischen Maßnahmen der Alternativmedizin haben Sie denn im Programm?“, schaltete sich Andrea ein.

„Ich bin offen für innovative ganzheitliche Ansätze in der Medizin und Psychotherapie, also Homöopathie, Akupunktur, Naturheilverfahren … Einiges davon biete ich als Zusatzleistung an. In dem Zusammenhang habe ich mich auch über Verfahren wie Psycholyse oder Aura-Massage informiert. Aber ich wende weder unerlaubte Praktiken an, noch kombiniere ich Behandlungsarten, deren gleichzeitige Anwendung sich verbietet. Selbstredend rechne ich über die Krankenkassen nur offizielle Kassenleistungen ab.“

„Aura-Massage …?“ Von dem Verfahren hatte Andrea noch nie gehört.

„Die Aura eines Menschen besteht aus sieben energetischen Schichten und stellt eine Verbindung zur spirituellen Welt dar“, dozierte Riedel. „Durch das Massieren der Aura ist es möglich, eine heilsame Wirkung auf den Energiefluss im Körper auszuüben. Die Aura-Massage wird übrigens bekleidet ausgeführt.“

„Ach, der Therapeut ist dabei bekleidet …“, spöttelte Raffael.

„Der Patient natürlich. Der Therapeut selbstverständlich auch.“ Der Psychiater klang leicht verschnupft. „Aber derartige Verfahren biete ich in meiner Praxis nicht an.“

„Ich komme noch einmal auf Ihren Anruf bei Frau Wegner und Ihre quasi ‚homöopathische Teilnahme‘ an der Beerdigung zurück.“ Raffael ließ nicht locker. „Ist Ihnen ein derartiger privater Kontakt zu Frau Wegner … als einer ehemaligen Psychotherapie-Patientin … acht Monate nach Therapieende nicht untersagt? Ich hab gelesen, dass erst nach Ablauf eines Jahres wieder eine private Beziehung erlaubt ist.“

„Mein Anruf und mein Friedhofsbesuch waren nicht privater, sondern therapeutischer Natur“, hielt der Psychiater dagegen. „Ich wollte Frau Wegner in dieser belastenden Situation professionelle Unterstützung gewähren.“

„War Ihr therapeutisches Verhältnis besonders eng?“

„Ich schenke allen meinen Patientinnen und Patienten die gleiche professionelle Aufmerksamkeit. Da war Frau Wegner keine Ausnahme.“

„Was haben Sie am Samstag, dem 1. September, zwischen 20:30 und 23:00 Uhr gemacht?“, stellte der Oberkommissar die Alibifrage.

„Das war sicherlich die Zeit, an der die Stieftochter von Frau Wegner getötet wurde …?“ Riedel strich sich mit der rechten Hand über den Mund, dachte offensichtlich nach. „Da war ich zu Hause. In meiner Wohnung in Linden.“

„Kann das jemand bezeugen?“

„Ich war allein, wie so häufig als geschiedener Mann, dessen Obsession der Beruf ist.“ Riedel lächelte und ergänzte mit ironischem Unterton: „Eine Patientin hatte ich mir an dem Abend nicht mit nach Hause genommen.“

*

Im Anschluss an Riedels Vernehmung ließen Raffael und Andrea das Gespräch mit dem Psychotherapeuten Revue passieren.

„Mir kommt dieser Mensch äußerst seltsam vor", brummte der Oberkommissar. „Seine Begründung, warum er auf dem Friedhof war, ist doch völlig realitätsferner Bullshit. Entweder ist er ein harmloser geistig entrückter Gutmensch oder ein getarnter Weidner-Anhänger, dessen therapeutische Interventionen private Grenzen überschreiten."

„Zumindest reichen unsere momentanen Erkenntnisse nicht aus, ihn tatsächlich mit der Tötung von Jasmin Wegner in Verbindung zu bringen."

Bevor Andrea den Wagen startete, äußerte sie: „Apropos Privatleben. Du wohnst ja mit Katja und Emil im selben Haus. Geht's den beiden gut? Ich müsste mich mal wieder bei ihnen melden."

Raffael war innerlich in Habachtstellung: *Und dann erzählt dir Emil vom Zustand meiner Wohnung!*

„Mach dir keine Sorgen", wiegelte Raffael ab. „So wie ich das sehe, ist sie mit ihrem neuen Bekannten gut ausgelastet."

„Na, schau mal an", murmelte die Oberkommissarin.

26

Maria Wegner öffnete ihrer Stieftochter die Tür.

Linda hatte ihr Kommen vor einer halben Stunde telefonisch angekündigt, wobei ihr Besuch nicht Maria, sondern Burkhard galt. Beim Auszug aus der Villa ihres Vaters vor ungefähr fünf Jahren hatte sie – genauso wie Jasmin – ihren Haustürschlüssel abgeben müssen. Insofern musste sie klingeln, wenn sie ins Haus wollte.

„Komm doch rein", äußerte Maria und bemühte sich freundlich zu wirken. „Dein Vater ist noch nicht zuhause, aber ich erwarte ihn jeden Moment."

„Macht nichts", winkte Linda ab. „Dir hab ich auch noch was zu sagen."

Linda ging an Maria vorbei und steuerte eigenmächtig auf das Wohnzimmer zu. Maria schloss die Haustür und folgte ihr.

Auf eine Unterhaltung mit ihr hab ich überhaupt keine Lust, ging Maria durch den Kopf. *In ihrer beleidigenden Art steht sie Jasmin in nichts nach. Na gut, das mit Jasmin hat sich erledigt.*

Die Perserkatze, die vor der Couch lag, nahm erschrocken Reißaus, als sie Linda bemerkte.

„Ich bin immer noch erstaunt, dass mein Vater der Anschaffung dieser Katze zugestimmt hat", äußerte

Linda und ließ sich schwungvoll auf die Couch fallen. „Da hatte er wohl 'ne schwache Stunde?! Uns hat er nie Haustiere erlaubt."

„Ich glaube, er mag die Katze inzwischen wie ich." Maria nahm auf einem der Sessel Platz. „Er streichelt sie gerne."

„Na ja, die äußere Schönheit der Pussi spielt bei ihm sicher eine Rolle", murmelte Linda. „Für ihn ist gutes Aussehen entscheidend ... bei allen weiblichen Wesen, die er sich in seiner Villa hält."

„Die meisten Menschen wollen gut aussehen. Und für deinen Vater ist Schönheit eine Berufung." Maria versuchte zu lächeln. „Mir gefällt es, mein Leben mit ihm in diesem tollen Haus zu verbringen."

„Hast du es wirklich nötig, in diesem goldenen Käfig zu leben, wo du nicht hingehörst?!", fragte Linda höhnisch. „Dir muss doch klar geworden sein, was du meinem Vater wert bist. Er hat geschluckt, dass du gesellschaftlich unter ihm stehst, Sprechblasengeschichten anstelle richtiger Literatur liest und sogar einen Seelendefekt hast. Eigentlich alles No-Gos für ihn. Aber es ging ihm ausschließlich um deine Hülle. Du bist für ihn lediglich ein hübsches Ausstellungsstück, ein Kunstwerk!"

„Warum willst du mich beleidigen?", äußerte Maria fassungslos.

„Ich beleidige dich nicht, ich sage dir nur die Wahrheit", entgegnete ihre Stieftochter ruhig. „Jasmin und mich und unsere Mutter hat er genauso behandelt. Für ihn zählt bei Frauen nur das Schönheitsideal – dieses Kindchenschema, das alle seine Frauen und Töchter aufweisen. Mach dir nichts vor, du bist nur sein Püppchen, dem er vorschreibt, wie es sich in allen Lebensbereichen zu verhalten hat. Und wenn du nicht spurst, wird er aggressiv. Aber ich bin mir sicher, du bist gefügig, denn finanziell hat er dich bestimmt – wie damals meine Mutter – komplett in der Hand: Ehevertrag mit Gütertrennung und Verzicht auf nachehelichen Unterhalt. Bei einer Scheidung bekommst du praktisch nichts."

„Ich liebe deinen Vater", behauptete Maria trotzig. „Unsere Hochzeit hatte nie etwas mit Geld zu tun. Ich habe den Ehevertrag unterzeichnet, um zu belegen, dass ich keine Absichten verfolge, mir durch eine spätere Scheidung finanzielle Vorteile zu verschaffen."

Lindas Auflachen klang bösartig, dann erklärte sie süffisant: „Für eine junge Frau, deren Aussehen ihr einziges Kapital ist, hat ein zwanzig Jahre älterer Mann bestimmt was Verlockendes, wenn er Inhaber einer Klinik ist und zusätzlich von seinen Eltern jede Menge Kohle geerbt hat."

„Ich verstehe nicht, warum du so negativ über mich und deinen Vater denkst."

„Weil ich meinen Vater kenne! Ich kann mir nicht vorstellen, dass eine Frau wirklich glücklich mit ihm zusammenleben kann."

„Wovon genau sprichst du?"

„Er ist herrschsüchtig und duldet keine anderen Meinungen." Linda kam zunehmend in Rage. „Als Jasmin und ich Kinder waren und ihm nicht gleich gehorcht haben, setzte es Ohrfeigen. Ob er unsere Mutter ebenso geschlagen hat, wenn wir nicht dabei waren, weiß ich nicht. Auf jeden Fall hat er uns eingetrichtert, nichts davon nach außen dringen zu lassen. Das wirkt bis heute nach. … Hast du das auch schon zu spüren bekommen?“

„Dein Vater hat mich noch nie geschlagen“, log Maria, um sich vor ihrer Stieftochter keine Blöße zu geben.

„Ist es weiterhin so, dass außer der Putzfrau und dem Gärtner selten Besuch kommt?! Kein Wunder, mein Vater hat sich nie um Freundschaften bemüht, ist bei Kollegen und seinem Klinikpersonal nicht besonders beliebt. Wer nicht von ihm bezahlt wird, bleibt weg. Seine Leidenschaft zu Hause gilt doch nicht dir, sondern seinen Kunstobjekten … diesen gekauften und selbst gemalten Bildern.“

„Was willst du mit deinen gemeinen Äußerungen erreichen?“ Langsam reichte es Maria.

„Ich meine es gut mit dir“, säuselte Linda mit einem unecht wirkenden Lächeln. „Kehr meinem Vater und diesem Haus rechtzeitig den Rücken, damit dir Jahre deines Lebens in erdrückender Enge erspart bleiben. Such dir einfach einen potenten freundlichen Handwerker als Mann und verbring wieder den ganzen Tag in deiner Buchbinderei.“

In diesem Moment hörte Maria das Aufschließen der Haustür. Burkhard kam von der Klinik nach Hause.

Soll ich ihm erzählen, wie Linda mit mir umgeht? Aber wahrscheinlich will er das gar nicht hören, weil er trotz allem mehr zu seinen Töchtern hält.

„Denk mal drüber nach, was ich dir gesagt hab", meinte Linda, sprang auf und verließ das Wohnzimmer, um ihren Vater zu begrüßen.

Auf ihren Vater ist sie wütend, aber mich verachtet sie und will, dass ich schnellstmöglich das Feld räume.

Burkhard erschien im Wohnzimmer und umarmte seine Frau. Dann bat er sie, ihn und seine Tochter für ein Vier-Augen-Gespräch allein zu lassen.

„Kein Problem", meinte Maria. „Ich geh solange nach oben."

Sie blieb allerdings im Flur vor der ersten Treppenstufe stehen, wo sie das Gespräch zwischen Burkhard und Linda problemlos mithören konnte, zumal es gleich an Lautstärke zunahm.

„Jetzt siehst du, was deine autoritäre Art für schlimme Folgen hat!", warf Linda ihrem Vater vor. „Du hast Jasmin in ein Protestverhalten und diese rechte Szene getrieben, in der sie irgendein Mistkerl ermordet hat. Das muss dir doch zu denken geben!"

„Wenn ihr immer das gemacht hättet, was ich euch gesagt habe, wäre nie etwas Schlimmes passiert!"

27

Selbst jetzt, als Raffael nach Dienstschluss auf dem Weg nach Hause war, gingen ihm die Ermittlungsergebnisse der Mordkommission Jasmin durch den Kopf.

Wir haben die linksautonome WG um Helge Urban und Damian Welsch noch einmal durch die Mangel gedreht. Da sind manche Alibis recht wacklig.

Die Abfrage, welche Handys zur Tatzeit in Funkzellen rund um den Tatort eingeloggt waren, hatte bisher keine nennenswerten Hinweise ergeben.

Wer geplant einen Mord begeht, lässt sein Handy zu Hause oder schaltet es vorher ab. So was lernt heutzutage jeder Fernsehzuschauer, der regelmäßig Krimis guckt.

Natürlich behalten wir auch Frauen als mögliche Täterinnen im Blick. Emma und Arif haben Raschkes Ex befragt, aber die war zur Tatzeit nachweislich auf einer Feier bei Freunden.

Tja, und dieser verkappte Apfelbaum-Psychiater bleibt mir ein Rätsel.

Raffael hatte inzwischen das dreistöckige Haus in der Oststadt erreicht, in dem er wohnte.

Das hat mir gerade noch gefehlt. Erst die morgendliche Begegnung mit Emil. Und jetzt zum Feierabend noch seine Mutter.

Katja Gerold, eine sportlich wirkende Frau in den Dreißigern mit mittelangen braunen Haaren, die äußerlich mit ihrer Schwester Andrea Ähnlichkeit hatte, war gerade damit beschäftigt, einen zugebundenen Plastiksack in den Müllcontainer zu werfen. Durch die runden Gläser ihrer Nickelbrille sah sie Raffael an, der auf die Eingangstreppe zusteuerte.

„'n Abend Herr Störtebecker", begrüßte sie ihn mit einem verhaltenen Lächeln. „Dieses Wochenende konnten Sie sich über Emil hoffentlich nicht beschweren?!"

Raffael erwiderte kurz die Begrüßung und meinte: „Sie meinen, weil ich mich so langsam an sein lautes Springen gewöhnt haben sollte?"

„Er ist ein Kind, das sich bewegen will", hielt Katja Gerold dagegen. „Ich bemühe mich schon, dass sich der Krach in Grenzen hält. Aber völlig unterbinden kann ich seinen Bewegungsdrang nicht."

„Aber muss er diesen Bewegungsdrang immer frühmorgens am Wochenende ausleben? Da habe ich nämlich häufig das Bedürfnis auszuschlafen."

„Für jemanden, dessen Familie Piratenblut in den Adern hat, sind Sie recht empfindlich", behauptete Katja leicht genervt.

„Ich muss Sie enttäuschen, Frau Gerold." Raffaels Stimme nahm einen dozierenden Tonfall an. „Eine Verwandtschaft mit dem Piraten Klaus Störtebeker ist nach dem jetzigen Stand der Familienforschung nicht bekannt. Und mein Name schreibt sich hinten mit ‚c' im ‚becker'."

„Wie langweilig. Als Piratenabkömmling hätten Sie glatt bei mir gepunktet."

„Wissen Sie überhaupt, was ein Pirat am Computer macht?"

Da die Frau nichts erwiderte, beantwortete sich der Oberkommissar die Frage selbst: „Er drückt die Enter-Taste."

Katja Gerold wirkte zunächst überrascht, dann ging sie auf den Schlagabtausch ein: „Das Ordnungsverhalten eines Menschen lässt häufig auf sein Innenleben schließen. Leben Sie eigentlich gezwungenermaßen allein?"

Hat ihr Emil von meinem unaufgeräumten Flur erzählt? Was will sie damit ausdrücken? Dass ich ein verquerer Einzelgänger bin, der sein Umfeld vergrault?

Raffael bekam seinen aufkommenden Ärger nicht unter Kontrolle und meinte schnippisch: „Hat Ihr Mann den Lärm bei Ihnen zu Hause auch nicht mehr ausgehalten und deswegen das Weite gesucht?"

„Nein, mein Mann ist dieses Jahr verstorben", stieß sie mit bewegter Stimme hervor. „Nach einer langen schweren Krebserkrankung. Und wahrscheinlich hängt damit Emils unruhiges Verhalten zusammen."

Oh, da bin ich ins Fettnäpfchen getreten.

„Tut mir leid, ich hab nicht geahnt, dass Emils Vater …" Er stockte, weil er schon die nächste Peinlichkeit befürchtete. „Ihr Mann ist doch Emils Vater …?"

Jetzt lachte sie bitter, wobei er bemerkte, dass ihr Tränen über die Wangen liefen: „Ja, mein verstorbener

Mann ist tatsächlich Emils Papa. … Hat Ihnen Andrea nicht erzählt, dass er kürzlich verstorben ist?"

„Nein … Also ich glaube nicht. Ich hab nicht mehr in Erinnerung, was Andrea gesagt hat."

Ich hab damals nicht richtig zugehört, weil ich sehr mit mir selbst beschäftigt war.

„Ich kann sehr gut nachvollziehen, wie Sie und Emil sich fühlen", bekundete er ehrlich. „Meine Frau ist im Januar in Hamburg an Krebs gestorben. Seitdem sieht es in mir etwas chaotisch aus."

„Wie in Ihrem Flur?", meinte Katja Gerold und wischte sich mit einem Lächeln die Tränen aus dem Gesicht.

Sie weiß es! Emil, du kleine Petze!

„Ja", gestand Raffael ein, fast erleichtert. „Vielleicht sogar noch schlimmer."

Ich hatte immer das Gefühl, mit anderen nicht darüber reden zu können, weil niemand es wirklich nachvollziehen kann, wie es ist, wenn der geliebte Partner bereits in jungen Jahren langsam und unaufhaltsam verstirbt – außer, man hat es selbst durchmachen müssen.

„Das mit meiner Frau hat Ihnen Andrea offenbar nicht erzählt?"

„Stimmt, das wusste ich nicht."

Ich bin nicht mehr allein, schoss Raffael durch den Kopf.

„Wenn wir schon etwas gemeinsam haben, können Sie mir vielleicht eine Frage beantworten", äußerte Katja Gerold schniefend. „Kennen Sie den Unterschied zwischen einem Witwer und einem Strohwitwer?"

„Na ja …“, setzte Raffael an.

Allerdings schnitt ihm seine Nachbarin gleich das Wort ab mit der Auflösung des Rätsels: „Der Witwer weiß immer, wo seine Frau liegt.“

Katja Gerold verabschiedete sich, ließ Raffael stehen und ging schnell die Stufen nach oben zum Hauseingang.

Er schaute ihr mit einem bewundernden Lächeln hinterher.

Wow, dachte er, *die Frau zeigt wirklich Humor, trotz … oder wegen …?*

28

Er unterbrach die Tätigkeit und sah in seiner Fantasie das Gesicht einer Frau. Ihre Anmut stand für ihn außer Frage.

Attraktivität kann den Charakter einer Frau verderben. Sollte ihr etwas passieren, trifft es die Familie zum zweiten Mal. Ich weiß von Menschen, die etwas Ähnliches mit Frauen anstellen, wie ich es mit Jasmin gemacht habe, weil sie krank sind. Ich bin nicht krank. Ich habe einen Grund, warum ich es tue. Für mein seelisches Gleichgewicht.

Sein geistiges Auge betrachtete ihre blonden Haare, ihre Brüste, ihre schlanke Figur. Er studierte ihre eleganten Bewegungen, wie sie DAS Haus verließ und auf dem Gehweg entlangschlenderte. Was sie tat, hatte er teilweise schon mit eigenen Augen gesehen, manches malte er sich aus.

Irgendwann erreichte sie den Park. Da waren Rasenflächen, Büsche und Bäume sowie ein großer See. Es war noch angenehm warm, die Sonne würde bald untergehen. Die Frau setzte sich auf eine Bank und beobachtete mehrere Spatzen, die vor ihr auf dem Weg herumhüpften.

Er hatte sich in einiger Entfernung hinter ihr in einem Gebüsch versteckt, wo er sie genau im Blick hatte. Keine Spaziergänger in der Nähe, sie war allein.

Sie sitzt dort ganz ahnungslos, fühlt sich in Sicherheit. Aber solche harmonischen Szenen können sehr trügerisch sein. Es wird langsam kalt. Ich fühle die Nähe zu ihr, könnte mich einfach zu ihr setzen, dann beschützend den Arm um sie legen oder einen Schal um ihren Hals, damit sie nicht friert. Und wenn ich sie zu den unaufrichtigen Menschen dieser Familie hinzurechne, kann ich den Schal auch zuziehen. Noch existieren die Bilder nur in meiner Fantasie. Welches Stichwort löst eine Reaktion bei mir aus? Es hängt auch am Tonfall, in dem das Wort gesagt wird. Ich weiß, dass meine Reaktion darauf sehr heftig sein kann.

Mit dem Finger schrieb er einen Namen in die Luft: Linda. Gleich danach wischte er ihn weg und ersetzte ihn durch einen anderen Namen: Maria.

29

Annette Hübner war eine sechsundfünfzigjährige Frau von etwas untersetzter Statur, die seit letztem Jahr keinen Wert mehr darauf legte, ihr graues mittellanges Haar zu färben und dadurch jünger als ihr tatsächliches Lebensalter zu wirken. Ganz bewusst trug sie heute zur dunkelblauen Jeans eine rote Jacke über ihrer hellen Bluse.

Rot bedeutet Angriffsmodus, ging ihr durch den Kopf. *Wenn ich in der Klinik auftauche, will ich für alle gut sichtbar sein.*

Heute Mittag hatte sie sich vor dem Haupteingang der Stadtbibliothek mit Norbert Brunner verabredet. Er würde seine Arbeit in der Buchbinderei kurz unterbrechen, um Annette zu treffen.

Annette wartete ein paar Meter vom Haupteingang entfernt auf dem breiten Gehweg an der belebten Hildesheimer Straße. Die Frau brauchte sich nicht lange zu gedulden. Pünktlich erschien Norbert im Eingang der Bibliothek und kam lächelnd auf Annette zu. Die Fenster der Buchbinderei im ersten Stock gingen nach hinten und zur Seite, sodass Norberts Kolleginnen sie an der Frontseite der Bibliothek nicht sehen konnten. Allerdings hatten die beiden nichts zu verbergen.

Norbert war sieben Jahre jünger als Annette, hatte seine ehemals rotblonde Haarpracht weitgehend verloren. Was ihn für sie attraktiv machte, war sein stets freundlich wirkender Gesichtsausdruck, mit dem er Ruhe und Ausgeglichenheit ausstrahlte. Und genau diese Unterstützung brauchte sie in dieser schwierigen Phase ihres Lebens. Zwar hatte sie häufig Besuch von ihrem Sohn Mirko, aber der war im Gegensatz zu Norbert entweder verschlossen oder gleich aufbrausend und damit manchmal keine wirkliche Hilfe.

„Schön, dass du dir in deiner Mittagspause Zeit für mich nimmst", sagte Annette und lächelte Norbert an, der sie zur Begrüßung kurz in den Arm nahm.

„Ist doch selbstverständlich", entgegnete er freundlich. „Das Aufsuchen der Klink fällt dir sicherlich schwer. Hast du es dir gut überlegt? Oder hätte ich mitkommen sollen?"

„Das habe ich in der Therapie gelernt. Ich darf mich nicht zu Hause vergraben, sondern muss aktiv werden und handeln. Diesen Schritt heute will ich alleine schaffen!"

„Deine Entscheidung, zu Dr. Riedel zu gehen, war goldrichtig." Norbert nickte ihr aufmunternd zu. „Seit der Therapie bei ihm bist du wie verwandelt. Er macht aus dir einen ganz neuen Menschen. So kämpferisch, das gefällt mir."

„Aber dadurch, dass du zwischendurch immer für mich ansprechbar bist, trägst du ebenfalls dazu bei, dass ich nicht mehr nur depressiv durch die Gegend laufe."

„Danke, dass du das sagst."

Annette sah ihm an, dass er sich über ihre anerkennenden Worte freute. Sie erklärte ihm: „Nach dem Klinikbesuch habe ich noch eine Therapiesitzung. Ich rufe dich heute Abend an, um dir zu erzählen, wie es in der Klinik gelaufen ist."

„Ich denk an dich und drücke ganz fest die Daumen, dass du Erfolg hast."

Als sie sich zur Verabschiedung erneut umarmten, gab ihr das tatsächlich Kraft.

*

Von der U-Bahn-Station waren es nur wenige Schritte zur Fachklinik für Plastische und Ästhetische Chirurgie, die sich in einem weißen mehrstöckigen Gebäude in unmittelbarer Nähe vom hannoverschen Stadtwald Eilenriede befand. Annette Hübner hatte die Klinik bisher einmal persönlich besucht – als Begleitung ihrer Tochter Dörte zu einem Gespräch mit Dr. Burkhard Wegner im letzten Jahr. Die Erinnerung an diesen Tag war äußerst schmerzhaft.

Die Frau betrat das Gebäude durch eine Glastür und stand in einem großzügig angelegten und modern wirkenden Foyer, das der Klinik als Visitenkarte diente. Die weißen Wände zierten zahlreiche Bilder von gutaussehenden Menschen unterschiedlichen Alters, die ein strahlendes Lächeln zeigten.

Links vom Eingang befand sich ein langer geschwungener Tresen, hinter dem zwei junge Frauen in einem blauen kurzärmeligen Kasack mit V-Ausschnitt saßen. Annette steuerte auf die beiden Frauen zu, von denen eine telefonierte. Die andere schickte gerade eine Besucherin in den Wartebereich, dessen Ausstattung Annette durch die Glaswand erkennen konnte: bequeme Sessel, kleine Tischchen mit Zeitschriften, Pflanzenkübel mit Hydrokultur und ein Flachbildfernseher an der Wand. Im Wartebereich saßen direkt nebeneinander eine Frau Ende zwanzig und ein ungefähr gleichaltriger Mann.

Anhand des Namensschildes wusste Annette, wen sie vor sich hatte. Sie sprach die Frau am Empfang an, die gerade kein Telefonat führte: „Guten Tag Frau Martens. Wie gut, dass ich Sie antreffe. Mein Name ist Hübner, wir haben bereits zweimal miteinander telefoniert."

Annette hatte zwar bei einem ihrer Anrufe eine andere Frau am Apparat gehabt, war von dieser jedoch an Frau Martens weitergereicht worden.

„Guten Tag Frau Hübner, ich erinnere mich." Der Gesichtsausdruck von Lea Martens drückte Missfallen aus. „Was kann ich heute für Sie tun?"

„Das Gleiche, um was ich Sie bereits wiederholt am Telefon gebeten hatte. Ich möchte mit Herrn Dr. Wegner sprechen … persönlich."

„Tut mir leid. Von Herrn Dr. Wegner hatte ich Ihnen schon die letzten Male ausrichten lassen, dass es aus seiner Sicht nichts mehr persönlich zu besprechen gibt."

„Aus meiner Sicht aber schon!", beharrte Annette. „Damit ich nicht wieder am Telefon abgewimmelt werde, bin ich heute persönlich gekommen."

„Frau Hübner, das ändert nichts an dem Umstand …"

Annette ließ Lea Martens den Satz nicht beenden: „Für mich ist das Gespräch mit Herrn Dr. Wegner sehr wichtig! Vielleicht hat er ja gerade Mittagspause und damit Zeit. Und falls er noch operiert, möchte ich die verbindliche Zusage für einen Gesprächstermin mit ihm in dieser Woche!"

„Ich glaube nicht, dass Herr Dr. Wegner …", setzte Lea Martens erneut an, wobei sie abermals von Annette Hübner unterbrochen wurde, die auf einmal mit lauter Stimme verkündete:

„Ihr Chef Dr. Wegner ist mit schuld am Tod meiner Tochter!" Annette sah in Richtung des Wartebereichs. „Das kann hier ruhig jeder von seinen zukünftigen Patientinnen hören. Am Anfang, wenn er jemanden wie meine Tochter zu einer teuren Operation überredet, tut er noch freundlich. Aber wenn etwas schiefläuft, ist er eiskalt und abweisend!"

„Bitte beruhigen Sie sich", sagte Lea Martens mit einer beschwichtigenden Geste.

Ihre Kollegin beendete ihr Telefonat, sah Lea verunsichert an und fragte sie leise: „Friseuse …?"

Lea Martens nickte stumm und wandte sich wieder Annette zu: „Meine Kollegin kümmert sich. Darf ich Sie solange in einen separaten Warteraum bitten …?"

„Ich bleibe hier stehen und warte, bis Herr Dr. Wegner erscheint!“, wies Annette den Vorschlag zurück.

Die zweite Medizinische Fachangestellte verließ währenddessen die Empfangshalle.

Ungefähr drei Minuten später kehrte die Frau in Begleitung von zwei Männern zurück, die aufgrund ihrer Kleidung von Annette als Krankenpfleger beziehungsweise Arzt eingestuft wurden. Der Jüngere in den Dreißigern war in Blau mit OP-Kasack und langer Hose gekleidet, der etwas Ältere um die vierzig ganz in Weiß trug über Hemd und Hose einen langen Arztkittel.

„Dr. Gerlach“, stellte sich der Mann in Weiß kurz vor. „Ich darf Ihnen mitteilen, dass Herr Dr. Wegner beschäftigt ist und der Angelegenheit mit Ihnen und Ihrer Tochter nichts mehr persönlich hinzuzufügen hat. Sollten Sie damit unzufrieden sein, können sich darüber gerne unsere Rechtsanwälte miteinander austauschen.“

„Ich will keinen Rechtsanwalt einschalten!“, stellte Annette verärgert klar. „Das wissen Sie doch! Das, was ich mit Ihrem Chef zu klären habe, ist kein rechtliches, sondern ein menschliches Problem!“

Die geschlossen auftretende Formation aus Arzt, Pfleger und Medizinischer Fachangestellter hatte für Annette etwas Einschüchterndes.

„Dann bleibe ich hier am Empfang!“, bekundete Annette. Das war ihr letzter Versuch, nicht klein beizugeben. „Irgendwann wird Herr Dr. Wegner schon auftauchen.“

„Wir werden nicht zulassen, dass Sie den geregelten Ablauf unserer Klinik stören“, erklärte der Arzt entschieden. „Unsere Patientinnen werden durch Ihr unangemessenes Auftreten verstört. Ich fordere Sie daher unmissverständlich auf, umgehend unsere Räumlichkeiten zu verlassen! Ich werde ansonsten von unserem Hausrecht Gebrauch machen und die Polizei verständigen. Wenn Sie nicht wollen, dass die Polizei Sie von hier gewaltsam entfernt, gehen Sie!“

„Ich möchte nur reden …“, meinte Annette leise. Sie begann, gegen die aufkommenden Tränen anzukämpfen.

Bloß vor denen nicht heulen. Den Triumph gönne ich ihnen nicht.

„Ersparen Sie sich und uns eine Anzeige wegen Hausfriedensbruch!“, setzte Dr. Gerlach nach. Selbstsicher sah er Annette ins Gesicht, die sich abwendete, weil ihr die ersten Tränen über die Wangen liefen.

„Gut, ich gehe“, erwiderte sie mit bewegter Stimme. „Aber irgendwann bekomme ich Dr. Wegner schon zu fassen.“

30

Es war anders gelaufen, als sie es sich erhofft hatte.

Annette Hübner saß Dr. Jürgen Riedel in dessen Behandlungszimmer gegenüber. Nur zu gerne hätte sie ihm heute von einem befreienden Gespräch mit dem Schönheitschirurgen Dr. Wegner erzählt. Jetzt berichtete sie von ihrer Niederlage.

Wie immer tat es gut, in Gegenwart des Psychotherapeuten über ihre Probleme zu sprechen. Riedel war ein ausgezeichneter Zuhörer. Auch heute schaffte er es, Annette durch Nachfragen und Anmerkungen in die Lage zu versetzen, ihrem vermeintlichen Misserfolg positive Seiten abzuringen.

„Mit Ihrem Klinikbesuch haben Sie bewiesen, wie mutig Sie für Ihr Anliegen eintreten", erklärte der Psychotherapeut lächelnd. „Spricht die Tatsache, dass sich Dr. Wegner nicht traut, mit Ihnen zu reden, und dass er mehrere Personen benötigt, um Sie aus der Klinik zu vertreiben, nicht dafür, dass er sich vor Ihnen fürchtet? Insbesondere vor der Wahrheit, mit der Sie ihn konfrontieren würden? Oder seh ich das falsch?"

„Nein, Sie haben natürlich vollkommen recht", antwortete Annette Hübner. „So habe ich das noch gar nicht gesehen."

„Ich spüre, dass sich bei Ihnen zunehmend ein starkes Energiefeld aufbaut. Lassen Sie also nicht locker und verfolgen Sie konsequent Ihr Ziel."

Annette war durch Maria, die Freundin ihrer Tochter, auf Dr. Riedel aufmerksam geworden. Maria hatte von ihm geschwärmt, als sie bei ihm in ambulanter Behandlung gewesen war, noch bevor sie Dr. Wegner kennengelernt hatte.

„Dr. Riedel kann sich wahnsinnig gut in mich einfühlen", hatte Maria letztes Jahr Dörte und Annette erzählt. „Er ist überhaupt nicht distanziert, wie ich mir anfänglich Therapeuten vorgestellt habe. Die Psychotherapie bei ihm hilft mir, mit meinen Stimmungsschwankungen und den schlimmen Gedanken, die mich manchmal quälen, besser fertigzuwerden."

Annette war es nach den zwei schweren Einschlägen in ihrem Leben zunehmend schlechter gegangen. Sie hatte sich schließlich daran erinnert, was Maria ihr über Jürgen Riedel berichtet hatte. Wie erwartet, musste Annette noch einige Zeit auf den Therapiebeginn warten, aber jetzt war sie seit zwei Monaten einmal wöchentlich bei ihm in Behandlung. Heute war ihre neunte Therapiesitzung.

„Ich habe mir immer selbst große Vorwürfe gemacht, dass ich schuld bin an Dörtes Suizid", sagte Annette. „Weil ich dachte, ich hätte ihr Selbstwertgefühl mehr stärken müssen, damit sie gar nicht erst auf die Idee kommt, eine Brust-OP zur Verschönerung zu benötigen."

„Aber in diesem Punkt hat sich Ihre Sichtweise verändert …"

„Die acht Therapiestunden bei Ihnen haben mir bereits die Augen geöffnet. Ich bin keine Versagerin und ebenso wenig die Hauptverantwortliche für Dörtes Tod. Mit Ihrer Hilfe habe ich erkannt, dass Dr. Wegner eine große Mitverantwortung trägt. Er hat ihr sehr zu der Brustvergrößerung geraten. Als in den Monaten nach der OP die Komplikationen auftraten, hätte sie einen Arzt gebraucht, der Wärme ausstrahlt, sich ihrer Nöte annimmt und ihr Lösungswege aufzeigt, die sie annehmen kann. Aber er hat sich nur angegriffen gefühlt und sie eiskalt fertiggemacht."

Dörte war damals völlig am Boden, erinnerte sich Annette. *Wegner hatte ihr verdeutlicht, dass sie selbst durch ihre falschen Verhaltensweisen in den Wochen nach der OP zu dem unbefriedigenden Operationsergebnis beigetragen hätte.*

„Dadurch verlor Dörte jegliches Vertrauen in ihn und konnte keine Empfehlungen mehr von ihm annehmen." Annettes bewegte Stimme verdeutlichte, wie sehr sie die Erinnerungen an das zurückliegende Jahr bedrückten, selbst wenn sie einiges davon schon mehrfach in vorangegangenen Therapiesitzungen erzählt hatte. „Wäre er anders mit ihr umgegangen, wie es ein Arzt tun sollte, wäre sie nicht in dieser Krise versunken." Annette schaute den Psychotherapeuten mit Bewunderung an. „Wenn meine Tochter damals mit Ihnen gesprochen hätte, würde sie noch leben."

Riedel nahm das Lob mit einem freundlichen Lächeln zur Kenntnis und fragte: „Was wäre heute für Sie ein guter Ausgang des Gespräches mit Dr. Wegner, wenn es denn stattgefunden hätte?“

„Erst hätte ich ihm erklärt, dass sein gefühlloser Umgang mit Dörte ihren Absturz in die Hoffnungslosigkeit bewirkt hat. Danach hätte ich alles darum gegeben, wenn er sein fehlerhaftes Verhalten zugibt und es bereut.“ Sie zuckte mit den Schultern. „Mir ist klar, dass ich juristisch nichts gegen ihn in der Hand habe. Er hat meine Tochter in den Aufklärungsunterlagen auf mögliche Risiken hingewiesen und die Operation nicht fehlerhaft ausgeführt.“

„Es geht Ihnen verständlicherweise um sein menschliches Fehlversagen, das nicht juristisch fassbar ist.“

„Genau.“

„In einer Therapiesitzung haben Sie gesagt, Sie könnten das Familienglück von Dr. Wegner kaum ertragen …?“

„Als Dörtes Brustimplantate verrutscht waren, hab ich meine Tochter zu einem Gespräch mit ihm begleitet. Da stand auf seinem Schreibtisch ein großes eingerahmtes Foto. Wahrscheinlich von seiner Frau aufgenommen, denn darauf abgebildet waren nur er und seine beiden Töchter. Alle haben glücklich gelächelt. Das Foto war so platziert, dass es auch Besucher gut sehen konnten. Auf dem Bild sah er noch merklich jünger aus. Er wollte damit jedem demonstrieren, welches Glück er mit diesen beiden sehr hübschen Kindern hat.“ Annettes Stimme nahm einen verärgerten Klang an. „Nach dem schrecklichen Tod meiner Tochter, an dem Dr. Wegner mitschuldig ist, hasse ich dieses Foto voller Harmonie und eitel Sonnenschein. Es zeigt mir, dass er sich bis vor Kurzem gar nicht vorstellen konnte, was es bedeutet, mit schwierigen Lebenssituationen umzugehen und ein geliebtes Kind zu verlieren.“

Riedel nahm das Therapiegespräch vor drei Wochen in den Blick: „Da haben Sie mir von Ihren schambesetzten Gedanken erzählt, dass Sie diesem Menschen insgeheim wünschen, er möge in seiner Familie ebenfalls ein Unglück erleben. Jetzt ist eine seiner Töchter ermordet worden. Wie kommen Sie damit klar, dass ihn in Wirklichkeit ein Unglück getroffen hat?“

„Ich hatte tatsächlich Fantasien, in denen seinen Töchtern etwas passiert“, antwortete Annette betreten. „Diese Gedanken haben mich sogar im Traum verfolgt. Ich hab noch in Erinnerung, wie ich mich im Traum heimlich darüber gefreut habe, dass eine von Wegners Töchtern ums Leben gekommen ist. In der Beziehung mache ich mir Vorwürfe. Natürlich darf man so etwas nicht denken. Das zeigt, dass ich ein schlechter Mensch bin.“

„Sie sind kein schlechter Mensch“, entgegnete der Psychotherapeut. „In der Fantasie ist alles erlaubt, auch einem Menschen etwas anzutun. Es sind schließlich nur Fantasien und nicht die Realität. In solchen Fantasien geht es darum, angestaute Energie aus dem Körper zu lassen, damit in Wirklichkeit gerade nichts passiert.“

Riedel fügte als Beispiel einen verärgerten Mitarbeiter an, der zur Energieabfuhr zu Hause mit Dartpfeilen auf das Foto des Chefs wirft.

„Für Fantasien müssen Sie sich nicht schämen", bekräftigte er.

Annette hatte bei der Mitteilung über Jasmin Wegners Tod für einen kurzen Moment Genugtuung empfunden, gleich danach waren ihr diese Gedanken damals pervers und grausam vorgekommen.

„Sie berichten wenig über Ihren Sohn Mirko, der seiner Schwester sehr nahegestanden hat. Können Sie gemeinsam über das sprechen, was Sie beide bewegt?"

„Manchmal schon. Er macht viel mit sich selbst aus, kommt zweimal wöchentlich bei mir zu Besuch. Momentan beschäftigt ihn eine neue Beziehung zu einer Frau mit einem autistischen Kind. Zum Glück habe ich Norbert, den guten Bekannten, von dem ich Ihnen schon erzählt habe. Er ist ein Arbeitskollege von Maria, mit dem ich über Probleme reden kann."

„Haben Sie noch Kontakt zu Maria Wegner?", erkundigte sich Riedel.

„Seit Maria im August vergangenen Jahres Dr. Wegner geheiratet hat, ist der Kontakt zu Dörte nahezu abgebrochen. Aber das lag nicht nur an Maria. Weil sich meine Tochter durch die Asymmetrie der Brustimplantate völlig verunstaltet fühlte, hatte sie sich komplett zurückgezogen. Auf Dörtes Beerdigung im Dezember habe ich Maria zum letzten Mal gesehen. Darüber, wie es ihr in der Familie Wegner ergangen ist, habe ich praktisch keine Informationen.“

31

Nach dem Ende der Therapiesitzung mit Annette Hübner begannen bei Dr. Jürgen Riedel die Gedanken zu kreisen.

Ich kann die Empfindungen von Frau Hübner in jeder Beziehung nachvollziehen. Dieser Wunsch nach Gerechtigkeit für den Tod ihrer Tochter.

Wenn ich an Burkhard Wegner denke, packt mich die Wut. Er ist ein Arschloch durch und durch. Am Anfang des Medizinstudiums hatte ich viel mit ihm zu tun. Wir haben Kurse zusammen besucht, waren gemeinsam in derselben Studentengruppe, die von einem Tutor begleitet wurde. Was ich ihm über mich erzählt habe, hat er gegen mich verwendet. Über meine Ideen zu einer menschenwürdigen und alternativen Medizin hat er sich in Anwesenheit der anderen lustig gemacht. Er hat sich richtig an mir abgearbeitet, mich als Trottel dargestellt, den das Medizinstudium überfordert, weil mir einige der vorklinischen Fächer wie Anatomie, Chemie oder Physiologie wirklich nicht lagen. Für ihn zählte nur, die Klinik seines Vaters für Schönheitschirurgie zu übernehmen, später als Chirurg mit hohem Einkommen dazustehen.

Er hat sich sehr für Anatomie interessiert, darin kannte er sich perfekt aus. Meine Schwerpunkte lagen woanders.

Beim Präparieren der Leichen im Anatomiekurs hat er mich ausgelacht, weil ich mir die anatomischen Begriffe nicht merken konnte. Bei den mündlichen Prüfungen an der Leiche hat er mir zweimal bewusst etwas Falsches vorgesagt, um mich vor dem Prüfer und der Studentengruppe zu blamieren. Alle haben gelacht und ich bin jeweils durch die Prüfung gefallen und musste sie wiederholen. In Chemie bin ich ebenfalls durch die schriftliche Prüfung gerauscht. Manchmal hatte ich richtig Angst, in die MHH zu fahren, um mich nicht wieder zu blamieren.

Schließlich habe ich versucht, möglichst wenig Berührungspunkte mit ihm zu haben. Im dritten Studienjahr haben wir beide für das Studentenparlament der MHH kandidiert. Er ist gewählt worden, ich nicht. In einer öffentlichen Diskussion hat er mich als unfähig dargestellt. Ich bin ins Stottern gekommen und habe den Saal verlassen. Mein Abgang war für mich ein schrecklicher Gesichtsverlust. Das hab ich ihm nie verziehen.

Ich bin nach dem Studium einen eher unauffälligen Weg gegangen, hab mich über alternative Behandlungsmethoden informiert. Weidners Psycholyse in der Schweiz halte ich für einen fortschrittlichen Ansatz, wobei ich das in Deutschland natürlich nicht offiziell äußern darf.

Burkhard hingegen hat sich ausschließlich auf der vermeintlichen Straße des Erfolgs aufgehalten und mit seinen fragwürdigen chirurgischen Eingriffen richtig Geld gemacht.

Als mir meine Patientin Maria letztes Jahr erzählte, dass sie an genau diesen Mistkerl geraten war und er sich für sie interessierte, war ich entsetzt. Schon im Studium war er bei Frauen auf bestimmte Äußerlichkeiten abgefahren. Mit inneren Werten hat er sich nicht abgegeben.

Maria hat mir von seiner kühlen Art berichtet – und wie abscheulich vor allem seine Töchter Jasmin und Linda mit ihr umgegangen sind. Aber meine indirekten Warnungen vor Burkhard und seiner Familie hat sie ignoriert, einfach von sich abperlen lassen. Sie hat immer wieder behauptet, dass Burkhard einen ‚warmen Kern' hätte und ‚auftauen' würde und dass ihre Stieftöchter sie irgendwann akzeptieren würden. Beides halte ich für unwahrscheinlich. Ich hatte Maria ermuntert, Fotos von ihrer ‚neuen Familie' mitzubringen. Es hatte mich gereizt, mir einmal Burkhard und seine ach so schönen Zwillinge anzusehen. In ihrer fiesen Art standen die jungen Damen ihrem Vater offenbar in nichts nach.

Ich war enttäuscht, dass Maria die Therapie bei mir vorzeitig beendet hat. Sie hatte mich zurückgewiesen und sich auf die Seite von Burkhard gestellt. In den Monaten danach war es mir ein Bedürfnis zu erfahren, wie es ihr mit Burkhard und seinen Töchtern ergeht. Gerne hätte ich nach Jasmins Tod durch meinen Anruf bei Maria die Verbindung zu ihr wieder hergestellt. Aber sie hat mich erneut abblitzen lassen. Ich will ihr doch nur helfen.

Okay, wenn ich ehrlich bin, hatte meine Anwesenheit auf dem Friedhof nichts damit zu tun, Maria oder Burkhard unterstützen zu wollen. Ich wollte mit eigenen Augen sehen, wie der erfolgsverwöhnte Chirurg damit klarkommt, wenn er auch einmal einen schweren Verlust hinnehmen muss. Ob er wirklich die anerkannte mächtige Respektperson in seiner Familie ist. Aber die nonverbale Kommunikation hat mir gezeigt, welche erbärmliche Rolle Burkhard in seiner Familie spielt. Seine Tochter, seine Ex-Frau und seine Schwiegereltern drücken offen ihre Ablehnung aus. Maria war ihm in ihrer Haltung nicht liebevoll zugeneigt. Ihn selbst habe ich an Jasmins Grab zum ersten Mal innerlich zerrissen erlebt, wie jemand, der mit seinen widerstreitenden Gefühlen nicht zurechtkommt.

Frau Hübner habe ich bereitwillig einen Therapieplatz bei mir gegeben. Ihre Schilderungen vom Suizid ihrer Tochter aufgrund einer missglückten Schönheits-OP bei Burkhard haben mich sehr berührt. Burkhard mit seiner perfiden Art hatte die Tochter offenbar völlig entmutigt. Ich habe mich gut in sie hineinversetzen können. Auf eine ähnliche Weise hatte er mir im Studium das Gefühl vermittelt, ein hilfloser Versager zu sein. Die dadurch freigesetzte zerstörerische Energie hatte die Frau gegen sich selbst gerichtet.

In der heutigen Therapiesitzung ist erneut deutlich geworden, dass ich es schaffe, Frau Hübner zu entlasten. Ich hab sie dazu gebracht, dass sie sich für Dörtes Suizid keine Selbstvorwürfe mehr macht, sondern stattdessen Burkhards Anteil daran in den Blick nimmt und dem selbstgefälligen Drecksack das Leben schwer macht.

Natürlich ist meine heimliche Freude, dass Burkhard leidet, absolut unethisch. Aber ich genieße es trotzdem, weil niemand meine Gedanken kennt. Die Gedanken sind frei … auch die boshaften.

Plötzlich bin ich wieder bei Maria. Was ist sie für ein Mensch? Hat sie Burkhard aus Gutgläubigkeit geheiratet? Oder aus Berechnung auf ein Leben im Luxus? Frau Hübner sieht momentan noch die Verantwortung für den Kontaktabbruch zwischen Dörte und Maria bei ihrer Tochter. Aber hat Maria nicht ihre beste Freundin zu einem Zeitpunkt alleingelassen, als diese sie am nötigsten brauchte? Über kurz oder lang wird es in der Familie Wegner erneut gehörig krachen.

32

Kriminaloberkommissar Raffael Störtebecker hatte gar nicht bemerkt, dass seine Kollegin Andrea ihr gemeinsames Büro verlassen hatte.

Schon bei der Frühbesprechung war ich nicht richtig bei der Sache, überlegte Raffael. *Die Begegnung mit Katja Gerold hat mich die ganze Nacht beschäftigt. Wir haben ein ähnliches Schicksal. Sie hat den Grund für den desolaten Zustand meiner Wohnung durchschaut. Ihr brauch ich nichts mehr vorzuspielen. Ist der Typ, der häufiger bei ihr aufkreuzt, wirklich ihr neuer Freund, mit dem sie sich tröstet? Ich könnte das nicht, mich gleich wieder eng an eine Partnerin zu binden. Und bei Verlust fällt mir meine Mutter ein, die sich auf die Heilslehre dieses Schweizer Sekten-Gurus eingelassen hat. Womit ich wieder bei Riedel gelandet bin. Über diesen schrägen Vogel werde ich mal die Meinung von Thomas Stelters ‚Lieblings-Psychiater' einholen. Bei dem, was diese Psycho-Zunft meiner Mutter angetan hat, habe ich verständlicherweise einige Vorbehalte gegen Psychiater, Psychologen, Psychotherapeuten und wie sie alle heißen. Aber Thomas lobt ja den kriminalistischen Spürsinn von diesem Seifert.*

Dr. Mark Seifert, Facharzt für Psychiatrie und Psychotherapie, war ein erfahrener forensischer Gutachter und leitete seit vielen Jahren den Sozialpsychiatrischen Dienst der Region Hannover. In der Vergangenheit hatte Kriminalhauptkommissar Thomas Stelter den Psychiater des Öfteren um die Erstellung eines psychologischen Täterprofils gebeten. Thomas hatte Raffael bei den Ermittlungen in ihrem letzten Mordfall zu einem persönlichen Treffen mit Seifert mitgenommen. Der Psychiater hatte damals wichtige Hinweise zur Aufklärung des Falles beigesteuert, das musste sich Raffael eingestehen. Seitdem waren die Festnetz- und Mobilfunknummern des Psychiaters bei ihm abgespeichert. Von Thomas wusste Raffael, dass Seifert sämtliche vertraulichen Informationen des Hauptkommissars stets zuverlässig für sich behalten hatte.

Der Oberkommissar machte es sich am Schreibtisch bequem und griff zum Telefonhörer. Er wählte die Nummer von Seiferts Büro und hatte Glück, gleich zu ihm durchgestellt zu werden. Raffael musste keine Erklärungen abgeben, Seifert war auf Anhieb im Bilde, mit wem er telefonierte.

„Es geht mir um einen ärztlichen Kollegen von Ihnen", erklärte Raffael. „Kennen Sie Dr. Jürgen Riedel?"

„Dem Namen nach. Er hat seine Praxis in Linden. Bietet hauptsächlich Psychotherapie an."

„Ist in Fachkreisen etwas über seine Behandlungsmethoden bekannt? Im Internet existiert ein Foto, das ihn auf einem Seminar von Jeremia Weidner in der Schweiz zeigt."

Raffael informierte Seifert darüber, dass Riedel heimlich der Beerdigung des Mordopfers beigewohnt, früher mit dessen Vater zusammen Medizin in Hannover studiert und zudem die Stiefmutter psychotherapeutisch behandelt hatte.

„Ich weiß, dass Riedel im Kollegenkreis als ‚Sonderling' gilt, der alternativ angehaucht ist", bekundete Mark Seifert. „Von Sex und Drogen war aber bisher nicht die Rede."

Der Oberkommissar zitierte kurz die Sätze, mit denen Riedel seine Anwesenheit bei Jasmins Beerdigung begründet hatte. Dann bat er Seifert um eine Bewertung.

„So wie Sie das berichten, war Riedels Verhalten unangemessen. Therapeutisch wie menschlich. Spontan bekomme ich die Assoziation eines sensationslüsternen Menschen. Wie bei irgendwelchen Gaffern, die mit dem Smartphone Unfallopfer und Rettungskräfte im Einsatz filmen. Aber vielleicht hat er auch nur absonderliche therapeutische Vorstellungen."

„Passt zu solchen absonderlichen therapeutischen Vorstellungen das Abrasieren und die Mitnahme von Haaren einer gerade getöteten Frau?"

„Einen Zusammenhang sehe ich da nicht unbedingt." Die Stimme des Psychiaters klang skeptisch. „Es sind verschiedene Gründe denkbar, warum der Täter oder die Täterin dem Opfer den Schädel kahl rasiert. Vielleicht um sich an den Haaren als Fetisch sexuell zu erregen. … Oder um sich die Vergangenheit des Opfers, welche sinnbildlich in den über Jahre gewachsenen Haaren steckt, anzueignen … beziehungsweise einzuverleiben, weil das Opfer den Täter oder die Täterin womöglich bisher auf Distanz gehalten hat.“

„Klar, abweichende sexuelle Vorlieben … oder ein zurückgewiesener schmachtender Bekannter“, warf Raffael ein. „Und wenn Jasmin Wegner wegen vermeintlichen Verrats linker Ideale als Skinhead bloßgestellt werden sollte, wären Enttäuschung und Rache die Tatmotive. Das ist für mich am einfachsten nachvollziehbar.“

„Die mitgenommenen Haare des Opfers wären gleichzeitig die Trophäe des strafenden Täters“, ergänzte Seifert.

„Genau. In die anderen abgedrehten Motive kann ich mich ganz schlecht einfühlen.“

„Wobei es sicher noch weitere Motive gibt, mit denen sich das Abrasieren der Haare erklären ließe“, ergänzte der Leiter des Sozialpsychiatrischen Dienstes. „Wie zum Beispiel der Neid einer selbstwertgestörten Person auf die Haarpracht des Opfers.“

Raffael ließ das Gehörte auf sich wirken, dann fragte er: „Kennen Sie Dr. Wegner persönlich?“

„Ganz von früher aus der Ferne. Er hat zwei Semester über mir an der MHH studiert und ist vorübergehend … glaube ich zumindest … Mitglied im Studentenparlament und im AStA gewesen. Ein zielstrebiger, sachlicher Typ. Niemand, mit dem ich damals hätte befreundet sein wollen.“

33

Raffael Störtebeckers Kollegen Hayo Baumann und Jan Schuster hatten heute im Mordfall Jasmin Wegner mit Unterstützung eines Mitarbeiters vom LKA Niedersachsen in der rechtsextremistischen Szene ermittelt.

Dabei ging es um Ferdinand Keil, einen als gewaltbereit bekannten Mann Mitte vierzig, der im Verdacht stand, im letzten Jahr an einem Brandanschlag auf ein Flüchtlingswohnheim in Ostdeutschland beteiligt gewesen zu sein, wobei ihm die Tat nicht nachgewiesen werden konnte. Keil soll im Juni dieses Jahres die linksautonome WG von Helge Urban beobachtet haben, in der sich zu dem Zeitpunkt auch Jasmin Wegner, damals noch mit bunt getönten Haaren, aufhielt. Von Keil war bekannt, dass er mehrfach geäußert hatte, er wolle das „linke Gesindel ausradieren". Anfang Juli hatte sich Keil im Bekleidungsgeschäft von Hendrik Raschke aufgehalten, wo dieser zum ersten Mal Jasmin Wegner begegnet war. Keil hatte die junge Frau mit den Worten „Kennen wir uns nicht?" angesprochen, was sie verneint hatte.

Am Abend des 1. September, an dem Jasmin getötet worden war, hätte Keil bei Raschkes „Männerabend" dabei sein sollen. Aber trotz Zusage war er nicht erschienen. Momentan war Keil irgendwo untergetaucht.

Für Raffael eine Spur, die es zu verfolgen lohnte, zumal sie in eine Richtung ging, in der er den Täter momentan am ehesten vermutete.

Da ihm zwischendurch ganz unterschiedliche Gedanken über sein Privatleben durch den Kopf gingen, fiel es dem Oberkommissar schwer, dienstlich bei der Sache zu bleiben. Er war froh, als er endlich Feierabend hatte und sich von Andrea Renner verabschiedete.

Als er vor seiner Wohnungstür stand, erwartete ihn eine Überraschung. Über dem Knauf hing eine Baumwolltasche, auf die ein bunter stilisierter Piratenkopf gemalt worden war.

Jetzt bin ich aber gespannt.

Erwartungsvoll schaute Raffael in die Tasche, in der sich ein kleiner weißer Briefumschlag und ein durchsichtiger, mit einer dunkelblauen Schleife zugebundener Plastikbeutel mit offenbar selbstgebackenen Plätzchen befanden. Er öffnete den Umschlag und zog daraus einen gefalteten Zettel mit einer handgeschriebenen Nachricht hervor.

Eine schöne Schrift. Bin neugierig auf den Inhalt.

Auf dem Zettel stand: „Lieber Herr Störtebecker, Emil und ich möchten uns bei Ihnen entschuldigen, dass wir Sie manchmal gestört haben. Die Plätzchen haben wir heute als Wiedergutmachung für Sie gebacken. Wir würden uns freuen, wenn Sie uns am Samstag um 15 Uhr zu Kaffee und Kuchen in unserer Wohnung besuchen würden. Hätten Sie Zeit und Lust zu kommen? Herzliche Grüße, Katja Gerold."

Plätzchen hat schon lange niemand mehr für mich gebacken. Du meine Güte, ich habe die Frau gestern mit einer total unangemessenen Äußerung über ihren Mann belämmert und sie lädt mich danach sogar zum Kaffee ein.

Raffael legte das Schreiben in die Stofftasche zurück und schloss die Wohnungstür auf. Beim Betreten des Flurs registrierte er peinlich berührt die Umzugskartons, einige darüber geschmissene Jacken, die im Raum verteilten Schuhe und die nicht aufgehängten Bilder.

Das ist tatsächlich ein Spiegel meines Innenlebens. Kein Wunder, dass sich Emil beim Ansehen von diesem Chaos erschreckt hat.

Er ging in die Küche und legte die Baumwolltasche von Katja Gerold auf den Stuhl neben dem mit Geschirr vollgestellten Tisch.

Nehm ich die Einladung an? Gesprächsstoff hätten wir genug. Aber was soll ich ihr mitbringen? Und gibt das nicht Verwicklungen mit ihrem neuen Bekannten? Ob ich Tante Lilo um ihre Meinung frage? Ich hatte ihr versprochen, dass wir heute Abend telefonieren. Vorher sollte ich etwas essen. Ich könnte eines von den Plätzchen probieren und meine Entscheidung, ob ich zu Kaffee und Kuchen komme, vom Geschmack abhängig machen.

Er konnte der Versuchung, eines von den Plätzchen zu essen, nicht widerstehen. Es schmeckte ihm tatsächlich, besser noch als erwartet. Seine Entscheidung fiel ihm dadurch allerdings nicht leichter.

*

Alle paar Wochen telefonierte Raffael mit seiner Tante Lilo, die inzwischen in Lüneburg wohnte. Lieselotte Hansen war die jüngere Schwester von Anita Störtebecker und Torbens Mutter.

Für heute hatten sie sich wieder zu einem Telefonat verabredet.

„Kommst du immer noch allein klar in Hannover?", erkundigte sich seine Tante fürsorglich.

„Klar."

„Soll ich dich mal besuchen kommen, Raffi? Ich war längere Zeit nicht in Hannover und würde gern sehen, wie du so wohnst."

Nicht du jetzt auch noch!

„Ach, mach dir keine Mühe, Tante Lilo. Ich komm zurecht, habe nette Kolleginnen und Kollegen … und natürlich Torben."

„Als ich zuletzt mit Torben telefoniert habe, war er ganz stolz, dass er dich bei der Ermittlung in einem Mordfall unterstützen konnte. Stimmt das?"

„Ja, er hat mir ganz gute Hinweise gegeben. Aber aus meiner Arbeit muss er sich grundsätzlich raushalten."

Sie will, dass Torben und ich mehr zusammen machen. Ach nee, lieber nicht …

„Für Torben ist es wichtig, mal Erfolg zu haben und aus deinem Schatten zu treten." *Die gute Tante Lilo möchte für uns alle immer nur das Beste.* „Über Anerkennung von dir würde er sich freuen. Ich weiß ja, dass das bei seinen skurrilen Ansichten nicht immer ganz einfach ist. Aber Familie sollte zusammenhalten."

„Sag das mal deiner älteren Schwester!“, meinte Raffael launisch. „Die hat sich weder groß um mich noch um ihre alte Mutter gekümmert, sondern nur ihr eigenes Ding durchgezogen. Und in der Schweiz verschwendet sie vermutlich keinen einzigen Gedanken an die Familie. … Daher bin ich dir ewig dankbar, dass du dich damals um mich als Kind und Jugendlichen gekümmert hast.“

Ein Relikt aus dieser Zeit war Raffaels Hamburger Akzent, insbesondere seine getrennte Aussprache von „s-t“ und „s-p“. So hatten seine inzwischen verstorbenen Großeltern und seine Tante Lilo gesprochen, während Raffaels Mutter und sein Cousin Torben es sich jetzt weitgehend abgewöhnt hatten. Der Akzent war Raffaels Verbindung zu seiner Tante, für ihn eine Art Ersatzmutter. Aus diesem Grund pflegte er seine Aussprache hartnäckig.

Zwischen Torben und ihm hatte es immer eine gewisse Konkurrenz gegeben. Noch vor Raffael war Torben in Hamburg zur Polizei gegangen, hatte die Ausbildung jedoch vorzeitig abgebrochen. Raffael wurde Polizist, Torben lediglich Privatdetektiv. Dann lernte Torben Clara kennen, aber stattdessen heiratete sie Raffael. Auf Feiern irritierte Torben die Anwesenden, indem er merkwürdige Geschichten erzählte – Raffael hingegen war früher auf Veranstaltungen beliebt, da er gut Gitarre spielen und singen konnte. Trotzdem hatte Torben seinem Cousin nie den Erfolg geneidet, sich jedoch stets gewünscht, von diesem anerkannt und gelobt zu werden.

„Das Beispiel deiner Mutter, Raffi, zeigt umso deutlicher, wie wichtig Familienzusammenhalt ist", hielt ihm Tante Lilo entgegen. „Torben würde sich übrigens sehr freuen, wenn du morgen mit ihm zum Grab eurer Großtante Edith gehen würdest. Morgen wäre ja ihr Geburtstag gewesen."

„Mmh", brummte Raffael wenig begeistert. „Weißt du, was auf dem Grabstein des Gleisarbeiters steht? … Nein? … Er hat wohl etwas Zug bekommen."

Tante Lilo ließ sich davon nicht beirren: „Bei ihrer Beerdigung dieses Jahr warst du nicht dabei."

„Schon klar", gestand Raffael ein. „Da war Claras Tod noch zu frisch. Das wäre unmöglich gewesen, mich an das nächste Familiengrab zu stellen."

Raffael wechselte das Thema und erzählte von Katja Gerolds Einladung zum Kaffeetrinken. Als seine Tante hörte, dass die Nachbarin und ihr Sohn einen ähnlichen Verlust wie Raffael erlitten hatten, riet sie ihm dazu, am Samstag dort hinzugehen.

„Danke für deinen Ratschlag, Tante Lilo. Und das andere mach ich auch."

„Was?"

„Mit Torben Großtante Ediths Geburtstag feiern. Auf dem Friedhof."

34

Bei dem schlanken Mann Anfang dreißig, der sein Rennrad auf dem Parkplatz vor dem Fitnessstudio abstellte, handelte es sich um Mirko Hübner. Der umgeschnallte Rucksack diente ihm offensichtlich zum Transport der üblichen Sportutensilien.

Nick Fuhrmann hatte hier auf die Ankunft seines ehemaligen Freundes gewartet. Er ging mit forschen Schritten auf Mirko zu, der ihn erstaunt anschaute.

„Hallo, was machst du denn …?", brachte Mirko noch hervor, bevor ihn Nick mit beiden Händen am Kragen der Sportjacke packte und anschrie:

„Du Kameradenschwein!"

Anschließend gab Nick seinem Gegenüber einen kraftvollen Stoß, sodass der Angegriffene nach hinten taumelte.

„Bist du komplett verrückt geworden?!", brüllte Mirko.

„Lass deine Finger von Thea und Emily!"

„Ach daher weht der Wind", äußerte Mirko, der breitbeinig eine aufrechte Körperhaltung einnahm und den Kopf leicht nach hinten neigte. „Ich bin nur kurz bei Thea gewesen, um den Geschirrspüler zu reparieren." Er grinste verlegen. „Du weißt doch, meine Handwerkerhände werden überall gebraucht."

„Aber deine verdammten Pfoten haben auch vor Thea nicht haltgemacht! Ihr habt rumgeknutscht! Emily hat mir alles erzählt!“

„Thea hat mich lediglich mit einem Küsschen verabschiedet. Du weißt selbst, dass Emily so Gefühlssachen gar nicht richtig checkt.“

„Beleidige nicht meine Tochter, du Spacko!“, stieß Nick hervor, der erneut auf seinen Widersacher zustürmte und dabei versuchte, mit einem ansatzlosen Schlag seiner rechten Faust Mirko ins Gesicht zu schlagen. Der hatte rechtzeitig beide Unterarme hochgerissen und den Schlag abgefangen. Im nächsten Moment standen sich beide Männer mit angewinkelten Armen und geballten Fäusten gegenüber.

„Komm zu dir, Nick! Thea ist deine Ex! Außerdem läuft da zwischen ihr und mir nichts Ernsthaftes! Ich hab momentan genug andere Sorgen mit meiner Mutter!“

Nick hielt kurz inne. Theas vorwurfsvoller Satz während ihres Streits am letzten Sonntag schoss ihm durch den Kopf: *Vielleicht hättest du mal genauer nachfragen sollen, warum sich Mirko zuletzt zurückgezogen hat!* In seiner Wut hatte er Thea damals nicht gefragt, was sie damit andeuten wollte. *Hab ich irgendwas nicht mitbekommen und Mirko unrecht getan? Früher waren wir die besten Kumpel.*

Auf dem Parkplatz waren zwei Männer und eine Frau stehen geblieben, die nach dem lauten Wortwechsel zwischen Nick und Mirko aus sicherem Abstand zu den Streitenden herüberblickten.

„Wieso?! Was ist mit deiner Mutter?" Nicks Haltung entspannte sich ein wenig. „Geht es um den Suizid deiner Schwester?"

Mirko schien zu spüren, dass in Nicks Nachfragen eine Chance steckte, die drohende Schlägerei zu vermeiden.

„Ja, meine Mutter ist deswegen in psychotherapeutischer Behandlung", erklärte Mirko mit gedämpfter Stimme und ließ demonstrativ die Fäuste sinken. Als Nick es ihm gleichtat, gingen die Frau und die beiden Männer, die den Konflikt beobachtet hatten, langsam weiter. „Du hast meine Mutter doch auch mal kennengelernt. Die Therapie wühlt bei ihr ganz viel auf. Das geht so weit, dass ausgerechnet meine Mutter, die freundlichste und harmloseste Frau der Welt, der Familie von diesem Schönheitschirurgen, der meine Schwester verpfuscht hat, die Pest an den Hals wünscht. Manchmal bin ich richtig verzweifelt. Ich weiß gar nicht, wie ich ihr helfen soll. Sie will um jeden Preis erreichen, dass dieser Chirurgen-Arsch Wegner seine Mitschuld an Dörtes Suizid eingesteht."

„Dann kümmer dich um deine Mutter und nicht um Thea und Emily!", äußerte Nick, drehte sich um und entfernte sich ohne ein weiteres Wort.

„Danke fürs Gespräch", rief ihm Mirko hinterher.

35

Es stehen Ereignisse an, die mich belasten. Das ist leider so. Ich werde damit zurechtkommen, wie in den letzten Wochen und Monaten.

Er saß vorm Bildschirm und tippte seine Eingaben in die Tastatur.

Da sind einige Faktoren, die ich schlecht vorausberechnen kann. Ich muss auf Nummer sicher gehen, um entsprechend handeln zu können. Im Grunde genommen hat sich an meiner Einstellung gegenüber Schusswaffen nichts geändert. Ich hatte noch nie eine und ich will sie eigentlich nicht benutzen. Aber ich habe verschiedene Szenen im Kopf, in denen ich so eine Waffe gut gebrauchen kann. In einer dieser Szenen droht mir die Verhaftung durch die Polizei.

Über den Tor-Browser hatte er Verbindung zum Darknet. Schon längere Zeit hatte er sich damit beschäftigt, um die entsprechende Plattform im dunklen Netz überhaupt zu finden.

Inzwischen kann sich jeder eine Waffe per Post nach Hause schicken lassen. Man muss nur wissen, wie es geht.

Im Jahr 2016 hatte ein achtzehnjähriger Schüler für Schlagzeilen gesorgt, nachdem er sich über das Darknet eine Pistole bestellt und damit bei einem Amoklauf in

München neun Menschen und im Anschluss sich selbst erschossen hatte.

Ich bin zügig auf der Internetseite eines Waffenhändlers gelandet, der Pistolen aus deutscher und österreichischer Produktion im Angebot hat. Soll ich mich für eine Walther PPK oder eine Glock 19 entscheiden? Die liefern sogar versandkostenfrei.

Er bestellte sich die *Glock 19*, eine halbautomatische Selbstladepistole im Kaliber neun mal neunzehn Millimeter.

36

Raffael Störtebecker hatte sich telefonisch mit Torben Hansen am Grab ihrer Großtante Edith auf dem Stadtfriedhof Ricklingen verabredet.

Edith Meurer war bereits vor ungefähr vierzig Jahren von Hamburg nach Hannover umgesiedelt, in den Stadtteil Oberricklingen im Südwesten Hannovers. Hier war die ewige Junggesellin Anfang des Jahres verstorben. Raffael hatte seine Großtante stets der Familienrubrik „absonderlich" zugeordnet, in der seine Mutter und sein Cousin Torben weitere Plätze beanspruchten. Edith war öfters in Hamburg zu Besuch gewesen, für ihre merkwürdigen Ansichten über außerirdisches Leben und die Geheimnisse irgendwelcher Energiekanäle konnte sich in der Familie lediglich Torben begeistern. Vor acht Jahren war Torben in die Region Hannover gezogen und hatte hier viel Zeit mit seiner Großtante verbracht.

Ediths letzte Ruhestätte befand sich in einem mit Lavendel und roten Scheinbeeren bepflanzten Grab, an dessen Kopfende ein kleiner und einfacher Grabstein stand. Die Großtante hatte sich die Wahlgrabstätte, die sich in unmittelbarer Nähe einer großen Eiche befand, bereits zu Lebzeiten ausgesucht. Torben, ungewöhnlich festlich gekleidet mit einem dunklen Sakko zur schwarzen Jeans, wartete bereits auf seinen Cousin, der leicht verspätet am Grab eintraf.

„Moin, Raffi", meinte Torben. „Ich freue mich riesig, dass du gekommen bist."

Der Oberkommissar erwiderte die Begrüßung und stellte sich neben Torben, der ihm am Telefon den Weg zum Grab beschrieben hatte. Raffael war zum ersten Mal auf diesem Großfriedhof. Jetzt lobte er Torben mit einigen netten Worten im Nachhinein dafür, dass dieser heimlich die Beerdigung von Jasmin Wegner beobachtet hatte.

„Das war möglicherweise ein wichtiger Hinweis für meine Ermittlungen", führte Raffael aus. „Ich hätte das nicht geschafft. Die Stiefmutter des Opfers erinnert mich an Clara."

„Toll, das aus deinem Mund zu hören." Torben zeigte ein stolzes Lächeln. „Ja, mein Gespür für positive und negative Schwingungen ist schon für etwas nütze. Großtante Edith hat mir immer Mut gemacht und mich darin bestärkt, als Privatdetektiv zu arbeiten. Ihre irdische Abwesenheit ist für mich zunächst ein schwerer Schlag gewesen."

„Bist du drüber hinweggekommen?"

„Jo. Ich besuche regelmäßig ihr Grab und stehe dadurch wieder im Kontakt mit ihr. Die Grabpflege mach ich deswegen komplett selbst. Wir führen lange intensive Gespräche miteinander."

„Kann es sein", fragte Raffael besorgt, „dass dich andere Besucher für schizophren halten, wenn du dich allein am Grab mit jemandem unterhältst?"

„Ach was, wir reden im Geist miteinander." Torben klang ein wenig empört. „Ich lege meine Hand auf ihren Grabstein und habe Verbindung zu ihr."

„Aha."

„Ich habe ihr von meiner Mutter, von Clara und von deinem Umzug nach Hannover erzählt."

Raffel runzelte die Stirn: „Was sagt sie selbst denn so?"

„Sie würde sich gerne geistig mit dir austauschen." Torben war merklich angetan von Raffaels Interesse. „Sie hat mir erzählt, dass ihr ein Besuch von dir sehr viel bedeuten würde."

„Wie schön. Jetzt bin ich ja hier."

Torben schüttelte den Kopf: „Bis jetzt kann sie dich weder fühlen noch hören. Dazu musst du eine Hand auf ihren Grabstein legen. … Möchtest du auch etwas hierlassen, was sie erfreut?"

„Ich hab es nicht mehr geschafft, ein Blumengesteck zu besorgen", murmelte Raffael und fasste zögerlich die linke Seite des Grabsteins an. „Aber jetzt spürt sie wenigstens meine Anwesenheit."

„Ich habe ein Geburtstagsgeschenk für sie", meinte Torben aufgekratzt. Er zog eine Kette mit einem Anhänger in Form einer goldenen Münze aus seiner Hosentasche und hielt sie lächelnd in die Höhe. „Auf der einen Seite der Münze ist ein Kranich, auf der anderen die Blume des Lebens abgebildet. So einen Anhänger habe ich Großtante Edith vor acht Jahren geschenkt. Sie hat gesagt, dass sie durch ihn mit mir verbunden ist.

Kurz vor ihrem Tod muss sie ihn leider verloren haben. Ich habe jetzt genau das gleiche Modell in einem Esoterik-Spezialgeschäft gesehen und es sofort gekauft."

Torben legte das Schmuckstück auf die obere Seite des Grabsteins.

„Ist der Anhänger wertvoll?", erkundigte sich Raffael.

„Oh ja, er hat für die Beziehung zwischen ihr und mir unschätzbaren Wert. Auch wenn es nicht das Original ist, verbinde ich damit viele schöne gemeinsame Erinnerungen."

„Ich meine, was hat er gekostet?"

„35,90 Euro."

„Na, der finanzielle Verlust wäre ja zu verkraften, falls jemand den Anhänger mitnimmt."

„Nein, nein … das ist schon ein Problem. Das Schmuckstück soll ihr auf keinen Fall erneut abhandenkommen. Aber wo kann ich es sicher auf ihrer Ruhestätte deponieren?"

„Buddel es ein."

„Wie meinst du das?"

„Mach in der Blumenerde mit den Händen ein kleines Loch, leg den Anhänger dort rein und mach das Loch wieder zu. Da kommt keiner auf die Idee, dass sich das Teil dort befindet."

„Aber ich glaube, die Friedhofsordnung verbietet so etwas …"

„Das merkt doch keiner!"

„Du hast recht, Raffi", sagte Torben begeistert. „Das ist wirklich eine geniale Idee."

Torben nahm eine kleine zerknüllte Papiertüte aus seiner Hosentasche, offenbar die Originalverpackung aus dem Esoterikladen, und ließ den Anhänger darin verschwinden. Danach setzte er Raffaels Vorschlag um und verbuddelte das eingepackte Schmuckstück in der Blumenerde von Ediths Grab.

Der Oberkommissar sah dem Schauspiel belustigt zu und fragte schmunzelnd: „Aber deine frühere Begeisterung für Aliens hat sich gelegt, oder?“

„Was heißt ‚Begeisterung‘? Ich bin mir sicher, dass außerirdisches Leben existiert. Erich von Däniken hat das in seinen Büchern anschaulich dargestellt. Mit großer Wahrscheinlichkeit sind in der Vergangenheit bereits mehrfach Raumschiffe fremder Intelligenzen auf der Erde gelandet. Auf jeden Fall sind wir vorbereitet.“

„Wer ist ‚wir‘?“, erkundigte sich Raffael irritiert.

„Wie Großtante Edith bin ich seit Jahren Mitglied der ‚Gesellschaft zur Erforschung außerirdischer Phänomene‘.“

Raffael musste tief durchatmen.

Torbens Ansichten sind genauso verquer wie früher, ging Raffael durch den Kopf. *Man muss ihn halt nehmen wie er ist.*

„Es ist durchaus möglich, dass wir nach und nach von fremden Intelligenzen unterwandert werden“, erklärte Torben mit ernster Miene. „Deshalb habe ich seit Jahren in meiner Wohnung einen kleinen Notfallkoffer deponiert, in dem sich alle wichtigen Utensilien befinden, wenn ich im Falle einer außerirdischen Invasion schnell den Standort wechseln muss."

„Du meinst so etwas Ähnliches wie das Bordcase, das Schwangere zu Hause stehen haben, um damit beim Einsetzen der Wehen in die Klinik zu fahren?"

„Ja, genau. Nur dass ich nicht in die Klinik, sondern zu einer geheimen Einsatzzentrale aufbreche."

Meine Vorstellungen vom irdischen Leben sind vermutlich einfach zu konservativ, überlegte sich Raffael. *Vielleicht sollte ich aufhören, an Torbens Fähigkeiten zu zweifeln und sie stattdessen nutzen.*

„Sag mal, Torben, könntest du zum Grab von Jasmin Wegner gehen und sie fragen, wer sie getötet hat?"

„Darüber habe ich auch schon ernsthaft nachgedacht", antwortete der Privatdetektiv verhalten. „Aber man muss eine besondere Beziehung zu einer irdisch davongegangenen Person haben – also meistens verwandt oder verheiratet mit ihr gewesen sein –, um sich mit ihr geistig austauschen zu können."

„Schade", brummte Raffael, „sonst könnten wir beide gemeinsam noch so einige Verbrechen aufklären."

37

Es war 12:35 Uhr.

Maria Wegner hatte ihre Arbeit für heute in der Buchbinderei der Stadtbibliothek beendet.

„Na, was hast du heute noch vor?“, wurde sie von ihrem Kollegen Norbert Brunner gefragt.

„Ich besuche meine Mutter … und meinen Vater“, äußerte Maria. „Es gibt einiges zu besprechen. Die Nachricht von der Ermordung meiner Stieftochter hat sie sehr beschäftigt.“

„Kannst du momentan überhaupt einen schönen Tag haben bei dem, was du alles erlebst?“, meinte Norbert besorgt. „Der gewaltsame Tod der Stieftochter ruft bestimmt auch Erinnerungen an den zu frühen Tod deiner besten Freundin wach …?“

„Ja, Dörtes tragischen Tod werde ich natürlich nie vergessen. Aber die Ermordung von Jasmin fühlt sich schon anders an.“

An Norberts einfühlsamer Nachfrage wurde Maria wieder einmal deutlich, dass er die gute Seele der Buchbinderei war. Vor drei Jahren war er geschieden worden und lebte allein. Seitdem hatte er Maria und ihrer Kollegin Elke wiederholt Wünsche von den Augen abgelesen und ihnen kleine Präsente an den Arbeitsplatz gelegt, bei denen er davon ausgehen konnte, dass sie ihnen gefallen. Maria war beispielsweise mehrfach mit Comic-Taschenbüchern beglückt worden, die sie leider zum Teil schon hatte. Norbert suchte auf eine nette Art Anschluss zu Frauen, indem er ihnen Gutes tat. Zu mehr als einem gemeinsamen Besuch mit ihm in einem der umliegenden Cafés war es bei Maria oder Elke allerdings nie gekommen. Trotzdem war Norbert einer der Gründe, weshalb Maria weiterhin gerne in der Buchbinderei arbeitete.

Als Maria die Werkstatt verließ, schaute Norbert ihr nachdenklich hinterher.

*

Marias Eltern Jutta und Albert Thiel, beide Ende fünfzig, lebten in einer Drei-Zimmer-Wohnung in der Südstadt. Jutta Thiel hatte als Sachbearbeiterin bei der Stadt Hannover zuletzt viele Überstunden angehäuft und deswegen heute freigenommen. Ihr Mann würde erst gegen 17:30 Uhr von seiner Arbeit in der Kfz-Werkstatt nach Hause kommen. In erster Linie besuchte Maria ihre Mutter, für ihren wortkargen Vater, zu dem sie keine sonderlich enge Bindung hatte, reichte die restliche Zeit am Abend.

Mutter und Tochter hatten es sich angewöhnt, zwanglos in der Küche zu klönen.

„Ich hoffe, ihr seid nicht böse, weil Burkhard euch nicht zu Jasmins Beerdigung am letzten Freitag eingeladen hat", äußerte Maria. „Aber da Jasmin nur meine Stieftochter ist, hat er euch nicht zum engsten Familienkreis dazugerechnet."

„Ich finde das sehr umsichtig von deinem Mann", winkte Jutta ab. „Die Eltern der neuen Ehefrau müssen nicht auf die leiblichen Familienmitglieder der Verstorbenen treffen, wenn es von deren Seite Vorbehalte gibt."

Maria hatte sich bisher an Burkhards Anweisung gehalten und auch ihren Eltern fast nichts über die Feindseligkeiten erzählt, denen Maria insbesondere vonseiten ihrer Stieftöchter ausgesetzt war – bis auf wenige dezente Andeutungen.

„Es ist manchmal nicht einfach mit Burkhard", sagte Maria zögerlich. „Er hat für alles feste Vorstellungen, von denen er nicht abweicht. Spontaneität ist nicht sein Ding. Es war schon nicht einfach für ihn, heute Abend den Fachvortrag in Braunschweig zu halten, weil er eigentlich jeden Mittwoch um diese Zeit seinen ‚Sauna-Tag' hat."

„Sieh es doch positiv. Ein Mann mit voraussehbaren Gewohnheiten macht das Leben für seine Frau viel planbarer. Albert mit seinem Hin und Her ist da deutlich anstrengender."

Maria dachte an Lindas Worte und meinte: „Natürlich gefällt mir die schöne Villa mit dem großen Garten. Aber es gibt Tage, da sitze ich allein am Swimmingpool und empfinde das Ganze als goldenen Käfig."

„Besser ein goldener Käfig als ein trostloser", bekundete Jutta schwungvoll. „Geld regiert die Welt. Genieße die Vorteile, die das Leben an der Seite dieses erfolgreichen Mannes mit sich bringt!"

Jutta hatte ihre Tochter stets darin bestärkt, ihr attraktives Äußeres dafür einzusetzen, um erfolgreich zu sein.

„Meinst du ernsthaft, ich soll mich als Frau Burkhards Interessen unterordnen?!", stieß Maria zweifelnd hervor. „Wir leben nicht mehr im neunzehnten Jahrhundert!"

„Um Unterordnung geht es mir auf keinen Fall. Nutz den Einfluss deines Mannes, um selbst voranzukommen. Lass die Männer glauben, dass sie dich beherrschen – aber behalte die Fäden in der Hand. Natürlich sind Frauen in der Vergangenheit von Männern bevormundet worden. Jetzt ist es an der Zeit, dass Frauen wie du zu ihrem Recht kommen. Sicherlich musst du zwischendurch mal was aushalten, am Ende jedoch wirst du davon nur profitieren!"

Maria sog die Sätze ihrer Mutter in sich auf. Jutta Thiel hatte ihr im letzten Jahr jegliche Zweifel an einer Ehe mit Burkhard genommen.

Würde Mama bei ihrer Meinung bleiben, wenn sie wüsste, dass mich Burkhard mehrfach geschlagen hat?

Der Schönheitschirurg hatte die persönlichen Kontakte zu seinen neuen Schwiegereltern bisher auf ein Minimum, wie die Hochzeitsfeier und ein kurzes Treffen zu Weihnachten, begrenzt.

„Du meinst, Mama, ich hab die richtige Entscheidung getroffen, als ich in Burkhards Welt eingeheiratet habe?"

„Natürlich", bekräftigte Jutta enthusiastisch. „Du bist jetzt ein Teil der gehobenen Gesellschaft und musst dich an bestimmte Spielregeln halten, dennoch solltest du innerlich deine Ziele konsequent verfolgen. Ich hab den Fehler gemacht, einen Mann von der Verliererseite zu heiraten. Du kennst Papa, er ist weich und hat mir alles versprochen, aber letztlich nichts davon umsetzen können. Umso stolzer macht es mich, dass wenigstens meine Tochter in besseren Verhältnissen lebt."

*

Als Maria gegen zwanzig Uhr das vierstöckige Haus verließ, in dem ihre Eltern wohnten, war es draußen bereits dunkel. Da Burkhard noch in Braunschweig war, verspürte sie keinen Zeitdruck, zu Hause sein zu müssen. Sie hatte sogar mit ihrem Vater ein für seine Verhältnisse längeres Gespräch geführt.

Ein gepflasterter Fußweg führte durch eine mit hohen Ahornbäumen, Erlen und Eichen bepflanzte Grünfläche, an die mehrere vierstöckige Wohnblöcke und ein um diese Uhrzeit verlassener Spielplatz grenzten.

Maria ging ohne größere Eile allein den Weg entlang. Sie wollte zur Hauptstraße, wo sich die nächste

U-Bahn-Station befand. Am Wegrand standen in größeren Abständen Laternen, von denen eine jedoch ihren Geist aufgegeben hatte. Im Augenwinkel bemerkte Maria einen sitzenden Mann auf einer Parkbank.

Ich hab die Stecke schon zig mal im Halbdunkel zurückgelegt. Warum macht mir der Kerl auf der Bank plötzlich Angst? Jasmin hat sich in einem problematischen Milieu rumgetrieben. Die Wohngegend meiner Eltern ist immer ein sicheres Pflaster gewesen.

Sie guckte sich kurz um und bemerkte, dass der Mann aufgestanden war und ihr offensichtlich folgte. Im Halbdunkel war es unmöglich zu erkennen, wie der Mann aussah.

Wahrscheinlich nur ein harmloser Typ. Wenn nicht, kann der Irrtum fatale Folgen haben.

Sie beschleunigte ihren Gang und hörte, dass auch der Mann hinter ihr sich schneller bewegte.

Scheiße, der will was von mir!

Sofort begann sie loszulaufen. Um jeden Preis musste sie die belebte Straße erreichen, um vor ihrem Verfolger geschützt zu sein.

„Bleib stehen!“

Verdammt, der meint mich!

Sie rannte, sah links und rechts vor den Wohnhäusern keine Menschen, schrie dennoch vor Verzweiflung: „Hilfe! Ich werde verfolgt! Da will mir einer was antun!“

Die Schritte hinter ihr kamen immer näher.

„Hilfe! Helft mir doch!“

„Maria, bleib stehen! Ich bin's, Mirko. Ich muss mit dir reden!"

Im gleichen Moment hatte der Mann sie erreicht. Maria stoppte, drehte sich um und blickte tatsächlich in das Gesicht des Bruders ihrer verstorbenen Freundin – Mirko Hübner.

Erst jetzt tauchte von links schnell eine weitere Silhouette auf. Ein Spaziergänger mit einem Hund, der Marias Schreie gehört haben musste.

„Was ist los? Kann ich helfen?", rief der Mann.

„Nein, falscher Alarm", antwortete ihm Maria. „Alles harmlos. Der Mann ist ein Bekannter von mir."

„Na dann ist es ja gut", meinte der Spaziergänger erleichtert und entfernte sich wieder.

„Ich hoffe, dass ich von dir wirklich nichts zu befürchten habe", äußerte Maria. „Warum rennst du mir im Dunkeln hinterher? Und woher wusstest du, dass ich meine Eltern besuche?"

„Reiner Zufall, dass ich gesehen hab, wie du aus dem Haus kommst. Im Gegensatz zu dir hab ich dich gleich erkannt. Ich bin bei meiner Mutter gewesen, die wohnt doch gleich um die Ecke."

Maria ging davon aus, dass Mirko es bewusst darauf angelegt hatte, sie zu erschrecken.

„Wenn du mit mir reden willst, ruf mich an!", sagte sie ärgerlich. „Deine Scheiß-Aktion von eben war alles andere als spaßig!"

„Tut mir leid, ich hätte nicht gedacht, dass du so panisch reagierst", meinte Mirko betrübt. „Mir kam plötzlich die Idee, dass ein persönliches Gespräch mit dir meiner Mutter helfen könnte."

„Wieso?"

„Der Suizid von Dörte und dass Papa dieses Jahr an einem Herzinfarkt gestorben ist, machen sie fertig. In ihrer Psychotherapie hat sie herausgefunden, dass dein Mann eine wesentliche Mitschuld daran hat."

„Mein Mann ist nicht schuld an Dörtes Tod! Und schon gar nicht am Tod deines Vaters!"

„Na indirekt schon. Es würde Mama sehr entlasten, wenn er endlich seine Mitschuld eingestehen würde! Rede bitte mit ihm! Auf dich wird er doch hören! Und als Arzt hat er schließlich eine moralische Verantwortung für die Menschen, die er behandelt hat."

„Mein Mann hat damals mit Dörte und deiner Mutter gesprochen. Nur um sich beschimpfen zu lassen, wird er deiner Mutter keinen Termin geben."

Mirko packte Maria an den Schultern und zischte wütend: „Dörte war deine beste Freundin. Du bist früher bei uns ein- und ausgegangen. Das bist du uns schuldig, dass du ihn um ein menschliches Gespräch mit meiner Mutter bittest, in dem er Mitgefühl zeigt."

Wie naiv bist du denn?, fragte sich Maria. *Burkhard und mitfühlend, wenn er sich angegriffen und total im Recht fühlt?!*

Trotzdem sagte sie: „Na gut, ich rede mit meinem Mann."

Sie war erleichtert, als Mirko sie gehen ließ.

38

Nach Dienstschluss war Maria Wegner in die Innenstadt zum Kröpcke geschlendert. An diesem 20. September war es erneut sommerlich warm in Hannover. Mit Mühe hatte sie draußen in einem Restaurant gerade noch einen freien Tisch unter einem Sonnenschirm in der Fußgängerzone ergattert, wo sie zu Mittag aß. Sie dachte an die gestrige Begegnung mit Mirko. Ihr Versprechen, Burkhard um einen Gesprächstermin für Annette Hübner zu bitten, hatte sie bisher nicht erfüllt. Sie würde ihren Mann heute Abend darauf ansprechen, wenn sie von ihrem „Ausflug" mit Nick zurück war.

Wenn ich darüber nachdenke, wird mir klar, dass ich seit der Ehe mit Burkhard eine ‚Meisterin der Geheimhaltung' bin. Ich habe es geschafft, ihm fünf Monate lang meine Psychotherapie zu verheimlichen. Da er mich zu kontrollieren versucht, sorge ich dafür, dass er in meinem Smartphone keine Hinweise auf meine Treffen mit Nick finden kann.

Maria hielt es sogar für möglich, dass Burkhard nicht davor zurückschrecken würde, ihr Smartphone orten zu lassen, um herauszufinden, wo sie sich aufhält.

Ich bin äußerst vorsichtig und verabrede mich mit Nick am liebsten persönlich oder durch Briefe über die Haus-

post der Stadt. Da hinterlasse ich keine digitalen Spuren. Ist ganz einfach. Auf den Umschlägen der Dienstpost reicht als Absender irgendeine Organisationsnummer. Natürlich darf ich nie vergessen, die verräterischen Briefchen nach dem Lesen zu vernichten.

Sie schüttelte den Kopf, als ihr die Absurdität dieser Maßnahmen bewusst wurde.

Selten telefoniere ich mit Nick über die Dienstleitung, wobei wir uns siezen und so tun, als ob wir über berufliche Angelegenheiten sprechen. Das Versteckspiel ist eine Herausforderung, die uns beide reizt. Es funktioniert allerdings nur, wenn wir keine Fehler machen.

Nach einem ausgiebigen Streifzug durch einige Schuhgeschäfte traf sie sich nachmittags in der Nähe des Neuen Rathauses mit Nick Fuhrmann.

Sie stieg zu ihm ins Auto und er fuhr sofort los.

„Wohin geht es?“, fragte sie. „Ich zähle auf Sie, Herr Fuhrmann. Sie haben mir ein aufregendes Abenteuer versprochen.“

Er schaute vom Fahrersitz zu ihr rüber. Sie trug einen knielangen Rock und eine kurzärmelige Bluse, dazu bequeme Schuhe.

„Lassen Sie sich überraschen, Madam“, meinte er grinsend. „Ihre Kleidung ist übrigens passend gewählt.“

Sie verließen die Stadtgrenze, fuhren über eine Landstraße, bis sie einen Wald erreichten.

*

„Genau hier ist es", sagte Nick, als er seinen Kombi in einem kleinen einsamen Waldweg ausrollen ließ und schließlich stoppte. „Ab jetzt geht es zu Fuß. In meinem Kofferraum habe ich noch eine kleine Überraschung."

Sie stiegen aus und Nick öffnete die Heckklappe. Unter einer Decke zog er einen in Plastikfolie eingeschweißten Pappkarton hervor.

„Wie wär's zur Abwechslung mit einem Spaß zu dritt?", äußerte er mit begeisterter Stimme. „Ich nehme unsere willige Freundin mit in unser Liebesversteck. Ich habe einen großen Rucksack dabei. Darin kann ich die Kleine diskret transportieren."

Maria nahm den Karton in die Hand, auf dem eine blonde nackte Frau abgebildet war, darüber in Rot der Schriftzug „Sex Doll Hot Natasha".

„Ist das eine aufblasbare Sex-Puppe?", erkundigte sich Maria erstaunt.

„Ja, alles noch original verpackt, damit wir gemeinsam die Geheimnisse der blonden Schönheit entdecken können. Laut Beschreibung hat Natasha richtig volles Haar und einen angenehm biegsamen Körper aus PVC. Ich puste sie an unserem Lagerplatz auf und lass später die Luft wieder raus."

Maria legte den Karton zurück.

„Ich steh auf Menschen aus Fleisch und Blut", meinte sie. „Tut mir leid, Plastikpuppen törnen mich überhaupt nicht an. Können Sie die vielleicht noch umtauschen?"

„Mal sehen …“, brummte Nick leicht enttäuscht. „Dann, liebe Frau Wegner, belassen wir es bei uns selbst. Auf geht's zu Jägers Lustburg!“

Er nahm den Rucksack aus dem Kofferraum, stopfte die Decke hinein und schlug die Hecklappe zu.

Sie gingen nebeneinander wie zwei gute Bekannte den Waldweg entlang, dabei begegneten sie lediglich einem älteren Ehepaar und einem freilaufenden Hund. Nach ungefähr zehn Minuten erreichten sie eine Lichtung mit einem Hochsitz.

„Wir haben unser Ziel erreicht“, meinte Nick. „Dort serviere ich Ihnen einen Hotdog nach Jäger-Art.“

Er stieg als Erster über die Holzleiter nach oben, sie folgte ihm problemlos.

„Niemand zu sehen“, meinte Maria. „Wir sind ungestört.“

„Was sich natürlich jederzeit ändern könnte“, murmelte Nick mit einem leisen Kichern. Er nahm die Decke aus dem Rucksack und breitete sie auf dem Boden aus. „Ein bisschen Bequemlichkeit schadet nie.“

Er schlang beide Arme um die Frau und küsste sie auf den Mund. Sie schien nur darauf gewartet zu haben, erwiderte den Kuss, während sich ihre Hände durch seine vollen Haare wühlten.

Als er begann, an ihrem linken Ohrläppchen zu knabbern, steigerte sich ihr Heißhunger gewaltig, sodass sie erwartungsvoll fragte: „Wo bleibt denn der Hotdog?“

*

Hinterher hatten sie es nicht eilig, sich wieder anzuziehen. Maria gefiel die Vorstellung, dass unten ein Spaziergänger am Hochsitz vorbeiging, während sie sich mit Nick nackt auf einer Decke räkelte.

Sie hatten es sich angewöhnt, nach dem Höhepunkt das Rollenspiel zu beenden und wieder ins „Du“ zu verfallen. Nick hatte im Rucksack zwei Dosen Bitter Lemon und eine Packung Cracker dabei, über die sie sich hermachten.

„Wir haben es übrigens meinem ehemaligen Psychotherapeuten zu verdanken, dass du und ich so nette Abenteuer zu zweit erleben“, bekundete Maria und nahm einen Schluck aus der Dose. „Dr. Riedel hat gemeint, ich solle in der Ehe immer an mich denken und mir angesichts von Burkhards einengenden Vorgaben meine Freiräume bewahren. Dieses ‚emotionale Gegengewicht‘, von dem Dr. Riedel sprach, das bist du. So habe ich seine Worte verstanden. Mein Psychotherapeut hat dich mir quasi verordnet. Und er hat recht. Du verschaffst mir die wirkliche Befriedigung. Geld ist nicht alles.“

„Das sagst du, weil dein Mann Geld genug hat“, entgegnete Nick. „Ich hab dir doch von meiner Tochter Emily erzählt, die unter einem Asperger-Syndrom leidet. Zuletzt habe ich es wegen dieser schweren Störung nicht mehr ausgehalten, mit Emily jeden Tag zusammen zu sein. Aber jetzt habe ich die Lösung – eine Delfintherapie, mit der Emily ein anderer Mensch werden könnte. Das würde unser gesamtes Leben ändern! Ich könnte vielleicht wieder mit Emily und Thea glücklich zusammenleben. Der Mist ist, diese Delfintherapie ist verdammt teuer!"

Maria wusste so gut wie nichts über Delfintherapie und ihre Wirksamkeit. Allerdings konnte sie sich nicht vorstellen, dass Nicks Erwartungen an diese Therapie tatsächlich der Realität entsprachen. Aber ihre Skepsis behielt sie vollständig für sich.

„Was kostet eine solche Therapie?", fragte sie schlicht nach.

„Es gibt zahlreiche zeitlich sehr begrenzte Delfintherapien mit Flug, Aufenthaltskosten und so weiter für ein paar tausend Euro. Aber das spezielle vierwöchige Therapieangebot in den USA, das ich mir ausgesucht habe, ist ganz besonders und kostet mit allem Drum und Dran ungefähr zwanzigtausend Euro. Das Geld hab ich natürlich nicht auf dem Konto. … Außerdem ist Thea der Auffassung, dass die Therapie Emily nichts bringt."

„Du müsstest also erst mal deine Ex-Frau überzeugen … und dann noch das Geld aufbringen …?"

„Ja. Und in dieser Situation, in der Thea und ich viel miteinander reden müssten, macht sich der Bruder deiner verstorbenen Freundin Dörte an Thea ran, wie ich gerade mitbekommen habe."

„Das sind ja Neuigkeiten", äußerte Maria. „Erzähl mal …"

Nick berichtete von seiner Begegnung mit Mirko Hübner vorgestern auf dem Parkplatz des Fitnessstudios. Er erwähnte auch, dass Mirkos Mutter anscheinend einen Hass auf Burkhard und seine Familie hätte.

Nach außen gab es in der Familie Wegner bisher nur eitel Sonnenschein, überlegte sich Maria. *Da kann ich schon nachvollziehen, dass Annette nach den Katastrophen in ihrer Familie voller Neid auf Burkhard schaut.*

Maria und Nick kamen von einem Thema zum nächsten, dann liebten sie sich erneut. Schließlich meinte sie: „Wir müssen uns anziehen und zurück. Ich befürchte, dass ich zu spät nach Hause komme. Zumindest nach Ansicht meines Mannes."

39

Dr. Burkhard Wegner wartete zu Hause auf die Rückkehr seiner Frau.

Wo ist Maria?, fragte er sich. *Es ist 18:45 Uhr und sie ist noch nicht wieder da. In den letzten Monaten hatte ich mehrfach den Gedanken, sie könnte mich mit einem anderen Mann betrügen. Sie ist mir ausgewichen, hat sich verweigert, wenn ich mit ihr ins Bett wollte.*

Er ging in sein Arbeitszimmer. Dort bewahrte er einige besonders gelungene Fotos von Maria auf.

Sie ist wunderschön. Ihr Gesicht mit den kindlichen Zügen, ihr perfekter Körper.

Burkhard hatte Maria im März letzten Jahres zum ersten Mal getroffen. Im „Haus der Region", direkt neben der Stadtbibliothek, in der Ausstellung von Burkhards Bildern. Maria war zufällig zur Eröffnungsveranstaltung gekommen.

Ich war auf Anhieb von Marias Aussehen fasziniert, sie erinnerte mich an Sabine in jung. Ich habe sie angesprochen und mich mit ihr verabredet. Sie war sichtlich beeindruckt, dass ein Chefarzt und Künstler sich für sie interessiert. Schönheit ist für mich der Maßstab aller Dinge. Mir war es egal, dass Marias Familie keinen hohen gesellschaftlichen Status hat. Maria machte auf mich einen formbaren Eindruck, sie war im wahrsten Sinne des Wortes ein Kunstwerk, an dessen Aussehen ich mich täglich erfreuen wollte. Niemand wird sie mir wegnehmen oder sie mit seinen schweißigen Händen beschmutzen.

Über Maria ist die Freundin von ihr, diese Dörte Hübner, auf mich aufmerksam geworden. Maria hatte ihr von mir erzählt, dass ich Schönheitschirurg bin. Dörtes Körper wies mehrere Schwachstellen auf. Ich hab ihr die Brustimplantate fehlerfrei eingesetzt. Aber die blöde Kuh hat sich nicht an meine Vorgaben gehalten und in den Wochen danach extrem viel Sport gemacht – und damit das Einwachsen ihrer Implantate selbst behindert. Dabei hätte ich später ihren verunstalteten Körper noch problemlos korrigieren können. Na ja, meine Empfehlung, sich erneut von mir operieren zu lassen, hat sie einfach nicht hören wollen. Stattdessen hat sie sich in ihre negative Gedankenwelt vergraben und irgendwann umgebracht. Tragisch, aber nicht in meiner Verantwortung. Vielleicht hätten sich die Eltern ein bisschen mehr um sie kümmern sollen.

Burkhard hörte, dass die Haustür aufgeschlossen wurde.

Das wird Maria sein.

Er legte die Fotos von ihr zurück in eine Mappe auf seinem Schreibtisch. Dann ging er rasch die Treppe nach unten, wo er im Flur auf seine Frau traf, die ihn verhalten anlächelte.

„Warum kommst du so spät?", fragte er anstelle einer Begrüßung.

„Hat länger gedauert in den Schuhgeschäften. Ich hab ein wenig die Zeit aus den Augen verloren …“

„Und was hast du für Schuhe gekauft? Ich seh keine gefüllten Einkaufstaschen.“

„Hab nicht die richtigen gefunden.“ Ihr anfängliches Lächeln verschwand.

„Das wundert mich“, äußerte er, wobei seine Stimme einen misstrauischen Unterton bekam. „Hast du …“

„Ich habe Mirko getroffen“, fiel ihm Maria ins Wort, „den Bruder von Dörte Hübner. Er wünscht sich für seine Mutter ein Gespräch mit dir.“

Burkhard machte eine wegwerfende Handbewegung: „Ich habe dieser Frau Hübner bereits diese Woche in der Klinik ausrichten lassen, dass es nichts mehr zu besprechen gibt.“

„Annette Hübner tut mir leid. Ich hätte mich nach Dörtes Tod bei ihrer Familie melden sollen.“ Maria sah ihrem Mann offen ins Gesicht. „Biete ihr ein persönliches Gespräch an, in dem du ihr ganz in Ruhe erklärst, dass damals vom medizinischen Standpunkt alles richtig verlaufen ist.“

„Das habe ich vor einem Jahr längst getan!“, meinte Burkhard unwirsch.

„Aber du warst möglicherweise etwas kühl und abweisend“, hielt Maria dagegen. „Sei ein wenig freundlicher zu ihr, das würde der gebeutelten Frau bestimmt guttun.“

„Ich bin also kühl und abweisend?!!“, stieß Burkhard verärgert hervor. „Jetzt hast du dich verplappert und zeigst mal dein wahres Gesicht, was du tatsächlich über mich denkst!!"

Das ist eine unverschämte Kritik ... an mir als Menschen ... als Arzt. Diese undankbare Frau, der ich alle Annehmlichkeiten biete.

Auf einmal hatte er den Geruch eines fremden Mannes in der Nase.

„Wenn du wirklich stundenlang in Schuhgeschäften warst, hättest du welche gekauft. Das kenn ich von dir nicht anders!", brüllte er. „Willst du mich für dumm verkaufen?! Treibst du es heimlich mit irgendeinem Kerl?!"

„Du spinnst doch total!", meinte Maria und machte Anstalten, Richtung Wohnzimmer zu gehen.

Er packte sie am Arm und riss sie zu sich heran.

„So nicht! Das lass ich mir nicht bieten!", zischte er und verzog wütend das Gesicht.

„Nein, kühl und abweisend bist du überhaupt nicht", meinte sie ironisch.

Seine beiden kräftigen Schläge mit der Hand trafen sie abwechselnd in der linken und rechten Gesichtshälfte.

„Du Mistkerl", murmelte sie leise.

Daraufhin traf sie der nächste Schlag im Gesicht.

40

Derartige Wutausbrüche ihres Mannes hatte Maria Wegner bereits mehrfach erlebt. Der Ablauf der Ausraster folgte einem Muster. Erst schlug er sie, meistens mit der Hand ins Gesicht, dann kam er langsam wieder zur Ruhe und entschuldigte sich anschließend mit beschwichtigenden Worten bei ihr.

Bisher hatte sie gehofft, dass sich die gewalttätigen Ausbrüche nicht wiederholen würden.

Heute war ihr klar geworden, dass sie jederzeit damit rechnen musste, so lange sie mit Burkhard verheiratet war.

Möglicherweise hatte er sich gegenüber seiner ersten Ehefrau mehr zusammengerissen, weil seine Töchter noch im Haus wohnten. Inzwischen war Maria den Launen ihres Mannes allein ausgeliefert.

Auch an diesem Abend setzte er sich zu ihr ins Wohnzimmer, brabbelte eine Entschuldigung und tat so, als wäre nichts geschehen.

Ich muss vorsichtiger sein, wenn ich mich mit Nick treffe, beschloss sie. *Burkhard ahnt höchstens etwas, irgendwelche Belege für seine Behauptungen hat er nicht. Hätte ich heute ein Paar Schuhe angeschleppt, wäre meine Geschichte problemlos durchgegangen.*

Später am Abend erwartete Burkhard selbstverständlich, dass sich Maria zum Schlafen neben ihn ins Ehebett legte.

Wenn ich darauf bestehen würde, diese Nacht von ihm getrennt in einem anderen Zimmer zu schlafen, riskiere ich den nächsten Wutausbruch. Das brauch ich jetzt nicht.

Trotz der heftigen Auseinandersetzung mit seiner Frau schlief Burkhard rasch ein. Maria, die neben ihm lag, hörte die gleichmäßigen Atemgeräusche.

Die Ereignisse der letzten Tage schossen ihr durch den Kopf: *Die Ermordung von Jasmin, Lindas fiese Bemerkungen, der gewalttätige Burkhard, die Begegnung mit Mirko, Nicks Hoffnungen auf eine Delfintherapie für Emily, Annette Hübners Hass auf Burkhard und seine Familie.*

Da war der Ratschlag ihrer Mutter, die Fäden in die Hand zu nehmen, um endlich als Frau zu ihrem Recht zu kommen.

Ich hab etwas ausgehalten, um später davon zu profitieren. Nach außen mitspielen, aber innerlich die eigenen Ziele konsequent verfolgen. Mama hat mir die Augen geöffnet.

Maria war völlig aufgewühlt, kam nicht zur Ruhe. Sie spürte deutlich die Wut, die sich nicht mehr unterdrücken ließ.

So lass ich mich weder von Linda noch von Burkhard demütigen. Ich bin nicht euer wehrloses Püppchen, das ihr nach Belieben schlagen oder mit Gemeinheiten voll-

kotzen könnt. Das hab ich lange genug ausgehalten. Und Mirko wird mir auch keine Angst oder Vorwürfe mehr machen. Jetzt bekommt ihr das, was ihr verdient! Ich mach euch fertig und schlag euch mit euren eigenen Waffen!

Da war zunächst lediglich eine vage Idee, die sie in den folgenden Stunden konsequent weiterverfolgte. Nach und nach setzte sie die Mosaikteile zu einem großen Ganzen zusammen. Am anderen Morgen hatte sie den Eindruck, nicht eine Minute geschlafen zu haben. Sie war körperlich erschöpft, dabei jedoch überdreht und euphorisch.

Burkhard schlug die Augen auf und blickte seine Frau an.

„Ist bei dir wieder alles okay?", fragte er.

„Und wie", antwortete sie lächelnd.

41

Bei der Arbeit in der Buchbinderei musste sich Maria Wegner zwingen, bei der Sache zu bleiben.

„Du siehst abgekämpft aus, als wärst du mit deinen Gedanken ganz woanders", stellte ihr Kollege Norbert Brunner treffend fest. „Bestimmt gut, wenn du bald Schluss machen kannst."

„Ja, das kann ich tatsächlich kaum erwarten", meinte Maria. „Dieses Wochenende habe ich noch so einiges mit meiner Familie vor."

Heute war Freitag, der 21. September. Nach ihrem Dienstschluss gegen Mittag war Maria ins Neue Rathaus rübergegangen, wo sie Nick ein geheimes vereinbartes Zeichen gab, sich noch an diesem Nachmittag auf „ihrer" Parkbank zu treffen.

*

Am Rand des Maschparks, einer öffentlichen Parkanlage, die das Neue Rathaus und das Museum August Kestner beherbergte, standen mehrere einzelne Sitzbänke. Auf einer dieser Bänke hatte Maria bereits Platz genommen, als sich Nick zu ihr setzte.

Diese Parkbänke hatten sich als idealer Treffpunkt erwiesen, der sowohl vom Neuen Rathaus als auch von der Stadtbibliothek schnell zu erreichen war, ohne dass Kolleginnen oder Kollegen diese Bänke von ihrem Arbeitsplatz im Blick haben konnten. Es war problemlos möglich, sich ungestört zu unterhalten, da Maria und Nick einzelne Spaziergänger von Weitem rechtzeitig erkannten.

„Gab es zu Hause Probleme?", erkundigte sich Nick.

„Burkhard hat mich gestern erneut geschlagen."

„Hat er dir wehgetan?"

„Was dachtest du denn?!"

„Ich bring den Kerl um!", zischte Nick wütend und ballte die Fäuste.

„Würdest du das wirklich tun?", fragte sie interessiert.

Maria sah, dass sich Nicks Fäuste wieder öffneten.

„Na ja …", druckste er verlegen herum. „Ich hab das eben spontan aus Wut gesagt. Du willst sicherlich nicht, dass ich einen Mord begehe?!"

„Nein", meinte sie zustimmend. „Ein Mord ist nicht genug."

„Wovon redest du?"

„Burkhard hat mich schon öfters geschlagen. Wenn ich ehrlich bin, ist das Leben mit ihm – trotz des ganzen Luxus – eine Qual. Was glaubst du, warum ich mir einen anderen … wunderbaren … Mann wie dich gesucht habe, bei dem ich wirklich Nähe empfinde?!"

„Bedeute ich dir wirklich etwas? Ich dachte, es geht dir nur um Sex."

„Gerade diese Nacht ist mir deutlich geworden, dass ich sehr viel für dich empfinde."

„Okay ..." Nick schien unsicher zu sein, ob es Maria ernst meinte.

„Und Burkhard ist nicht das einzige Problem. Seine Töchter haben mich ebenfalls gedemütigt, wo sie nur konnten. Nicht nur Jasmin, sondern auch Linda. Eine schlimmer als die andere. Du weißt ja, dass Jasmins Tod nicht unbedingt Trauer bei mir ausgelöst hat."

Er lachte gekünstelt und meinte: „Willst du, dass ich Burkhard und Linda umbringe ...?"

„Jetzt hast du mich verstanden."

„Wenn du nichts mehr mit deinem Mann und seiner Tochter zu tun haben willst, dann zieh doch aus oder lass dich scheiden", schlug Nick vor.

„Wenn ich mich scheiden lasse, bekomme ich praktisch keinen Cent."

„Und wenn dein Mann vorher stirbt?"

„Erbt Linda das meiste aufgrund unseres Ehevertrags. Außer, sie stirbt schon vor ihrem Vater. In diesem Fall erbe ich alles, weil es dann keine weiteren Angehörigen mehr gibt."

„Aber ich bringe doch keine Menschen um", äußerte Nick empört. „Und für mich hätte das keinen Vorteil."

„Das sehe ich anders. Deine Tochter hat es verdient, dass sie eine Delfintherapie macht, damit es ihr endlich besser geht. Das Geld für die Therapie würde für dich bei meinem Plan herausspringen. Und es wäre sogar möglich, dass Emily später die Therapie noch einmal wiederholt."

„Willst du mich für die Morde bezahlen?"

„Ich kann mir ein gemeinsames Leben mit dir sehr gut vorstellen. Vielleicht heiraten wir nach Burkhards Tod. Was gibt es Aufregenderes, als mit einem Mann zusammenzuleben, der es versteht, die seelischen und körperlichen Bedürfnisse einer Frau vollständig zu befriedigen?!"

„Und Emily und Thea?"

„Emily könnte uns jederzeit besuchen oder sogar bei uns wohnen. In der Villa ist Platz genug", äußerte Maria überschwänglich. „Und sei ehrlich: Dass Thea zu dir zurückkommt, ist äußerst unwahrscheinlich."

„Wie das mit Thea und mir weitergeht, weiß ich nicht …", brummte Nick. „Außerdem kennst du Emily überhaupt nicht. Wieso solltest du sie in deiner Villa aufnehmen?"

„Weil sie ein untrennbarer Teil von dir ist. Und mir ist wichtig, was dir wichtig ist."

Nick war nicht überzeugt: „Warum bringst du Linda und Burkhard nicht selbst um?"

„Das schaffe ich körperlich nicht. Dafür braucht es einen starken Mann. Zudem würde ich nach dem Mord an Burkhard sofort in Verdacht geraten. Aber wenn du es tust, existiert überhaupt keine Verbindung zwischen den Opfern und dir, wobei ich mir zusätzlich ein sicheres Alibi verschaffen würde."

„Und wie soll ich es machen?" Nick klang recht unmotiviert. „Sie erstechen? Oder mir eine Pistole besorgen und sie erschießen?"

„Nein, du erdrosselst sie mit einem Schal und rasierst den beiden danach jeweils den Schädel."

„Wie bitte?!" Nick verstand gar nichts mehr. „Warum sollte ich ihnen den Schädel rasieren?"

„Weil das Jasmins Mörder nach der Tat gemacht hat. Das ist Täterwissen! Ich weiß lediglich davon, weil mir Burkhard ein Foto der toten Jasmin aus der Rechtsmedizin gezeigt hat. Er hat sich ihren Leichnam dort angeschaut und ihn fotografiert."

„Warum stand von dem rasierten Schädel nichts in der Zeitung?"

„Um Trittbrettfahrer vom richtigen Täter unterscheiden zu können. Insofern wird die Polizei annehmen, dass der Mörder von Jasmin sowie von Linda und Burkhard ein und dieselbe Person sein muss."

Sie mussten ihr Gespräch unterbrechen, weil eine junge Frau mit einem Kinderwagen auf sie zusteuerte, die von Nick und Maria keine erkennbare Notiz nahm. Nick schien die Unterbrechung bereitwillig zu nutzen, um sich innerlich zu sortieren.

Er steht ganz schön unter Druck, vermutete Maria. Nick wischte sich mehrfach mit der Hand den Schweiß von Stirn und Oberlippe. *Der Waschlappen wird doch nicht schlappmachen?*

Als die Frau an ihnen vorbei war, wollte Nick von Maria wissen: „Wie kommst du auf so einen raffinierten Plan?"

„Außer Comics lese ich jede Menge Krimis … und gucke regelmäßig CSI und Tatort. … Was hast du übrigens abends am Samstag, den 1. September gemacht, als Jasmin umgebracht worden ist?"

Nick musste kurz überlegen, ehe er antwortete: „Da war Emily das ganze Wochenende bei mir zu Besuch. Sie hat mir einen Vortrag über Rotwild gehalten und wir haben gemeinsam Fernsehen geguckt."

„Perfekt!" Maria war begeistert. „Dann hast du ein hundertprozentiges Alibi! Da die Polizei davon ausgehen wird, dass es nur einen Täter gibt, bist du entlastet … falls sie dich wider Erwarten überhaupt nach einem Alibi fragt."

„Und wenn Jasmins Mörder weitere Taten begeht?", fragte Nick skeptisch.

„Das ist sehr unwahrscheinlich. Am ehesten hat irgendein Typ aus der links- oder rechtsextremen Szene Jasmin ermordet. Also eine Einzeltat. Von diesen Vermutungen der Polizei habe ich in der Zeitung gelesen."

„Was du dir da ausdenkst, ist komplett verrückt." Nicks Mimik drückte Widerwillen aus. „Bei dieser Wahnsinnsidee mach ich nicht mit. Ich bring doch nicht zwei Menschen um!"

„Dann vergessen wir beide unser heutiges Gespräch", meinte Maria ernüchtert. „Es bleibt einfach alles, wie es ist."

„Wirklich?", fragte Nick ungläubig.

„Klar. Ich werde weiterhin von Burkhard geschlagen und du verzichtest auf die Delfintherapie für Emily."

Nick stand zögerlich auf und machte Anstalten zu gehen.

„Schade“, seufzte Maria. „Wir wären ein schönes Paar geworden … zusammen in einer großen Villa … mit Emily.“

„Mach’s gut, Maria“, murmelte Nick.

Er entfernte sich auf einem Gehweg, der an einer mehrspurigen Straße entlang Richtung Innenstadt führte.

Mein ganzer Plan löst sich in Luft auf, fluchte Maria innerlich. *Das kann nicht wahr sein!*

Sie schaute ihm ärgerlich hinterher.

Ich bin auf Nick angewiesen, niemand sonst kann die Sache für mich erledigen.

Sie wog verbissen ab, wie sie sich verhalten sollte.

Den Plan endgültig in die Tonne treten oder einen letzten Versuch starten, ihn umzustimmen?

Schließlich traf sie die Entscheidung, erneut mit Nick zu reden. Sie stand auf und folgte ihm mit schnellen Schritten, ohne dabei auf ihre Umgebung zu achten. Endlich hatte sie ihn eingeholt.

*

Der Mann war verwundert, als er Maria und ihren Begleiter aus sicherer Entfernung auf einem Fußweg am Rande des Maschparks entdeckte.

Sie gucken nicht zu mir rüber, sind völlig mit sich beschäftigt. Was machen die beiden dort zusammen? Sie besprechen etwas miteinander. Seiner Körperhaltung nach ist er von dem, was sie ihm erzählt, nicht sonderlich begeistert. Was will sie von ihm? Maria scheint mir in dem Gespräch die dominantere zu sein. Die haben sich bestimmt nicht zufällig hier getroffen. Ich muss sie beide im Auge behalten.

*

Maria schaffte es mit ihrer Überredungskunst, dass Nick mit ihr zur Parkbank zurückkehrte, um das Gespräch fortzusetzen.

„Wird die Polizei nicht daran zweifeln, dass Jasmins Mörder, der angebliche Einzeltäter, auf einmal auch Linda und Burkhard tötet?!", war Nicks erster Einwand, nachdem sie wieder nebeneinander auf der Bank saßen.

„Du hast recht", meinte sie zustimmend. „Wir müssen der Polizei etwas Plausibles anbieten. Etwas, das zunächst einen Zusammenhang zwischen dem Tod von Jasmin und von Linda herstellt, ohne dass jemand befürchtet, dass Burkhard das nächste Opfer ist. Denn wenn er unter Polizeischutz gestellt wird, hast du keine Chance, ihn zu töten."

„Das hab ich sowieso nicht."

„Mach dich nicht klein. Ich glaub an dich", meinte Maria aufmunternd.

„Angenommen, ich würde dieses irre Gespräch zwischen uns ernst nehmen und Linda und Burkhard töten. Dann ist doch das Motiv für die Polizei klar. Die

Witwe, die alles erbt, hat einen Auftragsmörder bestellt. Über kurz oder lang dreht uns die Polizei durch die Mangel, wir gestehen alles und landen beide lebenslänglich im Gefängnis."

Maria schüttelte nachsichtig den Kopf: „Zum Schluss wird die Polizei davon ausgehen, dass jemand, der einen Hass auf Burkhard und seine Familie hatte, die Morde begangen hat. Erst hat der Täter die beiden Töchter umgebracht, damit Burkhard unter diesem schlimmen Verlust leidet. Dann wird er schließlich selbst ein Opfer des Hasses. Burkhard hat sich in der Vergangenheit mit seiner eiskalten Art viele Feinde gemacht. Als Täter kommen zum Beispiel Menschen wie Mirko infrage, der damit seiner Mutter Befriedigung für ein vermeintliches Unrecht verschafft."

„Bist du verrückt?!", stieß Nick fassungslos hervor. „Du willst den Bruder deiner ehemals besten Freundin ins Gefängnis bringen?!"

„Ach was. Da Mirko nicht der Täter ist, kann er letztendlich nicht dafür bestraft werden. Aber die Polizei wird solchen Spuren nachgehen. Es gibt zumindest eine weitere Person, deren Hass Burkhard vor zweieinhalb Jahren aufgrund einer misslungenen Schönheitsoperation auf sich gezogen hat. Eine Friseurin, bei der eine Brustvergrößerung zu starker Narbenbildung und einer Asymmetrie der Brüste geführt hat. Ihre Familie hat Burkhard damals bedroht. Er hat mir davon erzählt."

Der abwertend gemeinte Begriff ‚Friseuse' war seitdem in der Schönheitsklinik eine Art Codewort, wenn unzufriedene, störende Patienten oder Angehörige in der Klinik auftauchten.

„Und die abgeschnittenen Haare der Opfer sollen der Polizei ein Symbol vorgaukeln, dass der Mörder damit eine Friseurin rächen will?!“, versuchte Nick Marias Gedankengang zu folgen.

„Der kahlrasierte Schädel kann alle möglichen Fantasien in dieser Richtung wecken: Die bisherige Schönheit der Opfer wird durch die Glatze verunstaltet. Oder der Täter ist einfach ein perverser Psychopath. Das hab ich mal bei CSI gesehen.“

Nick verstummte.

Ich werte das als gutes Zeichen, dachte sich Maria. *Nick bringt keine Gegenargumente mehr und hält die Klappe, um nachzudenken.*

„Und?“, fragte sie nach einer Weile.

„Mirko ist ein falscher Freund“, brummelte Nick. „Und Emily braucht unbedingt diese vierwöchige Delfintherapie.“

42

Andrea Renner fand ihren eigenen Plan raffiniert.

In ihrem Leben war ihr bisher nicht der richtige Lebenspartner über den Weg gelaufen. Schuld war sicherlich auch ihr Beruf als Polizistin. Seit sie nicht mehr in einem Büro mit ihrem deutlich älteren Kollegen Thomas Stelter saß, sondern sich der fast gleichaltrige Raffael Störtebecker das Dienstzimmer mit ihr teilte, war ihr der Umstand ihres Single-Daseins zunehmend bewusst geworden.

Die ungeschriebene Regel, mit einem Kollegen keine Beziehung einzugehen, weil das über kurz oder lang problematische Spannungen am Arbeitsplatz nach sich zog, war ihr bekannt. Bei Raffael jedoch konnte sie ziemlich sicher sein, dass er momentan an keinem Liebesverhältnis interessiert war, da er noch am Tod seiner kürzlich verstorbenen Frau zu knapsen hatte. Insofern war es ihr „gefahrlos" möglich, mit diesem gutaussehenden Halbitaliener einen Hauch von Privatleben zu verbringen, ein bisschen so zu tun als ob. Der gemeinsame Abend im „Amici Miei" vor drei Wochen hatte ihr sehr gefallen.

Auch im Fall ihrer Schwester, der Andrea die Wohnung in unmittelbarer Nähe von Raffael vermittelt hatte, war die Oberkommissarin davon ausgegangen, dass sich Katja nach dem Tod ihres Mannes nicht gleich in die nächste Beziehung stürzen würde. Umso mehr war Andrea irritiert, als ihr Raffael von Katjas neuem Bekannten erzählt hatte.

Die „Grundsteinlegung“ von Andreas Plan war vor ein paar Tagen erfolgt. Die Oberkommissarin hatte Raffael im Büro gefragt, ob es für ihn okay wäre, dass sie mal bei ihm klingelt, falls sie zufällig in der Nähe sein sollte. Sein dahingesagtes „Ja, ja“ hatte sie klar als Zustimmung gewertet.

Mit meinem Plan schlage ich zwei Fliegen mit einer Klappe, dachte sich Andrea. *Ich schaffe Tatsachen, werde am Samstagnachmittag ‚zufällig‘ bei ihm vorbeikommen und klingeln. Es reizt mich zu sehen, wie seine Wohnung eingerichtet ist, zumal er bisher ein riesiges Geheimnis darum macht. Danach gehe ich rauf zu Katja. Innerhalb der Familie müssen ‚spontane‘ Besuche erlaubt sein. Wenn ich dort unangemeldet vor der Tür stehe, kann ich vielleicht einen Blick auf ihren Bekannten erhaschen.*

43

Samstag, 15:05 Uhr.

Raffael Störtebecker stand vor Katja Gerolds Wohnung und drückte auf den Klingelknopf. Bei der kleinen Packung Pralinen, die er in der Hand hielt, hatte er darauf verzichtet, sie in Geschenkpapier einzupacken. Das wäre ihm *too much* erschienen.

Emil, wieder mit einem Piraten-T-Shirt bekleidet, öffnete die Tür. Gleich dahinter tauchte Katja Gerold im Flur auf, die ihren Gast lächelnd begrüßte: „Wie schön, dass Sie gekommen sind, Herr Störtebecker."

„Danke für Ihre Einladung, ich hoffe, Sie mögen Pralinen …?"

„Natürlich, die essen wir beide gern", meinte Katja und bat Raffael herein.

„Die sind bestimmt mit Marzipan", maulte Emil. „Das ist nichts für Piraten."

Katja ging voran und führte Raffael ins Wohnzimmer, das nach seinen Maßstäben – genauso wie der Flur – einen erstaunlich aufgeräumten Eindruck machte. Das Zimmer war geschmackvoll eingerichtet mit einem Ecksofa, einer modernen Schrankwand inklusive eines großen Flachbildfernsehers, einer Stehlampe (die aussah wie ein Filmscheinwerfer) sowie dem bereits für drei Personen gedeckten Tisch mit vier Stühlen drumherum.

Sie setzten sich an den Kaffeetisch. Es gab selbstgebackenen Apfelkuchen mit Schmand.

Die Unterhaltung kam etwas zögerlich in Gang. Katja Gerold erzählte, dass sie im Finanzamt in Teilzeit arbeiten würde.

Hoffentlich wirke ich nicht zu langweilig auf sie, dachte sich Raffael.

„Da fällt mir was zum Finanzamt ein", meinte er plötzlich. „Ich war dort neulich zu Besuch und habe zwei Finanzbeamte belauscht, die sich auf dem Flur getroffen haben."

„Solche Begegnungen kenn ich", sagte sie mit verschmitztem Gesichtsausdruck. „Da sagt doch der eine zum anderen: ‚Na, kannst du auch nicht schlafen?'"

Beide lachten, während Emil sie verständnislos ansah.

Sie sieht pfiffig aus mit ihrer Nickelbrille, freute sich Raffael, *und hat meinen Humor.*

„Wissen Sie als Polizeikommissar", fragte sie unvermittelt, „was ein Serienmörder im Schwimmbad macht?"

Er grinste und meinte: „Etwa untertauchen …?!"

Sie lachten erneut und das Eis schien gebrochen.

Während sich Emil nach einem Becher Kakao und einem Stück Apfelkuchen ins Kinderzimmer verabschiedete, erkundigte sich Raffael mit bewusst spaßigem Unterton: „Wird denn Ihr neuer Bekannter nicht eifersüchtig, wenn Sie fremde Männer zu sich zum Kaffee einladen?“

„Welchen neuen Bekannten meinen Sie?“

„Der Mitte Dreißigjährige mit den braunen Haaren, der bei Ihrem Umzug geholfen hat und öfters am Wochenende bei Ihnen zu Besuch ist.“

„Ach der …“, meinte sie glucksend. „Der freut sich bestimmt darüber.“

Raffael kam ins Kombinieren: *Hab ich da was falsch verstanden?*

Katja Gerold löste das Rätsel auf: „Der Mann, den Sie beschreiben, ist mein Bruder Thilo. Er ist nicht verheiratet und steht manchmal spontan vor der Tür, um nach Emil und mir zu schauen. Vielleicht kommt er heute auch noch vorbei.“

Also kein neuer Lover, der mich nachher aus Eifersucht abmurkst.

Raffael fand es auf einmal ziemlich steif, dass er bei seiner Nachbarin am Kaffeetisch saß und sie sich immer noch siezten.

„Hätten Sie etwas dagegen, wenn wir zum *Du* übergehen würden?“, fragte er vorsichtig.

„Aber nein – ich heiße Katja.“

„Raffael.“

Danach kamen sie richtig ins Plaudern. Raffael erzählte ihr von seiner Frau Clara: „Sie war ein rastloser Geist, hat sich in Hamburg für benachteiligte Menschen und Außenseiter engagiert. Dabei hatte sie ein großes Interesse an fremden Kulturen, wäre gerne mit mir nach Mexiko, Indien oder Australien geflogen. Ich habe unsere Reisepläne immer auf später verschoben, weil mir ständig meine Arbeit dazwischengekommen ist. Irgendwann war es dann zu spät. Clara ist an Brustkrebs erkrankt und wir haben das Versäumte nicht mehr nachholen können."

„Du hast deine Frau auf dem Friedhof in Hamburg zurückgelassen und bist nach Hannover gezogen?"

„Ich hab mit dem Wechsel nach Hannover die Reset-Taste gedrückt. Ich wollte nicht mehr an meine ganzen Versäumnisse und die anderen schlimmen Erlebnisse in Hamburg erinnert werden. Das mit der Reset-Taste in Hannover hat aber nicht so richtig geklappt. Ich mag hier mit keinem über meine private Vergangenheit reden, will auf keinen Fall irgendwelche Bemitleidungen."

Raffael erkundigte sich, was dem Umzug von Katja und Emil vorausgegangen war.

„Mein Mann Vincent, Emil und ich haben früher in Hannover-Döhren gewohnt", berichtete Katja. „Bei Vincent ist ein Melanom nicht rechtzeitig erkannt worden. Er war wegen Hirnmetastasen im Krankenhaus und wollte zuletzt nicht, dass ihn sein Sohn in dieser sehr schlechten Verfassung sieht, damit Emil ihn vital in Erinnerung behält. Erst ganz kurz vor seinem Tod hat Vincent wieder Besuche von Emil zugelassen und sich persönlich von ihm verabschiedet. Für Emil war das schwer, er hat sich von seinem Vater abgelehnt gefühlt."

„Wie hat Emil darauf reagiert?"

„Seine Schulleistungen gingen in den Keller", seufzte sie. „Und mit seinen Mitschülern ist er überhaupt nicht mehr klargekommen. Alles in unserer alten Wohnung hat mich an Probleme erinnert. Ich brauchte einen Neuanfang."

„Dein Druck auf die Reset-Taste hat dich also in dieses Haus geführt. Was ist hier besser?"

„Der Welfenplatz, diese tolle Parkanlage hinter dem nächsten Häuserblock, wo die Grundschule ist", sagte Katja im schwärmerischen Tonfall, „bietet Emil viele Möglichkeiten zu spielen und dabei andere Kinder kennenzulernen. … Nutzt er nur leider nicht."

„Was macht er stattdessen?"

„Emil hat seine Begeisterung für ein Kinderbuch wiederentdeckt, das ich ihm früher oft vorgelesen habe. Da geht es um den Piraten Klaus Störtebeker. Er guckt sich die Bilder an und spielt die Geschichten nach."

„Oh ja, davon hab ich gehört."

„Als er mitbekommen hat, dass du ‚Störtebecker' heißt, war er hin und weg. Ich glaube, er hätte sich gewünscht, dass du tatsächlich der Nachfahre dieses Piraten bist. Ganz früher hat er mit seinem Papa Seeräuber gespielt."

„Okay, jetzt kapier ich, was deinen Sohn so antreibt. Darf ich mal zu ihm gehen?"

„Du weißt, wo sein Kinderzimmer ist?"

„Klar, wo sich bei meiner Wohnung das Schlafzimmer befindet."

Raffael klopfte an die Tür des Kinderzimmers. Nachdem er ein zögerliches „Herein“ vernommen hatte, öffnete er die Tür und betrat den Raum, der mit Schrank, Bett, Schreibtisch, Drehstuhl und einem bunten Knautschsack ausgestattet war. An der Wand hing ein altes Plakat der Störtebeker-Festspiele auf Rügen.

Emil hockte auf dem Teppichboden, schob ein Piratenschiff aus Plastik in Richtung einer kleinen Insel mit Sandstrand und Schatzkiste.

Für ein Kinderzimmer erstaunlich aufgeräumt, fiel Raffael sofort auf.

„Darf ich mich zu dir setzen?“, fragte er Emil, der nickte und den Hauch eines Lächelns zeigte.

Der Oberkommissar setzte sich auf den Boden, dem Jungen gegenüber.

„Ich hab gehört, dass sich dein Papa früher auch für Piraten wie Klaus Störtebeker interessiert hat …?“

„Weiß nicht …“, äußerte Emil und guckte auf den imaginären Meeresgrund. „Mein Papa hat mich gar nicht liebgehabt.“

„Du meinst, als er so krank war und im Krankenhaus lag?“

„Ja, der wollte nichts von mir wissen.“ Emil klang recht traurig. Er erzählte Raffael, dass sein Vater in einem Sarg auf dem Friedhof liegen würde, wo er ihn noch nie besucht hätte.

Ich als ‚Hobby-Psychologe‘ denke, dem Jungen fehlt das letzte herzliche Gespräch mit seinem Vater, der ihm sagt, dass er Emil liebt.

Raffael war erstaunt, dass Emil schnell seine Scheu verlor und sich mit dem erwachsenen Besucher über die Gepflogenheiten von Seeräubern austauschte.

Wenn er nicht gerade frühmorgens nervt, ist der Kleine ganz nett. Ich würde ihm gern helfen.

Schließlich kehrte Raffael zu Katja ins Wohnzimmer zurück, um sich zu verabschieden.

„Wäre sicherlich schön, wenn sich Emil noch mal mit seinem Papa aussprechen könnte“, bekundete Raffael. „Ich hab da jemanden in meiner Familie, der sich damit auskennt, wie man eine gute Verbindung zu Verstorbenen herstellt.“

Katja sah Raffael verständnislos an. In diesem Moment klingelte es im Flur.

„Kannst du mal auf den Summer drücken?!“, rief sie Emil zu. „Das wird Onkel Thilo sein.“

Während Emil zur Wohnungstür flitzte, meinte Raffael: „Danke für den schönen Nachmittag. Ich geh dann wieder runter. Und wegen Emil nehm ich Kontakt zu meinem Cousin auf.“

Raffael sagte „Tschüss“ zu Emil, der ihm im Flur die Tür aufmachte, und ging die Treppe nach unten. Er war verblüfft, wer ihm auf Höhe seiner Wohnung entgegenkam.

44

Andrea Renner hatte lange überlegt, ob sie ihren Plan in die Tat umsetzen sollte. Sie war mit der U-Bahn zur Einkaufsstraße Lister Meile gefahren und dann in der Fußgängerzone von einem kleinen Laden zum nächsten gebummelt.

Jetzt bin ich wirklich ‚zufällig' in der Nähe.

Von der Einkaufsstraße waren es nur wenige Gehminuten bis zum Haus von Raffael und Katja. Andrea ging den Treppenaufgang hinauf und stand vor der verschlossenen Haustür.

Er spricht von Katja immer recht distanziert. Viel scheinen sie nicht miteinander zu tun zu haben. Erstaunlich, dass er überhaupt mitbekommen hat, dass es einen neuen Mann in ihrem Leben gibt.

Sie klingelte bei „Störtebecker".

Er reagiert nicht. Schlafen wird er nachmittags wohl kaum. Vermutlich ist er unterwegs.

Als nächstes drückte sie den Klingelknopf von „Gerold". Diesmal dauerte es nicht lange, bis ein Summen ertönte.

Andrea betrat den Hausflur, an dessen Wand eine Doppelreihe Briefkästen angebracht war.

Bisher bin ich nur einmal hier gewesen. Raffael wohnt in der ersten Etage, Katja in der zweiten.

Beim Betreten der ersten Stufe hörte sie von oben Schritte im Treppenhaus.

Etwa aus der zweiten Etage?, schaltete sich ihr kriminalistischer Spürsinn ein. *Klingt nach einem Mann. Doch wohl nicht zufällig Katjas Bekannter?*

In der ersten Etage traf sie auf Raffael, der ihr von oben entgegenkam.

„Oh Andrea“, murmelte er verlegen. „Das ist ja eine Überraschung …“

„Hallo Raffael. Wo kommst du denn her?“

„Von Katja … war schön bei ihr.“

„Ach, wirklich …?“

Er machte keine Anstalten, Andrea in die Wohnung zu bitten, sondern schien zu überlegen, was er noch sagen könnte.

„Du wirst es kaum glauben“, setzte er an, „aber vielleicht schaffe ich es, dass Emil seinen verlorenen Papa wiederbekommt.“

Raffael hat sich selbst gemeint, als er von Katjas neuem Bekannten sprach, ereilte Andrea eine ernüchternde Erkenntnis. *Deshalb wollte er auch nicht, dass ich hier aufkreuze.*

„Du möchtest sicher zu Katja?“, vermutete Raffael.

„Ja, natürlich“, sagte Andrea schnell und ging an ihm vorbei. „Mach’s gut.“

„Tschüss, Andrea“, antwortete Raffael und schloss hinter ihrem Rücken seine Wohnungstür auf. Als sich Andrea umdrehte, war er bereits in seiner Wohnung verschwunden und die Tür schnappte zu.

Der hat's ja eilig!

Sie blieb auf den Treppenstufen stehen.

Ich hab gar keine Lust mehr auf Katja. Ihren Bekannten kenn ich jetzt ja – und an Besuch mangelt es ihr offenbar auch nicht.

Sie drehte um und ging die Stufen langsam nach unten.

45

An diesem Montag trafen sich Nick Fuhrmann und Maria Wegner in der Mittagspause erneut im Maschpark. Ihre Smartphones hatten sie ausgeschaltet beziehungsweise am Arbeitsplatz deponiert. Das Vorgehen war Nick von Maria bei ihrem letzten Gespräch am Freitag ausdrücklich eingebläut worden: „Die Polizei darf keine Möglichkeit bekommen, im Nachhinein von unseren Treffen über eine Funkzellenortung zu erfahren."

Die Frau hat Power und denkt an alles, ging Nick durch den Kopf. *Schon bei unseren früheren Dates hatte sie im Blick, dass ihr Mann ihr Smartphone orten lassen könnte.*

Maria setzte ihn über weitere wichtige Details zu Linda und Burkhard in Kenntnis, händigte ihm zuletzt mehrere Fotos aus, auf denen Linda gut zu erkennen war.

„Damit nicht die Verkehrte ihre gerechte Strafe erhält", bekundete Maria zum Abschied.

Als Nick am späten Nachmittag seine Hochhauswohnung betrat, war er innerlich sehr aufgewühlt. Angespannt tigerte er durch alle Zimmer, blieb schließlich in der Küche hängen, wo er sich auf den Sims des geöffneten Fensters hockte.

Ich lasse mich zu nichts drängen, was ich nicht will. Die Freiheit, was ich tun werde oder unterlasse, liegt bei mir.

Maria hat meine letzten Zweifel beseitigt. Linda ist ein schlechter, überheblicher Mensch - eine fiese Hexe, die sich daran ergötzt, mit ihren verbalen Gemeinheiten Maria zu erniedrigen.

Burkhard wiederum versucht immer wieder, seine Frau durch körperliche Gewalt gefügig zu machen und ihr seinen Willen aufzuzwingen. Er behandelt sie nicht wie einen Menschen, sondern wie ein Haustier, das zu gehorchen hat. Dörte hat er ebenfalls mies behandelt.

Ich tue es für Emily, um schnell an das Geld für diese unendlich wichtige Delfintherapie zu kommen. Und ich tue es für Maria, damit diese wunderbare Frau von ihren Peinigern erlöst wird. Es ist in Ordnung, wenn ich diese Menschen beseitige. Im Gegensatz zu Thea weiß Maria meine Fähigkeiten zu schätzen und wünscht sich eine gemeinsame Zukunft mit mir, in der auch Emily ihren Platz hat.

Das viele Geld, an das wir durch das Ableben von Linda und Burkhard herankommen, schafft so etliche meiner Probleme aus der Welt. Endlich kann ich mir etwas leisten … mit Maria.

Bevor es soweit ist, muss ich Linda und Burkhard ins Jenseits befördern. Als Erstes konzentriere ich mich vollständig auf Linda. Ich muss ihre Gewohnheiten herausbekommen. Sie studiert Zahnmedizin an der MHH, hat momentan Semesterferien, in denen sie sich mit Freun-

dinnen trifft. Maria weiß einiges über sie durch Burkhard. Das Luder wohnt bei ihrer Mutter in Arnum, spielt einmal in der Woche Badminton. Gelegentlich besucht sie ihren Vater, meistens gibt es Streit. Maria sagt, zwischen Burkhard und seinen Töchtern herrschte eine Art Hassliebe. Sie konnten nicht mit und nicht ohne einander. Deswegen wären Jasmin und Linda auch zum Studieren in Hannover geblieben.

Linda soll wohl öfters mit dem Fahrrad unterwegs sein. Ich muss sie irgendwo draußen erwischen, wo ich ihr den Schal von hinten über den Kopf werfen kann. Gibt es in Arnum eine Möglichkeit, ihr aufzulauern? Aber wann und wo genau?

Nick hatte sich endgültig dafür entschieden, es zu tun. Jetzt ging es um die konkrete Umsetzung. Er musste sich einen Langhaarschneider besorgen, ein leistungsfähiges Standardmodell, dazu einen neuen unbenutzten Schal.

Es tut mir gut, auf dem Fensterbrett zu hocken. Es gibt noch so einige Probleme, die wir im Blick haben müssen. Wenn die Polizei inzwischen den Mörder von Jasmin findet, wäre unser Plan geplatzt. Aber wie es aussieht, tappt die Polizei völlig im Dunkeln. Und wenn wir durch den nächsten Mord eine falsche Spur legen, wird es noch unwahrscheinlicher, dass der wirkliche Mörder von Jasmin gefunden wird. Vielleicht hat sich der Typ sogar längst aus Hannover abgesetzt.

46

Annette Hübner hatte heute ihre zehnte Therapiesitzung bei Dr. Jürgen Riedel. Sie saß dem Psychiater und Psychotherapeuten dieses Mal nicht allein im Behandlungszimmer gegenüber. Auf Anregung von Riedel war Norbert Brunner als Begleitperson mitgekommen.

Annette klärte gleich zu Beginn, dass der Psychiater ihren Bekannten bereits gesehen hätte: „Als wir Sie im August auf dem Maschseefest getroffen haben, da war Norbert an meiner Seite."

„Ach, ich erinnere mich", entgegnete Riedel mit einem Nicken und erläuterte Norbert den Grund für diese Einladung: „Dass Sie beim Gespräch dabei sind, verhilft mir zu einer besseren Einschätzung, welche Unterstützung Frau Hübner von Ihnen bekommen kann."

„Herr Brunner und ich wohnen nicht zusammen", stellte Annette klar. „Wir telefonieren miteinander und gehen manchmal gemeinsam spazieren. Wir sind letztes Wochenende im Wald gewesen. Ich habe dort Ihren Rat mit dem therapeutischen Schreien ausprobiert … und gleich mehrere entsetzte Spaziergänger auf den Plan gerufen. Es war mir sehr peinlich."

„Wir werden gemeinsam andere Wege finden, mit denen Sie Ihre angestaute Energie abbauen können", versprach der Psychotherapeut lächelnd. „Wie haben Sie und Herr Brunner sich überhaupt kennengelernt?"

„Maria Wegner war früher oft bei uns zuhause. Dörte hatte ihre Freundin gelegentlich zum Dienstschluss von der Arbeit in der Buchbinderei abgeholt. Ich selbst habe meine Tochter ein paar Mal dahin begleitet, damit wir drei Frauen anschließend gemeinsam in die Stadt zum Shoppen gehen. Dabei habe ich Marias langjährigen Arbeitskollegen Norbert kennengelernt, den wiederum auch Dörte gut kannte."

„Annette und Dörte waren mir auf Anhieb sympathisch", ergänzte Norbert. „Durch Maria habe ich erfahren, was mit Dörte passiert ist. Und dass kurz darauf Annettes Mann verstorben ist. Da habe ich bei Annette angerufen, um mich zu erkundigen, wie es ihr geht. Ich bin selbst allein und kann gut nachempfinden, wie wichtig es sein kann, mit jemandem über Probleme reden zu können. Man sollte immer bereit sein, etwas für andere zu tun, irgendwann wird es einem auch wieder vergolten."

„Erst war ich über Norberts Anruf erstaunt", äußerte Annette. „Aber seine Kontaktaufnahme hat mir sehr gutgetan. Er hat eine Antenne dafür, andere Menschen zu unterstützen."

Annettes Mann hatte zwei Monate nach Dörtes Suizid einen tödlichen Herzinfarkt erlitten. Die Ursache dafür war ihrer Meinung nach die starke Aufregung ihres Mannes über den Suizid seiner Tochter. Der Verlust von zwei geliebten Menschen innerhalb von zwei

Monaten hatte Annette und ihrem Sohn Mirko einen schweren Schlag versetzt.

„Ich steckte damals in einem depressiven Loch“, erinnerte sich Annette. „Mirko war überfordert, mir zu helfen. Und so ist Norbert mein Rettungsanker geworden. Er ist es gewesen, der mir zu einer Therapie geraten hat. Ohne ihn säße ich wahrscheinlich nicht hier.“

Auf Nachfrage von Riedel berichtete Annette, dass sie weiterhin eine unsägliche Wut auf Dr. Wegner verspüre. Deswegen wäre sie auch zum Schreien in den Wald gegangen.

„Ich habe Mirko mit meiner Aufregung angesteckt“, vermutete sie. „Er hat Maria angesprochen, ob sie ein Gespräch mit Dr. Wegner vermitteln kann. Aber da ist nichts passiert. Es ist gut, dass mich Norbert zwischendurch beruhigt. Er geht davon aus, dass es irgendwann in dieser Welt Gerechtigkeit gibt.“

„In dieser Auffassung möchte ich Sie unterstützen“, meinte Riedel zuversichtlich. „Ich spüre die positive Energie, die von Ihnen ausgeht. Sie haben Rückendeckung. Von Ihrem Sohn, von Herrn Brunner und natürlich von mir. Ich gehe davon aus, dass es in Ihrem Konflikt mit Dr. Wegner noch zu entscheidenden Veränderungen kommen wird.“

„Das wünsche ich mir von Herzen“, murmelte Annette hoffnungsvoll.

47

Der Fläche nach handelte es sich bei der Stadt Hemmingen mit ihren knapp neunzehntausend Einwohnern um die kleinste Kommune der Region Hannover. Hemmingen grenzte unmittelbar an die südliche Stadtgrenze der Landeshauptstadt und verfügte neben ausgedehnten Wohngebieten über zahlreiche landwirtschaftliche Betriebe, kleinere Wälder, einzelne Seen und Naturschutzgebiete. Die Kleinstadt setzte sich aus sieben voneinander getrennt gelegenen Ortschaften mit zum Teil ländlichem Charakter zusammen.

Nick Fuhrmann hatte seinen Kombi am späten Freitagnachmittag ganz unauffällig auf einem Parkplatz in der Nähe der Grundschule Arnum geparkt. Maria hatte ihm erzählt, dass Linda Wegner, die mit ihrer Mutter im Hemminger Stadtteil Arnum wohnte, jeden Freitag mit dem Fahrrad in den benachbarten Stadtteil Hemmingen-Westerfeld zum Badminton-Training fahren würde.

Linda war in Hemmingen-Westerfeld zur KGS gegangen, wo sie bereits als Jugendliche in der Sporthalle nebenan im Verein Badminton gespielt hatte. Aus alter Verbundenheit trainierte sie dort als Vereinsmitglied weiterhin einmal wöchentlich von 18:00 bis 19:30

Uhr. Der schnellste Weg dorthin mit dem Fahrrad führte über einen asphaltierten Radweg, fernab von Autostraßen und bewohnten Häusern. Das hatte sich Nick bereits bei Google Maps angesehen.

Burkhard fragt jetzt Maria öfters, wo sie ihren Tag verbracht hat. Aber sie ist vorbereitet und tischt ihm harmlose Geschichten auf.

Nick holte sein Fahrrad aus dem Kombi. Noch war es hell.

Zwar bewölkt, aber trocken. Kein Grund für Linda, nicht das Fahrrad zu benutzen. Heute ist meine Generalprobe. Ich mach mich mit den Örtlichkeiten vertraut und checke ab, ob der Plan gelingen kann.

Anstelle seines Rennrads hatte er sein Citybike dabei, das er gerne für Unternehmungen mit Emily nutzte. Gemütlich radelte er an einer Sporthalle vorbei und erreichte einen Parkplatz, auf dem er anhielt.

In der nächsten Viertelstunde müsste Linda hier auftauchen. Ich fahr ihr mit Abstand hinterher. Nach meiner Einschätzung gibt es für sie nur eine Fahrstrecke, die Sinn ergibt.

Tatsächlich erschien fünf Minuten später eine Radfahrerin, die zügig an Nick vorbeifuhr. Sie trug einen weißen Fahrradhelm, dazu einen violetten Sportrucksack.

Das ist Linda. Sie nutzt den Radweg, der vom Ort weg durch die Felder führt. So hatte ich mir das gedacht. Diese Strecke querfeldein ist kürzer als der Radweg außen rum entlang der Bundesstraße.

Von Maria kam die Information, dass sich Burkhard mehrfach darüber aufgeregt hatte, dass Linda freitags mit dem Fahrrad diesen Weg benutzte. Besonders auf dem Rückweg allein im Dunkeln wäre das viel zu gefährlich. Linda hatte entgegnet, dass es höchst unwahrscheinlich wäre, dass sich im Dunkeln auf einem unbeleuchteten Radweg „in der absoluten Pampa" irgendwelche Menschen herumtreiben würden, die potenziellen Opfern auflauern.

Ihr Vater hat sie davor gewarnt und das kleine Biest hat ihn genüsslich damit provoziert. In einer Woche wird sie merken, dass ihr Alter recht hatte, aber dann ist es zu spät.

Nick hatte die Umgebung permanent im Blick, fuhr durch ein Wildschongebiet. Hier war es verboten, seine Hunde frei laufen zu lassen, was die Attraktivität des Gebiets für Hundebesitzer einschränkte. Der Radweg machte eine Kurve nach links, ging danach wieder geradeaus.

In diesem Bereich stehen am Weg überall Weiden, dazwischen jede Menge Sträucher. Das ist der geeignete Ort. Ich kann mich hinter dem Gebüsch verstecken, bin vom Radweg aus nicht zu sehen. Das Ganze ist weit genug von Arnum entfernt. Da bekommt niemand mit, was ich hier mache. Ich muss mir lediglich noch was ausdenken, womit ich Linda dazu bringe, an dieser Stelle anzuhalten. Auf dem Rückweg vom Sport nach Arnum ist es komplett dunkel. Da schließ ich mich Lindas Meinung an. Zu später Stunde wird sich hier im Dunkeln niemand herum-

treiben. Die Chance, dass an dieser Stelle Spaziergänger oder andere Radfahrer aufkreuzen, ist sehr gering.

Er folgte Linda, die bereits einen großen Vorsprung hatte.

Ich brauche nur auf dem Radweg zu bleiben. Sie geht mir nicht verloren.

Bald sah er die ersten Häuser von Hemmingen-Westerfeld. Von Arnum bis hierher waren es mit dem Fahrrad ungefähr fünf Minuten. Die zurückgelegte Entfernung schätzte er auf knapp zwei Kilometer. Danach ging es noch einen Kilometer durch den Ort bis zur Sporthalle, die sich in unmittelbarer Nähe von Schule und Hallenbad befand.

Ich will wissen, wie lange sie ungefähr braucht, um nach dem Training die Sporthalle zu verlassen. So wie ich das verstanden hab, wohnt ihre Freundin, mit der sie Badminton spielt, in Hemmingen-Westerfeld. Linda fährt also den Radweg wieder allein nach Arnum.

Gegen 19:45 Uhr erschien sie in Begleitung einer anderen jungen Frau auf dem Parkplatz vor dem Hallenbad. Inzwischen war es dunkel geworden. Die beiden stiegen auf ihre Räder und fuhren eine kleine Strecke gemeinsam, dann verabschiedeten sie sich voneinander.

Hier scheint es keine Gaststätte in der Nähe zu geben, in die sie hinterher gehen. Beide fahren nach dem Training direkt nach Hause. In einer Woche wird das Ganze ähnlich ablaufen – mit dem Unterschied, dass ich sie auf dem Radweg nach Arnum erwarte.

48

Raffael Störtebecker hatte sein Vorhaben, Torben anzurufen und mit ihm über Emils Problem zu sprechen, immer wieder vor sich hergeschoben.

Das war mir letzte Woche bei Katja so in den Kopf gekommen. Inzwischen bin ich mir unsicher, ob das Ganze nicht eine Schnapsidee ist. Ich habe Katja seitdem nur einmal kurz gesehen. Na ja, Emil hab ich zumindest gehört. Bilde ich mir das nur ein, oder ist Andrea seit ein paar Tagen merkwürdig drauf?

An diesem Freitag rang sich Raffael dazu durch, mit Torben zu sprechen.

Falls jemals einer meiner Kollegen von diesem Telefonat erfährt, bin ich für alle Zeiten untendurch.

„Moin Raffi", meldete sich sein Cousin auf Anhieb am Telefon.

„Moin Torben." Raffael überlegte, wie er sein Anliegen formulieren sollte und fragte Torben allgemein nach dessen Befinden.

„Freut mich, dass du dich erkundigst", äußerte Torben. „Mir geht's gut. Unser Treffen neulich auf dem Friedhof Ricklingen hat mich dazu motiviert, Großtante Edith an ihrem Grab auch meine neue Bekannte vorzustellen. Unsere Großtante ist dadurch auf dem Laufenden."

Ach du meine Güte, dachte sich Raffael. *Wenn Torben seine neue Bekannte mit zum Friedhof nimmt, wird die Beziehung womöglich nicht lange halten.*

„Könnte es sein", fragte Raffael deshalb vorsichtig, „dass deine Bekannte, die du unserer Großtante vorgestellt hast, danach nicht mehr viel mit dir unternommen hat?"

„Stimmt. Wie kommst du darauf?", meinte Torben erstaunt.

„Intuition", antwortete Raffael knapp und beließ es dabei.

„Ich vermute, dass dein Anruf noch einen anderen Grund hat. Brauchst du Unterstützung bei deinen Ermittlungen im Mordfall Jasmin Wegner?"

„Nein, es geht um etwas Privates. Du bist doch eine Art Spezialist für die Kontaktaufnahme mit Verstorbenen …?"

„Ich würde es anders ausdrücken, aber im Prinzip hast du recht."

„Es gibt ja zahlreiche Menschen wie mich, die stehen am Grab einer verstorbenen Person, und obwohl sie von dieser Person gerne noch eine Botschaft empfangen hätten, bekommen sie nichts mit. Wie bist du denn zum Empfänger von Großtante Ediths Botschaften geworden?"

„Ich hab einfach daran geglaubt, dass ich etwas hören werde. Dabei hatte ich den Vorteil, dass ich wusste, dass Geist und körperliches Leben auch in Dimensionen außerhalb von Wasser und Kohlenstoff existieren. Für mich stand fest, dass mir die Großtante antwortet … und ihre Antworten entsprechen in der Regel meinen Erwartungen.“

„Also Grabstein anfassen und ganz fest dran glauben. Dann ist die Chance groß, dass die Kommunikation den gewünschten Verlauf nimmt …?“

„Jo.“

Der typische Placebo-Effekt. Aber wenn's hilft …

„Planst du eine Unterhaltung mit Clara oder Großtante Edith?“, erkundigte sich Torben.

Raffael erzählte seinem Cousin von dem neunjährigen Emil, dem es helfen würde, wenn ihm sein verstorbener Vater noch einmal mitteilen könnte, dass er ihn liebt.

Torben hatte dazu gleich eine Idee: „Zum Einstieg in die Kontaktaufnahme mit Emils Vater könnte es hilfreich sein, wenn Emil ein kleines Geschenk mitbringt, von dem klar ist, dass es für beide eine persönliche Bedeutung hat.“

„So wie dein Anhänger mit dem Kranich und der Blume des Lebens für Großtante Edith?“

„Genau.“

„Und auf welche Weise sollte das Geschenk ‚überreicht‘ werden?“

„Deine Frage verwundert mich jetzt. Natürlich auf die gleiche Art, wie du es mir bei unserer Großtante geraten hast.“

„Einbuddeln.“

„Jo.“

„Du hältst es für wahrscheinlich, dass Emil nach dieser ‚Geschenkübergabe' die gewünschte positive Rückmeldung von seinem Vater ‚empfangen' wird?"

„Wenn er fest dran glaubt – jo."

Raffael bedankte sich bei Torben und beendete das Telefonat.

Darf ich Katja und Emil diesen Vorschlag machen? Könnte dieses ‚Ritual' bei dem neunjährigen Jungen einen seelischen Schaden hervorrufen? Oder ist das sogar so etwas wie atypische Kinderpsychotherapie? Es soll ja Familien geben, da malen die Kinder Bilder für verstorbene Angehörige, die sich vermeintlich im Himmel aufhalten. Ich lass das Ganze mal sacken und entscheide dann, ob ich mit Katja darüber rede.

49

Der 3. Oktober, der Tag der Deutschen Einheit, fiel dieses Jahr auf einen Mittwoch. Maria Wegner besuchte an dem arbeitsfreien Tag ihre Eltern in der Südstadt, wobei sie ihren Aufenthalt dort verkürzte und sich noch am Nachmittag mit Nick Fuhrmann am Maschsee traf.

Sie hatten sich als Treffpunkt eine einsame Sitzbank am Westufer des Sees ausgesucht, auf der sie sich ungestört unterhalten konnten.

In zwei Tagen war es soweit. Nick würde nach Arnum fahren und Linda am Freitagabend auf der Rückfahrt vom Sport töten. Der Wetterbericht sagte für den entscheidenden Tag milde Temperaturen voraus und es sollte auf keinen Fall regnen.

Heute fand die letzte Abstimmung statt.

„Ich habe mich noch einmal mit den Berichten über den geschnappten Serienmörder beschäftigt, der dieses Jahr in Hannover zwischen Mai und Juli mehreren Frauen die Kehle durchgeschnitten hat“, äußerte Maria in gedämpftem Tonfall. „In der Zeitung stand damals, dass der Täter seine Morde in Briefen an die Polizei kommentiert hat. Die Briefe waren ein wichtiges Kriterium, die verschiedenen Morde einer einzelnen Person zuzuordnen. Wir werden das auf ähnliche Weise nutzen.“

„Hast du den Textentwurf fertig?“

„Ja. Jetzt geht es nur noch darum, wie wir unsere Nachricht an die Polizei verschicken – und dabei anonym bleiben.“

„Ich hab recherchiert, wie das geht“, verkündete Nick stolz. „Dem LKA Niedersachsen kann man über das sogenannte Business Keeper Monitoring System anonyme Hinweise zuleiten, ohne dass die Polizei eine Möglichkeit hat, den Absender zu ermitteln.“

Das Verschlüsselungssystem der Firma Business Keeper wurde von verschiedenen Landeskriminalämtern genutzt, um dadurch Hinweisgebern, die bei Bekanntwerden ihrer Identität schwere Nachteile befürchten müssten, die Möglichkeit zu geben, ihre wichtigen Informationen gefahrlos zu übermitteln.

„Diese Whistleblower-Software wird meistens im Zusammenhang mit Wirtschaftskriminalität genutzt“, ergänzte Nick. „Das LKA wird unsere Nachricht einfach an die zuständige Mordkommission weiterleiten.“

Maria übergab Nick einen Zettel mit ihrem Text.

„Verlier den Zettel nicht“, ermahnte sie ihn. „Und vernichte ihn nach Gebrauch.“

„Na hör mal, ich bin doch nicht blöd!“

„Schon gut. Ich will nur auf Nummer sicher gehen“, meinte sie begütigend. „Nachdem du Linda getötet hast, solltest du relativ schnell die Nachricht ans LKA schicken. Wenn der Text dort eingeht, bevor die Leiche gefunden wird, ist das ein Beweis, dass der Täter tatsächlich der Absender ist.“

„Das hab ich auf dem Schirm."

„Deine Utensilien für übermorgen sind komplett ...?"

„Ja."

„Bist du gut darauf vorbereitet, der toten Linda im Dunkeln den Schädel zu rasieren?"

„Ich hab mir eine Winkellampe mit einem fest verbauten Clip zur Befestigung an meiner Kleidung besorgt. Der Akku des Langhaarschneiders ist aufgeladen. Wenn es soweit ist, mache ich alles mit Einmalhandschuhen."

Nick fühlte sich ein wenig wie ein Schüler, der von seiner Lehrerin abgefragt wird. Auf der anderen Seite war er froh, dass Maria zuverlässig dafür sorgte, dass er nichts übersah.

„Wir müssen davon ausgehen, dass auch der Mörder von Jasmin damals die abrasierten Haare weitgehend mitgenommen hat", äußerte Maria. „Alles andere macht für mich keinen Sinn. Bei CSI nehmen die Täter immer alles mit, was sie Opfern abschneiden."

„Ich werde versuchen, so viel wie möglich von den abrasierten Haaren einzustecken. Aber unter den Bedingungen da draußen im Gebüsch sind dem natürlich Grenzen gesetzt."

*

Zwei Tage später stellte Nick Fuhrmann seinen Kombi auf dem großen Parkplatz des inzwischen geschlossenen Arnumer Freibads ab. Von hier aus waren es ungefähr anderthalb Kilometer bis zu dem Radweg, den Linda später auf ihrer Fahrt nach Hemmingen-Westerfeld benutzen würde.

Ich halte es für sinnvoll, dass die beiden Punkte etwas auseinanderliegen. Umso weniger werde ich später mit dem Mord in den Feldern in Verbindung gebracht.

Er fuhr zunächst ohne Gepäck zu dem Parkplatz in der Nähe der Sporthalle, wo der Radweg durch die Felder seinen Ausgangspunkt hatte.

Ich will sehn, ob Linda auch wirklich mit dem Fahrrad losfährt. Dann habe ich jede Menge Zeit, um mein ‚Gepäck' aus dem Auto zu holen und die Falle rechtzeitig aufzubauen. Ich kann alles so platzieren, dass es zunächst vom Radweg aus nicht entdeckt wird. Den Karton mit ‚Hot Natasha' werde ich mitnehmen. Gut, dass ich das heiße Mädel nicht zurückgegeben habe. Jetzt kommt Natasha doch noch zum Einsatz.

50

Linda Wegner hatte sich beim Badminton richtig ausgepowert. Draußen war es mittlerweile dunkel.

Zufrieden stieg sie nach dem Training auf ihr Rad und fuhr zusammen mit ihrer Freundin Nina bis zur nächsten größeren Straße, an der sich ihre Wege trennten.

„Sehen wir uns nächste Woche?“, fragte Nina.

„Na klar, wie immer. Was sollte uns davon abhalten?“, antwortete Linda unbekümmert.

Die beiden Freundinnen winkten sich zu, danach fuhr Linda allein weiter.

In ihrem violetten Rucksack, den sie sich auf den Rücken geschnallt hatte, waren ihre Sportsachen und ihr privater Badmintonschläger verstaut. Grundsätzlich fuhr sie nur noch mit Schutzhelm.

Sie verließ das Wohngebiet von Hemmingen-Westerfeld. Der Radweg führte links an einem eingezäunten Gewässer vorbei. Hier war der vordere Scheinwerfer ihres Fahrrads die einzige Lichtquelle. Den Weg kannte sie in- und auswendig, sodass sie keine Probleme hatte sich zu orientieren.

Es ist wieder übernatürlich warm um diese Jahreszeit, die Bäume haben noch ihr volles Laub. Alles der verdammte Klimawandel.

Sie fuhr über eine schmale Holzbrücke. Links vom Radweg nahm sie die vertrauten Weiden und die dichten Sträucher wahr.

Nicht mehr weit bis Arnum.

Plötzlich erschrak sie. Im Licht ihres Scheinwerfers erkannte sie, dass vor ihr ein umgekipptes Citybike quer auf dem Radweg lag.

Was ist da denn passiert? Ein Unfall? Ist da jemand gestürzt? Oder überfallen worden? Wo ist der Fahrer?

Sie bremste ab und kam vor dem Citybike zum Stehen. Da ihr Scheinwerfer mit Akku betrieben wurde, blieb das Licht an. Als Zahnmedizinstudentin traute sie es sich zu, Erste Hilfe zu leisten.

„Hallo?! Ist da jemand?! Kann ich helfen?!“, rief sie aufgeregt.

Mit beiden Händen drehte sie den Lenker mit dem Scheinwerfer nach links, wo ein schmaler Pfad zwischen den Büschen klaffte.

Da sah sie eine braune Decke, unter der eine Frau auf dem Bauch lag. Lediglich der Hinterkopf mit den langen blonden Haaren schaute unter der Decke hervor. Die Frau bewegte sich nicht.

Linda zögerte nicht lange, sondern handelte, ohne groß nachzudenken. Sie ließ ihr Rad achtlos zur Seite gleiten, entledigte sich des sperrigen Rucksacks und zog ihr Smartphone aus der Jackentasche, um die Taschenlampenfunktion zu aktivieren.

Hoffentlich lebt die Frau noch! Ansonsten rufe ich die Polizei!

Sie stürzte auf die Frau zu, kniete sich hin und riss die Decke beiseite. Im gleichen Moment durchfuhr sie der nächste Schreck. Da lag kein Mensch, sondern nur eine aufblasbare Puppe!

Als sie sich aufrichtete, hörte sie ein leises Geräusch in ihrem Rücken.

Eine Falle!

Von hinten wurde ihr etwas über den Kopf geworfen, das sich um ihren Hals legte und ihr von einer Sekunde zur nächsten die Luft abschnürte.

Linda war außerstande, sich effektiv zu wehren. Todesangst erfasste sie.

Oh Gott, es ist … zu Ende.

Dann wurde alles um sie herum dunkel.

51

Das Smartphone auf seinem Nachttisch klingelte.

Raffael Störtebecker wurde an diesem Samstagmorgen nicht von Emil, sondern von seinem Kollegen Arif Kimil geweckt, der dieses Wochenende „Mordbereitschaft“ hatte.

„Worum geht es diesmal?“, fragte Raffael gequält, der eben noch im Traum mit Torben und Emil über einen Friedhof gegeistert war. „Schon wieder ein ‚Wochenendmord‘?“

„Leider. Die Zwillingsschwester von Jasmin Wegner ist vor Kurzem tot aufgefunden worden. Sie wurde offenbar auf die gleiche Weise wie Jasmin umgebracht. So wie es aussieht, handelt es sich wohl um denselben Täter.“

Raffael war mit einem Schlag hellwach. Seine bisherige Annahme, dass es sich bei der Ermordung von Jasmin am ehesten um eine Einzeltat handelte, war damit hinfällig.

Ein Serienmörder?! Schon wieder?!

Arif machte ein paar ergänzende Angaben zu dem neuen Leichenfund. Raffael versprach, sich auf den Weg zu ihrer Dienststelle in der Calenberger Neustadt zu machen.

Kriminalhauptkommissar Thomas Stelter hatte als Leiter der Mordkommission Jasmin seine hinzugerufenen Kolleginnen und Kollegen in den großen Konferenzraum der Kriminalfachinspektion gebeten, um das Ermittlerteam auf den aktuellen Stand zu bringen.

Raffael Störtebecker setzte sich im Konferenzraum neben Andrea Renner und seufzte: „Freies Wochenende ade."

„Tja, wie das wohl bei Katja ankommt …?", war Andreas launiger Kommentar.

Wieso? Was hat Katja denn damit zu tun?

Thomas eröffnete die Besprechung, sodass Raffael keine Zeit fand, sich mit Andreas merkwürdigem Spruch weiter zu beschäftigen.

Er erfuhr, was sich nach bisherigem Kenntnisstand zugetragen hatte.

Lindas Mutter Sabine Wegner war gestern Abend bei einem befreundeten Ehepaar in Arnum zu Besuch gewesen. Gegen zweiundzwanzig Uhr war sie wieder zu Hause eingetroffen und hatte sich gewundert, dass ihre Tochter nicht da war. Zunächst hatte Sabine Wegner gehofft, dass Linda nach dem Badminton-Training mit zu ihrer Freundin Nina gefahren war, um dort den Abend zu verbringen – und vergessen hatte, ihre Mutter darüber zu informieren. Nina wohnte im Haus ihrer Eltern in Hemmingen-Westerfeld.

Um 22:10 Uhr hatte Lindas Mutter vergeblich versucht, ihre Tochter auf dem Smartphone zu erreichen. Als nächstes hatte sie bei Nina angerufen und zu ihrem

Schreck erfahren, dass Linda direkt nach dem Training nach Hause gefahren war.

Linda hatte momentan keinen Freund und war niemand, die abends spontan ohne Benachrichtigung ihrer Mutter „auf Tour“ ging. Daher hatte sich Sabine Wegner an ihren Nachbarn gewandt, der sofort bereit war, mit ihr zusammen den Radweg von Arnum nach Hemmingen-Westerfeld abzufahren.

„Gegen 22:40 Uhr haben Sabine Wegner und ihr Nachbar, ein Herr Franke, zunächst das Fahrrad und gleich darauf die getötete Linda entdeckt“, erläuterte Thomas. Er zeigte auf einige Fotos, die die Spurensicherung vom Leichenfundort gemacht hatte. „Das Rad und der vollständig bekleidete Leichnam wurden in einem Gebüsch neben dem Radweg gefunden. Die Frau liegt auf dem Rücken, die Strangmarke am Hals weist auf Erdrosseln hin. Wie bei ihrer Schwester wurden ihr die Haare vom Kopf abrasiert. Es ist davon auszugehen, dass die Frau dort getötet wurde, wo ihre Mutter sie gefunden hat.“

Auf den Fotos waren zudem ein weißer Fahrradhelm, ein violetter Rucksack und ein Smartphone zu sehen. Alle Gegenstände hatten dem Opfer gehört.

„Die Mutter muss außer sich gewesen sein, als sie ihre Tochter entdeckt hat“, fuhr Thomas fort. „Sie konnte offenbar nicht glauben, dass Linda tot ist, und soll versucht haben, den leblosen Körper zu schütteln, als wäre es dadurch möglich, die Tochter wieder aufzuwecken. Der Nachbar hat Frau Wegner dann von der Toten weggezerrt. Bei der ganzen Aktion wurde der Tatort spurentechnisch in Mitleidenschaft gezogen."

Franke hatte die Polizei verständigt. Noch vor deren Eintreffen war Sabine Wegner plötzlich unter Schockwirkung im Dunkeln über die Felder weggerannt. Ihr Nachbar hatte sie nach kurzer Suche weinend am Boden aufgefunden. Vonseiten der Polizei war ein Notarzt gerufen worden, der die verstörte Frau zur Kriseninintervention in die zuständige psychiatrische Klinik Dr. Ludendorff in Ilten im Südosten der Region Hannover eingewiesen hatte.

Die Spurensicherung war seitdem am weiträumig abgesperrten Tatort, wobei der Rechtsmediziner Dr. Ulrich Lindhoff gegen Mitternacht seine ersten Untersuchungen am Leichnam der jungen Frau durchgeführt hatte.

„Bei Jasmin Wegner war das Tatwerkzeug noch am Hals des Opfers", bemerkte Jan Schuster. „Das ist dieses Mal anders."

„Genau", stimmte Thomas zu. „Die Spurensicherung hat bisher nichts entdeckt, was als Tatwerkzeug infrage käme. Wenn wieder ein Schal verwendet wurde, hat der Täter ihn diesmal mitgenommen."

„Wobei wir eh vermuten, dass der Täter beim ersten Mord den Tatort überstürzt verlassen und den Schal unfreiwillig zurückgelassen haben könnte", warf Andrea ein. Die Vermutung fußte auf der Aussage eines Zeugen, dessen Hund damals in unmittelbarer Nähe des Tatortes sehr laut und hektisch angeschlagen hatte.

„Hier in Arnum wäre es möglich, dass der Täter zu Fuß zum Tatort gelangt ist", sagte Thomas. „Viel wahrscheinlicher ist es, dass er ein Fahrrad benutzt hat. Entsprechende Autospuren sind nicht gefunden worden. Wir werden die Bevölkerung in Arnum und Hemmingen-Westerfeld nach Auffälligkeiten an diesem Abend im Umfeld des Tatortes befragen müssen. Mal sehen, was die Spurensicherung noch alles zutage fördert."

Der Täter hat sich Opfer und Tatort wieder ganz gezielt ausgesucht, wurde Raffael deutlich. *Das setzt eine exakte Planung mit zeitlichem Vorlauf voraus.*

„Aber jetzt kommt der Paukenschlag", verkündete Thomas mit gewollter Dramatik. „Der Täter hat sich diesmal mit einer persönlichen Nachricht gemeldet. Das erinnert mich sofort an unseren abgeschlossenen Fall vor drei Monaten."

„Da hat sich mal wieder jemand etwas abgeguckt", brummte Raffael. „Wenn was Spektakuläres in der Zeitung steht, muss es nachgeahmt werden."

„Aber es gibt einen Unterschied", erklärte Thomas. „Die Nachricht kam nicht wie damals per Post, sondern gestern um 21:50 Uhr über das digitale Hinweisgebersystem des LKA. Der Inhalt der Nachricht steckt eindeutig voller Täterwissen."

„Mach's nicht so spannend", rief Hayo Baumann dazwischen. „Was steht denn drin?"

„Es ist eine Art Gedicht", sagte Thomas, „mit der Überschrift ‚Wichtige Nachricht an die Mordkommission in Hannover zum 2. Todesfall am 5. Oktober'."

Anschließend las Thomas Stelter den erstaunten Anwesenden den Text vor:

„In den Ferien eine schöne Studentin ich fand,
die ich am 1. enthaarte und vom Leben entband.
Auf den Geschmack gekommen ich bin,
schöne Studentinnen zu töten macht Sinn.
Eine Studentin von gleicher Schönheit die zweite war,
ich nahm ihr das Leben und wieder das Haar."

„Also wirklich schön reimen kann er nicht", meinte Raffael. „Klingt wie eine missglückte Parodie auf Meister Yoda aus Star Wars. Also einen Literaturprofessor würde ich als Täter ausschließen. Vielleicht sollte der Absender öfters in Bibliotheken gehen und gute Bücher lesen."

52

Raffael Störtebecker und Andrea Renner hatten es übernommen, mit Dr. Burkhard Wegner über den gewaltsamen Tod seiner Tochter zu sprechen.

Wie bereits vor einigen Wochen saßen Raffael und Andrea dem Schönheitschirurgen und seiner Frau Maria im geräumigen Wohnzimmer der Herrenhäuser Villa gegenüber.

„Innerhalb von fünf Wochen verliere ich meine beiden geliebten Töchter!", stieß Burkhard Wegner aufgebracht hervor. „Ich bin völlig fertig! Es fühlt sich an, als hätte mir jemand einige wesentliche Körperteile aus dem Leib herausgeschnitten."

Heute wirkt Wegner emotional berührter als beim Tod seiner ersten Tochter, registrierte Raffael. *Stand er Linda näher als Jasmin? Oder liegt es daran, dass er mit diesem schrecklichen Verlust innerhalb kürzester Zeit zum zweiten Mal konfrontiert wird?*

Maria, die sich wie schon bei ihrem ersten Gespräch mit der Polizei zu ihrem Mann auf die Couch gesetzt hatte, ergriff fürsorglich seine Hand.

„Ich verstehe gar nicht, wie ein Mensch so etwas Grauenvolles tun kann", meinte sie leise und wischte sich eine Träne aus dem Gesicht. „Meine beiden

Stieftöchter hätten ihr ganzes Leben noch vor sich gehabt ..."

Raffael hatte dem Ehepaar erzählt, an welchem Ort und unter welchen Umständen Linda von ihrer Mutter aufgefunden worden war.

„Maria und ich haben gestern den ganzen Abend in der Oper in Hannover verbracht", erzählte der Chirurg. „Es war schön und harmonisch. Unsere Handys hatten wir selbstverständlich ausgestellt."

„Insofern hätte Ihre Ex-Frau Sie telefonisch gar nicht erreichen können", meinte Raffael. „Aber sie hat es offenbar auch nicht probiert."

„Ich hab meiner Tochter so oft gesagt, sie soll nicht im Dunkeln diesen einsamen Radweg benutzen! Das war einfach zu gefährlich!", regte sich Wegner auf. „Ich hab befürchtet, dass ihr dort irgendwann mal was Schlimmes passieren könnte. Aber Linda war in solchen Dingen einfach unbelehrbar! Wie ihre Schwester. Und meine Ex-Frau hatte da ebenfalls keinen Einfluss."

„Ist Ihre Tochter häufig mit dem Fahrrad freitags zum Badminton-Training gefahren?", erkundigte sich Andrea.

„Ich war ja nie dabei und hab mir das nur von ihr erzählen lassen", antwortete Wegner. „Aber wie ich das verstanden hab, hätte lediglich heftiger Regen, Sturm oder Glatteis Linda davon abgehalten, nicht das Fahrrad zu benutzen. Sie war immer ein sportliches Mädchen, das möglichst viel Rad gefahren ist."

„Das würde bedeuten", folgerte die Oberkommissarin, „dass jeder, der sich mit Lindas Gewohnheiten vertraut macht, relativ schnell mitbekommt, dass sie freitags mit dem Rad den Weg durch die Felder benutzt."

„Ja", stimmte ihr Burkhard zu.

„Hat derselbe Täter Jasmin und Linda umgebracht?", fragte Maria.

„Davon gehen wir aus", bestätigte Raffael. „Der Täter hat der Polizei eine Nachricht geschickt, in der er sowohl auf Jasmin als auch auf Linda Bezug nimmt. Vor allem war ihm bekannt, dass beide studieren. Immerhin sind momentan Semesterferien und beide studieren an unterschiedlichen Universitäten. Da ist es unwahrscheinlich, dass der Täter den beiden Schwestern gerade kürzlich zufällig auf dem Unigelände über den Weg gelaufen ist." An den Schönheitschirurgen gewandt erkundigte sich Raffael: „Haben Sie eine Idee, wo die Gemeinsamkeit liegen könnte, dass sich der Täter ausgerechnet Ihre beiden Töchter als Opfer ausgesucht hat?"

„Diese Frage hab ich mir bereits selbst gestellt", murmelte Burkhard Wegner. „Mir ist vorhin etwas durch den Kopf gegangen. Aber daran kann eigentlich nichts sein."

„Sprechen Sie alles aus, was Ihnen einfällt", ermunterte ihn Andrea. „Wir sind dankbar für jeden kleinen Hinweis."

„Wenn Sie meinen …", äußerte Wegner, der klang, als befürchte er, sich zu blamieren. „Jasmin hat mir vor drei Jahren erzählt, sie hätte Linda und sich in einer hannoverschen Casting-Agentur angemeldet, um sich für – wie sie sagte – *sexy Filmaufnahmen und Werbefotos* zur Verfügung zu stellen. Ich war verständlicherweise entsetzt."

„Um welche Casting-Agentur handelt es sich?"

„Das hab ich Jasmin auch gefragt, aber sie meinte, das ginge mich nichts an. Damals war sie gerade volljährig, hatte ihre Schule beendet und der Beginn ihres Studiums stand bevor."

„Sie haben nie davon gesprochen, dass Ihre Töchter von einer Agentur gefilmt oder fotografiert worden sind", stellte Andrea fest. „Weil es Ihnen peinlich ist …?"

„Sicherlich wäre das peinlich", bestätigte Burkhard Wegner mit einem angedeuteten Nicken. „Aber offensichtlich stimmte es auch nicht. Ich habe Linda darauf angesprochen – und die hat mir gesagt, dass wäre Quatsch, so etwas würde sie nicht machen. Jasmin habe mir das nur gesagt, um mich …" Burkhard überlegte kurz, wie er Lindas Worte wiedergeben sollte, und ergänzte dann: „… um mich ein wenig aufzuregen, wie das spätpubertierende Töchter manchmal mit ihren Eltern machen."

„Und Sie sind sich sicher, dass Ihre Töchter in den letzten drei Jahren nichts mit dieser Agentur zu tun hatten?", hakte der Oberkommissar nach.

„Ja … ja, natürlich", antwortete der Schönheitschirurg zögernd. „Nach meinem Gespräch mit Linda ist das Ganze in unserer Familie nicht mehr Thema gewesen. Ich hätte bestimmt mitbekommen, wenn Jasmin oder

Linda zu irgendwelchen Filmaufnahmen oder Fotosessions gefahren wären."

Ganz sicher scheint sich Burkhard nicht zu sein, sonst wäre ihm der Gedanke nicht durch den Kopf gegangen, überlegte sich Raffael. *Falls allerdings an der Geschichte mit den sexy Filmchen der hübschen Zwillinge doch etwas dran ist, könnte das eine Erklärung sein, wieso der Täter ausgerechnet auf die beiden jungen Frauen gestoßen ist. Jasmin hat sich ja ganz gern in Kreisen außerhalb des Mainstreams aufgehalten.*

„Wir gehen jeder Spur nach, um nichts zu übersehen", versprach Andrea.

Maria zeigte einen dankbaren Gesichtsausdruck und sagte: „Es ist beruhigend, dass Sie in alle Richtungen ermitteln."

53

Die Obduktion von Linda Wegner in der Rechtsmedizin der MHH bestätigte die bereits vermutete Todesursache. Die junge Frau war an einem Atemstillstand verstorben, verursacht durch Erdrosseln. Der Täter hatte sein Opfer ganz offensichtlich von hinten überrascht, sodass eine Gegenwehr der Frau ausblieb.

Am Hals des Leichnams waren graue Fasern vom Tatwerkzeug sichergestellt worden – vermutlich wieder ein Schal, aber aus anderen Materialien zusammengesetzt wie beim ersten Mord. Der Schädel des Opfers war kahl rasiert bis zu einer Schnittlänge der Kopfhaare von 0,5 mm, wobei der Großteil der abrasierten blonden Haare nicht auffindbar und vermutlich vom Täter mitgenommen worden war. Das Opfer wurde nicht vergewaltigt.

Der Boden des Tatortes setzte sich aus Grasbüscheln, herabgefallenem Laub und abgebrochenen Zweigen zusammen. Zwar fand die Spurensicherung keine verwertbaren Fußabdrücke, dafür allerdings braune Baumwollfasern und mehrere lange blonde Kunsthaare.

Wenn Linda tatsächlich nach der Verabschiedung von ihrer Freundin Nina direkt über den Radweg durch die Felder Richtung Arnum gefahren war, müsste sie zwischen 19:50 und 20:00 Uhr den Streckenabschnitt erreicht haben, an dem sie getötet wurde. Da der Radweg zwischen Hemmingen-Westerfeld und Arnum noch eine Abzweigung nach Wilkenburg hatte, war davon auszugehen, dass der Täter nach dem Mord in einem der drei Hemminger Stadtteile aufgetaucht sein müsste.

Am Wochenende hatte das Ermittlerteam von Thomas Stelter verschiedene Zeugen in Arnum, Hemmingen-Westerfeld und Wilkenburg befragt, die im Umfeld des Tatortes wohnen oder sich am Abend des 5. Oktobers im näheren Umfeld des Tatortes aufgehalten hatten. Eine Frau aus Wilkenburg gab an, dass ein junger dunkelhäutiger Mann auf einem Rennrad sie „so um 20:15 Uhr" auf einer kleinen Straße in der Nähe des Feldes „fast umgefahren" hätte. In Hemmingen-Westerfeld war einem älteren Zeugen am 5. Oktober gegen 20:30 Uhr „ein unbekannter Mann um die dreißig" verdächtig vorgekommen, der in einen am Ortsrand geparkten dunklen SUV gestiegen und zügig weggefahren war. Zudem konnte ein Arnumer Ehepaar berichten, dass ein Mann auf einem „normalen" Fahrrad im Alter zwischen dreißig und fünfzig, möglicherweise mit einem Rucksack auf dem Rücken, gegen 20:25 Uhr vom Ende des Radwegs in Arnum Richtung Grundschule gefahren wäre.

*

Der Mordkommission stellte sich eine zentrale Frage: Was verband die beiden Opfer, die sich in unterschiedlichen Kreisen aufgehalten und zuletzt wenig miteinander kommuniziert hatten, aus Sicht des Täters?

Aus diesem Grund ging Oberkommissarin Emma Falkenberg dem Hinweis nach, ob sich Jasmin und Linda – entgegen der Annahme ihres Vaters – eventuell doch in der Kartei einer hannoverschen Casting-Agentur befanden.

Und der Aufwand von Emma wurde mit Erfolg gekrönt. Ihre Gesprächspartnerinnen bei den hannoverschen Agenturen zeigten sich überwiegend mitteilungsbereit, als sie erfuhren, dass die Oberkommissarin in dem Mordfall ermittelte, der die niedersächsische Landeshauptstadt momentan in Atem hielt. Bei der fünften Casting-Agentur in Hannover, die den Namen „Typen und Gesichter" führte, wurde sie fündig. Jasmin Wegner hatte sich tatsächlich vor drei Jahren persönlich bei „Typen und Gesichter" in Linden vorgestellt. Porträtfoto und Geburtsdatum passten. In den Räumlichkeiten der Agentur waren damals mehrere Fotos und ein Video aufgenommen worden, wobei Jasmin damals noch einen selbst aufgenommenen Videoclip mitgebracht hatte.

In diesem Videoclip stellte sich Jasmin, gekonnt geschminkt in Designer-Shirt und -Jeans, in einem studioähnlichen Raum ihren potenziellen Auftraggebern vor: „Ich heiße Jasmin, studiere wie meine Zwillingsschwester in Hannover und suche permanent neue Herausforderungen – für meinen Geist und meinen schönen Körper. Freunde sagen über mich, dass ich eine kämpferische Wildkatze oder auch ein liebevolles Schmusehäschen sein kann. Oh ja, ich kann alles sein, nur nicht prüde und langweilig."

Das Video war von einer unbekannten Person aufgezeichnet worden, die so etwas augenscheinlich nicht zum ersten Mal gemacht hatte: gleichmäßiger klarer Ton, alles gut ausgeleuchtet und unverwackelt, dazu ein geschickt gewählter Hintergrund.

Mia Degenhardt, die Inhaberin von „Typen und Gesichter", konnte sich erinnern, dass Jasmin auch ihre Schwester dazu bewegen wollte, sich in der Kartei der Agentur aufnehmen zu lassen, um als Zwillinge für Auftraggeber zusätzlich attraktiv zu sein. Dazu wäre es aber nie gekommen. In den ersten sechs Monaten nach dem Casting hätte Degenhardt drei Anfragen von interessierten Auftraggebern an Jasmin weitergeleitet. Dabei ging es zweimal um Fotoaufnahmen und einmal um einen Einsatz als Kleindarstellerin in einem Film. Nachdem Jasmin sämtliche Anfragen abgelehnt hätte, war ihr Karteieintrag zwar nicht gelöscht, aber vorerst „auf Eis gelegt" worden.

„Das Mädchen hatte Potenzial – als Modell und als Darstellerin", resümierte Mia Degenhardt. „Ich wollte es in zwei bis drei Jahren noch einmal mit ihr versuchen. Wenn nichts daraus geworden wäre, hätte ich sie endgültig aus meiner Kartei gestrichen. … Mir war bis heute gar nicht klar, dass meine Information zur Ergreifung ihres Mörders beitragen könnte."

54

Maria Wegner hatte es sich auf dem Sessel bequem gemacht, schaute lächelnd durch das Wohnzimmerfenster auf den Swimmingpool und die Sauna. Sie hatte sich in der Stadtbibliothek zwei Tage freigenommen – mit der Begründung, ihren Mann nach dem gewaltsamen Tod seiner zweiten Tochter unterstützen zu wollen.

Burkhard hatte für Montag und Dienstag ebenfalls alle Operationstermine in der Klinik abgesagt und kümmerte sich um die Organisation von Lindas Beerdigung. Er war zudem in der Rechtsmedizin der MHH gewesen, um sich dort den Leichnam der Verstorbenen anzusehen. Momentan hielt er sich in seinem Arbeitszimmer im ersten Stock auf.

Die schwarze Perserkatze, die auf den Namen „Sissi" hörte, kam ins Wohnzimmer, lief auf ihr „Frauchen" zu und strich mit ihrem Kopf an Marias Bein. Maria nahm die Aufforderung, Sissi zu streicheln, gerne an.

Die erste Hürde ist genommen, frohlockte Maria innerlich. *Linda ist tot, Nick hat seinen Job offensichtlich gut gemacht und sich nicht durch blöde Fehler verraten. Jetzt muss nur noch Burkhard das Zeitliche segnen, dann führe ich ein unbeschwertes Leben mit jeder Menge Kohle zur eigenen Verfügung, befreit von dieser unerträglichen Familie.*

Maria war froh, dass die Polizei in eine Richtung ermittelte, in die Maria sie mit ihrer Nachricht ans LKA lotsen wollte.

Das Gedicht über die Tötung schöner Studentinnen war ein schlauer Schachzug von mir. Nick ist einfach gestrickt, dem wäre so was nie eingefallen. Ich kann nur hoffen, dass sie dadurch dem wirklichen Mörder von Jasmin nicht auf die Spur kommen. Das wäre fatal.

In Gedanken ging sie das letzte Gespräch mit Renner und Störtebecker hier im Wohnzimmer vor zwei Tagen durch.

Ich sollte meine Rolle der betroffenen Stiefmutter überzeugend gespielt haben. Gerade Burkhard müsste mit mir zufrieden sein. Nach außen haben wir ein harmonisches Ehepaar abgegeben, gemeinsam auf der Couch, in Trauer vereint.

Er hat heute wieder Fotos in der Rechtsmedizin gemacht. Von der toten Linda. Ich finde das abartig. Da ist er mir richtig unheimlich. Aber ich mache gute Miene zum bösen Spiel. Bloß keinen Streit darüber mit ihm.

Maria fiel es zunehmend schwer, Burkhards körperliche Nähe zu ertragen.

Ich vermeide Berührungen mit ihm, wenn möglich. Vor den Augen der Polizei ging es aber nicht anders. Dieser Störtebecker sieht in mir seine Ex-Frau. Das kann ein Vorteil sein, wenn er damit positive Erinnerungen verbindet und mir nicht zutraut, dass ich meine Ziele ab jetzt gnadenlos mit aller Härte verfolgen werde.

*

Burkhard Wegner betrachtete die Fotos, die Linda mit kahlrasiertem Schädel zeigten, am Monitor auf seinem Schreibtisch.

Sie wirkt ganz anders mit der Glatze. Ich habe ihre vollen blonden Haare geliebt. Eine schmuckvolle Umrahmung ihres überaus hübschen Gesichts.

Er wandte sich ab, blickte ziellos im Arbeitszimmer hin und her, ohne etwas bewusst wahrzunehmen.

Zum Leben jedes Menschen gehört der Tod. Schöne Menschen sind ein Beispiel vergänglicher Kunst. Linda ist zu früh von mir gegangen. In ihrem Verhalten war sie anders als Jasmin, trotzdem hatten sie viele Gemeinsamkeiten.

Seine Gedanken bewegten sich von seinen Töchtern zu Maria, die seine Hand gehalten hatte, als ihn die Polizei vorgestern zu Lindas Gewohnheiten befragte.

Am Abend des Mordes, im Opernhaus, machte Maria auf mich den Eindruck, als wäre sie glücklich mit mir. Sie saß lächelnd da, wirkte völlig entspannt und zufrieden. Das kann nicht nur an der bravourösen Opernvorstellung gelegen haben. Jetzt habe ich das Gefühl, dass sie mir ausweicht.

Burkhard schaltete den Monitor aus und löste die Verbindung zu seinem Smartphone. Dann ging er nach unten ins Wohnzimmer, wo Maria in einem der Sessel saß und die Perserkatze streichelte.

Als Burkhard das Zimmer betrat, stand sie auf und machte Anstalten zu gehen.

„Was ist los?“, fragte er irritiert.

Sie zeigte ein angedeutetes Lächeln und meinte: „Mir ist gerade eingefallen, dass ich versprochen hatte, meine Mutter anzurufen.“

Burkhard kam langsam auf sie zu, stellte sich vor sie und legte sanft die rechte Hand auf ihren Oberarm, verbunden mit einem angedeuteten Streicheln.

„Maria, mein Schatz, in dieser schwierigen Situation brauche ich dich mehr denn je“, sagte er fast flüsternd.

„Natürlich unterstütze ich dich.“ Sie wirkte freundlich, aber gleichzeitig distanziert.

Burkhard hätte sich in diesem Moment gewünscht, dass sie ihn wie früher in den Arm nimmt.

„Vielleicht bin ich dir im ersten Jahr unserer Ehe manchmal kühl und sachlich vorgekommen“, versuchte sich Burkhard mit einem Hauch von Selbstkritik. „Trotzdem genieße ich deine körperliche Wärme, um zu merken, dass es eine vertraute Person gibt, die zu mir steht. Meine erste Frau hat mich enttäuscht und im Stich gelassen, meine geliebten Töchter sind tot. Du bist momentan die Einzige, die mir geblieben ist.“

„Ja, das weiß ich.“

Er umgriff sie mit beiden Armen und zog sie an sich. Sie erwiderte die Umarmung nur zögerlich.

„Ich möchte, dass wir uns heute lieben“, hauchte er zärtlich, „damit ich das Gefühl habe, in dieser Welt nicht ganz allein zu sein.“

„Du bist nicht allein", entgegnete sie leise. „Du leitest eine Klinik und verhilfst Menschen zu einem besseren Aussehen."

„Ja, ich bin ein Künstler", meinte er und lockerte die Umarmung. „Ich hebe die äußere Erscheinung von Menschen auf eine höhere Stufe. Dafür erhalte ich Geld, aber nur selten die Anerkennung, die mein Werk verdient. Und mitunter werde ich sogar angefeindet."

„Sei mir nicht böse", äußerte sie behutsam. „Ich kriege zunehmend Kopfschmerzen. In dieser Verfassung bin ich keine gute Geliebte."

Er ließ sie vollständig los und seine Stimme klang beleidigt, als er fragte: „Bin ich dir lästig?"

„Nein, natürlich nicht!" Sie machte eine beschwichtigende Handbewegung. „Ich glaube, es sind diese schrecklich belastenden Vorfälle, die meine Kopfschmerzen verursachen. Es nimmt mich alles so mit."

Burkhard spürte die plötzliche Veränderung, die in ihm vorging: *Da war eben noch zärtliche Zuneigung für sie, jetzt kommt wieder die Wut. Diese Kopfschmerzen sind nur eine Ausrede!*

Gereizt erwiderte er: „Bisweilen glaube ich, dass du Sissi lieber streichelst als mich!"

„Du wirst doch nicht eifersüchtig auf Sissi sein?!", meinte Maria und verließ den Raum. Burkhard unternahm nichts, um sie aufzuhalten.

*

Maria hatte sich frühzeitig nach oben zum Schlafen zurückgezogen.

An diesem Abend hockte Burkhard allein auf der Couch. Um die Stille nicht ertragen zu müssen, hatte er den Fernseher eingeschaltet.

Als er die schwarze Perserkatze sah, versuchte er, sie zu sich zu locken: „Na komm, Sissi!“

Aber die Katze, die mehr den Umgang mit Maria gewohnt war, hatte heute offensichtlich kein Interesse an Burkhard.

Auch der zweite Versuch, die Katze zum Kommen zu bewegen, scheiterte.

Was strahle ich denn aus, dass selbst die dämliche Katze keinen Bock auf mich hat?!

Er holte das interaktive Spielzeug, dass Maria vor Kurzem für Sissi gekauft hatte, und stellte es auf die Fliesen im Wohnzimmer. Es handelte sich um einen batteriebetriebenen weißen quadratischen Kasten aus Kunststoff, der mehrere Öffnungen aufwies.

Kaum hatte sich Burkhard von dem Spielzeug entfernt, näherte sich Sissi dem weißen Kasten. Die Katze löste einen Sensor aus und eine weiße Feder zeigte sich wechselweise immer für einen kurzen Augenblick in einer der zahlreichen Öffnungen. Sissi versuchte, die Feder an den unterschiedlichen Orten mit der Pfote zu erwischen.

Für das Plastikding zeigt sie anhaltende Begeisterung, mich ignoriert sie völlig.

Während sich die Aufmerksamkeit der Perserkatze auf die Feder in dem weißen Kasten richtete, ergriff

Burkhard ganz vorsichtig den Feuerhaken vom Kamin. Er starrte auf die Katze, die ihn keines Blickes würdigte.

Ich war immer gegen Katzen in meinem Haus. Von Maria hätte ich mehr Dankbarkeit dafür erwartet, dass ich zulasse, dass du dich hier breitmachst. Ich hasse dich, du Mistvieh!

Er näherte sich der spielenden Katze von hinten und erhob langsam den Feuerhaken.

55

Kriminaloberkommissar Arif Kimil besuchte Sabine Wegner in der psychiatrischen Klinik in Ilten. Die Mutter der beiden Mordopfer war mittlerweile wieder vernehmungsfähig. Arif befragte sie nach gemeinsamen Bekanntschaften ihrer Töchter. Sie gab an, dass Luca Wentzel, ein Mitschüler der beiden auf der KGS Hemmingen, erst mit Linda und anschließend mit Jasmin befreundet gewesen wäre. Die Freundschaften hätten jeweils nur kurze Zeit gehalten. Luca hätte das Interesse von Linda geweckt, da er sehr gut fotografieren und Kurzfilme aufnehmen konnte.

„Linda hat sich für ein Kunst-Projekt im letzten Schuljahr von ihm filmen lassen“, berichtete Sabine Wegner. „Er hat die Aufnahmen sehr professionell nachbearbeitet und geschnitten.“

Nach ihrer Einschätzung war Luca Wentzel ein stiller, zurückhaltender und eher gehemmter Mensch.

Jasmin sei nach dem Abitur mit Beginn ihres Studiums zu Hause ausgezogen. In dieser Zeit sei sie mit Luca zusammen gewesen.

„Das liegt alles schon drei Jahre zurück“, bekundete Sabine Wegner. „Seitdem hat keine meiner Töchter diesen Luca wieder erwähnt. Er hat wohl auch nicht studiert, und er war für sie auch nicht sonderlich attraktiv."

Davon, dass sich Jasmin in einer hannoverschen Casting-Agentur vorgestellt hatte, wusste Sabine Wegner nichts.

*

In der sächsischen Kreisstadt Pirna war ein Mann festgenommen worden, der sich dort mutmaßlich an einem Überfall auf zwei syrische Geflüchtete beteiligt hatte. Bei dem Mann handelte es sich um den vierzigjährigen Ferdinand Keil, der bisher erfolgreich untergetaucht war und insofern bisher nicht von den hannoverschen Ermittlern im Mordfall Jasmin Wegner vernommen werden konnte. Keil war es gewesen, der zunächst die linksautonome WG von Helge Urban beobachtet und später Jasmin Wegner im Bekleidungsgeschäft von Hendrik Raschke mit der Frage „Kennen wir uns nicht?" angesprochen hatte.

Keil wurde dazu heute in Pirna vernommen. Er berichtete, dass er damals davon ausgegangen wäre, die junge Frau in dem Bekleidungsgeschäft vor längerer Zeit in einem Pornovideo gesehen zu haben. Er meine sich zu erinnern, dass die Frau in dem Video gesagt hätte, dass sie aus Hannover komme. Darüber hinaus habe er mit Jasmin Wegner nie etwas zu tun gehabt.

*

Der einundzwanzigjährige Luca Wentzel, der sich in der Ausbildung zum IT-Systemelektroniker befand, wohnte in einer Zweizimmerwohnung im hannoverschen Stadtteil Wettbergen, in unmittelbarer Nähe zur Stadtgrenze von Hemmingen.

Arif Kimil und Jan Schuster suchten ihn am späten Nachmittag in seiner Wohnung auf. Die beiden Polizisten kamen schnell zu der Einschätzung, dass der junge Mann sehr unter Druck stand. Er verhaspelte sich bei seinen Antworten, wirkte dabei ängstlich und nervös. Während der Befragung stand er mehrmals auf und ging unruhig im Raum hin und her.

Als er mit den bisherigen polizeilichen Erkenntnissen konfrontiert wurde, liefen ihm plötzlich Tränen übers Gesicht. Er vergrub den Kopf in beide Hände und berichtete, dass er das Video aufgenommen und geschnitten hätte, mit dem sich Jasmin bei „Typen und Gesichter" beworben hätte.

„Ich hab ihr die Videodatei auf einen USB-Stick überspielt, den sie zum Casting mitgenommen hat", erzählte Wentzel. „Was sie später mit dem USB-Stick gemacht hat, weiß ich nicht. So sprunghaft, wie sie drauf war, kann sie ihn verlegt, gelöscht oder weggeschmissen haben. Erst wollte sie um jeden Preis Modell und Schauspielerin werden, dann fand sie das scheiße und hat sich nur noch für Klimaschutz engagiert. Mich hat sie von einem Tag auf den anderen abserviert. Einfach so, ohne Begründung! Linda war nicht viel besser. Denen ging es nur darum, dass ich 'nen tollen Film von ihnen mache."

„Diese Kränkung haben Sie nicht auf sich sitzen lassen …?", vermutete Arif.

„Ich war so wütend, dass ich mir ein Pornovideo heruntergeladen habe, in dem eine Frau an sich rumfummelt", gestand Wentzel unter Tränen. „Ich hab die Szenen, in denen nur der Körper und nicht der Kopf der Frau zu sehen ist, zusammengeschnitten und an Jasmins Videoclip drangehängt. Dadurch entsteht natürlich der Eindruck, dass sich Jasmin als geile Studentin aus Hannover vorstellt, die sich gerne bei sexuellen Handlungen filmen lässt."

„Und was haben Sie mit dem Video gemacht?"

„Ich hab es unter dem Titel ‚Wilde Studentin' ins Netz gestellt. In ein frei zugängliches Portal für private Pornofilmchen. Nach zwei Monaten hab ich es in dem Portal wieder gelöscht."

Nach seinem Alibi befragt, gab Wentzel an, im Zeitraum der Ermordung von Linda mit einem Arbeitskollegen im Kino gewesen zu sein. Am Abend des 1. September wiederum hätte er einen ehemaligen Schulfreund in Hemmingen-Westerfeld besucht.

56

Kriminalhauptkommissar Thomas Stelter hatte sich kurzfristig entschlossen, den Psychiater Dr. Mark Seifert aufzusuchen, um mit ihm über die Tötung der Zwillingsschwestern zu sprechen. Begleitet wurde Thomas von Raffael Störtebecker.

Das Gespräch fand in Hannover-Döhren in der Zentrale des Sozialpsychiatrischen Dienstes, der seit Jahren von dem fünfzigjährigen Psychiater und Psychotherapeuten geleitet wurde, statt. Seifert empfing die beiden Besucher in seinem Büro und bat sie, an seinem runden Besprechungstisch Platz zu nehmen.

Raffael sah sich in dem Büro um, das im vierten Stockwerk eines Gebäudekomplexes mit zahlreichen Arztpraxen untergebracht war. Zuletzt hatte Raffael hier vor vier Monaten gesessen. Erwartungsgemäß hatte sich an der Einrichtung nichts geändert. Eine riesige fast bis zur Decke reichende Regalwand mit Fachbüchern, zwei Aktenschränke und an den Wänden mehrere gerahmte Schwarz-Weiß-Poster, die Marilyn Monroe, Charly Chaplin oder die Beatles zeigten.

Thomas informierte Seifert über den aktuellen Stand der Ermittlungen. Der Leiter des Sozialpsychiatrischen Dienstes hörte konzentriert zu und spielte mehrfach mit Daumen und Zeigefinger an seiner Unterlippe.

„Wir gehen momentan davon aus, dass es sich im Fall von Jasmin und Linda um denselben Täter handelt", fasste Thomas Stelter zusammen. „Ein Trittbrettfahrer ist angesichts der identischen Vorgehensweise mit dem Abrasieren der Haare des Opfers eher unwahrscheinlich. Zudem hat sich der Absender der Nachricht ans LKA zu beiden Taten bekannt. … Wie bewerten Sie denn dieses ‚Gedicht'?"

„Vom Stil her: gewollt, aber nicht gekonnt", antwortete Seifert lächelnd. „Wenn es tatsächlich so ist, dass Jasmins Mörder auch ihre Schwester getötet hat, dann hat diese Person ihr Muster geändert. Bei einem Serientäter, der darüber Gedichte an die Polizei verfasst, hätte ich erwartet, dass die erste Nachricht gleich nach der Tötung von Jasmin verschickt wird. Aber da ist nichts in dieser Richtung passiert. Den zurückgelassenen Schal werte ich mal als unbeabsichtigtes Missgeschick. Vielleicht hatte der Täter vor, es bei der einen Tötung zu belassen. Plötzlich kommt ihm in den Sinn, das genaue Ebenbild, die Zwillingsschwester, zu töten. Und jetzt fängt er an, sich damit zu brüsten, sogar eine Art Rechtfertigung anzudeuten: *Auf den Geschmack gekommen ich bin, schöne Studentinnen zu töten macht Sinn.* Irgendetwas muss diese Musteränderung bewirkt haben."

„Und an was für einen Grund für diese ‚Musteränderung' denken Sie?"

„Eine erneute massive Kränkung des Täters, die einen bereits bestehenden Hass noch einmal vergrößert. Auf diesem Level ist zu erwarten, dass der Täter weiter mordet … und seine Taten in Botschaften an die Polizei kommentiert.“ Mark Seifert kratzte sich demonstrativ am Hinterkopf. „Der Täter hat offenbar nicht den Anspruch der einzigartigen Grandiosität, denn sonst hätte er nicht das Vorgehen des Serienmörders von vor paar Monaten weitgehend kopiert. In dieser Hinsicht ist er doch ein Trittbrettfahrer. Und zwar einer, der sich scheut, sein Gedicht an die Presse zu schicken, weil er womöglich befürchtet, in diesem Fall seine Anonymität nicht mehr aufrechterhalten zu können.“

„Was können Sie sonst noch aus der Nachricht des Täters herauslesen?“, erkundigte sich der Hauptkommissar. Raffael hatte sich entschieden, zunächst in der Zuhörerrolle zu bleiben.

„In jedem Satz des Gedichts tauchen zwei Worte auf: ‚schön‘ und ‚Studentin‘. Diese Attribute sind die einzigen benannten Kriterien, nach denen der Täter seine Opfer aussucht. Der Verfasser hätte ja auch anstelle von Studentin ‚Frau‘ schreiben können. Ich interpretiere Studentin als Abgrenzung.“

„Dass der Täter selbst nicht studiert hat?“

„Genau.“

„Dieses gefakte Pornovideo von Jasmin, das für zwei Monate quasi weltweit im Netz gestanden hat, könnte sich der Täter schon vor längerer Zeit heruntergeladen haben“, mutmaßte Thomas. „Darin ist eine schöne junge Frau zu sehen, die ihren Namen nennt und preisgibt, dass sie wie ihre Zwillingsschwester Studentin in Hannover ist. Der Täter könnte sich bereits Monate oder Jahre mit der Frau beschäftigt haben. Sie ist für ihn auf normalem Weg unerreichbar, aber irgendwann entscheidet er sich, sie zu töten. Er kommt langsam ‚auf den Geschmack' und ihm fällt ein, dass in dem Video die Rede von einer Zwillingsschwester ist. Von da an wird ihm deutlich, dass er weiterhin nach diesen Auswahlkriterien töten will."

„Nach der Hypothese können hässliche Frauen, die nicht studieren, ja wieder aufatmen", warf Raffael spontan ein. „Und schöne Frauen ohne Studium und alle Männer auch. Aber was hat der Täter davon, schöne angehende Akademikerinnen zu töten?"

„Vielleicht Vergeltung für eine schmerzliche Zurückweisung durch eine Frau, die in dieses Schema passt", äußerte Seifert. „Der Täter vollzieht an den Frauen keine erkennbare sexuelle Handlung. Das Abrasieren der Kopfhaare könnte allerdings eine sexuelle Ersatzhandlung sein."

„Wir müssen insofern damit rechnen, dass eine weitere Studentin Opfer des Täters werden könnte", bekundete Raffael. „Und zu allem Überfluss fangen jetzt auch die Vorlesungen wieder an."

„Im Zusammenhang mit dem Begriff ‚Schönheit' ist mir noch ein weiteres Tatmotiv durch den Kopf gegangen", meinte Seifert. „Das wirkt zwar auf den ersten Blick etwas abwegig und nicht so wahrscheinlich wie das, worüber wir eben gesprochen haben, aber ich möchte meinen Gedanken dennoch aussprechen."

„Wird's jetzt mystisch?", murmelte Raffael, der sofort die abgedrehten psychologischen Erklärungsmuster von Torben oder diesem Dr. Riedel vor Augen hatte.

Mark Seifert ignorierte die Bemerkung, setzte eine wichtige Miene auf und erklärte: „Das Wort ‚Schönheit' hat in der Familie der beiden Opfer eine doppelte Bedeutung. Es beschreibt nicht nur das Aussehen der getöteten Frauen, sondern gleichzeitig den Beruf des Vaters als Schönheitschirurg. Ich setze mal voraus, dass die schöne Haarpracht seiner Töchter für ihn positiv besetzt war. Dass sich der Täter gerade daran vergreift, dürfte ihn sehr schwer treffen. Er muss zweimal miterleben, wie die Schönheit seiner Töchter merklich beeinträchtigt wird."

„Nach Ihrer Hypothese bringt der Täter gleich zwei Frauen um, nur um den Vater zu bestrafen?!", meinte Raffael ungläubig. „Für einen normaldenkenden Menschen kaum nachvollziehbar, aber der Typ kann ja durchaus ein schwer gestörter Psychopath sein."

„Was müsste Wegner dem Täter angetan haben, dass er dessen Töchter ermordet?", griff Thomas den Faden auf.

„Vermeintlich schuld sein an der Verunstaltung des Aussehens einer Angehörigen, wie einer Tochter oder einer Schwester", sinnierte der Psychiater und genoss dabei die Aufmerksamkeit seiner Zuhörer. „Wegner ist Schönheitschirurg. In der Regel sind es Frauen, die sich von ihm operieren lassen. Es ist durchaus möglich, dass bei einer dieser OPs Komplikationen aufgetreten sind mit negativen Konsequenzen für das Aussehen der Patientin. Es könnte auch eine Patientin bei der OP gestorben sein."

„Und im Sinne von ‚Auge um Auge' würde der Täter dafür im Gegenzug den leiblichen Kindern des verhassten Verursachers das Leben und die Schönheit nehmen", führte der Kriminalhauptkommissar den Gedanken zu Ende. „Das kann ich von der Symbolik gut nachvollziehen. Ich halte es auf jeden Fall für sinnvoll, Ihre Überlegungen bei unseren weiteren Ermittlungen zu berücksichtigen."

57

Einen Tag später fasste Thomas Stelter in einer Dienstbesprechung im großen Konferenzraum der Kriminalfachinspektion 1 die aktuellen Ermittlungsergebnisse der Mordkommission Jasmin zusammen: „Die Recherche in den Polizeidaten hat ergeben, dass unsere Kollegen vor zweieinhalb Jahren zu einem Einsatz in Wegners Schönheitsklinik gerufen worden sind. Zwei Männer waren dort bedrohlich aufgetreten und hatten angekündigt, Dr. Wegner dafür zur Rechenschaft ziehen zu wollen, dass er ihre Schwester angeblich fehlerhaft operiert hätte. Die beiden Männer hatten ordentlich randaliert, dabei einen Monitor zertrümmert, Stühle durch den Raum geworfen und mit einigen Pflegekräften und Ärzten gerangelt. Wegner hat damals gegen die beiden Strafanzeige erstattet. Bemerkenswerterweise handelte es sich bei der Frau, um die es den Randalierern ging, um eine Friseurin."

„Wow, welche Symbolik!", meldete sich Raffael. „Wie viele Brüder hat sie denn?"

„Drei", entnahm Thomas seinen Notizen. „Die Brüder sind zwischen Anfang zwanzig und Mitte dreißig. Zwei von ihnen wohnen wie die Eltern in der Region Hannover. Die Frau, jetzt vierunddreißig, ist unverheiratet und lebt mittlerweile, wie einer ihrer Brüder, in Braunschweig. Wir werden die ganze Familie befragen müssen." Er nannte einige Details zur besagten Familie. „Emma und Jan sind heute in Wegners Klinik gewesen, um mit den Mitarbeitern zu sprechen."

Emma Falkenberg berichtete, was sie zusammen mit Jan Schuster in Erfahrung gebracht hatte: „Mit der Familie der Friseurin hat es in der Klinik später angeblich keinen weiteren Ärger gegeben. Aber eine Mitarbeiterin hat mir erzählt, dass vor drei Wochen eine Frau Hübner im Empfangsbereich lauthals verkündet hätte, dass Dr. Wegner schuld am Tod ihrer Tochter wäre. Die Tochter sei zwar in der Klinik behandelt worden, jedoch keinesfalls dort verstorben. Über Einzelheiten zur Tochter wollte sich die Mitarbeiterin wegen der Schweigepflicht nicht auslassen."

„Dann sollten wir mal Frau Hübner befragen", meinte Raffael zu Andrea.

58

Annette Hübner führte das Zittern der Hände auf ihre innere Anspannung zurück. Mehrfach vertippte sie sich in der Kontaktliste ihres Smartphones. Schließlich schaffte sie es, ihren Sohn Mirko auf dessen Handy zu erreichen.

„Gut, dass ich mit dir sprechen kann", äußerte sie erleichtert. „Norbert geht momentan nicht ans Telefon."

„Du klingst aufgeregt, Mama." Mirko schien seinerseits beunruhigt. „Was ist denn los?"

„Die Polizei hat sich telefonisch angekündigt. Das setzt mich unter Druck. Was genau sie mich fragen wollen, haben sie nicht gesagt."

„Da ist doch die zweite Tochter von Wegner ermordet worden. Im Fernsehen fragt die Polizei immer die Familien der Opfer nach ‚Feinden'. Könnte sein, dass die auf dich wegen deines Besuchs in Wegners Klinik gekommen sind."

Annette hatte ihrem Sohn damals von ihrem lauten Auftritt in der Schönheitsklinik erzählt.

„Das hab ich auch vermutet", stimmte Annette zu. „In der Psychotherapie hat Dr. Riedel meine Wut auf Wegner herausgearbeitet. Einige Wochen konnte ich den Gedanken ganz schlecht ertragen, dass Wegner das

Schicksal unserer Dörte völlig kaltlässt und er selbst überhaupt kein Gespür dafür hat, was es heißt, seine eigene Tochter zu verlieren."

„Das weiß ich, Mama. Aber die Polizei geht das nichts an. Die denkt gleich wer-weiß-was, wenn sie hört, dass du voller Wut warst und Wegners Familienharmonie nicht aushalten konntest. Das macht uns nur unnötig Ärger."

„Was willst du damit sagen, Mirko?"

„Wir haben zwar nichts mit dem Mord an Wegners Töchtern zu tun. Aber es ist am besten, wenn du gegenüber der Polizei den Ball flach hältst und deinen Ärger auf Wegner eher herunterspielst."

59

Es sieht so schön aufgeräumt aus. Und das liegt sicher nicht daran, weil wir unseren Besuch angekündigt haben, ging Raffael Störtebecker durch den Kopf, als Annette Hübner ihn und Andrea Renner durch den Flur ihrer Mietwohnung ins Wohnzimmer führte. Der Oberkommissar verglich meistens die Wohnungen, die er betrat, automatisch mit seiner eigenen. Und in der Regel schnitten seine eigenen vier Wände bei diesem Vergleich schlechter ab.

Das Zimmer, in dem sie Platz genommen hatten, war gemütlich mit einer Couch und drei Sesseln, einer Schrankwand, einem Essbereich mit Tisch und Stühlen, einem Flachbildfernseher und einem etwas altmodischen Hi-Fi-Rack ausgestattet. Auf der Fensterbank standen mehrere Topfpflanzen wie Alpenveilchen, Sukkulenten und Bromelien.

Die Pflanzen sind in einem erstaunlich guten Zustand, dachte sich Raffael. *Bei mir wären die längst hinüber.*

Auf einem kleinen Tischchen in der Nähe des Fernsehers standen zwei eingerahmte Porträtfotos, die eine jüngere Frau und einen Mann in den Fünfzigern zeigten.

Die Frau auf dem Bild sieht Frau Hübner ähnlich, ist bestimmt ihre Tochter, vermutete Raffael.

Er baute das Aufzeichnungsgerät auf und erklärte Annette Hübner die Spielregeln der Befragung.

Sie wirkt ängstlich. Unser Besuch ist ihr sehr unangenehm.

Annette Hübner erzählte auf Nachfrage, dass sie allein in der Wohnung lebt, seitdem ihr Mann Peter im Januar dieses Jahres an einem Herzinfarkt verstorben ist. Dazu zeigte sie auf das Porträtfoto mit dem älteren Mann. Andreas Frage, ob sie einen neuen Lebenspartner hätte, verneinte sie.

Die Oberkommissarin wollte von der grauhaarigen Frau wissen, weshalb sie vor Kurzem die Schönheitsklinik aufgesucht und Dr. Wegner für den Tod ihrer Tochter verantwortlich gemacht hätte.

„Ich wollte mit Dr. Wegner sprechen", sagte Annette Hübner zögerlich. „Durch seine Art, wie er mit meiner Tochter Dörte nach der missglückten Brustoperation geredet hat, ist sie völlig mutlos und depressiv geworden. Sie war so verzweifelt, dass sie sich am Heizkörper ihrer Wohnung erhängt hat."

„Sie machen Dr. Wegner für den Suizid Ihrer Tochter verantwortlich?", erkundigte sich Andrea.

„Er ist dafür nicht allein verantwortlich", entgegnete die Befragte. „Aber er hat dazu beigetragen. Und darüber wollte ich mit ihm reden. Es hätte mir geholfen, wenn er seinen Anteil an Dörtes nervlichem Zusammenbruch eingestanden hätte."

„Ist es denn zu dem Gespräch zwischen Ihnen und Dr. Wegner gekommen?"

„Nein. Er hat ausrichten lassen, dass es aus seiner Sicht nichts mehr zu besprechen gibt. Dann haben mich seine Angestellten aufgefordert, die Klinik zu verlassen, und ich bin gegangen."

„Macht Sie das wütend, wenn Dr. Wegner Ihrer Meinung nach eine Mitverantwortung am Tod ihrer Tochter trägt und keine Gesprächsbereitschaft zeigt?", wollte Raffael wissen.

„Nein."

„Bei Ihrem Besuch sind Sie ja nicht gerade entspannt, sondern wohl ziemlich laut aufgetreten", hielt ihr Raffael entgegen. „Wie war oder ist denn Ihr Gefühl ihm gegenüber?"

„Wut ist zu viel gesagt", meinte Annette Hübner. „Ich bin bei meinem Besuch in der Klinik ärgerlich auf ihn gewesen, aber inzwischen habe ich mich wieder beruhigt."

Raffael erkundigte sich, ob ihr Ärger auf Wegner auch dessen Familie miteingeschlossen hätte.

„Nein. Seine Frau und seine Töchter haben damit ja überhaupt nichts zu tun", behauptete sie. „Im Gegenteil. Es tat mir sehr leid, als ich in der Zeitung von den Morden gelesen habe. Und Maria war Dörtes beste Freundin. Zu ihr habe ich immer ein sehr gutes Verhältnis gehabt."

„Maria Wegner war die Freundin von Dörte?!", wunderte sich der Oberkommissar. Er erkundigte sich nach dem Datum von Dörtes Brustoperation. Ihm fiel wieder ein, dass Maria und Burkhard Wegner im August letzten Jahres geheiratet hatten. „Wie ist das denn bei Dörte und Ihnen angekommen, dass die beste Freundin Ihrer Tochter ausgerechnet den Schönheitschirurgen heiratet, der die misslungene OP bei Dörte durchgeführt hat?"

„Dörte hat sich zuletzt völlig zurückgezogen und sich nicht mehr dafür interessiert, was ihre Freundin Maria macht", sagte Annette Hübner leise. „Ich hab akzeptiert, dass Maria diesen Mann heiratet, weil sie ihn sicherlich mit ganz anderen Augen sieht. Trotzdem fand ich es schade, dass Dörte und Maria am Ende unterschiedliche Wege gegangen sind."

„Der Suizid Ihrer Tochter nach der misslungenen Brustoperation und der anschließende Tod Ihres Mannes hat Sie bestimmt sehr mitgenommen", vermutete Andrea einfühlsam. „Gibt es Menschen, mit denen Sie sich darüber austauschen können?"

„Von der Familie ist mir nur mein Sohn Mirko geblieben. Aber ich habe mir einen Psychotherapeuten gesucht, mit dem ich über Dörtes und Peters Tod reden kann. Die Gespräche mit Dr. Riedel haben mir schon geholfen."

„Meinen Sie Dr. Jürgen Riedel, der eine Praxis in Linden betreibt?", vergewisserte sich die Oberkommissarin.

„Ja." Annette Hübner nickte.

Das ist der Hammer!, schoss Raffael durch den Kopf. *Sie ist ausgerechnet bei diesem Apfelbaum-Seelenklempner in Behandlung.*

„Wie kam es dazu, dass Sie gerade bei Dr. Riedel in Linden eine Psychotherapie machen?“, erkundigte sich der Oberkommissar.

„Maria war in Behandlung bei ihm und sehr zufrieden gewesen.“

„Wie geht denn Ihr Sohn Mirko damit um, dass seine Schwester mit den Folgen der Operation von Dr. Wegner nicht klargekommen ist?“, wollte Andrea wissen.

„In den ersten Monaten nach Dörtes Tod war er sehr bedrückt. Aber er redet nicht viel darüber. Er mochte seine Schwester sehr. Ich hoffe, er hat den Schmerz inzwischen überwunden.“

60

Raffael Störtebecker und Andrea Renner schafften es, zeitnah einen Termin mit Mirko Hübner in dessen Zwei-Zimmer-Wohnung in Wülfel, einem Stadtteil an der südlichen Stadtgrenze Hannovers, zu vereinbaren. Der Oberkommissar musterte ein wenig verlegen den modern eingerichteten Single-Haushalt. Im geheimen Wettstreit ums häusliche Aufräumen zog Raffael erneut den Kürzeren.

„Ja, ich weiß, dass meine Mutter diesem Schönheitschirurgen eine Mitschuld an Dörtes Tod gibt", räumte der zweiunddreißigjährige Elektriker ein, dem Raffael ansah, dass er regelmäßig ins Fitnessstudio ging. „So ganz unrecht hat sie da nicht. Der Arzt muss ziemlich herzlos mit Dörte umgesprungen sein."

„Was empfinden Sie für diesen Mann, der ihre Schwester so ‚herzlos' behandelt hat?", hakte Raffael nach.

„Warum fragen Sie das?!" Mirko Hübner machte ein unwilliges Gesicht. „Um Hinweise zu erhalten, ob ich für Dörte Rache an Wegners Töchtern genommen habe?!"

„Das haben Sie richtig erkannt", meinte Raffael lächelnd. „Also …?"

„Nichts. Ich empfinde nichts für Wegner. Vor allem keinen Hass!" Hübner schaute Raffael und Andrea mit einem Kopfschütteln an. „Wie kommen Sie auf solche absurden Vermutungen?! Sich an Wegners Töchtern zu vergreifen, wäre komplett krank. Davon wird Dörte nicht wieder lebendig! Außerdem bin ich ein Mensch, der Gewalt verabscheut. Ich würde nie einer Frau etwas antun."

„Und einem Mann?", rutschte Raffael heraus.

„Auch nicht! Ich bin weder Wegner noch seinen Töchtern jemals persönlich begegnet! Aus der Familie kenne ich lediglich Maria."

Die Frage, wie er zur zweiten Ehefrau des Schönheitschirurgen steht, beantwortete er zögernd: „Ich hab sie früher immer gemocht. Sie war zielstrebig, aber freundlich. Es ist halt ihre Entscheidung, dass sie diesen reichen Typen geheiratet hat. Geld lässt so manchen Menschen attraktiver erscheinen, als er in Wirklichkeit ist."

Raffael befragte ihn zu seinem Alibi für den ermittelten Zeitraum von Linda Wegners Ermordung.

„Da war ich zu Hause. Allein", erklärte Hübner. „Ich hab den ganzen Abend mit meiner Spielekonsole verbracht."

„Und wie war das am Samstag, den 1. September zwischen 20:30 und 23:00 Uhr …?", erkundigte sich Raffael lauernd. „Gibt's da auch niemanden, der bezeugen kann, wo Sie sich zu dieser Zeit aufgehalten haben?"

„Diese Frage musste ja kommen …", äußerte Hübner mit spöttischem Tonfall. „Aber da bin ich fein raus. Ich war an dem Samstag bei meiner Bekannten Thea Fuhrmann. Wir hatten quasi ‚sturmfreie Bude', weil Theas Tochter das Wochenende bei ihrem Vater, Theas Ex, verbracht hat. Frau Fuhrmann wird mein Alibi selbstverständlich bestätigen. Ich gebe Ihnen gerne Adresse und Telefonnummer."

„Danke, das ist überaus zuvorkommend", brummte Raffael.

*

„So wie es aussieht, haben weder Annette Hübner noch ihr Sohn Mirko die Töchter von Wegner umgebracht", fasste Andrea Renner die beiden Befragungen der Hübners zusammen, als sie wieder mit Raffael Störtebecker in ihrem Dienstwagen saß. „Ähnlich wie der Schönheitschirurg ist Frau Hübner innerhalb kürzester Zeit mit dem überraschenden Tod von zwei geliebten Menschen konfrontiert worden. Mit ihrem Sohn kann sie offenbar über ihre Trauer nur in beschränktem Maße reden. Da leuchtet es mir ein, dass sie sich einen professionellen Gesprächspartner wie diesen Dr. Riedel sucht. … Nicht jeder, der seinen Ehepartner verliert, findet gleich wieder Ersatz."

Bei ihrem letzten Satz schaute die Oberkommissarin ihren Kollegen erwartungsvoll an.

„Ja, das seh ich auch so", meinte Raffael unbekümmert. „Da ist die arme Frau in ihrer seelischen Not wohl leider auf diesen merkwürdigen Psycho-Doc aus Linden angewiesen. Den sollten wir uns erneut vorknöpfen."

61

Die Befragung von Dr. Jürgen Riedel fand im Behandlungszimmer seiner Praxis in der Mittagspause statt.

„Ich vermute, Sie werden in Ihren Therapiegesprächen so einiges über die Wegner-Zwillinge und Dörte Hübner erfahren haben", stellte Raffael Störtebecker, der von seiner Kollegin Andrea Renner begleitet wurde, in den Raum. „Es ist wirklich ein bemerkenswerter Zufall, dass Sie sowohl die Stiefmutter der beiden Mordopfer als auch Frau Annette Hübner, die Wegner eine Mitschuld am Suizid ihrer Tochter gibt, behandeln. ... Ich kenne natürlich die Aussage von Frau Hübner, dass sie zu Ihnen kommt, weil sich Maria Wegner positiv über ihre Therapie bei Ihnen geäußert haben soll ..."

„Da haben Sie doch bereits die plausible Erklärung, warum ich mit Frau Hübner und Frau Wegner beruflich zu tun habe", bekundete der Psychiater und Psychotherapeut mit einem nachsichtigen Lächeln. „Ich würde sagen, diesen Sachverhalt konnten wir schnell klären. Die Inhalte meiner Therapiegespräche wiederum unterliegen der ärztlichen Schweigepflicht."

„Planen Sie, sich Linda Wegners Beerdigung anzusehen?", erkundigte sich Raffael. „Vielleicht aus sicherer Entfernung?"

„Nein. Ich kenne die Verstorbene überhaupt nicht."

„War das bei ihrer getöteten Schwester nicht genauso …?!"

„Damals hab ich mich in der Rolle eines therapeutischen Beistands gesehen …"

„In einer homöopathischen Dosierung, ich entsinne mich", murmelte Raffael.

Der Psychotherapeut machte ein beleidigtes Gesicht, mutmaßte gleichzeitig mit arrogant klingendem Tonfall: „Als Polizist haben Sie mit übersinnlichen Phänomenen sicherlich wenig zu tun."

„Momentan mehr als Sie denken." Raffaels geistiges Auge erspähte einen entrückt guckenden Torben Hansen, der gerade – eine Hand auf dem Grabstein – mit Großtante Edith über den neuesten Familientratsch plauderte. Er verdrängte das Bild und führte weiter aus: „Jasmins Beerdigung hat Ihnen bestimmt einen ausreichenden Eindruck vermittelt, wie Wegner und seine Frau mit dem unerwarteten Verlust eines Familienmitglieds umgehen."

„Natürlich." Riedel wirkte unsicher, wie er Raffaels Bemerkung auffassen sollte.

Nach seinem Alibi am 5. Oktober befragt, verkündete Riedel ohne zu zögern: „Ich bin auf der Geburtstagsfeier eines Freundes in Langenhagen gewesen. Von neunzehn bis dreiundzwanzig Uhr."

Sein Alibi für den Mord an Jasmin war ziemlich mau, ging Raffael durch den Kopf. *Aber dies hier scheint bombensicher zu sein.*

62

Selbst zu Hause in seiner Wohnung beschäftigte sich Raffael Störtebecker mit den Ermittlungsergebnissen der letzten Tage.

Die Tötung von Linda Wegner hat mich überrascht. Bis dahin hatte ich ganz andere Tatmotive im Kopf. Wahrscheinlich haben wir es mit einem psychopathischen Killer zu tun, der ein traumatisches Erlebnis mit einer Studentin hatte.

Trotzdem spukt mir unser Gespräch mit Seifert im Kopf herum, seine Hypothese zur Bedeutung der abrasierten Haare. Er hat in Erwägung gezogen, dass der Täter damit möglicherweise dem Schönheitschirurgen eine Botschaft schickt.

Raffael fasste den Entschluss, Torben anzurufen.

Tante Lilo würde sich freuen, wenn ich meinem Cousin zeige, dass ich seine Hilfe gebrauchen kann.

Es dauerte eine Weile, bis Torben an sein Smartphone ging.

„Moin Raffi. Haben dich meine Empfehlungen für Emil weitergebracht?"

Wie peinlich, bisher habe ich darüber noch nicht mit Katja gesprochen. Muss ich unbedingt demnächst machen.

„Moin Torben. Ich arbeite dran", war Raffaels kryptische Antwort. „Heute melde ich mich in einer beruflichen Angelegenheit."

„Ich bin ganz Ohr. Schieß los!"

„Mir ist in Erinnerung, dass du erzählt hast, dass ein Foto von Jasmin, auf dem sie mit ihren bunt gefärbten Haaren zu sehen ist, der Aufhänger dafür war, dass Wegner dich als Privatdetektiv engagiert hat. Meinst du, gerade die Haare haben für Wegner eine besondere Bedeutung?"

„Unbedingt", stimmte Torben zu. „Und Jasmin wusste das. Übrigens hatte sie ihr Haar offenbar auch nicht gefärbt, sondern nur getönt. Denn kurze Zeit später hatte sie wieder ihre blonden Haare wie vor ihrem Aufenthalt in Helges WG."

„Das spricht dafür, dass sie an einer grundlegenden Typänderung nicht interessiert war."

„Genau. Dr. Wegner hat während meiner Beauftragung eine Weile über Haare philosophiert. Kein Wunder. Haare sind für ihn als Schönheitschirurgen von besonderem Interesse, da sie vorteilhaftes Aussehen unterstützen. Deswegen tun auch so viele Menschen etwas gegen Haarausfall und Glatzenbildung."

„Nach dem Motto ‚Mit Haaren ist besser als ohne'."

„Du sagst es. Das Gespräch mit Dr. Wegner über Haare war sehr aufschlussreich."

„Erzähl schon. Was waren die Inhalte? Ging's etwa darum, dass in den Haaren die Vergangenheit eines Menschen steckt?"

Irgend so etwas hatte mir doch Dr. Seifert am Telefon erzählt.

Mit seinem Wissen um diese psychologischen Zusammenhänge zwischen Haaren und Vergangenheit konnte Raffael bei seinem Cousin richtig punkten.

„Wow, du verblüffst mich total", meinte Torben bewundernd. „Du hast ja Ahnung von Psychologie! Das war tatsächlich Thema in dem Gespräch mit Wegner. Und dass ein Mensch, der sich der Haare eines anderen bedient, dadurch zu diesem eine überdauernde Verbindung herstellen kann."

„Meinst du, Wegner glaubt ernsthaft, dass derjenige, der die Haare von Jasmin und Linda an sich genommen hat, zu seinen Töchtern eine Art übersinnliche Beziehung aufbauen könnte?"

„Das Wort ‚übersinnlich' hat er nicht benutzt, sondern Begriffe wie ‚die künstlerische Paradoxie vom Erhalt des Vergänglichen'."

„Ach du meine Güte."

Die Welt um mich herum ist verrückter, als ich dachte. Selbst meine Kollegin Andrea, die ich für sehr bodenständig halte, hat mir weismachen wollen, dass sie während unseres Restaurantbesuches einen übernatürlichen Hinweis auf Jasmins Ermordung erhalten hat. Bei Lindas Ermordung hat sich das allerdings nicht wiederholt. Und bei Torben?

„Noch eine Frage … Ungefähr zum Zeitpunkt der Ermordung von Jasmin hast du über Beklemmungsgefühle und Herzschmerzen geklagt. Hast du am Abend des 5. Oktober, so zwischen 19:45 und 22:45 Uhr, etwas Vergleichbares gespürt?“

„Nein. Da war ich zu Hause und völlig symptomfrei.“

Natürlich ist dieser ganze esoterische Hokuspokus völliger Quatsch. Trotzdem spannend, dass beim zweiten Mord durch denselben Täter die übersinnlichen Antennen von Torben und Andrea keine Signale aufgefangen haben.

„Hast du eine Erklärung, warum deinen Körper keine Hinweise auf Lindas Ermordung erreicht haben?“, erkundigte sich Raffael mit spaßigem Unterton.

Torben nahm die Frage durchaus ernst und meinte: „Zu Jasmin bestand durch meine Überwachungstätigkeit ein starkes Energieband, das gab es zu Linda nicht. Es gäbe zwar grundsätzlich ein zweites Erklärungsmodell, aber das kann in diesem Fall unmöglich zutreffen, da es sich beim Täter um ein und dieselbe Person handeln soll.“

„Was ist das zweite Erklärungsmodell …?“

„Da geht es um die energetische Bindung, die sich unbewusst zwischen mir und dem Täter aufbaut. Wenn ich zu Tätern unterschiedlich enge Bindungen habe, unterscheiden sich auch meine körperlichen Reaktionen auf die Tat. Aber in diesem Fall war es offenbar anders.“

Nachdem der Oberkommissar das Telefonat beendet hatte, schüttelte er über sich selbst den Kopf.

Was führe ich für absurde Gespräche. Demnächst lasse ich mich noch von einer Wahrsagerin mit Glaskugel beraten. Besonders Torbens Erklärungsmodell mit den unterschiedlichen Tätern taugt natürlich wirklich nichts.

63

Maria Wegner war in der Küche und räumte den Geschirrspüler aus.

Sissi fehlt mir sehr. Die verschmuste Katze war zuletzt das einzige Lebewesen in diesem Haus, deren körperliche Nähe mir guttat. Seit dem Abend, an dem ich mich Burkhard mit der Kopfschmerz-Ausrede verweigert habe und früher schlafen gegangen bin, ist Sissi spurlos verschwunden. Burkhard hat erzählt, dass er Sissi an dem Abend in den Garten gelassen hätte. Natürlich kommt es immer wieder vor, dass Katzen entlaufen und erst nach Monaten wieder zurückkommen. Manche Katzen werden von Autofahrern überfahren, von diesen eventuell irgendwo ‚entsorgt'.

Ich habe die Polizei informiert und Zettel mit einer Beschreibung der verschwundenen Sissi verteilt, aber bisher sind keine Hinweise eingegangen.

Während Maria die sauberen Gläser in den Küchenschrank stellte, wurde ihr bewusst, wie angespannt ihr ganzer Körper war. Sie hoffte, dass dieser Abend ohne nennenswerte Reibereien vorübergehen würde. Burkhard hielt sich momentan im Arbeitszimmer auf. Er stellte Notizen zusammen, die er dem Pastor für Lindas Beerdigung zuschicken wollte.

Auch wenn es dafür keine Beweise gibt: Ich glaube, dass Burkhard etwas mit Sissis Verschwinden zu tun hat. In meinem Traum letzte Nacht hat er Sissi mit einem schwarzen Schal erdrosselt, ihr das Fell abrasiert und sie anschließend in unserem Garten vergraben. Ich traue mich nicht, den Garten systematisch nach einem Tiergrab abzusuchen. Einen dramatischen Konflikt mit all seinen Folgen, sollte ich etwas entdecken, kann ich jetzt nicht gebrauchen.

Maria hatte es sich angewöhnt, die Verhaltensweisen ihres Mannes sehr genau zu beobachten und auf jede Nuance zu achten. Veränderungen konnten ein Hinweis darauf sein, dass er misstrauisch wurde und ahnte, welche Pläne Maria verfolgte. In gewissen Abständen war es unumgänglich, dass sich Maria mit Nick Fuhrmann persönlich über ihre nächsten Schritte austauschte.

Burkhard hat sich nach außen wieder gefangen. Innerlich brodelt es in ihm. Kein Wunder, zwei seiner Töchter sind gerade ermordet worden. Er arbeitet wieder in der Klinik. Ich möchte mich momentan nicht von ihm operieren lassen. Wer weiß, ob seine Gedanken bei der OP oder bei der bevorstehenden Beerdigung von Linda sind.

Maria hörte Schritte. Das musste Burkhard sein, der die Treppen herunterkam.

Geht er ins Wohnzimmer oder noch in den Garten? Ich bleib in der Küche und kann gut und gerne auf eine Unterhaltung mit ihm verzichten.

„Maria?! Wo bist du?"

„Hier … in der Küche!"

Mal sehen, wie er drauf ist, wenn er sich gerade Notizen über seine gemeinsame Zeit mit Linda gemacht hat. Dürfte so einige unangenehme Erinnerungen geweckt haben.

Burkhard erschien im Türrahmen und betrat die Küche.

Er wirkt unzufrieden.

„Ich dachte, wir sprechen im Wohnzimmer noch einmal über den Rahmen der Beerdigung“, teilte er mit, wobei seine Feststellung wie eine ungeduldige Aufforderung klang.

„Ich bin hier gleich fertig“, entgegnete Maria. „Gibt‘s denn zum Rahmen noch Unklarheiten?“

„Von meiner Seite nicht. Ich hoffe, du hast nicht wieder mit Jürgen Riedel über unsere private Trauerfeier gesprochen.“ Burkhard schaute erwartungsvoll Maria an, die zwei Gläser auf der Arbeitsplatte des Küchenschranks abstellte. „Ich akzeptiere nur den engsten Familienkreis in meinem Sinne. Also weder Lindas Schulfreundin noch deine Eltern und schon gar nicht Typen wie diesen Psychiater. Es reicht schon, wenn ich Sabine und ihre Eltern aushalten muss. Am liebsten wäre ich dort mit Linda und dem Pastor allein … beziehungsweise mit dir natürlich als meiner Begleitung.“

„Zu Dr. Riedel habe ich keinen Kontakt. Meine Therapie bei ihm ist seit neun Monaten beendet.“

„Das muss ja nichts heißen“, äußerte Burkhard höhnisch. „Manchmal kommt mir der Gedanke, du triffst dich noch heimlich mit ihm. Nach unserer Hochzeit hast du schließlich monatelang seine Praxis aufgesucht, ohne mir etwas von deiner Psychotherapie zu erzählen."

„Bitte wirf mir nicht immer dieselben Dinge vor. Dafür habe ich mich entschuldigt und du hast mir verziehen."

„Das stimmt", gestand Burkhard mit einem kalten Lächeln ein und strich mit der rechten Hand über Marias Wange. „Ich habe dir verziehen, weil du versprochen hast, mich nie wieder zu belügen."

„Dann hast du keinen Grund, misstrauisch zu sein", behauptete Maria. „Ich bin immer ehrlich zu dir gewesen. Du hast mich letzten Monat gefragt, ob ich mit Riedel über den Beerdigungstermin von Jasmin gesprochen habe, worauf ich dir sofort alle Einzelheiten über das Telefonat mit ihm erzählt habe. Von meiner Seite gibt es keine Geheimnisse zwischen uns."

„Ich würde das nur zu gerne glauben", meinte Burkhard und ging einen Schritt zurück. „Aber in der letzten Zeit benimmst du dich anders als sonst. Du weichst mir aus. Bei Riedel, diesem Versager, den ich lange genug im Studium ertragen musste, kann ich mir lebhaft vorstellen, dass er gerne mit einer schönen Frau wie dir eine Affäre hätte, um damit gleichzeitig kleine Rachegelüste gegenüber ehemaligen Kommilitonen zu befriedigen."

Oh, da muss früher so einiges zwischen Burkhard und Riedel vorgefallen sein, kam Maria in den Sinn. *Jetzt verstehe ich, warum mich Riedel ‚durch die Blume' vor einer Ehe mit Burkhard gewarnt hat.*

„Ich habe wirklich kein Interesse an anderen Männern“, versuchte sie Burkhard zu besänftigen. „An meiner Liebe zu dir hat sich seit unserer Hochzeit nichts geändert.“

Er sah sie ungläubig an, sagte dann fordernd: „Ich will mit dir schlafen. Jetzt gleich!“

Maria spürte einen Kälteschauer, der ihren gesamten Körper erfasste.

Sie versuchte zu lächeln, als sie zögerlich sagte: „Also auf Knopfdruck bekomme ich keine romantischen Gefühle. Du verstehst sicherlich, dass unser Gespräch mich aufgewühlt hat. Da schaffe ich nicht sofort den Stimmungswechsel. Das muss sich erst wieder zwischen uns aufbauen.“

„Ich hab's geahnt“, äußerte er gereizt. „Du willst mich hinhalten.“

„Es geht mir um echte Gefühle“, hielt sie ihm entgegen. „Ich tu das für uns, möchte ehrliche Zuneigung für dich empfinden – und meinen Körper nicht zu etwas zwingen müssen.“

„Alles um dich herum ist mein Geschenk an dich. Die Villa, der Garten, deine teure Kleidung und unsere gemeinsamen Urlaube, wie im August auf den Seychellen. Bringt dich das nicht genug in Stimmung?! Was willst du noch?!“ Burkhard schüttelte den Kopf, als könnte er sich dadurch seiner Enttäuschung entledigen. „Aber so ein Verhalten kenne ich schon. Jasmin, Linda und Sabine habe ich auch alles geboten und immer versucht, Ihnen einen vorteilhaften Weg im Leben aufzuzeigen und Unheil von ihnen fernzuhalten. Haben sie es mir gedankt?! Nein! Sie haben sich abgewandt." Er machte eine wegwerfende Handbewegung. „Sabine ist weggegangen – soll sie wegbleiben! Aber Jasmin und Linda sind mein Fleisch und Blut. Sie haben meine fürsorglichen Warnungen ignoriert und damit ihren eigenen Untergang herbeigeführt. Du solltest nicht den gleichen Fehler begehen, indem du die sichere Welt, die ich dir biete, verlässt."

„Ich versteh nicht, was du meinst!"

„Wenn du mich wirklich wie zum Beginn unserer Ehe liebst, dann zeig es mir."

„Ich soll jetzt auf der Stelle mit dir schlafen?!", äußerte Maria fassungslos.

Glaubt der Kerl, er kann mich mit seinem Geld aufkaufen?

Wütend rutschte ihr heraus: „Willst du eine Frau oder eine Prostituierte?"

Augenblicklich veränderte sich Burkhards Gesicht in eine wutverzerrte Fratze.

Er stürzte auf seine Frau zu und schrie: „Du meinst, ich hab es nötig, mir deine Zuneigung zu erkaufen wie ein armseliger Freier im Bordell?!"

„Wenn jemand beleidigt sein darf, dann wohl eher ich", erwiderte Maria. „Mit deinem Hinweis, was du mir alles bietest, hab ich mich wie eine Prostituierte gefühlt."

„Ach, ich geb dir das Gefühl, eine Nutte zu sein?!" Burkhards Augen funkelten böse. „Das könnte doch eigentlich nur der Fall sein, wenn du mir tatsächlich die gewünschte körperliche Zuneigung gibst. Aber stattdessen verweigerst du dich total!“

„So, wie du dich gerade verhältst, ist das kein Wunder“, versuchte sie ihm den Spiegel vorzuhalten.

Sein Schlag mit der offenen rechten Hand traf klatschend ihre Wange.

„Du undankbares Miststück!“, brüllte er, danach schlug er mit beiden Händen abwechselnd auf sie ein. Maria duckte sich weg, hielt ihre Arme schützend vor ihr Gesicht, während Burkhard seine Hände zu Fäusten ballte und voller Wut auf den Oberköper seiner Frau einprügelte.

„Hör auf, du Schwein, lass mich in Ruhe!“, brüllte sie. Plötzlich blieb er wie erstarrt stehen. Sie nutzte den Augenblick und rannte los, aus der Küche in den Flur. Hinter sich hörte sie die Schritte ihres Mannes und seinen keuchenden Atem.

Nur ein kleiner Vorsprung. Raus komm ich nicht mehr!

Sie schaffte es, sich ins Gäste-WC zu retten, schloss sofort hinter sich ab.

Burkhard hämmerte mehrfach mit der Faust gegen die Tür.

„Aufmachen! Sofort aufmachen!“, brüllte er.

Der tritt die Tür ein und bringt mich um. Ich hab kein Smartphone dabei, um Hilfe zu rufen. Ich muss aus dem Fenster klettern und mich in Sicherheit bringen.

Auf einmal fiel ihr auf, dass Stille eintrat. Kein Brüllen mehr, kein Hämmern der Fäuste.

Ob jemand aus der Nachbarschaft den Krach mitbekommen hat? Vermutlich nicht. Bei unserem großen Grundstück sind die nächsten Häuser weit weg.

Maria überlegte, was sie tun sollte. Sie trat an die abgeschlossene Tür und lauschte. Das Geräusch, das sie hörte, nahm kontinuierlich zu. Es war das Wimmern eines Menschen.

Das ist Burkhard, der anfängt zu heulen.

Als nächstes nahm sie ein Kratzen an der Tür wahr.

„Es tut mir unendlich leid, was ich getan hab", sagte er durch die Tür. Seine Stimme wurde von einem anhaltenden Weinen unterbrochen. „Ich wollte dich nicht schlagen. Bitte verzeih mir noch einmal. Ich verspreche dir, dass das nie wieder vorkommt."

So schlimm hat er mich noch nie geschlagen. Er hat sogar erstmals die Fäuste benutzt. Ich hatte richtig Todesängste. Er ist eine tickende Zeitbombe. Aber ich muss durchhalten. Wenn wir uns jetzt trennen oder er enterbt mich, ist der ganze Plan im Eimer.

Sie wartete eine Weile und öffnete schließlich vorsichtig die Tür. Burkhard saß dem Gäste-WC direkt gegenüber auf den Fliesen, den Rücken an die Wand gelehnt. Er sah seine Frau schuldbewusst an und sagte leise: „Keine Angst. Es wird alles wieder gut."

64

Torben Hansen hatte die telefonische Einladung von Dr. Burkhard Wegner, sich mit ihm in dessen Klinik für Plastische und Ästhetische Chirurgie an der Eilenriede zu treffen, bereitwillig angenommen.

„Ich habe einen Auftrag für Sie“, war das Einzige, was er dem Privatdetektiv gestern Nachmittag am Telefon als Grund für das Treffen genannt hatte. „Seien Sie bitte diskret und machen Sie gegenüber meinen Mitarbeitern keine Angaben zu Ihrem Beruf. Denen werde ich Sie unter dem Namen *Andreas Hausmann* ankündigen. Und Sie haben bei Nachfrage einfach einen ‚privaten Termin‘ bei mir.“

Torben hatte den Grund für die Vergabe eines Tarnnamens sofort verstanden: *Falls jemand von Wegners Personal meinen richtigen Namen im Zusammenhang mit Hannover googelt, bekäme die Person schnell raus, dass ich eine Detektei betreibe.*

Eine freundlich lächelnde Dame vom Empfang begleitete Torben zum Sprechzimmer des Schönheitschirurgen im ersten Stockwerk der Klinik. Die Tür stand halb offen. Torben konnte bereits erkennen, dass der Arzt hinter seinem Schreibtisch saß. „Gehen Sie ruhig rein, Herr Hausmann. Der Chef erwartet Sie“, meinte die Frau.

Torben betrat mit einem kräftigen „Moin“ das Sprechzimmer, während die Empfangsdame draußen blieb und die Tür hinter ihm schloss.

Wegner erhob sich und kam seinem Besucher entgegen. Er war vollständig in Weiß gekleidet, wobei er den langen Arztkittel mit dem Stehkragen komplett offen trug. Torben fiel gleich das ernste Gesicht seines Gegenübers auf.

Ich nehme eine starke negative Ausstrahlung wahr, dachte sich Torben. *Die geht von Wegner aus. Ist mir bei der letzten Begegnung mit ihm gar nicht so aufgefallen.*

Blickfang des Raums war eindeutig der große moderne Schreibtisch mit Monitor und Tastatur, vor dem zwei Besucherstühle standen. Außerdem entdeckte Torben eine Untersuchungsliege und einen halbhohen Aktenschrank. An den Wänden hingen mehrere Ölgemälde. Wegner begrüßte den Privatdetektiv mit Handschlag und bat ihn anschließend auf einem der Besucherstühle Platz zu nehmen. Wegner kehrte wieder auf seinen Drehstuhl hinter dem Schreibtisch zurück.

„Ich habe mir lange überlegt, ob ich Sie erneut engagieren soll“, eröffnete Burkhard Wegner das Gespräch. „Sie haben mich immerhin gegenüber der Polizei als Auftraggeber in Sachen meiner Tochter Jasmin verraten. Wobei Ihre Angaben natürlich als Unterstützung der Polizei bei der Aufklärung des Mordes gedacht waren.“

„Jo, darum ging's.“

„Mit den Ergebnissen Ihrer Recherche war ich damals sehr zufrieden. Sie haben gute Arbeit geleistet.“

„Jo."

„Dieses Mal geht es um meine Frau Maria. Ich habe Ihnen zwei Fotos von ihr ausgedruckt." Wegner öffnete eine Schublade von seinem Schreibtisch, holte zwei Hochglanzfotos hervor und legte sie vor Torben neben den Monitor. Ein Porträt- und ein Ganzkörperfoto.

„Ihre Frau sieht toll aus, sie hat ein sehr schönes Gesicht", meinte Torben anerkennend.

„Und genau das ist das Problem", äußerte der Chirurg. „Ich könnte mir vorstellen, dass andere Männer ebenfalls schnell Gefallen an ihr finden."

„Sie vermuten, dass Ihre Frau eine Affäre hat …?"

Na ja, was sonst, dachte sich Torben. *Affären sind schließlich einer der Hauptgründe, warum ich engagiert werde.*

„In der letzten Zeit hat sich mein Verdacht leider verstärkt", bestätigte Wegner. „Ihnen ist bestimmt bekannt, dass ich vor Kurzem auch meine zweite Tochter auf grausame Weise verloren habe. Das macht mich sehr verletzlich. Gerade in dieser Situation muss ich mir sicher sein, dass ich meiner Frau vollständig vertrauen kann."

„Wie kommen Sie darauf, dass Ihre Frau etwas mit einem anderen Mann haben könnte?"

Burkhard Wegner begründete seinen Verdacht mit veränderten Verhaltensweisen seiner Frau: „Sie ist abweisend, will keinen Sex mehr mit mir. … Manchmal hatte ich den Eindruck, dass sie nach einem anderen Kerl riecht." Er stockte und schaute betreten auf seine Hände, die sich ineinander verkrampft hatten. Dann sagte er leise: „Vielleicht liegt es auch daran, wie ich mich ihr gegenüber in den letzten Wochen benommen habe …"

„Wieso, was machen Sie denn?", rutschte Torben heraus.

„Details sind nicht wichtig für Sie!", machte Wegner deutlich. „Ab und an kann es sein, dass ich bestimmend auftrete."

Kann ich mir vorstellen.

„Haben Sie jemanden im Verdacht, mit dem Ihre Frau ein Verhältnis haben könnte?"

„Tja … also … ich weiß nicht", druckste Wegner herum. „Ich hatte schon an den ehemaligen Psychotherapeuten meiner Frau, einen Jürgen Riedel, gedacht. Der hat nach der angeblichen Beendigung der Psychotherapie privat Kontakt zu meiner Frau aufgenommen."

Wegner berichtete von dem merkwürdigen Verhalten des Psychotherapeuten, der nach einem Telefonat mit Maria heimlich Jasmins Beerdigung beobachtet hätte. Zu Beginn ihrer Ehe wäre Maria monatelang zu dem Psychotherapeuten gegangen, ohne ihren Mann darüber zu informieren.

„Es könnte auch einer der Männer sein, mit denen sie bei ihrer Arbeit für die Stadt Hannover zu tun hat", bekundete Wegner. „Aber wenn ich es wüsste, bräuchte ich Ihre Hilfe ja nicht."

Maria Wegner macht auf den Fotos einen freundlichen Eindruck, ihr Mann hingegen überhaupt nicht. Eigentlich hätte ich Lust, den Auftrag abzulehnen. Aber womöglich helfe ich der Frau, wenn ich dem Mann ihre Unschuld belege.

Wegner erzählte Torben, an welchen Orten sich Maria nach seiner Kenntnis aufhielt. Der Privatdetektiv erfuhr, dass Maria in der Stadtbibliothek arbeitete und gelegentlich ihre Eltern in der Südstadt besuchte. Im Sommer wäre sie gerne in das Ferienhaus der Wegners am Irenensee in Uetze gefahren.

„Übernehmen Sie den Auftrag, Herr Hansen?“, erkundigte sich der Schönheitschirurg am Ende des Gesprächs.

„Jo.“ *Was soll's?!*

„Aber ich muss mich darauf verlassen können, dass meine Frau von der Beschattung nichts mitbekommt.“

65

Raffael Störtebecker hatte es endlich geschafft, sich mit seiner Nachbarin Katja Gerold zu verabreden – und zwar wieder in ihrer Wohnung, die, wie er immer noch fand, trotz Kind beneidenswert aufgeräumt war.

Sie saßen zu zweit im Wohnzimmer. Emil hatte den Besucher kurz begrüßt und war danach gleich wieder im Kinderzimmer verschwunden.

Katja hörte sich geduldig an, was Raffael ihr erzählte. Er bemerkte allerdings, dass sich ihr Mund zunehmend öffnete.

Als er seinen kleinen Vortrag beendet hatte, äußerte Katja zögerlich: „Was du gerade vorgeschlagen hast, klingt ein bisschen wie … wie …“ Sie suchte gedanklich nach den richtigen Worten.

Es war Raffael, der einwarf: „Wie Kinderverarsche und sektenähnliches Geschwafel …?“

„Na ja, so in der Art“, meinte sie mit einem durchaus freundlichen Lächeln. „Wobei, ganz fremd ist mir das gar nicht. … Als Kind haben mich meine Eltern sogar noch beten lassen.“

„Geht Emil davon aus, dass sein Vater … wie soll ich sagen … ‚im Himmel‘ ist?“ Katja schüttelte den Kopf: „Mehrere Schulkameraden von Emil haben ihn bereits erfolgreich davon überzeugt, dass es den Himmel nicht gibt."

„Tja, mit der Existenz des Himmels hab ich bei den Erlebnissen in meinem Beruf auch so mein Problem", stimmte Raffael zu. „Obwohl ... eventuell ist es gar nicht schlecht, an übersinnliche Phänomene zu glauben, wenn es hilft. Mein Cousin Torben scheint damit ganz gut zu fahren. Er hat unsere verstorbene Großtante vermisst und steht jetzt wieder mit ihr im Kontakt."

Katja spielte mit den Fingern am Rahmen ihrer Nickelbrille.

„Bist du früher deiner Frau auch mit so unkonventionellen Ideen gekommen?", erkundigte sie sich.

„Bei uns war es in der Regel Clara, die ein wenig verrückt war und sich bestimmten Konventionen nicht anpassen wollte. Allerdings war sie bei weitem nicht so abgedreht wie mein Cousin, meine Großtante oder meine Mutter. Ich hingegen war immer der biedere ordentliche Polizeibeamte."

„Na, das mit der Ordentlichkeit hast du ja erfolgreich bekämpft", kommentierte sie grinsend. „Und was sollte man schon gegen Beamte haben?"

„Richtig, sie tun ja nichts", führte Raffael den Gedanken zu Ende.

Mit Katjas Einverständnis besuchte er anschließend Emil in dessen Zimmer.

Emil, der auf dem Teppichboden mit einigen Playmobil-Figuren spielte, schaute Raffael erwartungsvoll an.

„Darf ich mich zu dir setzen für eine Unterhaltung von Polizist zu Pirat?“, erkundigte sich der Oberkommissar. Als Emil nickte, hockte er sich auf den Fußboden im Schneidersitz vor den Jungen.

„Ich wollte mit dir noch mal über deinen Papa reden“, meinte Raffael. „Bei dem, was ich inzwischen über ihn von deiner Mutter gehört habe, bin ich mir sicher, dass er dich total gerngehabt hat. Als Polizist kenne ich mich nämlich gut damit aus, ob Menschen jemanden mögen oder nicht.“

Emil sagte nichts, guckte seinen Besucher weiterhin stumm an.

„Wenn du dir in diesem Moment von deinem Papa etwas wünschen könntest“, leitete Raffael etwas umständlich seine nächste Frage ein, „was wäre das denn?“

„Ist doch egal.“

„Weißt du, mein Cousin ist so eine Art ‚Spezialagent für Aliens‘, der weiß, wie man sich mit verstorbenen Menschen, die einem früher ganz wichtig waren, austauschen kann.“

„Mit toten Menschen kann man nicht reden.“

„Es ist nicht einfach … und braucht viel Übung“, druckste Raffael herum. „Man spricht auch nicht richtig miteinander. Also nicht laut, sondern nur in Gedanken. Aber dann kann es funktionieren. Es müssen nur beide wollen.“

„Glaub ich nicht.“

„Ich konnte mir das auch schlecht vorstellen, bevor es mir mein Cousin erklärt hat.“

„Man kann ohne Stimme mit toten Menschen reden?“

„Mein Cousin macht das ganz oft. Wenn du das auch könntest, über was würdest du mit deinem Papa reden?“

„Über Klaus Störtebeker.“

„Und was noch?“

„Dass ich ihn im Krankenhaus nicht besuchen durfte.“

„Weil dich dein Papa so liebgehabt hat, wollte er bestimmt, dass du ihn gesund und stark in Erinnerung behältst.“

„Das hat Mama auch gesagt.“

„Ich bin fest überzeugt, dass das stimmt.“

„Mhm.“ Raffael nahm zur Kenntnis, dass Emil zumindest nicht protestierte.

„Wenn du deinen Papa auch liebhast und ganz fest daran denkst, dann merkt er das und du kannst fühlen, wie er antwortet.“

„Das geht wirklich?“

„Damit es noch besser funktioniert, wäre es gut, wenn du deinem Papa etwas mitbringst, was euch beide früher viel bedeutet hat. Aber es darf nicht zu groß sein. Eher was Kleines, das zwischen Daumen und Zeigefinger passt.“

„Und dann sagt Papa was zu mir?“

„Natürlich in Gedanken. Kann sein, dass es eine Zeit dauert, bis du ihn verstehst. Für lebende Menschen ist es manchmal nicht einfach zu kapieren, was Verstorbene einem sagen wollen.“

66

Maria beendete gegen 12:30 Uhr ihre Arbeit in der Buchbinderei. Sie hatte sich von Elke, Norbert und Leonie verabschiedet und die Stadtbibliothek über den Haupteingang verlassen. Um diese Zeit kamen ihr auf dem breiten Gehweg der Hildesheimer Straße zahlreiche Fußgänger entgegen. Sie schlenderte langsam stadtauswärts, vorbei an den parkenden Autos vorm „Haus der Region", in dem sie Burkhard damals zum ersten Mal begegnet war.

Burkhard kommt mir die letzten Tage anders vor als sonst. Er lässt die Leine locker, hält Abstand zu mir und spielt abends nicht den Kontrolleur. Was hat das zu bedeuten?

Auf der mehrspurigen Hauptstraße durch die Südstadt war in beide Richtungen lebhafter Verkehr.

Ich will, dass Nick die Sache jetzt zügig zu Ende bringt. Bei unserem letzten Treffen war er verdammt nervös. Ich habe schon befürchtet, dass er abspringen könnte. Im Grunde genommen ist er für die Nummer zu weich. Ich muss ihn unbedingt bei Laune halten. Nur deswegen habe ich mich auf unser nächstes erotisches Rollenspiel für heute eingelassen. Die blauen Flecke, die ich Burkhards Schlägen verdanke, sind unangenehm berührungsempfindlich. Aber egal, ich bringe das heute hinter mich.

Die Sonne schien, es waren wenig Wolken am Himmel.

Für Oktober ist es immer noch erstaunlich warm. Eigentlich ein wunderschöner Altweibersommer-Tag. Bei dem, was mich beschäftigt, kann mich das nicht wirklich begeistern.

Maria trug eine Sommerjacke zur hellblauen Bluse und eine dunkelblauen Jeans, dazu eine Schultertasche.

Ich hab noch ein paar Minten Zeit, bis wir uns treffen. Er hat sich Urlaub genommen, um vermeintlich ‚zu sich selbst zu kommen'.

Sie schaute sich die Schaufenster einiger Läden an, warf einen interessierten Blick auf die Titelseiten der hannoverschen Tageszeitungen.

Der Mord an Linda ist raus aus den Schlagzeilen.

Sie erreichte einen italienischen Feinkostladen mit Kaffeebar. Dahinter folgte „Cruses Buchhandlung", die ausschließlich Kinder- und Jugendbücher führte. Links vom Gehweg waren die Querparkplätze für Autos.

Da am Straßenrand parkt Nicks grauer Kombi. Zumindest ist er immer pünktlich.

Nick Fuhrmann saß am Steuer und blickte zu ihr herüber. Maria öffnete die Beifahrertür und stieg ein. Er war bekleidet mit einem dunkelgrauen Sakko über einem weißen Hemd.

„Es freut mich, dass Sie meiner Einladung gefolgt sind", begrüßte er sie in einem galant-sachlichen Tonfall. Mit beiden Händen strich er über den äußeren Rand seiner schwarzen Stoffhose. „Ich habe alles vorbereitet. Wir können losfahren."

Während Nick den Wagen startete und zurücksetzte, erkundigte sich Maria: „Wohin bringen Sie mich, Herr Fuhrmann?"

„Zu einem reizvollen Ort, an dem wir die Liebe mit Blick in die Natur genießen können. Ich denke, Sie werden zufrieden sein."

Das dämliche Gequatsche nervt mich gerade total, ging Maria durch den Kopf. *Aber ich lass mir nichts anmerken.*

Er steuerte den Wagen die Hildesheimer Straße entlang in südlicher Richtung. Zu beiden Seiten der Straße erstreckten sich Reihen von Wohnhäusern, die im Erdgeschoss kleine Läden, Banken, Apotheken, Cafés oder Restaurants beherbergten.

„Wie lange fahren wir?", wollte Maria wissen.

„Zwanzig Minuten. Kann ich bis dahin etwas für Sie tun, Frau Wegner?" Sein Tonfall klang wie der eines Chauffeurs.

„Ich würde mich über Ihre verbindliche Zusage freuen, sich endlich um meinen Mann zu kümmern."

„Tut mir leid, Maria, ich kann unmöglich einen weiteren Menschen töten!" Nicks Stimme hatte sich schlagartig verändert. Er wirkte aufgeregt und war offensichtlich aus dem Rollenspiel ausgestiegen. „Gestern und vorgestern hatte ich Emily zu Besuch. Da ist mir deutlich geworden, dass ich Teil einer heilen Familie sein möchte und kein Zerstörer, der Menschen auslöscht, die ihm nichts getan haben."

„Wie soll es denn jetzt nach deiner Meinung weitergehen?"

„Ich bringe niemanden mehr um und wir lieben uns wie immer an außergewöhnlichen Orten. Es bleibt alles wie vorher."

„Nichts bleibt wie vorher!", zischte Maria. „Burkhard tut mir etwas an, mit steigender Tendenz. Vor paar Tagen hat er erstmals mit Fäusten auf mich eingeschlagen. Dafür muss er endlich die Rechnung bezahlen. Und nur du kannst sie ihm präsentieren."

„Er hat dich wieder geschlagen?" Nicks rhetorische Frage drückte Besorgnis aus. Dann äußerte er wütend: „So ein Schwein!"

„Es macht auch überhaupt keinen Sinn, auf halber Strecke aufzugeben", legte Maria nach. „Dann wäre die Tötung von Linda völlig umsonst gewesen."

Nick schüttelte den Kopf und verkündete: „Ich bin heilfroh, dass mir die Polizei bisher nicht auf die Spur gekommen ist. … Aber darf ich das Glück zum zweiten Mal herausfordern?!"

Nick stand merklich unter Druck. Maria befürchtete, dass er gar nicht richtig auf den Verkehr achtete. Mittlerweile hatten sie im Stadtteil Döhren die Hildesheimer Straße verlassen und fuhren auf dem Südschnellweg an den Ricklinger Kiesteichen vorbei.

„Dass dich die Polizei nicht erwischt, hat nichts mit Glück zu tun, sondern mit unserer perfekten Planung", behauptete Maria. „Das werden wir bei Burkhard genauso durchziehen."

„Ich schaff das nicht!", jammerte Nick.

Verdammtes Weichei! Ich muss ihn rumkriegen!

„Natürlich schaffst du das", sagte sie und streichelte sanft mit ihrer Hand über seinen rechten Oberarm.

„Ich hab Angst, dass ich die nächsten zwanzig Jahre im Knast verbringe", stöhnte er. „Und komplett als Vater für Emily ausfalle."

Ich glaube, ein toller Vater für Emily bist du jetzt schon nicht.

„Gerade um Emily geht es doch", zog Maria ihr letztes As aus dem Ärmel. „Soll sie ihr Leben lang auf eine Delfintherapie verzichten müssen?"

„Na ja …", brummelte Nick unsicher. „Das soll sie natürlich nicht."

Sie durchquerten momentan auf der Bundesstraße Hemmingen-Westerfeld.

„Nur noch ein kleiner Mord", ermunterte ihn Maria. „Dann ist alles gut."

„Ich denk drüber nach", gab Nick seine strikt ablehnende Haltung auf. „Wir reden noch mal über alles an einem anderen Tag."

„Klar", meinte Maria und bemühte sich, verständnisvoll zu klingen. „Zunächst machen wir uns heute einen schönen Nachmittag. Ich geb dir dann Entscheidungshilfe."

Sie erreichten Arnum, den einwohnerstärksten Hemminger Stadtteil, der sich ungefähr zwei Kilometer an der Hauptstraße in südöstlicher Richtung entlangzog. Vor einem Supermarkt auf der linken Seite sah Maria eine kleine Straße, die vermutlich in den Radweg durch die Felder überging, an dem Nick ihre verhasste Stieftochter ins Jenseits befördert hatte.

„Hier in der Gegend hast du also den ersten Teil unseres Plans erfolgreich erledigt." Ihr Kommentar sollte ein motivierendes Lob sein.

„Durch meine Vorbereitung bin ich auf das verlassene Gebäude gestoßen, zu dem wir jetzt fahren. Es befindet sich am anderen Ende des Ortes in der Nähe vom Freibad-Parkplatz, wo ich damals mein Auto abgestellt hatte."

An einer Ampel bog Nick rechts ab in die Straße, die zum Sportplatz und Freibad führte. Nach einem halben Kilometer fuhr er diesmal nicht auf den Parkplatz, sondern davor nach links in eine Straße mit einer Reihe von Einfamilienhäusern im Landhaus-Stil. Ein ruhiges Wohngebiet, das Anfang der neunziger Jahre entstanden sein musste.

„Wir sind gleich da", murmelte Nick. „Da, wo die Straße in den Feldern endet, liegt unser Ziel."

Die Straße machte einen Schwenk nach links in ein weiteres Neubaugebiet. An der Kurve führte ein schmaler befestigter Weg durchs Feld geradeaus zu einem weißen einstöckigen Gebäude, das einen leicht verfallenen Eindruck machte.

„Das muss wohl eine ehemalige Seifenfabrik gewesen sein", erklärte Nick. „Soll angeblich demnächst in ein neues Wohngebäude umgebaut werden."

In der Ferne, bereits hinter dem verlassenen Gebäude, sahen sie einen grauhaarigen Mann, der seinen kleinen weißen Hund ausführte.

„Der Weg an der Fabrik vorbei durch die Felder ist natürlich für Hundebesitzer ideal“, war Marias Vermutung.

Nick fuhr sehr langsam auf dem Weg, um nicht unnötig die Aufmerksamkeit des Spaziergängers auf sich zu ziehen.

Rechts vor der Fabrik führte eine gepflasterte Auffahrt um das Gebäude herum in eine Art Innenhof, der von weiteren Gebäudeteilen und einer Doppelgarage wie ein U umgeben war. Ein perfekter Standort für den Kombi, der hinter dem Fabrikgebäude vom Feldweg aus nicht gesehen werden konnte. Zur Seite hin verfügte der Innenhof mit einer Reihe von efeubewachsenen Bäumen und zahlreichen Sträuchern über einen natürlichen Sichtschutz zum ungefähr zweihundert Meter entfernt gelegenen Wohngebiet.

Nick hatte den Kombi so im Innenhof geparkt, dass sie durch die Frontscheibe – an der Doppelgarage vorbei – freien Blick über die Felder hatten. Am Horizont konnte Maria bei dem sonnigen klaren Wetter die Silhouette des Höhenzugs Großer Deister erkennen.

„Na, hab ich zu viel versprochen?!“, meinte Nick begeistert. „Was für ein toller Ausblick für unser fahrendes Liebeslager!“ Er schnallte sich vom Sicherheitsgurt ab und zeigte nach hinten. „Ich habe bereits die Rücksitze runtergeklappt und die komplette Ladefläche mit Decken und Kissen ausgelegt. An einen Picknickkorb habe ich ebenfalls gedacht. Und falls dir kalt wird, kommt meine Standheizung zum Einsatz."

Nick hat ein gutes Händchen, wenn es darum geht, Plätze für spannungsgeladenen Sex zu finden. Wir sind für uns, mitten in der freien Natur, aber das prickelnde Restrisiko des Entdeckt-Werdens hängt immer in der Luft.

„Red nicht so viel, mein Schatz", gurrte Maria, „und lass uns endlich in den hinteren Teil des Wagens wechseln."

*

Ihr gemeinsamer Ausflug näherte sich dem Höhepunkt. Maria lag mit dem Rücken auf der Ladefläche des Kombis und durchwühlte zum wiederholten Mal mit beiden Händen Nicks volles Haar. Während er ihren nackten Körper mit Küssen verwöhnte, zog eine schemenhafte Gestalt draußen Marias Blick durch das Seitenfenster auf sich.

Da ist jemand an unserem Auto!, schoss ihr durch den Kopf. *Wir sind entdeckt worden!*

Für einen kurzen Moment sah sie einen jüngeren braunhaarigen Mann mit abstehenden Ohren, der eine Fotokamera in der Hand hielt. Dann verschwand der Mann sofort wieder aus ihrem Blickfeld.

„He, da draußen ist einer!“, rief sie.

Nick hielt verdutzt inne und keuchte: „Verdammt, was ist los?!“

War Maria bisher davon ausgegangen, dass ein ungebetener Zuschauer ihrer Outdoor-Aktivitäten eher antörnend wirken würde, machte sie heute die gegenteilige Erfahrung. Die abrupte Unterbrechung ihres Liebesabenteuers löste Verunsicherung und Angst bei ihr aus.

„Da ist ein Typ mit einer dunkelgrünen Jacke gerade um die Häuserecke weggerannt“, stieß Nick hervor, der den Kopf hochriss und nach draußen starrte. „In unserem jetzigen Zustand können wir ihn unmöglich verfolgen. Der ist uns entwischt!“

„Er hatte eine Fotokamera dabei“, erklärte Maria mit einem leichten Zittern.

„Vielleicht ein Hobbyfotograf, der die Landschaft fotografieren wollte und uns zufällig entdeckt hat“, mutmaßte Nick. „Oder ein Spanner, der beobachtet hat, wie wir auf das Fabrikgelände fahren, und sich an den Fotos von uns aufgeilen will.“

Solche Typen können uns nicht gefährlich werden, überlegte Maria. *Aber ich habe Angst, dass der Mann ganz gezielt hier aufgetaucht sein könnte.*

67

Torben Hansen hatte es sich in der Abteilung für Kriminalliteratur im ersten Stock der Stadtbibliothek Hannover gemütlich gemacht. Er stellte einen Roman, in dem er die letzten Passagen über die Ergreifung eines Serienmörders gelesen hatte, zurück ins Regal. Dann ließ er seinen Blick erneut über die Buchrücken der einsortierten Romane schweifen. Seine Leidenschaft gehörte den klassischen britischen Detektiv-Geschichten, in denen die Kombiniergabe des Ermittlers und nicht die moderne Kriminaltechnik zur Entlarvung des Täters führte. In der Vergangenheit hatte er sich schon öfters in der ersten Etage der Stadtbibliothek aufgehalten, ohne zu wissen, dass sich hinter einer Tür ganz in der Nähe die Buchbinderei befand. Von Burkhard Wegner war Torben inzwischen über die genaue Lage der Werkstatt, in der Maria jeweils bis gegen Mittag arbeitete, informiert worden. Insofern hatte er den Ein- und Ausgang zur Werkstatt immer im Auge, um Maria nicht zu verpassen. Gestern war seine Überwachungstätigkeit einen wesentlichen Schritt vorangekommen.

*

Maria war heute Vormittag damit beschäftigt, von der Bibliothek neu erworbene Bücher in einen ausleihfertigen Zustand zu bringen. Gedanklich war sie beim gestrigen Vorfall auf dem Gelände der alten Arnumer Seifenfabrik.

Ist Burkhard die letzten Abende zu Hause entspannter gewesen, weil er mir einen Privatdetektiv auf den Hals geschickt hat und jetzt in aller Ruhe die Überwachungsergebnisse abwartet? Das könnte das gefährliche Aus bedeuten, eine absolute Katastrophe! Burkhard würde ausrasten und mir das nie verzeihen. Wenn er wütend ist, prügelt er mich hemmungslos durch, enterbt mich und so weiter … Ich kann die Spannung kaum aushalten. Gestern Abend wusste Burkhard noch von nichts. Er hat sich mir gegenüber völlig unauffällig verhalten.

„Dir geht's nicht gut, oder?", wurde sie freundlich von der Seite angesprochen. Es war ihr Kollege Norbert Brunner, der sich aufmerksam nach ihrem Befinden erkundigte.

Er ist fürsorglich, ging Maria wohlwollend durch den Kopf. *Und komplett anders drauf als Burkhard.*

„Ach, alles in Ordnung", wiegelte Maria ab. „Wenn ich bedrückt gucke, liegt es an der Beerdigung meiner Stieftochter, die morgen stattfindet."

Norbert nickte verständnisvoll und meinte: „Es muss eine fürchterliche Erfahrung sein, gleich zwei Töchter auf so tragische Weise zu verlieren. Ich habe es in der Zeitung gelesen und denke öfters daran."

Als Maria zum Dienstschluss die Werkstatt verließ und den öffentlichen Bereich der Bibliothek betrat, glaubte sie ihren Augen nicht zu trauen. In der Krimi-Abteilung saß der Mann, der gestern mit einer Kamera neben Nicks Kombi aufgetaucht war.

Er beobachtet mich schon wieder. Scheiße, das kann nur ein Privatdetektiv sein! Jetzt muss ich alles geben!

Die Mitarbeiterin an der Information war zum Glück im Gespräch mit einer Besucherin und damit abgelenkt.

Maria ging an den beiden vorbei und steuerte direkt auf den braunhaarigen Mann mit den abstehenden Ohren zu.

*

Torben Hansen, der auf einer Bank vor den Bücherregalen saß, tat so, als würde er in dem Roman lesen, den er in der Hand hielt.

Natürlich bemerkte er, dass Maria Wegner aufgetaucht war, die plötzlich vor ihm stand und ihn leise ansprach: „Wie schön, Sie wiederzusehen."

Er legte das Buch auf seinen Schoß und stellte sich dumm, indem er mit fragendem Gesichtsausdruck entgegnete: „Kennen wir uns?"

„Natürlich, es ist noch gar nicht lange her", meinte sie freundlich. „Tut mir leid, dass ich damals zu beschäftigt war, um auf Sie zuzukommen."

„Ich weiß nicht, was Sie meinen …"

„Sie werden sich schon erinnern", äußerte Maria und setzte sich neben ihn auf die Bank. „Es war auf dem Innenhof der alten Fabrik."

„Ach, da haben Sie mich bemerkt …?", gab Torben verblüfft von sich.

„Ein so markanter Mensch ist nicht zu übersehen." Ihre Worte klangen wie ein Kompliment. „Ich möchte dringend mit Ihnen reden."

„Das tun wir doch gerade …"

„Aber an dieser Stelle ist es ungünstig. Es ist mir sehr wichtig." Marias Gesicht bekam einen fast flehenden Ausdruck. „Bitte."

„Wo denn?"

„Kommen Sie mit, ich weiß, wo wir uns ungestört austauschen können." Sie lächelte ihn auffordernd an und erhob sich. „Ich habe Ihnen ein Angebot zu machen, das Sie bestimmt erfreuen wird."

Er stand ebenfalls auf, aber nur zögerlich. Das Buch beförderte er an seinen alten Platz im Regal.

Wo will sie mit mir hin?, dachte er. *Maria Wegner ist wirklich eine schöne Frau, die es wert ist, sich auf sie einzulassen.*

Sie ging voran und bog rechts ab. Er folgte ihr bereitwillig in den Bereich „Junge Bibliothek".

Gibt sie mir gleich ein paar Buchtipps?, fragte er sich belustigt. *Auf ihr Angebot bin ich gespannt.*

Vor einer weißen Tür mit einem Knauf blieb sie stehen. Sie schloss auf und bat ihn herein. Nachdem sie beide den Raum betreten hatten, schloss sie wieder die Tür hinter sich ab und ließ den Schlüssel stecken.

Den eigentlichen Zweck des Raumes erkannte Torben sofort. Es handelte sich um einen Abstellraum für Stühle, Tische, Bücherregale – und ein großes grünes Sofa. Die breite Fensterfront war mit Gardinen verhangen.

„Setzen Sie sich bitte", sagte Maria.

Dafür bot sich ausschließlich das grüne Sofa an. Er kam ihrer Aufforderung nach. Sie nahm ebenfalls auf dem Sofa Platz, hielt jedoch gebührenden Abstand.

„Sie sind ein Privatdetektiv, den mein Mann beauftragt hat, oder?", kam sie gleich zur Sache.

„Wie kommen Sie darauf?" Torben versuchte es noch einmal mit dem Dummstell-Syndrom.

Maria ging nicht darauf ein, sondern erklärte frei heraus: „Mein Mann ist sehr eifersüchtig und will die Menschen in seinem Umfeld kontrollieren. Aber er ist auch sehr gewalttätig und schlägt mich. Ich habe sehr unter ihm zu leiden."

Sie strich mit beiden Händen über ihre geschlossenen Augen, wohl um aufkommende Tränen wegzuwischen. „Ich suche endlich Zärtlichkeit, einen Mann, der mir Geborgenheit vermittelt. Weil ich das schon so lange vermisst habe, wollte ich mir von dem Mann, mit dem Sie mich gestern im Auto gesehen haben, etwas Wärme und Zuneigung holen."

„Ist das was Ernsthaftes mit diesem Mann?"

„Nein, überhaupt nicht!", meinte sie fast empört. „Das war nur eine einmalige Sache."

„Wenn Sie einen so eifersüchtigen und gewalttätigen Ehemann haben, ist das ganz schön gefährlich, sich mit anderen Kerlen einzulassen“, äußerte Torben besorgt.

„Ja“, gestand sie zu. „Wobei … ich suche schon lange einen Mann, für den es sich lohnt, diese Gefahr auf sich zu nehmen.“ Sie sah Torben lächelnd an. „Ich finde es lieb, dass Sie bereit sind, sich meine Geschichte anzuhören.“

„Dass Ihr Mann sie schlägt, finde ich erschreckend. Warum schalten Sie nicht die Polizei ein?“

„Mich an die Polizei zu wenden und über ganz belastende Vorfälle ausgefragt zu werden, dazu habe ich nicht die Kraft“, bekundete sie mit einem Kopfschütteln. „Sie sind doch Detektiv, oder?“

„Sie haben mich ja bereits enttarnt“, gab Torben das Versteckspiel auf. „Aber meinen Auftraggeber möchte ich nicht verraten.“

„Brauchen Sie auch nicht. Es kann sich nur um meinen Mann handeln. … Aber sagen Sie: Arbeiten Sie für eine größere Detektei oder allein?“

„Ich bin ein echtes Ein-Mann-Unternehmen“, bekundete Torben stolz. „Da redet mir keiner rein.“

„Kann ich verstehen.“ Sie legte fragend den Kopf zur Seite. „Wie haben Sie mich denn in Arnum aufgespürt?“

„Ich bin Ihnen von der Stadtbibliothek ganz langsam mit dem Auto an der Hildesheimer Straße gefolgt. Als sie in den Kombi gestiegen sind, bin ich Ihnen bis Arnum hinterhergefahren. Der Fahrer scheint nicht bemerkt zu haben, dass ich sie verfolge."

„Sie machen Ihre Arbeit exzellent", sagte sie anerkennend. „War denn Ihr Auftrag mit den Fotos von gestern nicht abgeschlossen?"

„Nein." Der Privatdetektiv machte ein säuerliches Gesicht. „Auf den Fotos sind die Köpfe leider abgeschnitten oder unscharf. Ich hatte eine Stimme und Hundegebell gehört und es vorgezogen, schnell zu verschwinden. Dadurch konnte ich es nicht zu Ende bringen."

„Also haben Sie Ihren Auftraggeber noch nicht benachrichtigt, weil belastendes Material nicht zur Verfügung steht?" In Marias Stimme schwang Erleichterung mit.

„Jo."

„Sie sind ein sympathischer Mann, der zudem attraktiv aussieht." Marias Worte gefielen ihm. „Auch Ihr nordischer Tonfall ist äußerst sexy."

„Das sagt selten eine Frau zu mir."

„Kann ich überhaupt nicht verstehen." Maria tat erstaunt. „Sie haben so eine tolle Ausstrahlung."

„Wirklich?"

Sie nickte eifrig und fragte dann verlegen: „Darf ich Ihnen zeigen, was mein Mann mit seinen Schlägen angerichtet hat?"

„Wo?"

„Auf meinem Körper."

„Ich meine, wo wollen Sie mir das zeigen?"

„Hier. Ich möchte Ihnen gerne verdeutlichen, um was es geht."

Sie knöpfte ihre Bluse auf und zog sie wie selbstverständlich vor seinen Augen aus. Torben starrte gebannt auf die blauen Flecke.

Aber Maria beließ es nicht dabei und ermunterte den Privatdetektiv, den Zustand ihres Körpers im Detail zu erkunden.

*

Hinterher suchten Torben und Maria ihre Kleidung vom Boden auf und zogen sich wieder an.

„Wie heißt du eigentlich?", fragte sie ihn.

„Torben Hansen", antwortete er mit einem Strahlen in den Augen.

„Wie ich heiße, weißt du sicher …?"

„Jo."

„Hat es dir gefallen, meinen Körper zu untersuchen?", meinte sie mit einem verführerischen Lächeln.

„Jo."

„Das könntest du öfters haben. Du gehst völlig anders mit einer Frau um als mein Mann."

„Oh." Seine positive Ausstrahlung auf Frauen war ihm bisher gar nicht bewusst gewesen.

„Könntest du meinem Mann verschweigen, was du gestern in Arnum mitbekommen hast?"

„Tja …“ Torben überlegte, wie Marias Ansinnen mit seiner Berufsehre in Einklang zu bringen war.

„Denn ich vermute, du würdest ihm ja auch nicht sagen wollen, was zwischen uns gelaufen ist?“, brachte sie einen interessanten Aspekt ein.

„Nein, natürlich nicht“, war sich Torben sicher.

„Bitte, versprich mir, dass du meinen kleinen Seitensprung in Arnum für dich behältst – und niemanden darüber informierst. Und außerdem meine Beschattung einstellst. Finanziell ist das für dich kein Verlust. Du erhältst doch das Geld für deine Überwachungstätigkeit auf jeden Fall von deinem Auftraggeber.“

„Bin ich dir wirklich sympathisch?“, vergewisserte sich Torben erneut.

„Natürlich. Und ich würde unser heutiges Zusammentreffen, das mich rundum zufriedengestellt hat, liebend gern an anderer Stelle mit dir fortsetzen.“

Torben hatte eine Entscheidung getroffen: „Es ist zwar als Privatdetektiv eigentlich nicht meine Art … Aber ich verspreche dir, dass ich über den Vorfall in Arnum absolutes Stillschweigen bewahre.“ Er machte ein glückliches Gesicht. „So eine Situation wie eben hab ich noch mit keiner Frau erlebt.“

„Das dachte ich mir“, antwortete Maria selbstsicher. „Hattest du irgendwelche Auslagen, bei denen ich dich finanziell unterstützen kann?“

„Nein, wenn ich dir helfe, mache ich das nicht für Geld. Ich bin schon zufrieden, wenn es zwischen uns ein Wiedersehen gibt.“

„Das wird es geben“, versprach sie mit einem Augenzwinkern. „Allerdings brauche ich noch ein wenig Zeit. Ich kann mich so schlecht verstellen gegenüber meinem Mann. Er sollte in den nächsten Tagen keinen Grund für erneutes Misstrauen haben.“

„Ich schweige wie ein Grab.“

68

Drei Tage später verließ Maria Wegner wie immer gegen Mittag die Stadtbibliothek. Heute würde sie sich erneut mit Nick Fuhrmann treffen, um mit ihm das weitere gemeinsame Vorgehen abzustimmen. So hatten sie es auf der Rückfahrt von der alten Arnumer Seifenfabrik nach Hannover vereinbart.

Jetzt will ich Nägel mit Köpfen machen, nahm sich Maria vor, … *‚Sargnägel', um genau zu sein.*

Da Nick noch Urlaub hatte, brauchten sie sich nicht nach seinen Arbeitszeiten zu richten. Maria hatte die Vorsichtsmaßnahmen für das Treffen erhöht, obwohl sie davon ausging, nicht mehr von Torben Hansen beschattet zu werden.

Von der Stadtbibliothek ging sie zügig zum nahe gelegenen Aegidientorplatz, wo sie die U-Bahn stadtauswärts nahm. Zwei Haltestellen später, an der Geibelstraße, stieg sie wieder aus. Einen potenziellen Verfolger zu Fuß würde sie spätestens beim Umsteigen in Nicks Auto abhängen.

Nick wartete mit seinem Kombi in einer Parkbucht an der Hildesheimer Straße. Maria nahm auf dem Beifahrersitz Platz und Nick fuhr umgehend los. Er bog rechts ab und lenkte den Wagen direkt auf den Maschsee zu. Auf dem Parkstreifen, der sich an dem künstlichen Stadtsee entlangzog, stellte er den Wagen ab. Von den Spaziergängern am See waren sie weit genug entfernt, um im Auto nicht gleich erkannt zu werden. In den abgestellten Fahrzeugen, die auf den Querparkplätzen links und rechts neben Nicks Kombi standen, hielt sich momentan niemand auf.

„Lass uns erst mal im Auto sitzen bleiben", äußerte Maria und berichtete kurz, wie sie Torben Hansen als Privatdetektiv, von ihrem Mann beauftragt, enttarnt hatte.

Über das tatsächliche Ausmaß ihres körperlichen Einsatzes ließ sie Nick im Unklaren. „Der Kerl hat tatsächlich versucht, uns zu fotografieren. Aber die Bilder sind nichts geworden. Das ist ein harmloser Idiot, ein skurriler Einzelgänger. Der wird uns auf keinen Fall verraten, nachdem er mitbekommen hat, was für ein Schwein sein Auftraggeber ist. Du kannst mir vertrauen. Wenn er meinem Mann etwas gesagt hätte, wüsste es Burkhard längst."

Ich kenne meinen Mann nur zu gut. Er wird Hansen für seine Leistungen in bar bezahlen, um jeglichen Hinweis auf die für ihn peinliche Einschaltung einer Detektei zu vermeiden. Und mit Hansen werde ich später schon fertig, da fällt mir allemal was ein.

„Bist du absolut sicher, dass uns der Kerl nicht mehr nachspioniert?" Nick klang skeptisch.

„Absolut! Ich würde das nicht sagen, wenn es nicht so ist. Schließlich sitzen wir beide im selben Boot." Dann schob sie energisch hinterher: „Keine Fragen mehr in dieser Richtung! Ich hab das im Griff."

Maria erkannte an Nicks Mimik und Körperhaltung, dass es ihr fürs Erste gelungen war, seine Bedenken zu zerstreuen.

„Bist du bereit, die Sache mit Burkhard in den nächsten Tagen zu Ende zu bringen?", wollte sie wissen.

Als er zustimmte, weihte ihn Maria in ihre weitere Planung ein: „Ich hab lange überlegt, an welchem Ort du Burkhard todsicher zur Strecke bringen kannst. Es bietet sich der kommende Mittwoch an, weil Burkhard an dem Tag seinen heißgeliebten ‚Sauna-Abend' zelebriert. Die Außensauna befindet sich im hinteren Teil des Grundstücks." Sie holte aus ihrer Handtasche mehrere Fotos, auf denen die wichtigsten Details vom Garten der Villa und dessen Umzäunung abgebildet waren. „Die Sauna und der beheizte Swimmingpool sind gut vor den neugierigen Blicken der Nachbarn geschützt. Es gibt in dem Bereich auch keine Videokameras. Das haben sich wohl Sabine, Jasmin und Linda schon früher immer verboten. Du kannst dich dort also um Burkhard kümmern, ohne dabei von Nachbarn gesehen oder von Kameras aufgezeichnet zu werden."

Maria erläuterte das Ritual, dass sich Burkhard beim Verlassen der Sauna angewöhnt hatte: In der Regel nahm er zunächst eine imposante Haltung mit Blick über den Pool ein, um in aller Ruhe durchzuatmen, danach duschte er sich nach einem vorgegebenen Schema kalt ab.

„Ich dachte, du überfällst ihn von hinten, wenn er nach Ende einer Schwitzphase zum Abkühlen rauskommt", hatte sich Maria überlegt. „Vorher versteckst du dich hinter der Seitenwand der Außensauna, wo er dich von innen nicht sehen kann."

„Wo wirst du an dem Abend sein?"

„Ich habe schon vor Tagen mit Burkhard besprochen, dass ich die Lesung von Franz Hörmann im ‚Comix' am Steintor besuche." Der berühmte deutsche Comic-Autor und -Zeichner war am nächsten Mittwoch in der großen Comic-Buchhandlung im Zentrum von Hannover zu Gast. „Burkhard hat mir bereitwillig erlaubt, dass ich dort mit einer Freundin hingehe. Vielleicht dachte er damals, dass der abendliche Termin für seinen Detektiv eine gute Chance darstellt, mich beim Fremdgehen zu erwischen."

„Wann geht denn dein Mann üblicherweise in die Sauna?"

„Gegen neunzehn Uhr. Bereits um 18:08 Uhr ist an dem Tag Sonnenuntergang."

„Klingt gut." Nick guckte zufrieden. „Wie komme ich aufs Grundstück?"

Maria deutete auf eines der Fotos mit dem halbhohen Metallzaun und den gemauerten Pfosten und fragte: „Du müsstest diesen Zaun vorne an der Seite überwinden. Schaffst du das?"

„Für unsportliche Normalos vielleicht ein Problem. Aber ich krieg das hin! … Was ist mit Überwachungskameras?"

„Am Hauseingang ist eine Kamera, die insbesondere den Eingang und die Doppelgarage überwacht. An der Stelle, wo du den Zaun überwindest, sowie im Seitenbereich des Gartens wirst du von der Videoüberwachung nicht erfasst. Das Gebäude selbst ist mit einer Alarmanlage sehr gut gesichert. Aber das Haus betreten musst du nicht."

Von Maria bekam Nick weitere Infos: Damit keine Einbrecher ins Haus gelangten, während sich Burkhard draußen in der Sauna aufhielt, war die Terrassentür besonders gesichert und auch von außen abschließbar. Burkhard nahm den Schlüssel für die Terrasse grundsätzlich mit in die Sauna.

„Wenn du hier fertig bist, schickst du wieder eine anonyme Nachricht ans LKA." Maria händigte ihm einen Zettel aus, auf den sie den von ihr sorgsam ausgedachten Text handschriftlich vermerkt hatte.

„Mach ich. Und danach vernichte ich den Zettel. Alles klar."

Sie erinnerte ihn daran, rechtzeitig Handschuhe anzuziehen, damit er beim Überklettern des Zauns keine Fingerabdrücke oder DNA-Spuren hinterließ.

„Ich hoffe, du wirst mit Burkhard fertig", äußerte Maria. „Er ist ein sportlicher Mann und alles andere als ein Schwächling. Das habe ich schon zu spüren bekommen."

„Sieh mich an", meinte Nick und streckte demonstrativ die Brust raus. „Ich bin gut im Training und fünfzehn Jahre jünger als er. Gegen mich hat er keine Chance, wenn ich ihn von hinten überrasche. … Er wird für das bezahlen, was er dir angetan hat.“

„Danke, Nick“, sagte Maria leise und lächelte ihn an. „Dafür liebe ich dich.“

69

Mittwoch, 24. Oktober.

Das für diese Jahreszeit viel zu warme Wetter setzte sich in Hannover fort.

Die Außensauna im Garten der Villa hatte die Form eines rechteckigen Holzhauses. Burkhard saß vollständig entkleidet auf dem großen weißen Handtuch, das er auf der hölzernen Sitzbank ausgebreitet hatte, und genoss die heiße trockene Luft. Er wusste, dass die Saunagänge seine Abwehrkräfte stärkten und den Stoffwechsel anregten. Insofern achtete er darauf, zumindest einmal in der Woche den Gang in die Sauna zu schaffen.

Schade, dass Maria unsere Sauna nur noch selten mit mir zusammen nutzt. Aber sie behauptet, dass es ihr nicht viel gibt.

Den Schlüssel fürs Haus hatte er an einem Band mit Karabinerhaken neben sich auf der Sitzbank abgelegt. Durch das große Fenster im Frontbereich schaute er auf einen Teil des Swimmingpools. Die Eingangstür ging ebenfalls nach vorne raus.

Ich war überrascht, als mir Hansen mitteilte, dass er bei seiner intensiven Überwachung von Maria keinerlei Hinweise gefunden hat, dass sie mich betrügt, obwohl sie nachmittags Zeit genug dafür gehabt hätte. Offenbar besucht sie tatsächlich nur ihre Eltern oder geht shoppen. Ich hab ihr unrecht getan. Wenn ich ihr heute Abend den Spaß bei dieser Autorenlesung gönne, wirkt sich das hoffentlich positiv auf ihre Stimmung aus.

Die Gartenbeleuchtung war mit Beginn der Dunkelheit selbstständig angegangen. Natürlich konnte er von seinem Sitzplatz in der Sauna nicht alle Teile des Gartens einsehen.

Ich muss mich beherrschen. Manchmal geht es mit mir durch, dann läuft bei mir alles von alleine ab. Ein falsches Wort von Maria macht mich wahnsinnig wütend und ich schlag automatisch zu. Ihr perfektes Gesicht, umrahmt von ihrem vollen Haar, ist ein Kunstwerk der Natur, das ich nicht verlieren möchte.

Die erste Hitzephase begrenzte er in der Regel auf zehn Minuten. Dann folgten die Abkühlung und die Ruhephase. Die weiteren Schwitzphasen in der Sauna dauerten später ungefähr fünfzehn Minuten. Draußen auf einem Liegestuhl am Swimmingpool hatte er Badehandtücher abgelegt, um sich nach dem Duschen damit abzutrocknen.

Genug geschwitzt.

Er verließ die Sauna völlig nackt und ging über die Steinplatten ein paar Schritte in den Garten, nahm dabei den deutlichen Temperaturunterschied wahr. Die Beine etwas gespreizt, den Oberkörper aufgerichtet und die nach unten gestreckten Arme leicht abgewinkelt, stand er konzentriert auf einer Stelle, den Blick über den Swimmingpool in den Garten gerichtet, wobei er tief und langsam die Luft ein- und ausatmete.

Er hörte plötzlich hinter sich ein Geräusch.

Da ist jemand!

Im selben Moment fiel kurz ein Schatten über sein Gesicht, eine Schlinge legte sich um seinen Hals.

Ein Angreifer! Von hinten! Der will mich erdrosseln!

Burkhard spürte den Stoff einer Jacke an seiner nackten Haut. Er versuchte sich mit aller Kraft zu wehren. Seine Arme schossen nach hinten, dabei verkrallten sich seine Hände in den Unterarmen des Angreifers.

Ich geb niemals auf!

70

Die Lesung mit dem populären deutschen Comic-Autor Franz Hörmann hatte um neunzehn Uhr im ‚Comix' am Steintor begonnen. Maria Wegner saß im Publikum mit ihrer Freundin Frieda in der zweiten Reihe. Hörmann sprach die einzelnen Charaktere aus seinem neuesten Comic-Album mit unterschiedlicher Stimme, wobei die von ihm gezeichneten Szenen parallel dazu mit einem Beamer auf eine Leinwand neben ihm geworfen wurden.

Hörmann hat eine total humorvolle Art. Eine geniale Vorstellung, die ich gar nicht richtig genießen kann. Wahrscheinlich hat Nick gerade die Angelegenheit mit Burkhard in unserm Garten zu Ende gebracht – hoffe ich wenigstens. Wäre fatal, wenn Nick Burkhard unterschätzt und die Sache schief geht. In Gedanken hab ich zigmal durchgespielt, wie ich mich authentisch verhalte, wenn ich später der Polizei von meinem schrecklichen Fund berichte.

Der Autor beantwortete im Anschluss an seine Lesung noch eine halbe Stunde Fragen aus dem Publikum und signierte danach Exemplare seiner Comics. Auch Maria und Frieda hatten sich jeweils eines seiner Alben signieren lassen.

Nach der Veranstaltung bestellte Maria für sich und Frieda ein Taxi, das zunächst ihre Freundin in Linden absetzte und dann weiterfuhr nach Herrenhausen.

Das Taxi hielt direkt vor ihrer Villa. Maria bezahlte den Fahrer und fragte ihn bewusst nach der Uhrzeit: 21:31 Uhr. So konnte sie später plausibel begründen, warum sie die Ankunftszeit ganz exakt präsent hatte.

Als das Taxi wegfuhr, spürte sie zunehmend ihre innere Anspannung.

Hat alles im Garten geklappt wie geplant? Jetzt darf ich ebenfalls keinen Fehler machen und mich irgendwie verplappern.

Sie schloss die Pforte auf. Im Haus brannte kein Licht.

Das ist ein gutes Zeichen. Die Überwachungskamera hält fest, wie ich mich jetzt verhalte. Ich muss zeigen, dass ich völlig ahnungslos bin und gut amüsiert von der Lesung zurückkomme. Die Polizei wird die Aufzeichnung auswerten. Mein Verhalten darf nicht verdächtig wirken.

Maria zeigte ein vermeintlich entspanntes Lächeln. Sie öffnete die Haustür und betrat den dunklen Flur.

„Hallo Schatz, ich bin wieder da!", rief sie. „Ich freu mich, dich zu sehen! Wo bist du denn?"

Als gute Ehefrau wäre ich in diesem Moment besorgt. Ich weiß, dass Burkhard zu Hause sein muss. Aber das ganze Haus ist dunkel. Also würde ich noch mal rufen und dann ins Wohnzimmer gehen.

Sie legte ihr signiertes Comic-Album sorgfältig auf dem Flurschränkchen ab, betrat langsam das Wohnzimmer und machte dort das Licht an. Plötzlich war da die Befürchtung, Burkhards verhasste Stimme zu hören.

Nur die Ruhe.

Zunächst traute sie sich nicht, durch das Fenster in den Garten zu blicken.

Na los! … Liegt er da draußen vor der Sauna?

Sie schloss die Terrassentür auf und ging in den Garten. Endlich hatte sie Gewissheit. Der nackte Leichnam auf den Steinplatten war ihr Mann.

Sie atmete tief ein und aus. Die letzten Tage hatte sie sich immer vorgestellt, wie dieser Moment ablaufen würde. Jetzt war es soweit. Es berührte sie mehr als erwartet.

Gut so, ich bin eine schockierte Ehefrau! Ein wenig hysterisches Schreien wäre sicherlich angebracht, wenn ich direkt vor ihm stehe. Dann rufe ich die Polizei.

71

Raffael Störtebecker saß im großen Konferenzraum zwischen Andrea Renner und Emma Falkenberg in der Frühbesprechung der Mordkommission Jasmin, die von Thomas Stelter moderiert wurde.

Der Kriminalhauptkommissar brachte die Anwesenden des Ermittlerteams auf den neuesten Stand, nachdem gestern Abend der Vater der ermordeten Zwillinge tot in seinem Garten aufgefunden worden war.

„Die Ehefrau hat den leblosen nackten Körper des Schönheitschirurgen zwischen Sauna und Swimmingpool entdeckt", berichtete Thomas. „Sie war von einer Lesung in der Innenstadt nach Hause gekommen. Burkhard Wegner muss nach Verlassen der Sauna vom Täter hinterrücks überfallen worden sein. Er wurde mit großer Wahrscheinlichkeit erdrosselt, wobei wir noch auf das endgültige Ergebnis der Obduktion warten."

Das mutmaßliche Tatwerkzeug war nicht gefunden worden. Nach Angaben von Maria Wegner waren bei ihrer Rückkehr alle Türen der Villa abgeschlossen. Die Überwachungskamera hatte den Täter nicht erfasst.

„Der Täter muss den Zaun überklettert haben, sowohl beim Betreten als auch beim Verlassen des Grundstücks", erläuterte Thomas die vorliegenden Erkenntnisse. „Auf dem Grundstück kann er sich beispielsweise im seitlichen Teil des Gartens oder hinter der Außensauna versteckt haben." Der Hauptkommissar verwies auf einige der aufgehängten Fotos vom Tatort. „Der Zeitpunkt für die Tat war äußerst günstig gewählt. Die Ehefrau war außer Haus, das Opfer draußen in der Sauna."

„Schlaues Kerlchen", murmelte Raffael.

„Wir müssen davon ausgehen, dass es sich wieder um denselben Täter handelt", fuhr Thomas fort. „Zwar ist diesmal ein Mann das Opfer, aber die Art und Weise, wie der Täter vorgegangen ist, entspricht den bisherigen Tatabläufen. Wegner wurde, genau wie seinen Töchtern, der Schädel kahlrasiert. Die abrasierten Haare hat der Täter weitgehend mitgenommen. Und der Täter hat insbesondere wieder eine Nachricht in Gedichtform anonym ans LKA verschickt. Um 21:02 Uhr ging der Text dort ein, den uns die Kollegen inzwischen weitergeleitet haben."

„Etwa erneut so ein literarischer Tiefflug im Sinne einer missglückten Nachahmung von Meister Yoda?", warf Raffael ein.

„Richtig vermutet", bestätigte der Hauptkommissar. „Aufschlussreich ist bereits die gewählte Überschrift ‚Endgültig letzte Nachricht an die Mordkommission in Hannover, betrifft den 3. Todesfall am 24. Oktober'. Danach geht es folgendermaßen weiter:

„Gewaltig in Fahrt gekommen ich bin,
erst die Töchter im Blick, dann den Vater im Sinn.
Die richtige Zeit zum Töten gefunden ich hab,
ich schicke ihn zu den Töchtern ins Grab.
Ein fieser Arzt der Vater war,
ich beendete sein Leben und nahm ihm das Haar.
Meine Mission damit zu Ende ist,
ich hoffe, dass ihr mein tödliches Wirken nicht vermisst."

„Oh, ein Abschiedsbrief", meinte Raffael verächtlich. „Der Täter verkündet seinen Ruhestand, weil er mit dem Mord an Burkhard Wegner angeblich seine ‚Mission' erfüllt hat."

„Das würde die Hypothese von Dr. Seifert unterstützen, dass sich der Täter an Wegner, den er als ‚fiesen Arzt' tituliert, rächen will", erklärte Thomas. „Demnach könnten die abrasierten Haare tatsächlich die Zerstörung von Schönheit symbolisieren. Erst quält der Täter den Schönheitschirurgen, indem er ihm die Töchter nimmt. Schließlich muss der Chirurg selbst dran glauben."

„Wenn er drei Morde begeht, muss er einen schrecklichen Hass auf die Familie haben", ergänzte Raffael. „In allen drei Tötungsfällen war der Täter gut über die Gewohnheiten der jeweiligen Opfer informiert. Könnte dafür sprechen, dass er sich für die Vorbereitung ausreichend Zeit nimmt. Und wenn wir dem Gedicht Glauben schenken, war Burkhard Wegner definitiv das letzte Opfer und Sabine oder Maria Wegner als angeheiratete Ehefrauen sind nicht in Gefahr."

„In diesen Punkten halte ich die Nachricht des Täters für zutreffend“, stimmte Andrea Renner zu. „Er hat sein Ziel in Bezug auf die Familie Wegner erreicht.“

„Vielleicht müssen wir uns noch mal mit den Brüdern der Friseurin, bei der die Schönheits-OP misslungen war, beschäftigen“, schlug Jan Schuster vor. „Zumindest einer von ihnen hatte keine überzeugenden Alibis für die Morde an den beiden Töchtern.“

„Wir werden unsere Suche in Richtung eines Todfeindes von Burkhard Wegner und seinen leiblichen Töchtern weiter ausweiten“, legte Thomas Stelter fest. „Wegner hat sich womöglich einen Feind gemacht, der aus einem Umfeld kommt, das wir noch nicht in den Blick genommen haben.“

72

Raffael Störtebecker und Andrea Renner hatten sich dazu entschlossen, Maria Wegner erneut zu befragen. Gestern Abend, kurz nach dem Leichenfund, war sie lediglich zu einer kurzen Aussage in der Lage gewesen. Sie hatte erzählt, dass sie bei ihren Eltern in der Südstadt übernachtet. Dort trafen Raffael und Andrea sie heute an. Die polizeiliche Befragung fand im Wohnzimmer der Drei-Zimmer-Wohnung ihrer Eltern statt.

Maria Wegner saß zusammengesunken auf der Couch, den gesenkten Kopf in beide Hände gestützt.

Sie erinnert mich sofort wieder an Clara, dachte Raffael. *Das weckt automatisch Beschützerinstinkte in mir. Aber diese Frau, die uns gegenübersitzt, gehört nicht zu mir und meiner Familie. Ich muss mich um Neutralität bemühen, damit ich meinen Job vernünftig mache.*

„Das war der schrecklichste Moment in meinem Leben, als ich meinen Mann ermordet im Garten gefunden habe", erklärte Maria. „Nie hätte ich gedacht, dass dieser abartige Täter, der bereits meine Stieftöchter umgebracht hat, auch meinen Mann töten wird."

„Woher wissen Sie, dass es sich um denselben Täter handelt?", erkundigte sich Andrea.

„Ich habe es vermutet, weil der Täter meinem Mann alle Haare abrasiert hat", antwortete Maria, ohne groß überlegen zu müssen. „Burkhard hat Fotos von Jasmin und Linda in der Rechtsmedizin gemacht und sie mir gezeigt. Die beiden hatten ebenfalls eine Glatze."

Der fotografiert seine ermordeten Töchter in der Rechtsmedizin?, wunderte sich Raffael. *Na gut, als Chirurg hat man einen anderen Bezug zu menschlichen Körpern als der Durchschnittsbürger. Auf diese Fotos werden wir sicher in der Villa des Ermordeten stoßen.*

„Werden Sie die nächsten Tage bei Ihren Eltern wohnen?", wollte Raffael wissen.

„Warum fragen Sie das? Bekomme ich Polizeischutz, weil Sie davon ausgehen, dass ich das nächste Opfer bin?"

„Nein, seien Sie unbesorgt", meinte Raffael mit ruhiger Stimme. „Wir gehen mit großer Sicherheit davon aus, dass Sie nicht in Gefahr sind und insofern auch keinen Polizeischutz benötigen. Es spricht vieles dafür, dass es der Täter ausschließlich auf Ihren Mann und Ihre Stieftöchter abgesehen hatte. Trotzdem ist es für uns hilfreich zu wissen, wo Sie zu finden sind."

„Der Schock gestern macht mir psychisch noch sehr zu schaffen. Mein Hausarzt hat mich heute Morgen für ein paar Tage krankgeschrieben. In dieser Wohnung wird es mir mit meinen Eltern zu eng. Ich ziehe zunächst in unser Ferienhaus am Irenensee in Uetze. Da habe ich den nötigen Abstand und fühle mich sicher. Bereits morgen Abend übernachte ich dort. Ich gebe Ihnen gerne die Adresse."

Der künstlich angelegte Badesee lag, umgeben von Wäldern, in einem Naherholungsgebiet von einhundertzwanzig Hektar ganz im Osten der Region Hannover.

„Sich dort zurückzuziehen, halte ich für eine gute Idee", pflichtete ihr Raffael bei. „Können Sie uns sagen, wer davon gewusst hat, dass Ihr Mann den Abend in der Sauna verbringt?"

„Mein Mann war in Bezug auf seinen ‚Sauna-Abend', der schon jahrelang absolute Priorität für ihn hatte, ein Gewohnheitstier. Den Mittwochabend hat er sich dafür möglichst freigehalten. Das war Arbeitskollegen, Nachbarn, Bekannten und inzwischen auch meinem Freundeskreis bekannt."

„Sie meinen, wer sich ein bisschen umgehört und mit den Gewohnheiten Ihres Mannes beschäftigt hat, dem müsste das bekannt gewesen sein …?"

„Stimmt."

„Sind Sie sonst mit Ihrem Mann zusammen in der Sauna?"

„Äußerst selten. Ich kann damit nicht viel anfangen."

„Wären Sie gestern Abend zu Hause gewesen, hätte sich die Ausgangslage für den Täter ganz anders dargestellt", bekundete die Oberkommissarin. „Haben Sie eine Idee, wieso der Täter möglicherweise darüber informiert war, dass Sie zu einer Lesung sind?"

„Leider ja", antwortete Maria und rieb sich die Augen. „Ich mache mir wirklich Vorwürfe, dass ich dem Täter leichtfertig wichtige Informationen zugespielt haben könnte."

„Wie meinen Sie das?“, fragte Andrea erstaunt nach.

„Sie müssen wissen, dass ich – im Gegensatz zu meinem Mann – ein großer Comic-Fan bin. Als die Lesung von einem meiner Lieblings-Comic-Autoren angekündigt wurde, habe ich voller Begeisterung bei Instagram, Facebook und Twitter gepostet, dass ich die Lesung besuche, und gleichzeitig gefragt, wer ebenfalls Lust hat zu kommen.“

„Lesen solche Nachrichten viele?“, erkundigte sich die Oberkommissarin.

„Allein bei Instagram habe ich fast tausend Follower, bei Facebook siebenhundertneunzig Freunde.“ In ihrer Aufzählung klang ein wenig Stolz mit. „Gleichzeitig habe ich meine Teilnahme an der Lesung noch auf der Facebook-Seite von Franz Hörmann bekanntgegeben.“

„Fällt Ihnen noch jemand ein, den sich Ihr Mann, vielleicht auch ohne sein Verschulden, zum Feind gemacht haben könnte?“, kam Raffael auf eines seiner Hauptanliegen.

Maria überlegte kurz, dann sagte sie: „Dörte Hübner, eine frühere Freundin von mir, hat sich nach einer Brust-OP, die Burkhard durchgeführt hat, völlig verunstaltet gefühlt. Weil sie sich deswegen im Dezember letzten Jahres das Leben genommen hat, haben ihre Mutter und ihr Bruder dafür Burkhard verantwortlich gemacht. Ich hatte es schon verdrängt … aber vor fünf Wochen habe ich Dörtes Bruder Mirko in der Südstadt getroffen, und da hat er solche Vorwürfe anklingen lassen. Ich habe Burkhard damals gebeten, sich mit Dörtes Mutter auszusprechen. Aber dazu ist es meines Wissens nicht gekommen."

Dass Mirko Hübner diese Vorwürfe sogar gegenüber Maria Wegner geäußert hat, ist schon interessant, ging Raffael durch den Kopf. *Davon hat er uns bei seiner Befragung gar nichts erzählt, sondern alles ziemlich runtergespielt.*

„Gab es gravierende Konflikte Ihres Mannes mit Nachbarn, Bekannten, Arbeitskollegen …?", hakte Raffael nach.

„Dazu kann ich nichts sagen. Mein Mann hat in der Regel Konflikte, denen er ausgesetzt war, von mir ferngehalten, um mich nicht damit zu belasten. Ich habe keine Ahnung, wer von den zahlreichen Menschen, mit denen er in der Vergangenheit zu tun hatte, ihn möglicherweise gehasst haben könnte. Wir sind ja auch erst seit vierzehn Monaten verheiratet."

*

Als sie wieder draußen auf dem Weg zu ihrem Auto waren, äußerte Raffael Störtebecker mitfühlend: „Mir tut Frau Wegner leid. Eine junge Frau, die ihren Mann auf so tragische Weise verliert und erst einmal mit den ganzen geschäftlichen Angelegenheiten, wie der Leitung der Privatklinik, weitgehend allein dasteht."

„Ja, das ist sicher nicht einfach für sie", meinte Andrea Renner zustimmend. „Aber vielleicht findet sie schneller Unterstützung als gedacht. Ich denke da an meine Schwester. Die hat ihren Partner verloren und schnell wieder neuen männlichen Beistand gefunden."

„Männlichen Beistand? Du sprichst von mir, oder?"

„Von wem sonst?!"

„Bei der Unterstützung deiner Schwester geht es momentan vorrangig um Emil."

„Tatsächlich …?"

*

Die Mordkommission Jasmin machte sich daran, die Nachbarschaft von Maria und Burkhard Wegner in Herrenhausen systematisch zu befragen. Möglicherweise hatten Zeugen gestern Abend wichtige Beobachtungen im Umfeld der Wegnerschen Villa gemacht. Ein entsprechender Zeugenaufruf wurde zusätzlich über die Medien verbreitet.

Raffael Störtebecker hatte mit Andrea Renners Bemerkung zu ihrer Schwester nicht viel anfangen können und sie in der Hektik der Ermittlungen schnell wieder vergessen.

Bei der Überprüfung der Anruferliste in Burkhard Wegners Smartphone war aufgefallen, dass er jeweils am 11. und 23. Oktober mit Torben Hansen telefoniert hatte.

Raffael rief seinen Cousin daraufhin abends auf dessen Smartphone an und fragte ihn nach dem Grund für die beiden Telefonate.

„Dass Dr. Wegner tot ist, überrascht mich sehr“, äußerte Torben, ohne damit auf Raffaels Frage einzugehen. „Es gibt sicherlich einen Zusammenhang zwischen seiner Tötung und der seiner Töchter, oder?“

„Lenk bitte nicht ab“, sagte Raffael ungeduldig. „Das offizielle Statement der Polizei kannst du morgen in der Zeitung lesen. … Also: Worüber hast du mit Burkhard Wegner gesprochen? Sogar noch einen Tag vor seinem Tod?“

„Er hatte noch einige Fragen zu meiner damaligen Überwachung seiner Tochter Jasmin.“

„Und das nach so langer Zeit?“, wunderte sich Raffael. „Beim ersten Mal hat er dich angerufen, beim zweiten Mal du ihn.“

„Er kam davon nicht los. Zunächst wollte er wissen, ob Jasmin während ihres Zusammenseins mit Hendrik Raschke auf mich einen glücklichen Eindruck gemacht hätte. Ich hab ihm gleich am Telefon meinen Eindruck mitgeteilt – nämlich *jein*.“

„Und wozu diente dein Anruf bei ihm zwölf Tage später?“

„Im ersten Telefonat hatte er noch eine zweite Frage. Es ging ihm darum, wie die von mir befragten Mitglieder von Helges WG über Jasmin gesprochen hätten. Da musste ich erst in meine Aufzeichnungen schauen und wollte mich wieder melden. Das hatte ich zwischenzeitlich verschwitzt, sodass ich ihn erst mit Zeitverzögerung zurückgerufen hab. Für deine Ermittlungen ist das völlig belanglos. Ich vermute, Dr. Wegner brauchte meine Informationen für seinen inneren Abschied von Jasmin.“

Okay, die Telefonate zwischen Torben und Wegner haben für uns offenbar keine nennenswerte Bedeutung, resümierte Raffael. *Damit ist das für mich abgehakt.*

Er bedankte sich für Torbens Auskunft und beendete das Gespräch.

73

Bei der rechtsmedizinischen Untersuchung in der MHH waren erneut graue Faserreste am Hals des Opfers sichergestellt worden. Das Tatwerkzeug war vermutlich wieder ein grauer Schal. Aber das Opfer hatte sich diesmal gewehrt. Unter Wegners Fingernägeln waren Hautzellen gefunden worden, die vom Täter stammen mussten.

Emma Falkenberg und Arif Kimil befragten in Arnum die Ex-Frau des dritten Opfers.

Sabine Wegners Gesichtsausdruck zeigte eine Mischung aus Fassungslosigkeit und Resignation, als sie sagte: „Es ist unglaublich. Auch wenn wir seit fünf Jahren getrennt lebten und diverse Meinungsverschiedenheiten hatten … ich bin entsetzt über Burkhards Tod."

Emma Falkenberg spürte das Leid, dass diese Frau empfand. Sabine Wegner war wirklich erschüttert über die Ermordung ihres früheren Partners.

„Sie kennen ihn und sein Umfeld seit vielen Jahren", meinte die Oberkommissarin. „Hat Ihr Ex-Mann irgendwann – vielleicht schon vor längerer Zeit – den Hass eines anderen Menschen auf sich gezogen?"

„Durch seine kühle bestimmende Art war er nicht sonderlich beliebt", äußerte Sabine Wegner. „Das galt nahezu für alle Bereiche. Aber ich habe niemanden vor Augen, der meinen Mann so gehasst haben könnte, dass er ihn und unsere Töchter ermordet."

„Trotzdem hat es jemand getan …", warf Arif Kimil ein.

„Natürlich gehen mir Gedanken durch den Kopf, wer etwas davon haben könnte, drei Menschen aus unserer Familie zu töten." Sie zögerte und sprach nicht weiter.

„Sagen Sie ruhig, was Sie denken", ermunterte Emma die Krankenschwester. Der Oberkommissarin fiel auf, dass sich die Befragte schwertat, das auszusprechen, was sie beschäftigte.

„Ich möchte nicht, dass ich missgünstig wirke", begann Sabine Wegner zögerlich. „Aber wenn eine junge Frau einen zwanzig Jahre älteren Mann heiratet, spielen da nicht auch materielle Interessen eine wichtige Rolle? Mein Mann ist alles andere als ein zugewandter Charmeur, dafür allerdings sehr vermögend."

„Sie wollen sagen, dass man ihn in erster Linie wegen seines Geldes heiratet?", platzte Arif heraus.

„Bei mir war das damals noch anders", sagte die Krankenschwester leicht verlegen. „Da waren wir beide jung. Und das Geld gehörte hauptsächlich seinen damals noch lebenden Eltern. … Jetzt, nachdem Burkhard tot ist und vorher bereits unsere Töchter als potenzielle Erben ermordet worden sind, profitiert davon finanziell nur eine Person: Maria. Es ist eigentlich nicht meine Art, schlecht über andere Menschen zu reden.

Und vielleicht tu ich ihr ja unrecht. Aber sie erbt jetzt alles ganz allein."

„Maria Wegner hat für alle drei Morde ein sicheres Alibi", stellte Arif Kimil fest.

„Na ja, und dass sie jemanden beauftragt hat …?"

„Trauen Sie ihr das zu?", fragte Emma und musterte dabei die Gesichtszüge der Krankenschwester.

Sabine Wegner schüttelte den Kopf und meinte: „Was rede ich für ein gehässiges Zeug! Ich nehm das zurück! Natürlich hat es mich schon verletzt, als eine zwanzig Jahre jüngere Frau in mein früheres Zuhause eingezogen ist. Aber wenn ich ehrlich bin, habe ich keinen Anhalt dafür, dass Maria Burkhard nicht geliebt hat und nur auf sein Geld scharf gewesen ist."

74

Maria Wegner hatte vorsorglich mit Nick Fuhrmann vereinbart, dass sie sich nach der Tötung von Burkhard am Freitagmittag auf einer Bank am Maschsee treffen. Von ihren Eltern in der Südstadt hatte sie sich bereits verabschiedet und ihnen mitgeteilt, dass sie einige Tage in ihrem Ferienhaus am Irenensee wohnen würde.

„Ich möchte da ganz allein zur Ruhe kommen", hatte sie ihren Eltern gesagt. „Bitte zunächst auch keine Anrufe oder Besuche."

Maria und Nick trafen sich auf der einsamen Parkbank am Westufer des Maschsees, die sich bereits bei ihrer Planung von Lindas Tötung als abgeschiedener Ort bewährt hatte.

Heute war Nicks letzter Urlaubstag. Für die Vorbereitung und Durchführung von Burkhards Ermordung hatte er sich extra freigenommen.

„Wir sollten hier nicht länger als unbedingt notwendig zusammensitzen", kam Maria zur Sache. „Wie ist es Mittwochabend gelaufen?"

„Dein Mann hat sich heftiger gewehrt als gedacht." Nick stand merklich unter Dampf. „Als ich wieder zu Hause war, habe ich Kratzspuren über meinen Handgelenken entdeckt. Ich befürchte, die könnte mir dein

Mann bei seinem Abwehrkampf beigebracht haben. Bei unserem Gerangel sind die Ärmel meiner Jacke etwas hochgerutscht. Seine Fingernägel haben mich dabei wohl direkt über den Latexhandschuhen erwischt. Wenn das stimmt, hat die Polizei meine DNA!“

„Aber ich vermute, dass deine DNA in keiner Datenbank erfasst ist“, versuchte Maria ihn zu beruhigen. „Die Polizei muss erst mal auf dich kommen, um deine DNA mit der vom Tatort abgleichen zu können. Für Außenstehende gibt es zwischen uns keine Verbindung. Die Polizei sucht nach einem Täter, der eine erkennbare Beziehung zu Burkhard hat.“

Nick wischte sich mehrfach mit den Händen durchs Gesicht. Auf seiner Stirn entdeckte Maria Schweißtropfen.

Er ist völlig von der Rolle. Das mit der DNA macht ihn fertig. Nicht auszuschließen, dass er meine Anweisungen für sein weiteres Vorgehen nicht vernünftig umgesetzt hat.

„Hast du den Schal entsorgt?“

„Ja, am vereinbarten Ort.“

„Die benutzten Einmalhandschuhe?“

„Im Restmüll, wo sie niemand zuordnen kann.“

„Und meinen Schmierzettel mit der Nachricht für das LKA?“

„Da bin ich mir nicht sicher.“

„Was heißt das?“

„Seit ich weiß, dass die Polizei meine DNA hat, fällt es mir schwer, einen klaren Gedanken zu fassen.“

Auch das noch! Wenn die Polizei den Wisch mit meiner Handschrift entdeckt, bin ich erledigt!

„Was ist jetzt mit dem Schmierzettel?"

„Ich glaub, ich hab ihn am Mittwochabend zerrissen. Plötzlich konnte ich mich nicht mehr dran erinnern. Ich hatte zwischenzeitlich so eine Art Blackout. Beim Durchsuchen der Wohnung hab ich den Zettel oder Reste davon nicht gefunden."

Das hört sich nicht gut an.

„Auf jeden Fall ist ‚Hot Natasha' schon letzte Woche in einem Restmüllcontainer gelandet", fiel Nick ein. „Der Langhaarschneider und das Gefäß mit Burkhards abrasierten Haaren sind noch in meiner Wohnung. Die Sachen müssen noch weg."

Maria gewann zunehmend den Eindruck, dass Nick momentan mit der zuverlässigen Entsorgung der belastenden Beweisstücke überfordert war.

Ich muss mich da einschalten, sonst sind wir beide verloren.

Bei den Fotos vom Garten der Villa hatte sie bereits darauf geachtet, Nick ältere Aufnahmen zu geben. Sollte die Polizei ihr Smartphone checken und dabei aktuell aufgenommene Bilder vom Tatort finden, würde das Maria verdächtig machen.

Als sie Nick nach dem Verbleib dieser Fotos fragte, erhielt sie die erschreckende Antwort: „Welche Fotos?"

In seinen Augen flackerte die Panik.

„Fahr wieder runter, Nick", sagte sie mit ruhiger Stimme. „Alles wird gut. Ich komme heute noch zu dir in die

Wohnung und überprüfe alles genau. Du brauchst dich zunächst um nichts weiter zu kümmern. Die noch ausstehende Entsorgung der paar Sachen übernehme ich."

„Danke", murmelte Nick. „Ich bin froh, dass du die Angelegenheit in die Hand nimmst.

75

Die Fahrtzeit mit dem Auto von Hannover zum Irenensee betrug ungefähr vierzig Minuten. Maria Wegner erreichte gegen fünfzehn Uhr ihr Ferienhaus, vor dem sie Ihren Wagen gut sichtbar abstellte. Sie trug ihr Gepäck ins Haus und zog sich anschließend in aller Ruhe um. Mit dem E-Bike fuhr sie zum Bahnhof Dedenhausen. Sie hatte einen Rucksack dabei, in den sie später die zu entsorgenden Beweismittel verstauen konnte. Ihr Smartphone hatte sie im Ferienhaus gelassen.

In Dedenhausen stieg sie in den Regionalzug, der sie in fünfundzwanzig Minuten zum Hauptbahnhof Hannover brachte. Von dort fuhr sie mit der U-Bahn in den Stadtteil Vahrenheide. Maria trug über einer blauen Jeans einen schwarzen gefütterten Hoodie mit Kapuze, die sie sich über ihre langen blonden Haare gezogen hatte.

Ich möchte vermeiden, dass mich Zeugen eventuell später gut beschreiben. Die Aufnahmen der Videoüberwachung in der U-Bahn werden nach vierundzwanzig Stunden gelöscht. In diesem Hochhaus wohnt Nick recht anonym. Ich hoffe, dass niemand mitbekommt, wenn ich zu ihm in den zwölften Stock fahre und ihn in seiner Wohnung besuche.

Gegen 17:30 Uhr verließ sie die Station und ging die paar Minuten bis zum Hochhaus zu Fuß. Schon auf dem Weg dorthin, als sie sich unbeobachtet glaubte, hatte sie sich Einmalhandschuhe übergestreift, beide Hände danach in den Taschen ihres Hoodies vergraben. Den Rucksack hatte sie sich über die rechte Schulter gehängt.

Sie drückte auf den Klingelknopf neben dem Namen „Fuhrmann".

Gleich darauf ertönte der Summer und Maria huschte ins Haus.

Sehr gut, niemand im Flur.

Da hörte sie Geräusche und Stimmen, die vermutlich aus dem ersten Stock kamen.

Da kommt gleich wer, aber die kurze Strecke vermutlich zu Fuß.

Die Fahrstuhlkabine war gerade im Erdgeschoss. Maria trat ein und drückte auf den Knopf für die zwölfte Etage. Die Kabinentür schloss sich hinter ihr.

Die haben mich nicht gesehen.

Der Fahrstuhl fuhr ohne Halt nach oben. Sie stieg aus und blickte sich um. Eine Wohnungstür war nur angelehnt. Als Maria darauf zusteuerte, erkannte sie am Namensschild, dass sie hier richtig war.

Nick hatte offenbar direkt hinter der Wohnungstür gestanden und schon auf sie gewartet. Er zog die Tür vollständig auf, ohne dass Maria geklingelt oder geklopft hätte.

„Endlich, gut dass du da bist", begrüßte er sie. Er war über ihr Eintreffen sichtlich erfreut.

Sie drückte sich an ihm vorbei in den Flur seiner Wohnung, vermied dabei jeglichen Körperkontakt. Er machte hinter ihr die Tür zu.

Sein Blick fiel auf ihre Hände und er äußerte erstaunt: „Du hast ja Latexhandschuhe an …“

„Richtig. Ich geh komplett auf Nummer sicher“, bestätigte sie. „Wenn ich die Beweisstücke aus der Wohnung schaffe, will ich darauf keine Fingerabdrücke hinterlassen.“

„Ja, ja“, brummelte er. „Dein zweiter Vorname ist Vorsicht.“

Maria verschaffte sich einen Eindruck von der Wohnung und ging systematisch durch alle Zimmer. Im Schlafzimmer lag die Bettdecke auf dem Fußboden. Den Wohnzimmertisch dekorierten zwei Teller mit Essensresten und ein benutztes Schnapsglas. Auf der Ablagefläche des Küchenschranks entdeckte Maria eine Ansammlung von leeren Bierdosen.

Hier sieht es sonst bestimmt ordentlicher aus, dachte sie. *Nick ist momentan nicht der Alte und steht neben sich. Ich muss überprüfen, ob sich irgendwas Verräterisches in der Wohnung befindet.*

„Die Fotos vom Garten der Villa habe ich inzwischen gefunden“, erklärte Nick. „Ich hab sie zusammen mit dem Langhaarschneider und der Schachtel, in der sich die abrasierten Haare deines Mannes befinden, in eine Plastiktüte gepackt, die im Wohnzimmer liegt.“

„Na, das geht doch. Was ist mit den Haaren von Linda?“

„Hab ich vor knapp drei Wochen in einem undurchsichtigen Beutel in einen Müllcontainer geworfen."

„Hast du Emily oder Thea in der Vergangenheit erzählt, dass wir uns treffen?"

„Nein."

„Oder hast du gegenüber Mirko oder anderen Arbeitskollegen Andeutungen über uns gemacht?"

„Nein. Das habe ich immer für mich behalten. So war es doch zwischen uns abgemacht."

„Wunderbar. Dann weiß niemand aus unserem Bekanntenkreis von unserer Verbindung."

„Dass ich keine Ahnung hab, wo dein Schmierzettel geblieben ist, tut mir leid." Er guckte wie ein Schüler, der seine Hausaufgaben nicht gemacht hatte.

„Wo bewahrst du denn sonst Notizzettel auf?", versuchte sie Licht ins Dunkel zu bringen.

„In der Küche. Da ist auch ein Pinnbrett an der Wand."

„Dann guck ich da noch mal."

Während sich Maria in der Küche umsah, ging Nick unruhig im Raum hin und her.

„Du machst mich etwas nervös", meinte Maria. „Versuch mal runterzufahren. Ich mach das hier schon alles."

„Okay, okay", raunte Nick, öffnete das Küchenfenster und holte tief Luft. Dann stieg er über einen Stuhl auf die Fensterbank, um sich dort hinzuhocken, wobei er sich mit dem Rücken an den seitlichen Mauerteil lehnte.

„Was um alles in der Welt machst du da?“, fragte Maria verwundert.

„Ist einfach ein geiles Gefühl, zwischen Himmel und Erde zu hocken. Als würde ich ‘nen Energydrink in mich reinschütten, um danach neu durchzustarten“, sagte er mit fester Überzeugung. „Hier sitze ich immer, wenn ich innerlich unter Dampf stehe.“

„Wenn’s hilft, warum nicht“, murmelte Maria.

Ihre Suche war schließlich erfolgreich. Den Zettel mit ihrer handschriftlichen Nachricht ans LKA fand sie zusammengefaltet in einem Comic-Magazin, das auf der Arbeitsplatte vom Küchenschrank lag.

Meine Güte, Nick muss den Zettel dort in geistiger Abwesenheit abgelegt haben und ist danach offenbar überhaupt nicht auf die Idee gekommen, ihn in dem Comic-Magazin zu suchen. Ich hoffe, jetzt habe ich alles zusammen.

Sie steckte den Zettel in die Tasche ihres Hoodies. Während der ganzen Suchaktion in der Wohnung hatte sie die Kapuze aufgelassen.

„Ist jetzt wirklich alles in Ordnung?“, fragte Nick. „Morgen kommt Emily übers Wochenende zu Besuch. Da kann ich mich nicht um die Entsorgung von den Sachen kümmern.“

„Ich bin hier fertig“, bestätigte Maria. „Mehr geht jetzt nicht mehr.“

„Ich wäre froh, wenn ich Gewissheit hätte, dass mir die Polizei tatsächlich nicht mehr auf die Spur kommt“, sagte Nick und schaute Maria erwartungsvoll an.

„Wann rechnest du damit, dass wir uns wieder treffen können und du mir das Geld für die Delfintherapie geben kannst?"

„Wir treffen uns übernächsten Samstag um dreizehn Uhr auf unserer üblichen Bank am Maschsee."

„In Ordnung. Ich versuche bis dahin zur Ruhe zu kommen und ganz normal zur Arbeit zu gehen."

Maria trat dicht an ihn heran.

„Vielen Dank, dass du mir Linda und Burkhard vom Hals geschafft hast", äußerte sie, wobei sie ein betretenes Gesicht machte. „Gleichzeitig möchte mich aufrichtig bei dir entschuldigen."

„Wofür entschuldigen?"

Sie legte eine Handfläche gegen seinen Oberarm, die andere gegen die Außenseite seines angewinkelten Oberschenkels.

„Dafür …!", sagte sie und drückte ihre Handflächen mit all ihrer Kraft nach vorn.

Nick riss ungläubig die Augen auf, als er das Gleichgewicht verlor und seitlich aus der Fensteröffnung in den Abgrund kippte. Sie hörte einen kurzen Schrei, dann war es wieder still.

Einen Sturz aus dem zwölften Stock wird er nicht überleben. Bloß nicht rausgucken und dabei von einem Zeugen gesehen werden. Jetzt muss ich sehen, dass ich schnellstens unerkannt verschwinde.

Sie packte den Zettel sowie die Plastiktüte, in der sich die Fotos, der Langhaarschneider und die Schachtel mit Burkhards Haaren befanden, in ihren Rucksack. Dann verließ sie die Wohnung und zog die Tür leise hinter sich zu. Diesmal nahm sie das Treppenhaus.

Wenn jemand den Fahrstuhl auf dem Weg nach unten anhält und zu mir in die Kabine steigt, wäre ich womöglich erledigt.

Es gelang ihr, das Hochhaus zu verlassen, ohne dort einer Person begegnet zu sein.

Der Gedanke, ihn von der Fensterbank zu schubsen, ist mir spontan gekommen. Er war ein brauchbarer Kerl, aber zuletzt ein großer Risikofaktor.

Sie ging zur U-Bahn-Station, um sich auf den Rückweg zu ihrem Ferienhaus am Irenensee zu machen.

76

Am Sonntagnachmittag konnte sich Raffael Störtebecker die Zeit nehmen, Katja und Emil in der Wohnung über ihm zu besuchen. Katja hatte den Oberkommissar zu „Kaffee und Kuchen" eingeladen.

Meiner Wohnung fehlt leider noch ein bisschen das gemütliche Ambiente, um als Austragungsort für eine Gegeneinladung ernsthaft infrage zu kommen, war Raffael gleich durch den Kopf gegangen. *Aber irgendwann krieg ich das hin.*

Kollegen von ihm aus dem 1. Kommissariat der Kriminalfachinspektion 1 waren seit vorgestern mit einem erneuten Todesfall beschäftigt. Aus bisher noch ungeklärten Gründen war ein Mann Mitte dreißig aus dem zwölften Stock eines Hochhauses in Vahrenheide gestürzt. Es konnte sich dabei um einen Unfall handeln oder – was momentan wahrscheinlicher war – um einen Suizid. Wie Raffael am Rande mitbekommen hatte, gab es offenbar keinen Anhalt für ein Fremdverschulden, da keine Zeichen eines Kampfes zwischen dem Toten und einer anderen Person gefunden werden konnten.

Aber das interessierte ihn jetzt alles nicht. Er stand in Katjas Wohnzimmer, freute sich über ihre Einladung und hatte das Bedürfnis, ihr etwas Nettes zu sagen.

Das Erste, was ihm einfiel, war: „Du siehst ein bisschen wie John Lennon aus."

„Dass ich für dich wie ein Mann aussehe, ist ein ungewöhnliches Kompliment." Sie guckte nicht begeistert.

„Ich meinte, wegen deiner Nickelbrille. Die erinnert mich sofort an den britischen Musiker. Und der war der Schwarm meiner Oma."

„Wow, wie schmeichelhaft."

Raffael merkte, dass der Zug in die verkehrte Richtung fuhr.

So ergänzte er schnell: „Bevor ich mich um Kopf und Kragen rede: Meine Oma hat als junge Frau Anfang der sechziger Jahre mit großer Begeisterung die Musikclubs in St. Pauli besucht."

„Deine Oma war auf der Reeperbahn?"

„Ganz in der Nähe. Sie hat mir erzählt, dass sie bei Live-Auftritten der Beatles war und sogar eine private Begegnung mit John Lennon hatte."

„Eine echte Zeitzeugin."

„Sie hat mir seine Musik nahegebracht - und ich habe wie er in Hamburg in einer Rockband gespielt."

„Leider nicht so erfolgreich wie er." Sie grinste. „Aber dann hätten wir uns wahrscheinlich auch nie kennengelernt."

„So manches Wochenende wäre dann frühmorgens anders für mich verlaufen", meinte er augenzwinkernd.

„Und ohne deine unkonventionelle Idee hätten Emil und ich nicht das ungewöhnliche Erlebnis auf dem Friedhof gehabt."

Katjas Mimik zufolge war der Friedhof-Besuch offenbar nicht völlig in die Hose gegangen.

„Oh, ihr habt es also getan …?“, tastete er sich vor.

„Das kann dir Emil am besten selbst erzählen.“ Katja rief Emil, der aus dem Kinderzimmer kam und Raffael begrüßte. Danach setzten sie sich an den gedeckten Tisch, um Katjas selbstgebackenen Kuchen zu essen.

Nachdem Emil den letzten Bissen runtergeschluckt hatte, ermunterte ihn Raffael zu erzählen.

„Ich war diese Woche mit Mama auf dem Seelhorster Friedhof und habe meinen Papa besucht“, berichtete Emil stolz. „Da lagen noch viel mehr tote Papas, aber die waren schon älter als meiner.“

„Hattest du denn deinem Papa ein kleines Geschenk mitgebracht?“, wollte Raffael wissen.

„Ja. Eine kleine Dose. Mit dem ersten Zahn drin, der mir ausgefallen ist. Papa hat sich damals gefreut und gesagt, dass der Zahn etwas ganz Besonderes ist.“

„Und was hast du mit der Dose gemacht?“

„Mama hat sie eingegraben und ich habe den Stein auf dem Grab mit meinen Händen angefasst und an Papa gedacht.“

„Hat er was zu dir gesagt … in Gedanken?“, fragte Raffael vorsichtig.

„Nö.“

“Was hätte er auch sagen sollen …“, meinte Katja.

„Danke für den Zahn oder so“, war Raffaels Idee.

„Mir ist an den Händen auf dem Grabstein ganz warm geworden“, erklärte Emil. „Und Mama hat gesagt, dass das von Papa kommt. Dass ich seine Wärme spüre und dass das bedeutet, dass er sich über mein Geschenk und meinen Besuch freut und mich doch liebhat."

Der Junge macht einen glücklichen Eindruck. Und das verdankt er indirekt Torben und dessen verrückten Ideen. Zumindest diese Mission war erfolgreich. Wäre schön, wenn mich Torben auch bei der Aufklärung meiner Mordserie so einfach voranbringen könnte.

Das sollte schneller passieren, als Raffael gedacht hatte …

77

Die Befragung des Personals von Wegners Schönheitsklinik nach auffälligen Ereignissen in den letzten drei Wochen im Zusammenhang mit dem Klinikleiter ergab einen überraschenden Treffer. Ein bisher unbekannter Mann mit Namen Andreas Hausmann hätte den Chef am 12. Oktober in dessen Büro aufgesucht, wobei Wegner gegenüber einer Angestellten als Grund für das Treffen von „einem privaten Termin" gesprochen hätte. Insofern wären auch die Personalien des Mannes nicht aufgenommen worden. Der Beschreibung nach handelte es sich bei dem Mann um eine schlanke Person in den Dreißigern mit hellbraunen Haaren, abstehenden Ohren und einem deutlichen norddeutschen Akzent.

Als Raffael Störtebecker davon hörte, zeigte er der Klinikangestellten, die den Mann in Empfang genommen hatte, ein Foto von seinem Cousin Torben. Auf Anhieb erkannte die Frau den Mann als den damaligen Besucher wieder.

Ein parallel ermittelndes Team, das sich mit dem tödlichen Sturz aus dem Vahrenheider Hochhaus beschäftigte, hatte inzwischen herausgefunden, dass der Tote der Ex-Mann von Thea Fuhrmann war, bei der sich Mirko Hübner zum Zeitpunkt der Ermordung von

Jasmin Wegner aufgehalten hatte, während die gemeinsame Tochter Emily damals nachweislich bei ihrem Vater in der Hochhaus-Wohnung gewesen war.

*

Raffael Störtebecker hatte das Aufzeichnungsgerät auf der Schreibtischplatte aufgebaut und die Aufnahme gestartet. Zusammen mit seiner Kollegin Andrea Renner saß er seinem Cousin Torben Hansen an dessen Schreibtisch gegenüber. Hier, in Torbens Büro, dessen Blickfang immer noch die beiden aufgehängten Poster mit Humphrey Bogart und dem Sonnenuntergang waren, hatten sie in dieser Konstellation zuletzt am Tag nach dem Mord an Jasmin Wegner gesessen. Der Oberkommissar erklärte seinem Cousin ganz formal die Spielregeln der folgenden Befragung.

Torben schaute Raffael und Andrea mit großen Augen erwartungsvoll an.

„Warum hast du Dr. Wegner unter falschem Namen in seiner Klinik besucht?“, kam Raffael gleich zur Sache. „Um eine Schönheits-OP ist es offensichtlich nicht gegangen. Du warst dort am 12. Oktober, einen Tag nach eurem ersten Telefonat nach längerer Zeit.“

„Das mit dem falschen Namen war aus Diskretionsgründen. … Ich hab dir doch schon vor ein paar Tagen am Telefon gesagt, dass ich mit ihm über seine Tochter

Jasmin gesprochen habe.“ Torben klang, als würde er etwas Belangloses von sich geben.

„Stimmt“, bestätigte Raffael. „Du hast erzählt, dass du wegen seiner letzten Frage noch deine Aufzeichnungen hättest durchsehen müssen. Und weil du das ‚verschwitzt‘ hättest, wäre dein Rückruf erst zwölf Tage später erfolgt. Worum ging es also in dem persönlichen Treffen zwischen euch am 12. Oktober?“

„Tja, da muss ich noch mal in meinen Erinnerungen kramen …“

Raffael haute unvermittelt mit der flachen Hand auf den Schreibtisch und blaffte seinen Cousin an: „Du hast mir am Telefon Bullshit erzählt! Es ist nie und nimmer um Jasmin gegangen, dein damaliger Auftrag war bereits seit zwei Monaten erledigt!“

„Was vermutest du denn, Raffi?“, äußerte Torben mit Unschuldsmiene.

„Ich stelle hier die Fragen!“, schimpfte der Oberkommissar. „Aber ich kann dir sagen, wovon ich ausgehe: Wegners Anruf bei dir diente dazu, ein Treffen in seiner Klinik zu vereinbaren. … Warum wird er wohl einen Privatdetektiv zu sich einladen? Um ihm einen Auftrag zu erteilen! Und ich vermute, elf Tage danach hast du ihn telefonisch über deine Ergebnisse informiert.“

„Mensch Raffi, du könntest ein guter Detektiv werden“, meinte Torben grinsend. „Willst du bei mir einsteigen?“

„Hör auf abzuschweifen! Ich ermittle in einem Mordfall und du belügst mich ganz offensichtlich. Also noch mal: Was wollte Wegner von dir?“

Der Privatdetektiv guckte verlegen nach unten und sagte leise: „Er hat mir tatsächlich einen neuen Auftrag erteilt."

„Der wie lautete?"

„Ich sollte jemanden überwachen."

„Lass dir nicht alle Würmer aus der Nase ziehen." Raffael atmete hörbar ein und aus. „Wen solltest du für ihn überwachen?"

„Seine Frau Maria."

„Warum?"

„Weil er den Verdacht hatte, dass sie ihn mit einem anderen Mann betrügt."

„Und – hat sie?"

„Also es hat da ein einmaliges sexuell motiviertes Treffen stattgefunden."

„Dieses ‚einmalige sexuell motivierte Treffen' – mit wem hat sie sich vergnügt?"

„Mit einem Mann Mitte dreißig. Ich hab seine Identität herausgefunden. Es handelt sich um einen Nick Fuhrmann."

Raffael kam ins Grübeln: *Moment, heißt nicht so der Mann, der am Freitag aus dem Hochhaus gestürzt ist? Jetzt wird es interessant.*

„Erzähl endlich, was du über Maria Wegners Beziehung zu diesem Nick Fuhrmann weißt!", forderte der Oberkommissar seinen Cousin ungeduldig auf.

Torben berichtete, dass er den beiden nachgefahren wäre und sie in Arnum auf dem Gelände der alten Seifenfabrik beim Sex beobachtet hätte. Seine Fotos wären nicht ganz scharf gewesen. Einen Tag später wäre er in der Stadtbibliothek vor der Buchbinderei von ihr enttarnt worden. In dem sich anschließenden Gespräch habe sie ihm erzählt, dass ihr Mann sie schlagen würde. Mit Nick Fuhrmann habe sie keine ernsthafte Affäre, nur dieses eine Mal hätten sie Sex miteinander gehabt.

„Das hat sie dir alles in der Stadtbibliothek erzählt?"

„Sie ist mit mir in einen Abstellraum gegangen, um ungestört mit mir reden zu können. Dort hat sie mir auch kurz ihre Hämatome gezeigt, um mir zu beweisen, dass sie in Bezug auf ihren Mann die Wahrheit sagt."

„Hat sie dir noch mehr gezeigt?"

„Nein, Raffi, wo denkst du hin!!"

„Wie hat Wegner am Telefon reagiert, als du ihm von dem erotischen Date mit Nick Fuhrmann berichtet hast?", fragte Raffael gespannt.

„Ich hab ihm das gar nicht erzählt."

„Was?! Du hast auch deinen Auftraggeber belogen?! Warum das denn?"

„Raffi, die Frau tat mir sehr leid", sagte Torben kleinlaut. „Ihr Mann schlägt sie, sie sucht sich ein einziges Mal woanders Wärme. Wenn ihr Mann das erfährt, wäre zu befürchten gewesen, dass er ihr das sehr übelnimmt. Ich wollte ihr helfen und habe ihr versprochen, dass ich ihrem Mann nichts verrate."

„Aber mir hättest du es schon vorher verraten müssen", verkündete Raffael ärgerlich. „Du hast die polizeiliche Ermittlungsarbeit behindert. Ist dir bewusst, dass

Maria Wegner damit ein Motiv hätte, ihren Mann töten zu lassen?! Und sie hat womöglich auch einen Komplizen, der das für sie übernehmen könnte."

„Das kann ich mir bei dieser sympathischen Frau nicht vorstellen", meinte Torben trotzig. „Gerade, weil ich schon befürchtet habe, dass sie in falschen Verdacht gerät, wenn es heißt, sie hat einen heimlichen Liebhaber, hab ich vermeiden wollen, dass du das erfährst. Mit meiner kleinen erfundenen Geschichte, was den Inhalt meiner Telefonate angeht, wollte ich vermeiden, dass du mir bohrende Fragen über meine Beschattung von Maria Wegner stellst." Er schaute Raffael und Andrea auf einmal schuldbewusst an. „Sorry, war halt 'nen dummer spontaner Einfall von mir."

*

Die Erkenntnisse ihrer Vernehmung von Torben Hansen gab Raffael Störtebecker gleich an Thomas Stelter weiter, der veranlasste, dass die DNA von Nick Fuhrmann mit derjenigen aus den sichergestellten Hautzellen unter Burkhard Wegners Fingernägeln abgeglichen wurde.

„Verdächtigen wir Maria Wegner zu unrecht?", fragte sich Raffael, als er wieder mit Andrea Renner in ihr gemeinsames Büro in der Calenberger Neustadt zurückgekehrt war. „Vielleicht hat sie nur einmal in ihrem

Leben einen Seitensprung begangen, weil ihr Mann sie schlecht behandelt. Dann ist Nick Fuhrmann tatsächlich nicht ihr Liebhaber – und hat insofern auch kein Motiv, ihren Mann zu ermorden."

„Du und dein Cousin, ihr versucht beide das Gute in dieser Frau zu sehen", stellte Andrea fest. „Könnte es sein, dass dein beruflicher Scharfsinn gerade durch private Erlebnisse getrübt wird?! Ich hab ein ganz anderes Bild von Maria Wegner."

Du hast recht, überlegte sich Raffael. *Torben und ich denken bei Maria womöglich immer an Clara – und trauen ihr insofern nichts Schlechtes zu.*

„Es passt alles wunderbar zusammen", hielt Andrea ihrem Kollegen vor. „Maria scheint von ihrem Mann geschlagen worden zu sein. Sie hasst ihn deswegen, nimmt sich einen Liebhaber und der tötet, aufgrund einer gemeinsamen Planung, ihren Mann – und ihre Stieftöchter gleich mit, damit die Anstifterin und der Mörder ans Erbe des verhassten Mannes kommen. Der Täter war stets über die Gewohnheiten seiner Opfer informiert. Diese Informationen kann er von Maria erhalten haben."

„Wenn ich mich nicht irre, hat Nick Fuhrmann zum Zeitpunkt von Jasmins Ermordung ein Alibi. Da soll er das ganze Wochenende seine Tochter zu Besuch gehabt haben."

„Na gut, es gibt noch einige ungeklärte Punkte", stimmte Andrea zu. „Wenn die DNA von Fuhrmann mit der des mutmaßlichen Täters unter Wegners Fingernägeln nicht übereinstimmt, hat sich mein Verdacht weitgehend erledigt. Dann hat sich die Frau vielleicht einmalig mit Fuhrmann getröstet, ohne dass das eine Relevanz für unsere Ermittlungen hat. Warten wir ab, was der DNA-Abgleich erbringt."

Die Kritik seiner Kollegin Andrea, dass sein „beruflicher Scharfsinn durch private Erlebnisse getrübt" sein könnte, beschäftigte Raffael.

Torben würde jetzt von ‚schlechten Schwingungen' sprechen, die er zwischen mir und Andrea wahrnehmen kann, war Raffaels Überlegung. *Allerdings bin ich mir keiner Schuld bewusst, in der letzten Zeit die Stimmung zwischen uns vermiest zu haben.*

In einem betont lockeren Tonfall machte er Andrea den Vorschlag: „Wenn wir bei unseren Mordermittlungen zwischendurch mal verschnaufen können, fänd ich es toll, wenn wir wieder zusammen essen gehen würden."

„Fährst du jetzt zweigleisig?", antwortete Andrea. Ihr Ton klang reserviert.

„Wieso? Ich wüsste nicht mal, dass ich *eingleisig* fahre."

„Du weißt schon, was ich meine."

„Sollte ich?"

„Ich dachte, du bist Kriminalist", meinte sie spöttisch, „und kannst kombinieren."

„Da schätzt du mich richtig ein", sagte er lächelnd.

„Was sagt denn Katja dazu, wenn du mit mir weggehen willst?", äußerte Andrea auf dem Weg zur Tür.

„Ich muss sie doch nicht um Erlaubnis fragen, wenn ich mich mit ihrer Schwester verabrede." Raffael schüttelte verständnislos den Kopf.

„Also so hätte ich dich nicht eingeschätzt", brummelte Andrea und verließ den Raum.

78

In der Herrenhäuser Villa der Wegners waren von der Spurensicherung zunächst auf den Fliesen im Wohnzimmer und danach an dem Feuerhaken am Kamin Spuren von Tierblut nachgewiesen worden. Maria Wegner hatte sich Anfang Oktober wegen ihrer angeblich entlaufenen schwarzen Perserkatze an die Polizei gewandt, wobei das Tier bisher nicht gefunden wurde. Inzwischen konnte das Verschwinden der Katze aufgeklärt werden. In einem Beet im hinteren Teil des Gartens der Villa wurde ein dort vergrabener Plastiksack entdeckt, in dem sich die tote Katze befand, die offensichtlich mit dem Feuerhaken erschlagen worden war.

Die DNA aus den Hautzellen unter Wegners Fingernägeln konnten eindeutig Nick Fuhrmann zugeordnet werden. In seiner Wohnung wurden zwei einzelne blonde Kunsthaare gefunden, wie sie bereits bei der Ermordung von Linda am Tatort in Arnum sichergestellt werden konnten. Für das Ermittlerteam war damit klar, dass Nick Fuhrmann Dr. Burkhard Wegner umgebracht hatte – und vermutlich auch dessen Tochter Linda. Da Fuhrmann für die Tötung von Jasmin ein Alibi hatte, war auf einmal davon auszugehen, dass es zwei verschiedene Täter gab. Hierzu passte die von Dr. Mark

Seifert in seiner Täteranalyse beschriebene „Musteränderung“ beim zweiten Tötungsdelikt.

Emma Falkenberg und Arif Kimil hatten Thea Fuhrmann befragt, von der sie die Information hatten, dass ihr Ex-Mann in den vergangenen Monaten ihre Beziehung unrealistisch eingeschätzt und sich falsche Hoffnungen gemacht habe. Er wäre der Meinung gewesen, wieder mit Thea als Paar zusammenzukommen. In Verkennung der Situation habe er sich eifersüchtig auf ihren Bekannten Mirko Hübner gestürzt. Einen Tag vor seinem Tod hätte Thea Fuhrmann mit ihrem Ex-Mann wegen des bevorstehenden Wochenendes mit Emily telefoniert. Er wäre fahrig gewesen, etwas hätte ihn bedrückt. In den letzten Wochen hätte er sich zudem damit beschäftigt, wie er das Geld zur Finanzierung einer teuren Delfintherapie für ihre gemeinsame Tochter aufbringen könnte.

Mirko Hübner bestätigte, von Fuhrmann tätlich angegriffen worden zu sein. Auch ein befragter Mieter des Vahrenheider Hochhauses machte die Aussage, dass Fuhrmann unangemessen reagiert und ihn im Hausflur zu Boden geschubst hätte.

*

Wegen des Verdachts, Nick Fuhrmann zu den Tötungen an ihrer Stieftochter Linda und ihrem Mann Burkhard angestiftet zu haben, wurde Maria zur Vernehmung in das Dienstgebäude der Kriminalfachinspektion 1 gebracht.

In einem speziellen Vernehmungszimmer saßen sich die Beschuldigte sowie Raffael Störtebecker und Andrea Renner an einem Tisch gegenüber. Das Gespräch wurde aufgezeichnet, Maria Wegner über ihre Rechte und Pflichten in Kenntnis gesetzt.

„Ich habe nichts mit der Tötung meines Mannes und meiner Stieftochter zu tun", erklärte die Beschuldigte.

„Sie selbst haben die Tötungen nicht ausgeführt. Das stimmt", antwortete Raffael, der zunächst die Gesprächsführung übernahm. Die Tatsache, dass Fuhrmann als Täter entlarvt worden war, hatte ihm bezüglich der Konsequenzen für Maria stark zugesetzt. Umso wichtiger war es ihm jetzt, endgültig Klarheit zu bekommen. „Für die Tatzeiten haben Sie ein Alibi. Aber wir gehen davon aus, dass Sie die Tötungen zusammen mit Nick Fuhrmann geplant haben."

„Wie kommen Sie auf Nick Fuhrmann?"

„Sie brauchen gar nicht erst zu leugnen, dass sie ihn näher kennen", entgegnete der Oberkommissar. „Wir wissen inzwischen, dass sie zumindest am 15. Oktober mit ihm Geschlechtsverkehr hatten. Im hinteren Teil des Wagens von Herrn Fuhrmann auf dem Gelände der alten verlassenen Seifenfabrik in Arnum. Es gibt Fotos, die das belegen."

„Ich vermute, diese Angaben haben Sie von einem Privatdetektiv?!"

„So ist es. Von ihm haben wir auch entsprechende Fotos bekommen.“

„Stimmt, ich hatte mit ihm eine Unterhaltung in der Stadtbibliothek“, gestand sie zu. „Da hatte ich ihn so verstanden, dass von diesem angeblichen Vorfall keine scharfen Fotos existieren würden.“

„Ich fand die Fotos und das, was sie zeigen, scharf genug“, brummte Raffael. „Soll ich Ihnen die Fotos mal zeigen? Wir haben es auf jeden Fall geschafft, Sie, Herrn Fuhrmann, den Wagen und die Umgebung klar zu identifizieren. Hier und da abgeschnittene Gesichter und Körperteile, manchmal unscharf, aber alles zusammen für uns ausreichend.“

Maria Wegner verzichtete darauf, sich die Fotos anzusehen und bekundete: „Es ist mir peinlich, aber ich gebe zu, dass ich mich mit Nick Fuhrmann zu einem Sex-Date verabredet habe.“

Jetzt schaltete sich Andrea ein: „Stimmt es, dass Ihr Mann Sie geschlagen hat?“

„Ja.“

„Ist das häufig vorgekommen?“

„Zum Glück nur ganz selten. Aber es war der Grund, mich mit einem anderen Mann zu verabreden.“

Andrea ließ sich schildern, in welcher Form sich Burkhard Wegner seiner Frau gegenüber gewalttätig gezeigt hätte.

Maria berichtete, dass er ihr meistens „eine Ohrfeige gegeben“ habe. Nur einmal, ganz zuletzt, hätte er mit Fäusten auf sie eingeschlagen.

„Aus welchen Anlässen heraus war er gewalttätig?" Andrea bemühte sich, ihre Fragen einfühlsam zu formulieren.

„Es waren manchmal Nichtigkeiten. Er fühlte sich durch eine Äußerung von mir kritisiert und hat darauf jähzornig reagiert. Und er war eifersüchtig, obwohl ich ihm – bis auf die eine Ausnahme – keinen Grund dafür gegeben habe."

„Was haben Sie für ihn empfunden, als er sie geschlagen hat?"

„Ich war erschrocken und enttäuscht."

„Haben Sie keine Wut empfunden? Oder Hass?"

„Nein, soweit ging es nicht. Er hat sich hinterher auch immer sofort wieder entschuldigt. Wir hatten auch viele schöne Stunden und grundsätzlich habe ich ihn geliebt. Bitte glauben Sie mir. Von meiner Mutter hatte ich den Ratschlag, Männern ihre Fehler zu verzeihen."

„Wer wusste alles davon, dass Ihr Mann Sie schlägt?"

„Ausschließlich Nick Fuhrmann. Allerdings nur deshalb, weil er im Auto die blauen Flecke gesehen hat. Er hat nach der Ursache gefragt – und ich habe es ihm erzählt. Ach ja, und dem Privatdetektiv habe ich es mitgeteilt, in der Hoffnung, dass er Verständnis für mich hat und mich nicht gegenüber meinem Mann verrät."

„Ihrem Mann hat er tatsächlich nichts gesagt – aber uns."

Andrea informierte Maria Wegner über den Fund der toten Perserkatze im Garten der Villa und dass davon auszugehen war, dass sie mit einem Feuerhaken im Wohnzimmer erschlagen worden war.

„Das ist ja schrecklich!“, äußerte Maria, wobei ihr Tränen über die Wangen liefen. „Damit habe ich nicht gerechnet.“

„Ist Ihnen nie der Gedanke gekommen, dass Ihr Mann Ihrer Katze etwas angetan haben könnte?“, fragte die Oberkommissarin.

„Nein, auf keinen Fall. Er mochte unsere Katze. An dem Tag, an dem Sissi abends verschwunden ist, hatte sich mein Mann in der Rechtsmedizin den Leichnam der ermordeten Linda angesehen und war deshalb sehr angespannt. Ich könnte mir vorstellen, dass er seine unterdrückte Wut auf den Täter an unserer Katze abreagiert hat.“

Die nächsten Fragen stellte Raffael: „Wo waren Sie am vergangenen Freitagabend, als Herr Fuhrmann aus dem Fenster seines Hochhauses gestürzt ist?“

„Ich habe mich in meinem Ferienhaus am Irenensee in Uetze aufgehalten.“

„Zeugen?“

„Ich habe mich angesichts der schrecklichen Ereignisse ins Haus zurückgezogen. Aber es wird bestimmt Menschen geben, die mich und meinen Wagen dort gesehen haben. … Aber wie kommen Sie überhaupt darauf, dass Nick die Morde begangen hat?“

Raffael erklärte, dass eindeutig Fuhrmanns Hautzellen unter den Fingernägeln ihres Mannes gefunden worden waren. Ihr Mann habe sich bei dem Überfall gewehrt und dabei Fuhrmann gekratzt. Entsprechende Kratzspuren wären an Fuhrmanns Unterarmen gefunden worden. Außerdem wären Kunsthaare in seiner Wohnung sichergestellt worden, identisch mit denen am Tatort von Linda. Die Polizei hätte festgestellt, dass er im September im Online-Shop eines Erotik-Versandhandels eingekauft hätte, wobei die blonden Kunsthaare zu einer dort bestellten Sex-Puppe gehören könnten.

„Sie profitieren vom Tod Ihrer Stieftöchter und Ihres Mannes als Alleinerbin", hielt Raffael der Beschuldigten vor. „Mit dem Mord an Jasmin haben Sie vermutlich nichts zu tun. Aber Sie wussten etwas, dass wir wohlweislich nicht an die Zeitung gegeben haben. Der Täter hatte Ihrer Stieftochter Jasmin den Schädel kahlrasiert. Diese Information konnte Fuhrmann nur von Ihnen haben. Von Ihrem Mann sind Sie geschlagen worden. Da haben Sie sich mit Fuhrmann zusammengetan, damit er erst Ihre Stieftochter Linda und anschließend Ihren Mann aus dem Weg räumt. Wobei Sie ihn dazu gebracht haben, dass er die Art und Weise der Tötung von Jasmin imitiert. Deshalb auch das an die Polizei verschickte Gedicht, das uns zusätzlich weismachen sollte, dass es sich um ein und denselben Täter handelt, und zugleich den Verdacht von Ihnen ablenkt."

„Ich bin entsetzt, dass Nick meinen Mann umgebracht hat", sagte Maria Wegner und hielt die gefalteten Hände vor den Mund. „Aber ich habe ihn nicht dazu angestiftet. Ich habe meinen Mann trotz allem geliebt."

„Momentan spricht vieles gegen Sie", meinte Raffael trocken.

Sie fing an zu schluchzen, vergrub das Gesicht vollständig in ihren Händen und verkündete leise: „Schon klar, dass Sie mir nicht glauben. Ich brauche jetzt die Unterstützung eines Rechtsanwalts. Mein Mann arbeitet seit Jahren vertrauensvoll mit einer Anwaltskanzlei zusammen, die ihn bei schwierigen Fällen vertritt."

Die Vernehmung wurde daraufhin unterbrochen.

*

Dr. Gregor Reuter, ein renommierter hannoverscher Rechtsanwalt Ende vierzig, schlank, graue Haare, kannte Maria Wegner als die Ehefrau seines ehemaligen Mandanten bereits aus zwei früheren Begegnungen persönlich. Er hatte sich kurzfristig bereit erklärt, in das Dienstgebäude der Kriminalfachinspektion 1 zu kommen.

Maria Wegner begrüßte den Anwalt erleichtert, der sich von ihr unter vier Augen den Sachverhalt schildern ließ.

Bei der Fortsetzung der Vernehmung durch Raffael Störtebecker und Andrea Renner saß er am Tisch neben seiner neuen Mandantin.

Der Oberkommissar musterte den Anwalt, der zu seinem dunkelblauen Anzug eine rote Krawatte trug.

Mal sehen, welche Strategie Reuter fährt, überlegte sich Raffael. *Ob er seiner Mandantin rät, ab jetzt zu bestimmten Fragen keine Aussagen mehr zu machen.*

„Wie kommen Sie darauf, dass meine Mandantin Herrn Fuhrmann dazu gebracht haben könnte, Ihre Stieftochter und Ihren Mann zu töten?", fragte Reuter in einem ruhigen, sachlichen Ton.

„Nick Fuhrmann neigte nach Einschätzung seiner Ex-Frau dazu, Beziehungen zu Frauen falsch einzuschätzen und sich unberechtigte Hoffnungen zu machen", erklärte Raffael. „Wegen einer teuren Therapie für seine Tochter benötigte er eine größere Summe Geld. Außerdem war er schnell bereit, bei der Durchsetzung seiner Anliegen Gewalt einzusetzen. Damit war er für Frau Wegner ein idealer Kandidat, um ihn für ihre Pläne zu gewinnen."

„Aha", war der kurze Kommentar des Anwalts. Er sah seine Mandantin an und forderte sie freundlich auf: „Bitte erzählen Sie Frau Renner und Herrn Störtebecker, was Sie mir eben über Ihre Beziehung zu Herrn Fuhrmann und die Begegnungen mit ihm berichtet haben."

„Ich habe Nick letztes Jahr durch meine damalige Freundin Dörte kennengelernt. Nick war ein Arbeitskollege ihres Bruders Mirko. Wir sind aufeinander aufmerksam geworden, weil wir beide große Comic-Fans sind. Ich war in seiner Hochhaus-Wohnung und wir haben dort miteinander geschlafen. Ich kannte damals schon Burkhard, aber wir waren noch nicht verheiratet. Da ich von Burkhards Villa völlig beeindruckt war, habe ich Nick von dem großen Garten mit dem Swimmingpool und der Außen-Sauna erzählt."

„Sie beide kannten sich demnach schon länger", fasste Raffael zusammen.

„Ja, aber danach haben wir uns über ein Jahr nicht gesehen. Erst wieder an dem Montag, als Jasmin zwei Tage zuvor umgebracht worden war. Nick hat mich ohne Vorankündigung in der Stadtbibliothek besucht, weil er wissen wollte, wie ich mit dem Mord an meiner Stieftochter zurechtkomme. Er hatte seine Mittagspause verlängert und ich wollte gerade nach Hause gehen."

„Haben Sie im Lesesaal über den Mord geplaudert?", fragte Raffael ungläubig.

„Nein. Ich habe ihn für das Gespräch in einen separaten Abstellraum gebeten. Die Ereignisse mit Jasmin hatten mich innerlich sehr durcheinander gebracht. Ich weiß nicht genau, wie es dazu gekommen ist, aber Nick und ich hatten dort in dem Raum Sex miteinander."

„Das war dann Ihr zweites Mal", zählte der Oberkommissar mit. „Aber einen Zusammenhang mit der späteren Tötung von Linda höre ich hier nicht raus."

„Wir hatten uns noch nicht wieder vollständig angezogen, als mich Burkhard auf meinem Smartphone anrief. Ich hab ohne groß nachzudenken den Anruf angenommen. Mein Mann war in der Rechtsmedizin gewesen und erwähnte kurz, dass der Täter Jasmin durch das Kahlrasieren ihres Schädels verunstaltet hätte. Dann ging es in dem Telefonat um Linda. Er sagte, dass Linda behauptet hätte, dass sie mich niemals heruntergeputzt und gedemütigt hätte. Ich habe dem energisch widersprochen, aber Burkhard wollte nicht wahrhaben, wie erniedrigend und ablehnend Linda in der Vergangenheit mit mir umgegangen ist. Der Konflikt war zur Sprache gekommen, weil sie und ich uns auf der bevorstehenden Beerdigung begegnen würden. Während unseres etwas hitzigen Gespräches hatte ich Nicks Anwesenheit nahezu ausgeblendet. Aber er muss zwangsläufig alles mitangehört haben, was mir hinterher sehr unangenehm war. Gleich danach haben wir den Abstellraum verlassen."

„Und über mehr haben Sie nicht gesprochen?"

„Nein. Bis auf das Telefonat stand bei dem Treffen mehr das Körperliche im Vordergrund. Es war ein Ausrutscher. Und ich dachte, das mit Nick und mir würde nicht wieder passieren."

„Aber es kam offenbar anders …"

„Erst fünfeinhalb Wochen später haben wir uns wiedergetroffen", berichtete die Beschuldigte. „Ich habe Nick zufällig mittags vor dem Rathaus getroffen. Zu dem Zeitpunkt war Linda bereits eine Woche tot. Nick sagte, dass er die vergangenen Wochen immer sehr intensiv an mich gedacht hätte. Er schlug vor, dass wir uns in vier Tagen, am Montag, den 15. Oktober, zu einem erneuten erotischen Abenteuer treffen. Da Burkhard am Abend zuvor körperlich grob zu mir gewesen war, stimmte ich seinem Vorschlag zu. Treffpunkt war vor ‚Cruses Buchhandlung' in der Hildesheimer Straße. Mein Smartphone hatte ich damals abgestellt, um nicht wieder gestört zu werden. Das Ziel war Arnum. Auf der Fahrt dorthin habe ich ihm erzählt, dass ich am 24. Oktober die Autorenlesung im ‚Comix' besuche. Er hat mich gefragt, ob mich mein Mann begleitet – und ich habe geantwortet, dass Burkhard da seinen ‚Sauna-Abend' hat. Er sagte, er würde nicht zur Lesung kommen, weil er eine andere wichtige Sache zu erledigen hätte. Wie Sie wissen, hat Nick auf dem Gelände der alten Seifenfabrik meine Hämatome zu Gesicht bekommen und sich nach der Ursache erkundigt. Das ganze Abenteuer endete abrupt, weil wir von einem Privatdetektiv gestört wurden. Danach habe ich mit Nick Fuhrmann nie wieder etwas zu tun gehabt."

„Das klingt für mich wie ein schön ausgedachtes Märchen", war der nüchterne Kommentar von Andrea Renner.

„Die Schilderung meiner Mandantin erklärt plausibel, wie Herr Fuhrmann an die Informationen herangekommen ist, ohne dass dabei eine böse Absicht meiner Mandantin im Spiel war", machte Reuter klar deutlich. „Wenn wir mal theoretisch durchspielen, dass Herr Fuhrmann mit seinen Morden habgierig finanzielle Interessen verfolgt hat, so wäre davon auszugehen, dass er für die durchgeführte Tötung von Linda Wegner auch bezahlt werden wollte. Genauso für die Tötung von Dr. Wegner. Sie haben sicherlich die Konten des Ehepaars Wegner überprüft. Da dürften Sie weder eine entsprechende Barabhebung meiner Mandantin, noch eine Überweisung auf das Konto von Herrn Fuhrmann gefunden haben. An dieser Stelle gibt es keinen Beleg für die schuldhafte Verstrickung meiner Mandantin."

„Es muss ja nicht ausschließlich ums Geld gehen …", warf Raffael ein.

„Richtig", meinte Gregor Reuter zustimmend. „Spielen wir einen anderen Beweggrund von Herrn Fuhrmann durch. Wären er und meine Mandantin wirklich ein heimliches Paar gewesen, die zwei Morde planen, um zwei vermeintlich unliebsame Familienangehörige von Frau Wegner aus dem Weg zu räumen, müsste Herr Fuhrmann mit dem Ergebnis der vollzogenen Tötungen sehr zufrieden gewesen sein. Aber stattdessen macht er genau das Gegenteil und suizidiert sich. Das passt doch nicht zusammen!"

„Aber Ihre Mandantin hat zugegeben, dass sie mindestens dreimal mit dem Täter geschlafen hat", hielt Raffael dagegen. „Da könnte sie ihn problemlos angeworben und – entgegen ihrer vorherigen Schilderung – im Detail instruiert haben."

„Der Besuch von Herrn Fuhrmann in der Stadtbibliothek fand kurz nach dem Mord an Jasmin Wegner statt. Über die Details wie den kahlrasierten Schädel wurde sie erst durch das Telefonat mit ihrem Mann informiert. Wie sollte meine Mandantin zu diesem Zeitpunkt bereits einen komplexen Mordplan ausgearbeitet haben? Zumal der Besuch von Herrn Fuhrmann völlig unangekündigt war. Das Telefonat meiner Mandantin mit ihrem Mann wird sich eindeutig nachweisen lassen. Ebenso der Umstand, dass die Smartphones von Herrn Fuhrmann und meiner Mandantin in diesem Moment in derselben Funkzelle eingeloggt waren. Zusätzlich wird die Auswertung der GPS-Funktion belegen, dass sich beide zum Zeitpunkt des Telefonats mit Dr. Wegner in der Stadtbibliothek aufgehalten haben. Da der Aufenthalt in dem Abstellraum offenbar durch sexuelle Aktivitäten und das Telefonat mit Dr. Wegner weitgehend ausgefüllt war, wird nicht viel Zeit für sonstige Planungen gewesen sein."

„Das nächste Treffen mit der Fahrt nach Arnum war demgegenüber bereits vier Tage im Voraus geplant worden", äußerte Raffael und sah den Rechtsanwalt erwartungsvoll an.

„Auch in diesem Fall – wo es um den Spannungsbogen zwischen erotischem Erleben an einem ungewöhnlichen Ort und der durchgängigen Möglichkeit des Entdeckt-Werdens ging – kann ich mir schwer vorstellen, dass während dieses Treffens ein detaillierter Mordplan durchgesprochen worden ist, zumal die beiden nachweislich von einem Detektiv aufgescheucht worden sind."

„Zugegeben, diese beiden Treffen in der Stadtbibliothek und auf dem Gelände der alten Seifenfabrik scheinen für komplexe Absprachen nicht der geeignete Ort gewesen zu sein", gestand Raffael zu. „Aber Ihre Mandantin und Herr Fuhrmann könnten sich außerdem zu anderen Zeiten an anderen Orten getroffen haben."

„Aber das ist eine reine Spekulation, die wirklich durch nichts bewiesen ist", wischte der Anwalt Raffaels

Argument vom Tisch. „Es hat, von der kurzen Begegnung vorm Rathaus abgesehen, in diesem Jahr genau zwei persönliche Treffen meiner Mandantin mit Herrn Fuhrmann gegeben. Zum Ablauf der Treffen hat Frau Wegner konkrete nachvollziehbare Angaben gemacht. Und wie wir eben gemeinsam festgestellt haben, ist es äußerst unwahrscheinlich, dass meine Mandantin während dieser Treffen Herrn Fuhrmann in eine vielschichtige Mordplanung eingebunden hat."

„Trotzdem kann ein solcher Austausch an anderer Stelle stattgefunden haben", beharrte Raffael auf seiner Hypothese.

„Was sehr unwahrscheinlich ist", parierte der Anwalt. „Irgendwelche Belege dafür fehlen vollständig. Es existieren keine Mails, keine SMS-Nachrichten, keine über einen Messenger-Dienst ausgetauschten Botschaften, in denen es um die Vereinbarung von Treffen oder die Anweisung zur Durchführung der Tötungen geht." Reuter schaute seine Mandantin an, die zustimmend nickte. „Weiterhin gab es keine Telefonate zwischen den beiden. Sie werden auch über keine Aussagen von Zeugen verfügen, die meine Mandantin und Herrn Fuhrmann in den letzten Monaten außerhalb der bereits erwähnten Treffen gesehen haben. Bleibt die Möglichkeit, über die jeweilige GPS-Funktion der Smartphones zu überprüfen, dass sich Frau Wegner und Herr Fuhrmann nicht persönlich getroffen haben. Ich bin mir sicher, dass Sie nichts Belastendes finden werden."

„Weiterhin ungeklärt bleibt jedoch die Frage, warum Herr Fuhrmann die Stieftochter und den Ehemann von Frau Wegner getötet hat", meldete sich Andrea Renner zu Wort.

„Weder meine Mandantin noch ich haben Psychologie studiert", antwortete der Anwalt lächelnd. „Aber ich denke, dass Sie sich vorhin die Antwort selbst gegeben haben. Herr Fuhrmann hat bereits im Fall seiner Ex-Frau gezeigt, dass er den Grad einer Beziehung falsch einschätzt und von völlig unrealistischen Annahmen ausgeht. Dann jedoch auch bereit ist, Gewalt anzuwenden. Als sich die Beziehung zu seiner Ex-Frau zunehmend schwieriger darstellte, könnte er sich in eine vermeintliche Partnerschaft mit meiner Mandantin hineinfantasiert haben, unterstützt durch die Tatsache, dass es zwischen ihnen in der Stadtbibliothek zu sexuellen Handlungen gekommen war. Möglicherweise glaubte er jetzt, meine Mandantin beschützen zu müssen. Da er zufällig von dem schweren Konflikt zwischen ihr und ihrer Stieftochter gehört hatte, plante er womöglich die Tötung der Frau. Als er Wochen später die Hämatome entdeckte, die meiner Mandantin von ihrem Ehemann zugefügt worden waren, wird ihn das dazu bewogen haben, auch Dr. Wegner umzubringen. Das erotische Treffen in Arnum hat er vielleicht als unbewusste Belohnung für seine Tötung von Linda Wegner erlebt."

„Wow, Sie sind zumindest Hobby-Psychologe", meinte Raffael mit gespielter Anerkennung, wobei er von

Thomas Stelter wusste, dass es tatsächlich einen ähnlich gelagerten Fall vor Jahren in Hannover gegeben hatte.

Über die Gewohnheiten von Linda Wegner könnte sich Fuhrmann ohne Marias Hilfe selbst informiert haben. Zeit genug hatte er dazu, musste sich der Oberkommissar eingestehen. *Dass ein Schal bei Jasmin als Tatwerkzeug diente, stand überall in der Zeitung zu lesen. Reuters Argumente sind nicht zu widerlegen. Es ist eigentlich auch nahezu unmöglich, dass Maria Wegner Fuhrmann als unbequemen Zeugen aus dem Hochhaus stößt. Wie soll sie den kräftigen Mann aus dem Küchenfenster gewuchtet haben? Und wahrscheinlich ist sie zum Zeitpunkt seines Sturzes auch wirklich am Irenensee gewesen.*

Gregor Reuter sah Raffael und Andrea auffordernd an und meinte: „Ich denke, wir haben Ihren Verdacht, meine Mandantin könnte Herrn Fuhrmann zu zwei Tötungen angestiftet haben, überzeugend ausgeräumt. Eine Fluchtgefahr besteht nicht. Und da Sie bereits die Villa, das Ferienhaus und die Fahrzeuge meiner Mandantin haben durchsuchen lassen, besteht auch keine Verdunklungsgefahr. Sollten also keine weiteren Indizien vorliegen, mit denen wir uns noch auseinandersetzen müssen, erwarte ich, dass Sie meine Mandantin gehen lassen."

79

Die Durchsuchung von Villa und Ferienhaus hatte ebenso wenig wie die Überprüfung von Maria Wegners Smartphone und PC belastendes Material gegen die Witwe des getöteten Schönheitschirurgen zu Tage gefördert. Marias Aussage, in Anwesenheit von Nick Fuhrmann mit ihrem Mann telefoniert zu haben, kurz nachdem er sich Jasmins Leichnam in der Rechtsmedizin angesehen hatte, konnte eindeutig bestätigt werden. Dadurch wurde ihre Behauptung, Fuhrmann hätte zufällig von dem kahlrasierten Schädel des Opfers sowie von Marias Konflikt mit Linda erfahren, plausibel untermauert. Die Befragung der Arbeitskollegen von Nick Fuhrmann und Maria Wegner hatte keine Hinweise darauf ergeben, dass Maria falsche Angaben gemacht haben könnte.

Insofern wurde die Beschuldigte wieder auf freien Fuß gesetzt.

„Obwohl wir sie laufen lassen mussten, bin ich von ihrer Unschuld nicht überzeugt", resümierte Raffael in Anwesenheit von Andrea, die ihm am Schreibtisch ihres Büros gegenübersaß. „Zwar haben wir mit großer Wahrscheinlichkeit den Doppelmörder von Linda und ihrem Vater ermittelt. Aber wir haben immer noch keinen blassen Schimmer, wer Lindas Schwester umgebracht hat."

„Immerhin verändert das noch einmal unseren Blick auf diejenigen, die zwar ein Alibi für die Tötung von Linda, nicht jedoch für die von Jasmin haben", äußerte Andrea Renner zweckoptimistisch. „Möglicherweise müssen wir uns erneut mit den Brüdern der Friseurin oder sogar mit Dr. Riedel beschäftigen."

„Oder mit Mirko Hübner, dessen Bekannte ihm vielleicht ein falsches Alibi verschafft hat …?", griff Raffael den Faden auf, ohne wirklich von seiner Vermutung überzeugt zu sein.

„Ich hoffe, wir kommen bald einen entscheidenden Schritt weiter", äußerte die Oberkommissarin, deren Nachsatz einen spöttischen Ton annahm: „Dann hättest du auch wieder mehr Zeit für Katja."

Raffael klappte bei Andreas Bemerkung der Unterkiefer runter. „Was glaubst du eigentlich, wie ich zu deiner Schwester stehe?", fragte er leicht verstimmt.

„Hast du doch gesagt. Du bist ihr neuer Freund."

„Das hab ich nie gesagt."

„Aber angedeutet."

„Quatsch! Was soll ich gesagt haben?!"

„Dass sie einen neuen Freund hat und deswegen nicht auf meinen Kontakt angewiesen ist. Und wer ihr neuer Freund ist, hab ich ja gesehen, als du am Wochenende aus ihrer Wohnung gekommen bist – und verkündest hast, dass du Emil den Vater ersetzen willst ... oder so ähnlich."

„Du musst besser zuhören! Ich hatte *Bekannter* – und nicht *Freund* gesagt."

„Komm mir jetzt nicht mit irgendwelchen Nickeligkeiten", entgegnete sie verärgert. „Aus deinem Mund laufen die Begriffe für mich auf das Gleiche hinaus."

Raffael fing lauthals an zu lachen und meinte prustend: „Mensch, es ist dein Bruder! Mit ihrem neuen Bekannten hatte ich nicht mich, sondern deinen Bruder gemeint."

„Meinen Bruder?!"

„Ja. Ich hab damals deinen Bruder, der Katja regelmäßig besucht, für ihren neuen Bekannten gehalten. Mein Irrtum hat sich erst später aufgeklärt. Vielleicht solltest du mal öfters mit deiner Schwester reden."

Andrea machte ein überraschtes Gesicht und brauchte einige Zeit, bis sie leise verkündete: „Ich überleg mir mal, ob ich sie und Emil demnächst besuche." Sie lächelte Raffael erleichtert an. „Und dann könnte ich gleich bei dir vorbeischauen."

„Klar." Raffael versuchte ein erfreutes Gesicht zu machen. „In Ordnung. Kein Problem … wenn ich zu Hause bin."

80

Raffael Störtebecker wurde abends in seiner Wohnung von seinem Cousin auf dem Smartphone angerufen.

„Moin Torben, was gibt's?!" Der Oberkommissar hatte heute genug geredet und war alles andere als in Plauderlaune.

„Moin Raffi, sag mal, wie ist es denn ausgegangen?"

„Mit Maria Wegner?"

„Nein, mit Emil."

„Ach so", äußerte Raffael überrascht und musste umschalten. „Ja, prima, der Junge hat seinem Vater auf dem Friedhof ein sehr persönliches Geschenk mitgebracht und ist vom Grab mit einem Gefühl der Wärme zufrieden nach Hause zurückgekehrt."

„Freut mich, dass es geklappt hat." Torbens Stimme klang beschwingt. „Dann konnten deine Nachbarin und ihr Sohn also tatsächlich etwas mit meinen Ideen anfangen." Es folgte eine Pause und dann sagte Torben nachdenklich: „Ich hab mir zu Hause viele Gedanken gemacht und mich gefragt, wie du mich einschätzt?"

„Bezüglich Emil und seines Besuches auf dem Friedhof?"

„Nein, wegen meiner kleinen Schwindelei in Bezug auf die Beschattung von Maria."

„Das war total dämlich!“, platzte es aus Raffael heraus, „aber natürlich gut gemeint von dir. Wobei: etwas gut meinen ist bekanntlich das Gegenteil von gut.“

„Sitzt Maria Wegner jetzt in Untersuchungshaft?“

„Nein, sie ist wieder auf freiem Fuß.“

„Demnach ist sie doch unschuldig?“

„Das habe ich nicht gesagt“, war die diplomatische Antwort des Oberkommissars.

„Meine inneren Antennen haben in der Stadtbibliothek die intensive Ausstrahlung der Frau empfangen und dadurch positive Empfindungen bei mir ausgelöst“, verkündete Torben mit Euphorie, die allerdings in Nachdenklichkeit umschlug: „Mein Verstand sagt mir inzwischen, dass sie mir womöglich diese zugewandte und freundliche Art nur vorgespielt hat.“

„Na, in dem Punkt sind wir uns mal einig.“

„Heißt das, du traust ihr zu, dass sie Fuhrmann zum Mord an ihrem Mann und ihrer Stieftochter angestiftet haben könnte?“, vergewisserte sich der Privatdetektiv.

„Kein Kommentar.“ Raffael hatte keine Lust, dieses Thema mit seinem Cousin zu vertiefen. „Meine Überlegungen als Mordermittler gehen dich nichts an.“

„Das sagt mehr als tausend Worte.“

Raffael beendete das Telefonat, das ungewollt düstere Gedanken bei ihm auslöste: *Für mich fühlt es sich momentan wirklich so an, als hätte ich eine Frau ziehen lassen, die einiges auf dem Kerbholz hat. Ich hoffe, dass ich mich irre.*

81

Einen Tag später saß Maria Wegner in der hannoverschen Stadtbahn und fuhr von Herrenhausen in die Innenstadt.

Was für ein Triumph!, schoss ihr durch den Kopf. Innerlich erfasste sie ein Hochgefühl. *Ich hab meinen Kopf erfolgreich aus der Schlinge gezogen. Als ich in das Vernehmungszimmer gebracht wurde, dachte ich: ‚Jetzt ist alles aus.' Und dann war ich einfach großartig. Ich habe Störtebecker und diese Renner und auch meinen Anwalt nach Strich und Faden belogen. Reuter hat es mir scheinbar abgekauft und ist dann selbstsicher in die Offensive gegangen.*

Sie musste an sich halten, um in der Stadtbahn nicht laut loszulachen.

Zuletzt klang Reuters Verteidigungsrede derart überzeugend, dass ich meine Geschichtchen fast selbst geglaubt hätte. Ich bewege mich natürlich auf einem schmalen Grat. Wenn die Polizei irgendeinen Zeugen auftut, der Nick und mich bei einem Gespräch auf einer Parkbank oder mich nach Nicks Fenstersturz in der Nähe des Hochhauses gesehen hat, könnte es eng werden. Also noch keine endgültige Entwarnung.

Maria hatte sich kurzfristig mehrere Tage Urlaub genommen. In der Stadtbibliothek wollte sie persönlich mit ihrer Chefin über einen schnellstmöglichen Auflösungsvertrag sprechen. Deshalb war sie vom Irenensee nach Hannover gefahren und hatte ihren Wagen auf dem Grundstück ihrer Villa abgestellt.

Ich ertrag es momentan ganz schlecht, mich in der Villa aufzuhalten. Könnte sein, dass ich sie verkaufe. Für mich allein ist sie zu groß. Und die Erinnerung an Burkhard und seine Brut, die mich dort mit ihren fiesen Äußerungen gequält hat, ist sehr unangenehm. Wirklich schlimm, dass dieser Mistkerl meine Sissi brutal mit dem Feuerhaken erschlagen hat. Nächste Woche muss ich noch Burkhards Beerdigung hinter mich bringen. Sabine wird dabei sein. Und im dritten Anlauf sind auch meine Eltern gern gesehene Gäste. Wenn Burkhard endlich unter der Erde liegt, ist das hoffentlich meine letzte Beerdigung für lange Zeit.

Nach dem Gespräch mit ihrer Chefin würde sie noch die Kollegschaft in der Buchbinderei und ihre Eltern in der Südstadt besuchen und anschließend zum Irenensee zurückkehren.

*

Maria Wegner erzählte Elke, Norbert und Leonie von ihrem Plan, ihre Tätigkeit in der Buchbinderei demnächst zu beenden.

„Ich kann verstehen, dass du momentan ganz andere Dinge im Kopf hast", sagte Elke Köster einfühlsam. „Aber hast du dir das wirklich gut überlegt? Wir waren immer so eine kleine verschworene Gemeinschaft."

„Natürlich werde ich euch sehr vermissen", äußerte Maria überzeugt. „Hier in der Buchbinderei habe ich mich lange Zeit wie zu Hause gefühlt. Es war eine tolle Zeit mit euch. Aber es hat sich durch den schrecklichen Tod meines Mannes sehr viel in meinem Leben verändert. Ich muss mich zukünftig um ganz andere Sachen kümmern. Die nächsten Tage wohne ich in meinem Ferienhaus am Irenensee. Und nach meinem Urlaub komme ich ja zunächst wieder in die Buchbinderei zurück."

„Schade, dass deine Tage hier bei uns gezählt sind", meinte Norbert Brunner. „Aber ich bin mir sicher, wir sehen uns in Zukunft ganz bestimmt an anderer Stelle wieder."

„Ja, die Welt ist voller Überraschungen …", murmelte sie mit einem Lächeln – und sollte recht behalten.

82

Die Störung von außen kam ihm nicht ungelegen.

An diesem Samstag wollte Raffael Störtebecker gerade in seiner Wohnung die Küche aufräumen, als sein Telefon klingelte. Es war Tante Lilo, die sich am späten Nachmittag erkundigte, wie es ihm ging.

„Bei mir ist alles okay", meinte Raffael schwungvoll. „Ich hab mich tatsächlich ein wenig mit meiner Nachbarin und ihrem Sohn angefreundet. Angesichts gemeinsamer Erfahrungen sind wir auf einer Wellenlänge. Und ich glaube, meine Kollegin Andrea ist ein bisschen eifersüchtig. Es ist gut, Menschen an seiner Seite zu haben. Insofern bin ich dir immer noch dankbar, dass du dich damals – selbst nach dem Tod deines Mannes – um mich gekümmert hast. Für mich war es ein schwerer Verlust, als du von Hamburg nach Lüneburg gezogen bist."

„Mir war vor acht Jahren, als Torben nach Hannover ging, ebenfalls nach Veränderung", sagte Lieselotte Hansen in einer Art, die fast wie eine Entschuldigung klang. Dann wechselte sie das Thema: „Torben hat erzählt, dass die jungen Frauen, deren Mörder du mit seiner Unterstützung suchst, Ähnlichkeit mit Clara haben. Das ist bestimmt nicht einfach für dich …?"

„Ich geh da professionell mit Abstand ran", behauptete Raffael. „Die Übereinstimmungen sind ja nur äußerlich."

Bei Maria Wegner, die Clara im Aussehen ähnelt, hat es mir schon zu schaffen gemacht, sie als Mordanstifterin vernehmen zu müssen. Aber auszuweichen und die Vernehmung an einen Kollegen abzugeben, wäre für mich nicht infrage gekommen.

„Torben hat wohl bei einer der beiden Schwestern auch Gemeinsamkeiten mit Claras Verhaltensweisen gesehen", ergänzte Raffaels Tante. „Ich hab in unserem Telefonat herausgehört, dass ihn das sehr beschäftigt."

„Wie kommt Torben darauf, solche Vergleiche anzustellen zwischen einer ermordeten Frau, die er kaum kannte, und Clara, die er die letzten acht Jahre kaum gesehen hat?" Raffael war etwas genervt. „Hat er etwa Schwingungen aus dem Jenseits der beiden Frauen miteinander verglichen?"

„Sei bitte nicht zynisch, Raffi", ermahnte ihn seine Tante. „Wenn ich seine Andeutungen richtig verstanden habe, hat er die erste ermordete Frau intensiv überwacht. Und Clara hat er schließlich sogar vor dir kennengelernt und war sehr verliebt in sie."

„Ganz am Anfang mag er verliebt in sie gewesen sein", gestand Raffael zu. „Später, als ich mit ihr zusammen war, haben sich die beiden nur noch selten gesehen. Und dann ist er ja auch nach Hannover abgehauen."

„Ja. Wegen Clara."

„Wieso wegen Clara?!“, wunderte sich der Oberkommissar. „Ich dachte, Großtante Edith war der Grund für seinen Wechsel nach Hannover.“

„Nur in zweiter Linie. Torben hat sich immer erhofft, dass es zwischen ihm und Clara noch etwas werden könnte. Er hat an ihr diese unkonventionelle, rebellische Art geliebt. Als ihr geheiratet habt, wurde ihm deutlich, dass daraus nichts wird.“

„Also mir war das alles nicht so klar“, meinte Raffael leise. „Nachdem ich mit Clara zusammen war, ist Torben weitgehend aus meinem Blickfeld verschwunden. Erst durch den aktuellen Mordfall ist er mir wieder nähergekommen.“

„Du scheinst so einiges übersehen zu haben“, murmelte Lilo am anderen Ende der Leitung. „Als Torben erfahren hat, dass Clara Krebs hat, ist er sofort nach Hamburg gekommen, um sie zu besuchen.“

„Das weiß ich. Da haben wir uns kurz gesehen. Zusätzlich muss er sie damals noch in meiner Abwesenheit an einem Nachmittag besucht haben. Clara hat nicht viel über das Treffen mit ihm erzählt.“

„Wahrscheinlich haben die beiden in alten Erinnerungen geschwelgt, von denen Clara dachte, dass sie dich nicht interessieren.“

„Alte Erinnerungen?“

„Clara hat mir einmal im Vertrauen erzählt, dass sie früher mit Torben verrückte und zum Teil unerlaubte Sachen unternommen hat.“

„Ach. Erzähl mal …“

„Sie sind nachts in ein menschenleeres Freibad eingedrungen, um dort zu schwimmen, sie haben gemeinsam Joints geraucht und sie haben eine Nacht in einem Zelt neben einem Acker verbracht, um die Landung eines kleinen außerirdischen Raumschiffes zu beobachten – was dann aber nie gelandet ist."

„So was hat sie mit mir nie gemacht."

„Glaubst du an Außerirdische?"

„Nö."

„Siehst du."

„Woher weißt du, dass Torben die kranke Clara in Hamburg besucht hat?"

„Er hat mich damals angerufen und mir davon erzählt."

„Okay, vermutlich war er ziemlich niedergeschlagen …"

„Ja und nein. Er war halt davon überzeugt, dass später auf jeden Fall ein Teil von ihr in den Haarbüscheln weiterlebt."

„Welche Haarbüschel?"

„Wusstest du das nicht?", fragte Tante Lilo überrascht. „Hat Clara nicht mit dir darüber gesprochen?"

„Worüber?"

„Na, als Clara wegen der Chemotherapie die Haare büschelweise ausgefallen sind, hat Torben sie gefragt, ob er welche davon nach Hannover mitnehmen könnte."

Lieselotte Hansen klang so, als hätte sie gerade die selbstverständlichste Sache der Welt von sich gegeben. Aber Raffael hörte die Geschichte zum ersten Mal.

Du meine Güte, Clara und Torben hatten ihre Geheimnisse miteinander und ich hab nichts geahnt, schoss dem Oberkommissar durch den Kopf. Sofort hatte er das Bild seiner Frau vor Augen, deren bösartige Brustkrebserkrankung erst in einem fortgeschrittenen Stadium erkannt worden war und einen extrem ungünstigen, schnellen Verlauf genommen hatte. Clara hatte im Zuge der Chemotherapie sämtliche Haare auf ihrem Kopf verloren.

„Was um alles in der Welt hat er mit Claras Haaren gemacht?", stöhnte Raffael auf.

„In unserem damaligen Telefonat meinte er, dass er die Haare in einem Gefäß in seiner Wohnung aufbewahrt." Tante Lilo machte eine kurze Pause, offensichtlich, um sich das damalige Gespräch mit ihrem Sohn in Erinnerung zu rufen. „Torben hat gesagt, dass er überzeugt wäre, dass die positive Vergangenheit einer Person in ihren Haaren weiterlebt, wodurch er auf ewig mit Clara verbunden wäre. … Es waren diese merkwürdigen Vorstellungen, die er immer von sich gibt. Wahrscheinlich seine Art, mit Trauer und Abschied umzugehen. Danach hat er Clara nie wieder persönlich besucht."

„Stimmt, er hat lediglich mal angerufen." Raffael hatte sich öfters gefragt, warum Torben zuletzt nicht mehr nach Hamburg gekommen war: *Vielleicht war Clara in seiner Vorstellung durch ihre Haare permanent bei ihm. Ziemlich abgefahren, aber typisch Torben!*

„Und er hat das Gefäß mit Claras Haaren wohl Edith gezeigt", fiel Tante Lilo ein, „die wiederum gesagt haben soll, dass sie sich immer eine Frau wie Clara für ihn gewünscht hätte."

*

Nachdem Raffael Störtebecker das Telefonat mit seiner Tante beendet hatte, durchströmte ihn eine Flut von Gedanken.

Auf einmal sehe ich Clara und ihren haarlosen Schädel in Verbindung mit den Mordopfern. Mark Seifert hat gesagt, dass sich der Täter mit den abrasierten Haaren womöglich die Vergangenheit des Opfers aneignen wollte. Der Psychiater könnte recht gehabt haben. Kann es sein, dass Torben etwas mit der Tötung von Jasmin Wegner zu tun hat?

Raffael tigerte rastlos durch die Zimmer seiner Wohnung, legte dabei einen gekonnten Parcours um die verteilt aufgestellten Umzugskartons hin.

Jasmin ähnelte Clara mit dem Kindchenschema ihres Gesichts, genau wie ihre Stiefmutter. Torben hatte den Auftrag, Jasmins Umgang und ihre Gewohnheiten auszukundschaften. Er hat selbst gesagt, dass ihm die Frau sehr sympathisch war. Jasmin war eine Rebellin, die sich recht unkonventionell aufgeführt hat. Torben muss das imponiert haben und er hat eine Verbindung zu Claras Verhaltensweisen hergestellt.

Der Oberkommissar blieb stehen und starrte aus dem Fenster seines Wohnzimmers.

Torben hat berichtet, dass er mit Jasmin gesprochen hat. Hat er vielleicht ernsthaft geglaubt, in ihr eine zweite Clara zu finden? Auf jeden Fall hat sie nichts mit ihm zu tun haben wollen.

Unvermittelt trat Raffael mit dem rechten Fuß gegen den Stapel mit den Musikzeitschriften, der sich zur Seite neigte.

Verdächtige ich jetzt wirklich Torben?! Dass er Jasmin erdrosselt hat, um sie durch ihre abrasierten Haare auf seine Art für ewig in sein Leben zu holen?! … Immerhin wusste er genau, wo sie sich aufhält und kannte exakt die örtlichen Gegebenheiten.

Er stieß einen inneren Fluch aus, schnappte sich eine Musikzeitschrift und schleuderte sie quer durch den Raum.

Wieso kommt mir jetzt Emil in den Sinn? Torben hat empfohlen, dass der Junge seinem verstorbenen Vater am Grab ein Geschenk macht. Emil hat seinem Vater etwas Körperliches geschenkt, den ersten ausgefallenen Zahn, der eine besondere Bedeutung für beide hatte. Katja hat den Zahn in einer kleinen Dose im Grab verbuddelt.

Raffael unterbrach seinen Gedankengang und suchte sein Smartphone.

Ich muss Torben anrufen, um Klarheit zu bekommen. Wenn Katja Emils Zahn dem Grab ihres Mannes übergibt, könnte es dann sein, dass Torben Jasmins Haare im Grab von Großtante Edith verbuddelt, um die Frau seiner Großtante ‚vorzustellen'?

Sein Smartphone lag auf dem Küchentisch. Er wählte Torbens Nummer und hörte die automatische Nachricht, dass dieser Anschluss vorübergehend nicht erreichbar wäre.

Okay, Torben hat am Samstagnachmittag sein Handy ausgeschaltet. Was mach ich jetzt? Ich habe von Tante Lilo gehört, dass Torben vor längerer Zeit Haare von Clara mit nach Hannover genommen hat. Nicht mehr und nicht weniger. Dass er oder auch Menschen wie Burkhard Wegner Haaren eine besondere Bedeutung beimessen, hab ich schon vorher gewusst. Das ist alles sehr vage. Torben ist mein Cousin, den ich seit Jahrzehnten kenne und dem ich – trotz aller Verrücktheiten – keinen Mord zutraue. Und weil ich ihn am Samstagnachmittag nicht auf seinem Handy erreiche, muss ich nicht gleich in Hektik verfallen.

In diesem Moment klingelte Raffaels Festnetz-Telefon. Er nahm das Gespräch an und war gleich in einer anderen Welt, als er die freundliche Stimme seiner Nachbarin hörte: „Hallo, hier ist Katja. Hättest du Zeit und Lust, nachher zu einem Glas Wein und einem kleinen Imbiss zu mir hochzukommen?"

Raffael sagte spontan zu.

War das jetzt ein willkommener Grund, die Sache mit Torben ein wenig aufzuschieben? Zugegeben, ich will da nur ungern ran. Andererseits bin ich mir fast sicher, dass Torben kein Mörder ist. Torben gehört zur Familie und hat gerade von mir einen Vertrauensvorschuss verdient. Aber spätestens am Sonntagmorgen gehe ich der Angele-

genheit weiter nach. Ich werde überprüfen, ob Torben im Grab von Großtante Edith irgendetwas verbuddelt hat, was ihn belasten könnte.

83

Sonntag, 4. November.

Raffael Störtebecker war am Vormittag auf dem Stadtfriedhof Ricklingen gewesen. Er hatte es geschafft, Torben Hansen auf dem Handy zu erreichen und sich mit ihm um dreizehn Uhr in dessen Wohnung in der Nordstadt zu verabreden.

Der Oberkommissar stand draußen vorm Hauseingang, auf sein Klingeln wurde er über den Summer ins Haus gelassen. Es waren nur wenige Schritte durch den Hausflur bis zu Torbens Erdgeschosswohnung. Raffael brauchte nicht erneut zu klingeln. Sein Cousin öffnete bereits von sich aus die Tür und sah seinen Besucher erwartungsvoll an.

„Moin, Raffi. Am Telefon klangst du sehr angestrengt. Warum willst du mit mir über Clara und das Grab von Großtante Edith sprechen?“

„Weil ich heute am Grab unserer Großtante war.“

Torben lächelte und meinte: „Ich find‘s schön, dass du sie wieder besucht hast. Habt ihr euch miteinander unterhalten?“

„Nein.“ Raffaels Stimme klang ernst. „Mir war an ihrem Grab eigentlich nicht nach einem Gespräch zumute.“

Torben zog die rechte Augenbraue hoch. Er wirkte besorgt, als er sagte: „Erzähl mir gleich mehr davon. Aber komm erst mal rein."

Raffael, der einen dunkelblauen Anorak trug, betrat die Wohnung und Torben machte hinter ihm die Tür zu. Der Privatdetektiv ging voran. Auf dem Flur, der nicht von Umzugskartons oder unaufgehängten Bildern vollgestellt war, entdeckte Raffael ein Bordcase.

„Hast du vor, einen Ausflug zu machen?", fragte der Oberkommissar seinen Cousin.

„Nicht unbedingt. Das ist mein Notfallkoffer, von dem ich dir mal erzählt habe."

„Ach ja, richtig", erinnerte sich Raffael, „falls du im Falle einer außerirdischen Invasion mal überstürzt den Standort wechseln musst."

Torben führte Raffael in sein Büro und bat ihn vor seinem Schreibtisch Platz zu nehmen. Der Oberkommissar sah sich genau in dem Raum der Altbauwohnung um, als erwarte er, dort Veränderungen wahrzunehmen. Da waren die gerahmten Poster an der Wand, die verstaubte Pendelleuchte, die von der Decke hing, der unverkleidete Heizköper mit den sichtbaren Heizungsrohren unterhalb des Fensters sowie der verschlossene Aktenschrank. Torben setzte sich auf den Drehstuhl hinter dem Schreibtisch, auf dem immer noch die geschwungene Tastatur und der Flachbildschirm standen.

Die weit auseinanderstehenden Augen des Privatdetektivs fixierten seinen Besucher.

„Was hat dir denn die Laune an Großtante Ediths Grab verdorben?", erkundigte sich Torben mit deutlichem Interesse.

„Das, was ich dort gefunden habe", antwortete Raffael ernüchtert. „Bei meiner ‚Ausgrabung' bin ich auf eine kleine Dose gestoßen. Darin habe ich blonde Haare entdeckt. Und die können weder von dir noch von Clara sein."

„Oh." Torbens Mimik drückte Verlegenheit aus.

„Ich wollte dich fragen, ob die Haare Jasmin Wegner gehören?", kam Raffael zur Sache. „Leugnen hat wenig Sinn, da ich spätestens übermorgen durch den DNA-Abgleich sowieso Gewissheit habe."

„Bei unserer Verabredung für heute hatte ich gleich das ungute Gefühl, dass unser Treffen von einer schlechten Stimmung überlagert sein könnte", meinte Torben schulterzuckend. „Aber warum bist du dann allein aufgekreuzt? Und wo ist dein Aufnahmegerät für die Vernehmung?"

„Ich bin allein gekommen, weil es für mich um eine Familienangelegenheit geht." Der Oberkommissar suchte den Blickkontakt mit seinem Gegenüber. „Ich will das im Vier-Augen-Gespräch mit dir klären. Insofern habe ich auch kein geheimes Mikro unterm Hemd. Sollte am Ende unseres Gespräches deutlich werden, dass du etwas mit der Tötung von Jasmin Wegner zu tun hast, werde ich dich festnehmen und zur weiteren Vernehmung durch meine Kollegen in unsere Dienststelle fahren. Denn ab dann bin ich als dein Cousin aus der Sache raus."

„Das ist anständig von dir, Raffi", äußerte Torben und nickte anerkennend. „Für mich ist unsere heutige Zusammenkunft ebenfalls ein innerfamiliäres Treffen."

„Wobei dir klar sein sollte, dass ich meine Dienstwaffe und die Handschellen mit dabeihabe – in der Hoffnung, sie am Ende nicht zu benötigen."

Raffaels Smartphone klingelte. Der Klingelton verdeutlichte ihm, dass es wichtig war, den Anruf umgehend anzunehmen.

Die Einschätzung des Oberkommissars war richtig. Jan Schuster, der an diesem Sonntag „Mordbereitschaft" hatte, meldete sich: „Maria Wegner ist gerade erdrosselt in ihrem Ferienhaus aufgefunden worden. Ihr wurde der Schädel kahlrasiert. Eine Freundin, mit der sie sich dort für mittags verabredet hatte, hat sie entdeckt."

„Ich kläre gerade eine dringende Angelegenheit, die damit im Zusammenhang stehen könnte", antwortete Raffael. „Dann melde ich mich wieder." Er beendete das Telefonat und murmelte leise: „Das ist eine erschreckende Nachricht."

„Kann ich dir etwas zu trinken anbieten, Raffi?", erkundigte sich Torben beflissen.

„Bleib bitte beim Thema!", bekundete der Oberkommissar schroff. „Hast du etwas mit Maria Wegners Tötung zu tun? Und von wem sind die Haare in Großtante Ediths Grab?"

„Warte, Raffi, ich möchte dir etwas zeigen." Torben öffnete in aller Ruhe die unterste Schublade seines Schreibtisches, griff dort zielsicher hinein und zog mit einer blitzschnellen Bewegung der rechten Hand eine halbautomatische Selbstladepistole heraus, die er auf den Oberkommissar richtete. „Ich hatte schon mit einem ungünstigen Gesprächsverlauf gerechnet", säuselte Torben mit verkniffener Miene. „Du kennst dich aus. Das hier ist eine Glock 19, die sofort schussbereit ist. Ich möchte nicht gezwungen sein, dich töten zu müssen."

Verdammt, damit habe ich überhaupt nicht gerechnet!, gestand sich Raffael ein. Irritiert fragte er seinen Cousin: „Seit wann hast du eine Schusswaffe? Du hast mir immer erzählt, dass du die Dinger ablehnst …"

„Hab ich mir vor ein paar Wochen vorsichtshalber übers Darknet besorgt." Torben klang, als ob es ihm peinlich wäre. „Jetzt übergib mir bitte deine Dienstwaffe und die Handschellen. Mach keine unvorsichtige Bewegung und spiel auf keinen Fall den Helden! Ich schieße, wenn du mich herausforderst."

Ich gehe kein Risiko ein, überlegte sich der Oberkommissar. *Wär schon blöd, wenn daraus ein Unglück resultiert – vor allem, wenn es mich betrifft.*

Raffael zog seine Pistole vorsichtig aus dem Holster. Er wollte seinem Cousin keinen Anlass für eine Kurzschlussreaktion geben. Torben wies ihn an, die Waffe auf den Boden zu legen und mit dem Fuß in Richtung des Privatdetektivs zu kicken. Widerwillig kam der Oberkommissar der Aufforderung nach.

„Und jetzt die Handschellen und dein Smartphone! Pack beides ganz langsam auf den Schreibtisch!"

Raffael befolgte auch diese Anweisung.

„Ich werde mich umgehend von hier absetzen", erklärte Torben selbstsicher. „Auf eine derartige Flucht habe ich mich jahrelang vorbereitet. Ihr werdet mich nicht erwischen!"

„Und was ist mit mir?"

„Keine Angst", meinte der Privatdetektiv grinsend. „Für dich habe ich mir ebenfalls etwas ausgedacht."

„Wie kreativ", brummelte Raffael, setzte dann nach: „Aber vorher könntest du mir noch meine Fragen beantworten."

„Gerne, es ist mir wichtig, dass du mich verstehst und nichts Falsches von mir denkst", äußerte Torben jovial. „Ich habe Jasmin Wegner nicht ermordet, sondern sie aus dieser ungastlichen Welt herausgeholt."

„Also doch!"

„Sie hat mich so an meine geliebte Clara erinnert, die du übrigens mit deinem langweiligen gradlinigen Spießerleben hast verkümmern lassen. Ich war schnell von Jasmin fasziniert. Mir hat es imponiert, dass sie in Helges WG eingezogen ist und sich die Haare gefärbt hat."

„Getönt."

„Aber sie war auf dem falschen Weg", monologisierte Torben unbeirrt weiter. „Dass sie mich abgewiesen und stattdessen in die Neonazi-Szene eingetaucht ist, war geradezu eine Sünde. Ich war zunächst wütend und habe sie bei ihrem Vater verraten. Dann habe ich mich besonnen. Ich habe sie mit einem sanften Schal, der den Hals schont, erlöst." Seine Stimme klang fast liebevoll. „Sie ist nicht tot, sondern mit mir in einer anderen Welt, für die du wenig Verständnis hast. Ich habe ihre Haare neben denen von Clara aufbewahrt."

„Claras Haare sind immer noch hier?!"

„Ja, im Gegensatz zu dir stehe ich im regelmäßigen Austausch mit Clara. Mit ihren Haaren ist sie für alle Zeiten mit mir verbunden."

„Und die Haare in Ediths Grab?"

„Es war deine Idee, Geschenke für unsere Großtante dort einzubuddeln. Großtante Edith hatte Interesse, etwas von meiner neuen Bekannten zu sehen. Ich habe daher einen Teil von Jasmins Haaren in ihrem Grab hinterlegt."

Jetzt fällt mir das Telefonat mit Torben über Emils Problem mit seinem verstorbenen Vater wieder ein. Torben hat erwähnt, dass er seine ‚neue Bekannte', mit der er danach ‚nicht mehr viel unternommen' hat, der Großtante am Grab ‚vorgestellt' hätte. Bei der Bekannten muss es sich um Jasmin gehandelt haben.

„Und hast du auch Maria ‚in eine andere Welt überführt'?", vergewisserte sich Raffael.

„Jo."

„Warum?!" Der Oberkommissar durchlebte ein Wechselbad der Gefühle. Seine schlimmsten Befürchtungen hatten sich bewahrheitet.

„Schon bei der Beerdigung von Jasmin bin ich auf Maria und ihre Stieftochter Linda aufmerksam geworden. Ich habe mich mit Maria gedanklich und real beschäftigt, schon bevor mir ihr Mann den Auftrag dazu erteilt hat.“ Torben schien die Szenen vor seinem geistigen Auge erneut wahrzunehmen. „Einmal habe ich sie und Fuhrmann an einer Straße am Maschpark gesehen. Ich habe die Identität von Fuhrmann gleich darauf ermittelt. Ob sie sich ansonsten häufiger gesehen haben, weiß ich nicht.“

Raffael versuchte einzuschätzen, ob Torben innerlich abgelenkt war und sich daraus eine Chance ergab, ihn zu überrumpeln.

Viel zu gefährlich. Ich warte ab.

Sein Cousin hatte offenbar ein Bedürfnis, seine Beziehung zu Maria näher zu erläutern: „Sie war auf ihre Art ein Rebell. Hat sich in ein Abenteuer mit Fuhrmann gestürzt, um sich gegen ihren Mann aufzulehnen. Sie war sehr freundlich zu mir. Ich dachte, sie könnte wie Clara sein. Aber du hast mir die Augen geöffnet, dass sie wahrscheinlich mehrere Morde angezettelt und mich nur für ihre Zwecke eingespannt hat.“

„Wann bist du bei ihr am Irenensee gewesen?“

„Gestern Nachmittag. Da hatte ich mein Handy abgeschaltet.“ *Oh Scheiße! Als ich versucht hab, ihn anzurufen, war er entweder auf dem Weg zu ihr oder hatte es bereits getan.*

„Dr. Wegner hatte mir von dem Ferienhaus in Uetze erzählt. Ich hab sie nach der Entlassung durch euch beobachtet und herausgefunden, dass sie sich in dem Ferienhaus aufhält. Sie fühlte sich sicher und war unvorsichtig. Es war einfacher als gedacht. Dieses milde Wetter … Ich bin über eine angelehnte Terrassentür ins

Haus." Er lächelte verklärt. „Jetzt habe ich die positiven Anteile ihrer Vergangenheit zu mir geholt."

Raffael ließ den Kopf hängen.

Mein Cousin ist ein durchgeknallter Doppelmörder, der mir gerade frisch und fröhlich berichtet, wie er zwei junge Frauen umgebracht hat, um sich mit ihnen zu verewigen.

Plötzlich ging dem Oberkommissar ein weiteres Licht auf, an dem er Torben teilhaben ließ: „Erst heute Morgen ist mir bewusst geworden, dass in deiner Schilderung über deine Observationen von Jasmin und Maria etwas nicht stimmt: Du bist ein erfahrener Detektiv, wirst jedoch von Jasmin und Maria wie ein Anfänger enttarnt."

„Ist dir sehr spät aufgefallen."

„Ich hab dir eben nichts Schlechtes zugetraut." *Genau genommen hab ich dich für schusselig gehalten,* dachte sich Raffael insgeheim und fuhr fort: „Obwohl du bereits Bilder von Maria und Fuhrmann in flagranti hattest und dein Auftrag damit quasi abgeschlossen war, bist du trotzdem vor der Buchbinderei aufgetaucht. Deine Bilder waren nicht so unbrauchbar, wie du Maria weisgemacht hast. Du hast dich bewusst enttarnen lassen, um mit ihr Kontakt aufzunehmen."

„Was auch geklappt hat", meinte Torben stolz. „Ja, zugegeben, das war schon von mir beabsichtigt."

„Und ihre Haare?"

„Konnte ich Großtante Edith auf die Schnelle noch nicht zeigen. Ich hab die Haare von Maria, Jasmin und

Clara in meinen Notfallkoffer gepackt, um sie immer bei mir zu haben. Und jetzt komm, bringen wir es zu Ende!“

„Was hast du mit mir vor?“ Raffael war auf einmal unbehaglich zumute.

„Keine Angst, wenn du nicht den heldenhaften Superbullen spielst, kommst du lebend aus der Sache raus. Nur mich wirst du danach nicht mehr zu Gesicht bekommen.“

Torben forderte Raffael auf, sich zu erheben und die Hände auf den Rücken zu legen.

Ich glaub ihm, dass er mich nicht umbringen will. Jetzt keine falsche Bewegung machen, damit er seine Meinung nicht ändert.

Der Oberkommissar stand auf und Torben befahl ihm, sich umzudrehen. Während der Privatdetektiv Raffael mit der Pistole in der Rechten in Schach hielt, legte er ihm mit links die Handschellen auf dem Rücken an.

„Geh voran … ins Badezimmer!“, kommandierte Torben, den rechten Zeigefinger weiterhin am Abzug. „Du kennst den Weg. Alles geordnet ohne hektische Bewegungen, die mich nervös machen würden.“

„Wieso ins Bad?“, erkundigte sich Raffael vorsichtig. „Ich hab momentan keine besonderen Bedürfnisse.“

„Lass mich nur machen …“ Torben ließ sich auf keine Diskussionen ein.

Raffael betrat das geflieste Badezimmer, das neben der Toilette und dem Waschbecken noch über eine Badewanne mit einem Duschvorhang verfügte. An der Wand war unterhalb des Fensters ein alter Heizkörper mit unverkleideten Zuleitungsrohren angebracht. Die Fensterscheibe aus Milchglas schützte vor Blicken von außen. Auf dem Fensterbrett entdeckte der Oberkommissar eine Rolle mit braunem Klebeband, Kabelbinder, eine Schere und ein weiteres Paar Handschellen.

„Was treibst du denn hier so?“, erkundigte sich Raffael erstaunt.

„Ich hab mich auf den Worst Case unseres kleinen Familientreffens vorbereitet und bereits alles zurechtgelegt. Eigene Handschellen gehören zu meiner Grundausstattung.“

„Wie umsichtig …“, murmelte Raffel ohne Begeisterung.

„Setz dich auf den Boden, seitlich vor den Heizkörper, die Hände unten in Richtung des Zuleitungsrohrs!“, ordnete Torben unmissverständlich an.

„Da wird mir bestimmt zu heiß!“, protestierte Raffael.

„Jaul nicht rum! Ich stell die Heizung gleich runter. Und jetzt mach schon! Ich will los!“

Raffael gehorchte, ließ sich seitlich vor der Wand auf den Fliesen nieder. Torben behielt hinter Raffaels Rücken die Waffe in der rechten Hand, während er mit links die Handschellen vom Fensterbrett holte und damit den Mittelteil von Raffaels Handschellen mit dem Zuleitungsrohr des Heizkörpers verband. Zuletzt schnitt er mit der Schere ein Stück von dem braunen Klebeband ab und platzierte es auf Raffaels Mund.

„Tja, lieber Cousin, diesmal bin ich der Sieger“, freute sich Torben. „Denk an was Schönes und langweil dich nicht! Dein Smartphone stell ich aus. Ich vermute, dass dich deine Kollegen rechtzeitig aus dieser misslichen Lage befreien werden. Aber bis dahin bin ich über alle Berge!“

Torben war bereits im Begriff, das Badezimmer zu verlassen, als er sich noch einmal umdrehte und sagte: „Übrigens hätte ich dir nie etwas angetan. Meine Pistole war ungeladen. So etwas benutze ich nicht.“

*

Torben Hansen hatte es plötzlich eilig. Er zog sich im Flur seiner Wohnung eine Jacke über, schnappte sich sein Bordcase und ging zur Tür.

„Auf Nimmerwiedersehen“, murmelte er. „War eine schöne Zeit in der Nordstadt. Gut, dass mich meine drei Frauen auf meiner Reise begleiten.“

Er öffnete die Wohnungstür und erstarrte im gleichen Moment zur Salzsäule.

Vor ihm stand eine Frau, die er nur zu gut kannte: Kriminaloberkommissarin Andrea Renner. Neben ihr hatte sich ein uniformierter Polizeibeamter postiert.

*

Andrea Renner war heute Morgen von Raffael angerufen und über seinen Verdacht in Bezug auf Torben informiert worden. Mit einigen Kollegen hatten sie danach das Grab von Raffaels Großtante aufgesucht, wo sie einen kleinen Behälter mit blonden Haaren sicherstellen konnten.

Zum vereinbarten Treffen mit Torben war Raffael in Begleitung von Andrea und zwei Streifenwagen gefahren. Er hatte die anderen darum gebeten, eine Viertelstunde mit seinem Cousin zunächst allein reden zu dürfen.

„Er wird mir nichts tun", waren Raffaels Worte. „Sollte ich wider Erwarten nach spätestens fünfzehn Minuten nicht wieder raus sein, geht ihr rein."

Der Oberkommissar hatte das Haus betreten, dabei waren Andrea und ein uniformierter Kollege mit in den Flur gehuscht, um dort im Eingangsbereich zu warten. Währenddessen hatte die eine Streifenwagenbesatzung draußen den vorderen Bereich des Hauses im Blick, ein dritter Polizist beobachtete die Rückseite des Hauses – für den Fall, dass Torben aus dem Fenster seiner Erdgeschosswohnung flüchten würde.

Die Zeit im Hausflur war quälend langsam vergangen. Andrea und ihr Kollege hatten sich zuletzt ungeduldig vor die Wohnungstür gestellt.

*

Andrea Renner war erleichtert, als endlich die Tür aufging.

Torben Hansen stand bewegungslos im Flur seiner Wohnung, einen Trolley in der Hand, offensichtlich komplett überrascht.

Da haben ihn wohl seine Schwingungssensoren im Stich gelassen, war der erste Gedanke der Oberkommissarin.

Ihr Gegenüber schien sofort zu realisieren, dass ein Fluchtversuch sinnlos war.

„Was hast du mit Raffael gemacht?!“, rief Andrea erschrocken.

In Torben kam wieder Leben und er sagte: „Ich hab ihn ins Bad gesetzt. Ihm geht's gut.“ Ein angedeutetes Lächeln huschte über sein Gesicht. „Für einen kurzen Moment war ich der Sieger.“ Dann kippte seine Stimmung. Er fing unvermittelt an zu weinen und sagte flehend: „Bitte nehmt mir meine Frauen nicht weg.“

84

Die Tage darauf brachten der Mordkommission Jasmin noch mehr Klarheit.

Torben Hansen hatte sich ohne nennenswerten Widerstand festnehmen lassen und die Tötungen von Jasmin und Maria Wegner gestanden. In seinem Bordcase waren kleine Behälter mit den Haaren der beiden Opfer sowie von Clara Störtebecker gefunden worden. In Torbens Wohnung entdeckten die Kollegen den benutzten Langhaarschneider und den Schal, mit dem er Maria erdrosselt hatte. Die in Großtante Ediths Grab sichergestellten Haare gehörten nachweislich Jasmin.

„Emil und der im Grab seines Vaters verbuddelte Zahn haben mich darauf gebracht", meinte Raffael Störtebecker in Richtung seiner Kollegin Andrea, die ihm gegenüber am Schreibtisch ihres gemeinsamen Büros hockte. „Meine Treffen mit Emil und Katja haben sich für die Auflösung dieses Falls eindeutig als hilfreich erwiesen."

„Wobei die Rolle, die Maria bei der Tötung ihrer Stieftochter und ihres Mannes gespielt hat, weiterhin unklar ist."

„Sie selbst wird uns diese Frage nicht mehr beantworten", äußerte Raffael. „Aber inzwischen neige ich dazu, sie trotz der fehlenden Beweise für die Anstifterin zu halten. Wie Torben zuletzt auch."

Thomas Stelter und Raffael Störtebecker hatten heute Dr. Mark Seifert um seine fachliche Einschätzung zu Torben Hansen gebeten. Seifert war der Auffassung gewesen, dass Torben durch den Tod seiner Großtante möglicherweise innerlich mehr destabilisiert worden war, als er sich eingestehen wollte. Durch die Vereinnahmung von Jasmin könnte Torben versucht haben, eine innere Leere auszugleichen.

„Wie hat deine Tante Lilo die Nachricht aufgenommen, dass ihr Sohn zwei Frauen umgebracht hat?", erkundigte sich Andrea, die wusste, dass Raffael mit ihr darüber telefoniert hatte.

„Sie war entsetzt und völlig am Boden. Genau wie ich hatte sie ihm alle möglichen schrägen Verhaltensweisen zugetraut, aber nicht so etwas." Auf Raffaels Stirn bildeten sich einige Sorgenfalten. „Hoffentlich kommt sie klar damit. Auf jeden Fall werde ich sie demnächst häufiger anrufen."

„Ich habe deinen Cousin die ganze Zeit unterschätzt. Mittlerweile halte ich ihn für ziemlich gerissen. Er hat uns von Beginn an großzügig seine Hilfe angeboten, aber wahrscheinlich ging es ihm in erster Linie darum, über den Stand unserer Ermittlungen auf dem Laufenden zu sein und gleichzeitig einige Nebelbomben zu werfen."

„Innerlich ist er einsamer gewesen, als ich jahrelang gedacht habe", wurde Raffael deutlich. „Sich von anderen angenommen und verstanden zu fühlen, ist eben total wichtig. Das habe ich am eigenen Leib gespürt."

„Genau", bekundete Andrea mit einem Lächeln, das einen Themenwechsel andeutete. „Wollten wir nicht mal wieder nach Dienstschluss etwas zusammen unternehmen?"

„In der Woche bin ich abends immer ziemlich geschafft."

„Also lieber am Wochenende …" Andrea überlegte. „Ich habe gestern mit Katja telefoniert. Am 11. November bin ich nachmittags bei ihr und Emil eingeladen. Im Anschluss könnte ich bei dir vorbeischauen."

„Wie schade, der 11. November ist gerade der Sonntag, an dem ich bereits verplant bin", sagte Raffael mit großem Bedauern. „Theater … Nachmittagsvorstellung. Am Samstag hätt's gepasst."

„Ach, ich hab mich im Datum geirrt", meinte Andrea und lächelte erfreut. „Das Treffen mit Katja und Emil ist auch am Samstag – also am 10. November. Dann klappt es ja doch!"

„Oh wie schön", entgegnete Raffael leicht verkniffen. „Endlich bekommst du meine Wohnung zu sehen … und noch mal ganz andere Seiten von mir." Der Oberkommissar räusperte sich. „Ich glaube, du wirst überrascht sein." Er zog die rechte Augenbraue hoch und wirkte auf einmal besorgt. „Hoffentlich kommt nicht wieder etwas dazwischen."

„Was sollte dazwischenkommen?", fragte seine Kollegin verwundert.

Raffael zuckte mit den Schultern und meinte: „Vielleicht ein Mord …?“

Anmerkungen und Danksagung

Wenn Sie bei diesen Zeilen angelangt sind, haben Sie vermutlich den vorliegenden Roman komplett durchgelesen – und erhoffen sich möglicherweise, noch etwas über die Hintergründe und Entstehungsgeschichte zu erfahren. Es könnte aber auch sein, dass Sie zu denjenigen gehören, die sich als Erstes bei einem Buch mit den Anmerkungen und Danksagungen beschäftigen, vielleicht in der Absicht, über den Klappentext hinaus mehr Informationen zu erhalten, worum es überhaupt geht. Da ich den zweiten Fall immer einkalkuliere, werde ich an dieser Stelle keineswegs den Ausgang der Story spoilern.

Für den Roman hatte ich mir vorgenommen, dass der Krimi – bei aller Spannung und Dramatik – auf jeden Fall humorvolle Anteile beinhalten soll. Das war für mich durchaus eine Herausforderung, geht es doch um grundsätzlich ernsthafte Themen, die eine einfühlsame Herangehensweise erfordern und deren Darstellung nicht oberflächlich und albern wirken darf. Trotzdem war es mir wichtig, Ihnen die bisweilen absonderlichen oder skurrilen Eigenarten der Haupt- und Nebenfiguren dieses Romans plastisch näherzubringen. Beim späteren Durchlesen meines fertigen Manuskriptes fand ich selbst einige der beschriebenen Macken amüsant und liebenswert, andere jedoch auch absonderlich und echt gewöhnungsbedürftig.

Was hat mich im Vorfeld beschäftigt und ist in „Ein Mord ist nicht genug" eingeflossen?

- Es ist erschreckend, aber leider eine Tatsache: Der gefährlichste Ort für Frauen ist die eigene Wohnung. Wenn Sie das Buch durchhaben, wissen Sie, was ich meine.

- Das Cover des Romans lässt es vermuten: Schönheitsoperationen spielen eine Rolle, nehmen in Deutschland (und weltweit) signifikant zu. Hauptsächlich lassen sich Frauen operieren, ihnen geht es in erster Linie um Brustvergrößerung, Lidstraffung und Fettabsaugung.

- Dr. Alexandra Horsch, eine Schweizer Psychiaterin und Psychotherapeutin, hat mich auf die Heilslehre der sektenähnlichen Kirschblüten-Gemeinschaft in ihrem Land aufmerksam gemacht, in der Hilfesuchende im Rahmen einer sogenannten „Psycholyse" von therapeutischer Seite zur Einnahme bewusstseinserweiternder Drogen ermuntert werden und es zudem zu sexuellen Handlungen zwischen Therapeut und Patientinnen gekommen sein soll. Die „Psycholyse" war in der Schweiz bis vor Kurzem sogar krankenkassenfinanziert. Die Heilslehre wird vereinzelt auch in Deutschland mehr oder minder heimlich praktiziert und hat bereits mehrere Todesopfer gefordert. Mich haben diese Vorfälle zu der im Roman dargestellten (natürlich ausgedachten) Apfelbaum-Gemeinschaft inspiriert.

- Meine Zeit als Stationsarzt im Krankenhaus ist mir wieder vermehrt ins Gedächtnis gekommen: Junge Menschen, die viel zu früh an einer Krankheit versterben und Angehörige zurücklassen, die schwer mit dem Verlust zu kämpfen haben. Genau wie meine Hauptfigur Kriminaloberkommissar Raffael Störtebecker, der eine ganz spezielle Art (von Humor) hat, damit umzugehen – und die Erfahrung macht, dass Reden helfen kann.

Wie schon in meinen vorherigen Romanen konnte ich mich bei meinen Recherchen wieder auf Expertinnen und Experten verlassen, die sofort bereit waren, meine Fragen zu beantworten.

Carsten Schütte, bis Ende 2022 Leiter der Operativen Fallanalyse beim Landeskriminalamt Niedersachsen, hat mir erneut hilfreiche Hinweise zum Arbeitsalltag der Kriminalpolizei gegeben. Erst durch ihn bin ich auf das Whistleblower-System des LKA, das später in meinem Roman eine besondere Rolle spielt, gekommen. Danke für deine kompetente Unterstützung, Carsten!

Privatdozent Dr. Armin Fieguth, Oberarzt am Institut für Rechtsmedizin der Medizinischen Hochschule Hannover, hat mich (und damit die fiktiven Rechtsmediziner in meinem Roman) bei der Todeszeitermittlung einer getöteten jungen Frau unterstützt und eine Einschätzung zur Möglichkeit eines positiven DNA-Nachweises auf einem (teilweise) durchnässten Schal abgegeben. Er hat mir im Detail erläutert, wie sich die Tötungsart konkret auf den Körper des Opfers auswirkt.

Gleichzeitig habe ich – dank deiner Hilfe, Armin! – ein gutes reales Bild von den Kühlfächern sowie vom Abschiedsraum der Rechtsmedizin in der MHH.

Im Roman spielen Haare (oder treffender ausgedrückt: das komplette Abrasieren derselben vom Schädel) eine zentrale Rolle. Dass ich es geschafft habe, die Kahlrasur des Schädels (so hoffe ich doch) handwerklich korrekt zu beschreiben, verdanke ich Julia Unger, meiner langjährigen Friseurin vom „Studio for you" in Hannover, die mir während des Haareschneidens alles erklärt hat.

Eine der weiblichen Hauptfiguren des Romans ist Maria Wegner, die als Buchbinderin in der Stadtbibliothek Hannover arbeitet. Ich danke Birgit B., die denselben Beruf erlernt hat, dass sie mir in ihrer Freizeit erzählt hat, was genau eine Buchbinderin tut.

Die Buchbinderei und die weiße Tür mit dem Knauf, hinter der sich im Roman der Abstellraum befindet (also dort, wo einzelne Figuren ihre gemeinsamen Leidenschaften entdecken), gibt es tatsächlich in der ersten Etage der Stadtbibliothek Hannover. Was wohl in der Realität hinter der Tür mit dem Knauf wirklich schon so passiert ist …?

Thorsten Sueße
Hemmingen, im September 2023

Im Verlag CW Niemeyer bereits erschienen ...

Töte ich Menschen, ohne mich daran zu erinnern? Diese Frage stellt sich der 20-jährige Paul. In ihm existieren zwei unterschiedliche Persönlichkeiten, die nichts voneinander wissen. Ein Hannoverscher Bestsellerautor wird abends vor seinem Haus von einer unbekannten Gestalt getötet. Paul befürchtet, der Täter zu sein, kann sich jedoch an nichts erinnern. Kurz darauf beginnt der renommierte Psychiater Dr. Mark Seifert eine heimliche Affäre mit Pauls Mutter, bringt damit eine tödliche Kaskade ins Rollen. Es gibt ein düsteres Geheimnis, dessen Aufdeckung einige Personen in Pauls Umfeld um jeden Preis verhindern wollen. Die Wahrheit kostet mehrere Menschenleben.

Thorsten Sueße. Hannover sehen und sterben
512 Seiten. Klappenbroschur. ISBN 978-3-8271-9508-1
E-Book 978-3-8271-8364-4 (Epub)

#niemeyerbuch

Jetzt kein Buch mehr verpassen